U0093117

全新譯校 經典新版世界名著 14

The Three Musketeers

巴黎三劍客〈上〉

〔法〕大仲馬 著

郭志敏 譯

經典新版　世界名著

閱讀經典名著確實是不一樣的宴饗。人們對於經典名著，不會只說「我讀過」，而是說「我又讀了」。事實上，我每次去讀它，都會讀出新的東西，新的精神。

——當代義大利名作家、後設小說大師卡爾維諾（Italo Calvino）

真正的光明，絕不是永遠沒有黑暗的時候，只是永不被黑暗掩沒罷了。真正的英雄，絕不是永遠沒有卑下的情欲，只是永不被卑下的情欲所征服罷了。閱讀經典名著，永遠可以使人自我昇華，不陷於猥瑣。

——法國名作家、諾貝爾文學獎得主羅曼羅蘭（Romain Rolland）

閱讀文學經典、世界名著，能夠滋潤現代人的心靈，使人對世事、愛情與人性重新有一番體悟。

——美國現代名作家、諾貝爾文學獎得主海明威（Ernest Hemingway）

台灣曾出版的世界名著與文學經典可謂汗牛充棟，然而，細察譯文品質與內容，大多是三十至五十年代大陸譯者的手筆，其行文用語的方式與風格，早已與當代讀者的閱讀習慣、閱讀趣味脫節，以致不再能喚起讀者的關注。這一套「經典新版　世界名著」是全新譯本，行文清晰、流暢、優雅，用語力求充分符合當代人的品味。故而，是「後真相時代」中尋求心靈滋養者最適切的選擇。

原版序

首先，在此感謝各位讀者的關注與支持！

即使在這個故事中，主人公的姓名都是以ＯＳ或ＩＳ結尾，但故事卻與神話沒有絲毫關係。

大概在一年前，為了編纂一部有關路易十四統治期間的歷史書籍，我在圖書館蒐集相關資料時，看到一本名為《達太安先生回憶錄》的書。這本書與它同時期出版的大部分作品一樣，是當時那些想說真話，但又不敢「犯罪」的作者，在阿姆斯特丹發表的。

第一眼看到這本書，我就被它的書名深深地吸引了。在取得館長的同意後，我便將它帶回家，一睹為快，發現這簡直是一本奇書。但是在這裡，我不想去分析其中的內容，只想把它推薦給那些對時代畫卷非常欣賞的讀者。

在書中，大家會看到一些堪稱大師手筆的畫像。雖然這些畫像大多是以軍營的房門或酒館的牆壁為背景，但讀者會很快辨認出畫中的人物，他們就像昂克蒂先生歷史書中所寫的路易十三、奧地利安娜公主、黎塞留、馬薩林等形象一樣真切。大家都知道，讓詩人欣喜若狂的東西，不一定會打動廣大讀者。人們大多會讚賞我們特別指出的一些情節，而我們對其讚賞之餘，最關注的，往往是此前誰也沒有留意到的細微之處。

達太安先生在書中講述了他初次拜見國王火槍衛隊隊長德・特雷維爾先生的情景。當時，他在候客廳遇到了三個名叫阿托斯、波托斯和阿拉米斯的年輕人，他們正在達太安先生想加入的衛隊中為國王效力。

初見這三個外來名字時，我們都感到非常驚訝，心想這無非是達太安用來掩飾一些顯赫姓氏所用的化名，再不就是這三個人穿上衛士軍服那天，由於家境不好或者一些別的原因，一時心血來潮，選用了這種化名。正是這些特別的姓名引起了我極大的興趣。

從那時起，我便總想在當代著作中，找到一些與之有關的痕跡。我們為此查閱了很多書籍和大量的資料，但卻一無所獲。就在準備放棄研究時，由於學識淵博的保蘭・帕里斯的指點，我們終於找到了一部標題為《德・拉費爾伯爵先生回憶錄——路易十三朝末年至路易十四朝初年大事記》對開本的書稿，至於它的編號著實記不清了。

這部手稿，寄託了我們最後一線希望。值得欣慰的是：我們分別在這本稿件的第二十頁、二十七頁及三十一頁中找到了阿托斯、波托斯和阿拉米斯這三個名字，你可以想像我們當時有多麼興奮。

在這樣一個資訊技術飛速發展的年代，居然沒有人知道這部書稿，真的讓我感到有些遺憾。我們請求立即出版，以備不時之需。

我們帶著自己的作品，請求進入法蘭西學院（儘管有很多困難），如若不行，也好拿上別人的作品，進入文獻學院和文學研究院。在此強調一下，進入研究院的請求得到政府批准了；在此警告那些對政府別有用心的人。

如今，我們呈現給讀者的，是這一手稿的第一部分。我們為它起了一個恰當的書名，同時向讀者保證，本次出版如果成功的話，第二部分很快就會面世。

如果讀者感覺本書枯燥無趣，請把責任歸到我們頭上，不要怪罪德·拉費爾伯爵。

關於這本書，我們就交代這些，言歸正傳。

譯者序

二〇〇二年間，法國發生一件轟動法國文壇乃至世界文壇的大事。在大仲馬誕辰兩百周年之際，法國政府做出一個非常決定：給大仲馬補辦國葬，把他的骨灰從家鄉小鎮維萊科特雷搬進巴黎的先賢祠。

只有非常之人，才配得上這種非常之舉。大仲馬恰恰是這種非常之人。因此，法國這一超越文壇的盛事，只給世人以驚喜，並沒有引起什麼非議。

如果在全世界的讀者中搞一次差額選舉，我敢斷定大仲馬會贏得多數票，即使別的候選人作品在文學價值上，比大仲馬的還可能高出一籌，這便是大仲馬的非常之處。

大仲馬（一八〇二至一八七〇）原名亞歷山大‧仲馬，十九世紀的浪漫派戲劇家和著名的報章連載小說作家。他生於巴黎附近的維萊科特雷縣城，父親是拿破崙軍隊中的將領，後因對拿破崙不滿而遭冷遇，從此家道中落。

大仲馬自幼父母雙亡，生活貧困，十歲前只上過幾年小學。貧困的生活迫使他過早地挑起了謀生的重擔，早年當過見習生、文書等。由於對波旁王朝的憎恨，他參加了一八三〇年的七月革命，一八三一年任炮兵連副連長。因為他的共和觀點，當局下令要逮捕他，致使他以旅行為藉口，輾轉到義大利、德國、瑞士等地。這些經歷為他日後的創作打下了基礎。

大仲馬自學成才，一生寫的各種著作達三百卷之多，主要以小說和劇作著稱於世。大仲馬信守共和政見，反對君主專政。由於他的黑白混血人身分，其一生都受種族主義的困擾。

《巴黎三劍客》的故事以一樁宮闈密謀和拉羅舍爾圍城戰為背景，場景頻頻變化，忽而路易十三宮廷，忽而紅衣主教府，忽而火槍手衛隊隊部，忽而鄉村客棧，忽而修女院，忽而拉羅舍爾圍城戰大營，忽而英國首相白金漢府……

對每一處場景，作者都不多加描述，但都因為有參與密謀的人物經過，這些場景便喪失了日常的屬性，增添了特異的神秘色彩，故而場景就變得非比尋常了。讓我們通過瞭解小說的故事梗概來領略這部世界名著的傳奇色彩。

十七世紀的法國，政治者爭權奪利，矛盾重重。主人公是一個法國鄉下小子達太安。他善良、淳樸、聰明，一次又一次把自己的朋友從危險中拯救出來，一次又一次打破紅衣主教的陰謀。

說到這裡，我們就不得不提到達太安的三個朋友：阿托斯，波托斯和阿拉米斯。他們是三個正直、勇敢的劍客，為了朋友可以不惜一切代價，還有著紳士風度。

說到他們怎麼認識主人公達太安，那可真是一段奇遇，真可謂是不打不相識。達太安無意間分別冒犯了這三劍客，他們為了榮譽要和達太安決鬥，達太安只好硬著頭皮接受了。

本來達太安準備去送死，誰知道來了紅衣主教的禁衛隊。他們人多勢眾，要和三劍客決鬥。達太安則加入了三劍客這一邊。大家同仇敵愾，一起與敵人戰鬥。結果他們取得了勝利，並以此化解了彼此的誤會，成為了非常要好的朋友。

達太安經過努力也加入了火槍隊，四個人從此形影不離，有福同享有難同當。他們接受了反抗紅衣主教的任務，故事就此展開。

作者生動地描寫了以後的戰鬥，以其高超的寫作水準烘托出了達太安、阿托斯、波托斯、和阿拉米斯四種迥然不同的人物性格。看完這個故事，我受益匪淺。他們在危險與困難中相互扶持，共渡難關，讓我明白了友情的可貴；達太安最終成為了火槍隊的副隊長，他用實際行動向我們證明，要想做成一件事，必須經過自己的努力。

大仲馬對人物的刻畫非常鮮明，達太安就是其中最具代表性的一個。他勇敢機智、見義勇為、珍惜友誼，是個大英雄。三劍客也各具特點，阿托斯處事老煉、嫉惡如仇、一身正氣，波托斯善良冒失、沒頭腦、愛自誇，阿拉米斯舉止文雅、酷愛神學。這四個性格各異的兄弟為國王和王后赴湯蹈火。他們身上瀰漫著英雄主義和浪漫主義的氣息，讓我們體會到了一種異域「英雄」風情。

《巴黎三劍客》是大仲馬的成名作。作為一部以歷史事件為題材的傑出通俗小說，它將宮廷爭鬥、風流韻事與三劍客的冒險經歷巧妙地結合在一起，讀來生動曲折，在藝術上塑造了一群生動鮮明、性格各異的人物形象；在思想內容上真實再現了十七世紀上半葉法國統治階級之間的明爭暗鬥、互相傾軋的政治局勢。

一個多世紀以來，本書已被世界各國譯成多種文字。人事滄桑，星移斗轉，但本書始終風靡於世，膾炙人口，一直暢銷不衰，成為一部受世人推崇的世界文學名著。

相信每一位讀者在讀完這本書後，都會被故事展現的傳奇色彩與智慧光芒而深深震撼。

目錄
Contents

目錄

Contents

chapter 1

老達太安給兒子的三件禮物

一六二五年四月的頭一個星期一，《玫瑰傳奇》[1]下卷的作者讓・德・默恩的家鄉——默恩鎮整個陷入了騷動之中，像是胡格諾派[2]新教徒又挑起了一次拉羅舍爾[3]戰役一樣。

男人們急忙披上鎧甲，抄起火槍和長矛，壯著膽子直奔誠實的磨坊主客店；婦女們奔向大街；孩子們哭鬧著在門口叫喊。所有人都想弄清楚發生了什麼事。人越聚越多，客店前已經被擠得水泄不通。

在那個終日動盪不安的年代，全國接二連三地發生令人惶恐的動亂。領主之間不

1. 法國中世紀後期最流行的詩歌之一，全詩二一〇〇〇餘行，前四五八〇行為吉約姆・德・洛利所作，是向一個以玫瑰花苞為象徵的少女求愛的寓言，大約一二八〇年由讓・德・默恩續完。
2. 十六世紀歐洲宗教改革運動中興起於法國而長期慘遭迫害的新教派。
3. 法國西南部海濱城市，十六至十七世紀胡格諾派教徒抵抗天主教派教徒進攻的最大軍事據點。

斷發生爭鬥，國王與紅衣主教相鬥，西班牙人與法蘭西人開仗，此外，強盜、乞丐、胡格諾派新教徒、偽善的惡人及流氓惡棍不時的攻擊百姓。

不得已，居民們必須隨時準備拿起武器對付他們。居民們長期以來形成了訓練有素的習慣。所以上文說的一六二五年四月的頭一個星期一這一天，默恩鎮的人一聽到有沸沸揚揚的聲音，並未去留意軍旗的顏色，也未查看是不是紅衣主教黎塞留[4]公爵部下的號衣，便徑直向誠實磨坊主客店這邊奔了過來。

騷動的原因很快弄清楚了。

原來是因為出現在這裡的一個陌生年輕人。這個人乍看像十八歲的唐吉訶德[5]。一件褪色的緊身短上衣裹在他的身上，顏色既像釀酒剩下的葡萄渣色，又像天空那種蔚藍。他長著一張棕色的長臉，顴骨很高，頷部豐滿而突出，透著一股精明樣。

即使他不戴著加斯科尼省那種特有的扁平軟帽，也能看出他是加斯科尼人。一雙睿智的大眼睛顯得他坦誠、聰慧。他還有一個漂亮的鷹鉤鼻子。個子比成年人矮些，比一般孩子高些。他那柄走起路來總碰到小腿的長劍和被他騎在身下豎起長毛的坐騎，都證明他可不是一個過路的莊稼人子弟。

4. 此處指的是當時擔任宰相和紅衣主教的黎塞留。
5. 西班牙作家賽凡提斯的名作《唐吉訶德》的主人公。

這位年輕人有一匹貝亞恩矮馬[6]。馬的皮毛呈黃色，尾巴光禿禿的，腿上還生有壞疽。牠跑起來總是低著頭，這樣根本無須用韁繩就能控制牠。儘管如此，牠竟然每小時可以跑上八里路[7]。牠的優勢被不起眼的毛皮和不得體的姿態掩蓋了。因此，在那個人人都自以為是相馬師的年代，十五分鐘之前，當這匹矮馬出現在默恩鎮的時候，立刻引起了轟動。因為這匹馬實在太難看了，所以坐在馬上的人便自然而然地受到輕視。

認識的人稱年輕人為達太安。這樣一匹滑稽可笑的馬給路人帶來的歡樂，我們這位年輕人已經感覺到了。他因此覺得臉有些發燙。儘管他是一位絕好的騎手，但這並不能掩飾這樣一匹可笑的坐騎帶給他的難堪。

這匹馬最多值二十利弗爾[8]。當他的父親老達太安將這匹馬作為禮物送給他時，他一邊無奈的歎息，一邊接受了下來。他知道，這與父親臨別時囑咐他的那些話的價值簡直是無法相比的。

老達太安是加斯科尼省的一位紳士。他講話總是用純粹的貝亞恩土語，連法國老國王亨利四世都對他無計可施。當時，老達太安就是用這種方言說給兒子聽的，「孩子，這匹馬在你父親家中出生長大，眼看就滿十三個年頭了，你一定要珍愛牠。還

6. 現法國比利牛斯省之大部。當時隸屬於加斯科尼。
7. 這裡指的是古代法里，當時一法里相當於四公里。
8. 法國使用法郎前通行的貨幣，最初，一利弗爾相當於一公斤白銀的價值。

有，讓牠安靜、體面地老死吧，千萬不要賣掉牠。要是有一天你騎牠上戰場，你要像關照一個老傭人一樣地好好愛護牠。要是你有幸為宮廷做事，你決不要辱沒五百年來列祖列宗傳下來的紳士家族的姓氏，你要捍衛它，不許任何人冒犯它。為了你自己和親戚朋友，你要這樣做。」

老達太安接著說，「你要支持紅衣主教和國王。記住，雖然你是一個世家子弟，但是也必須要憑自身的勇氣，勇往直前，才得成功。千萬不要畏首畏尾，否則就會在幸運即將來臨之時失去它。你還很年輕，之所以要勇敢，一是由於你是一個加斯科尼人，二是由於你是我的兒子。不要怕惹是非，要敢於冒險。

「如今國家不許決鬥了，但可以打架，就憑你有兩條鋼鐵鑄成般的腿，有一雙鐵錘般的手臂。你要有雙倍的勇氣和別人較量。兒子，現在我能給你的沒有別的，只有十五埃居[9]、一匹馬和剛才這番忠告。你的母親還要告訴你一個從一位波希尼亞人那裡得到的藥方，可以用來配製一種具有神奇療效的藥膏。如果受傷的話，只要尚未傷及心臟，不管傷在何處，塗上它，傷口就會癒合。這些都會使你永遠受益。

「你要事事爭先，快快樂樂地生活，長命百歲。除了這些，最後我要告訴你一個可以成為你的榜樣的人。由於我從未在朝中做過事，所以這個榜樣不是我，而是與我

9. 法國古幣，種類很多，價值不一。本書故事中一埃居約合三利弗爾。

們做過鄰居的德・特雷維爾先生。他小時候與國王路易十三一起玩耍過。有時，兩個人玩著玩著就真的打了起來，而多數情況下國王都是他的手下敗將。國王雖然挨了揍，卻對他產生了深深的敬意，並建立了深厚的友情。

「當德・特雷維爾先生長大以後，總喜歡與別人打架。他第一次到巴黎時，與別人打了五次架；從老國王過世到當今的國王成年期間，不算戰爭和攻城，他又與別人打了七次架；從國王親政到現今，他也許與別人打了上百次架了。如今，他已經是國王非常器重的一支禁衛軍的隊長。

「大家都知道，紅衣主教無所畏懼。但是，他很怕這位禁衛軍首領。他每年的收入是一萬埃居，現在已經是一位了不起的爵爺了。然而他剛出去的時候一無所有，有的只是勇氣和智慧。這裡有一封信，你可以拿著去找他。你要像他那樣去做，把他作為你的榜樣。」

老達太安囑咐完畢，把劍給兒子配上，輕輕地吻過他的臉，又再次祝福兒子。現在，兒子要去見他的母親。母親拿著父親剛剛提到的神奇藥方在等他。母子之間的離別之言與剛才父子之間的對話相比長得多，也溫馨得多了。

這麼說並不意味著老達太安不愛自己的兒子，而是因為他是一個好強的男子漢。他一直想方設法地控制自己，不讓悲傷流露出來。而達太安夫人畢竟是一個女人，她一直哭個不停。我們所看到的這位年輕的達太安先生的表現則完全能夠稱得上是真正的男子漢，他看起來沉穩而堅強。即便如此，年輕的達太安最後還是哭了，只不過有差不多一半的眼淚被他吞入了肚中。

當天，年輕的達太安拿著父親給他的三件禮物：一匹馬、十五個埃居、一封寫給德・特雷維爾先生的信，加上老達太安對兒子千叮嚀萬囑咐的那些金玉良言，還有母親給他的神奇藥方，啟程了。

進入小鎮之後，達太安在誠實磨坊主客店門前下了馬。現實與他腦袋裡想像的情況完全相反：老闆沒有走上前來跟他打招呼，馬夫也沒有跑過來給他牽馬，他自己把馬安排到馬廄後，更沒有夥計來招呼他進入客房。他一個人失望地站在客店門前。

透過一樓的窗口，他看到有一個男人正在與另外兩個人談著什麼。他面容嚴肅、身體健壯，完全一副貴族派頭，神氣十足地講著，另外兩個人則畢恭畢敬地聽著。這挑動了我們主人公一路上都沒有得到釋放的敏感神經。他斷定那幾個人肯定是在議論他。他仔細地聽了一下（他猜對了一半），那幾個人議論的不是他，而是他的馬。

那貴族模樣的人諷刺著達太安坐騎的種種醜相，另外兩個人一邊聽著，一邊放聲大笑。一絲嘲笑就足以激起我們這位年輕人的滿腔怒火。那麼，這放肆的嘲笑會在達太安內心引起怎樣的情緒，接下來的事我們也可想而知了。

達太安透過窗戶慢慢看去，仔細瞧著那位嘲笑他的馬、不把他放在眼裡的貴族到底是什麼嘴臉。那個人年齡在四十到四十五歲之間，長著一雙黑色的眼睛，目光銳利，臉色蒼白，鼻子突出，小鬍子修剪得十分整齊，穿了一件紫色緊身短上衣，衣袖向外翻起，一件紫色的緊膝短褲，上面有打結用的紫色帶子，渾身上下除了露出襯衣袖衩之外，沒有任何飾物，緊身短上衣和緊膝短褲皺皺巴巴的，像是已在旅行箱底壓了多日，實際上這些全是新的。

達太安以一種觀察家的敏銳目光將所有一切收入眼底。毫不誇張地說，出於一種本能，達太安意識到眼前這位陌生人將和他未來的命運緊緊聯繫在一起。

在達太安端詳那位身穿紫色短上衣的紳士時，他仍然針對院中那匹貝亞恩馬高談闊論，說得神采飛揚，另外兩個人依然在邊聽邊笑。對於這次自己是否受到了侮辱，達太安確定無疑。他的怒火不得不發洩了。於是，他把頭上那頂軟帽往下拉了拉，一直拉到眉頭之上。然後，他模仿在家鄉加斯科尼看到過的過路的貴族老爺擺出的那種架勢，一隻手緊按劍柄，另一隻手撐在腰間，大搖大擺地向貴族走去。

然而，讓人失望的是，他越往前走，怒氣越盛，情緒也越失控。以至於口中道出的，已不是作為挑戰用的那些顯示尊嚴和傲慢的詞語，而是幾句粗魯的飽含攻擊性的語言：

「先生，躲在窗子裡的那位先生，我現在問您，對，就是您，請您立刻告訴我，您在笑什麼？告訴我！」

那位貴族紳士聽到有人粗魯地說話，便把目光緩緩地從馬的身上轉移到我們這位年輕人的身上。只是，他並不知道這麼粗魯的話到底是針對誰的，花了幾分鐘才弄清楚，眼前這位怪異青年的責問是衝著他的。開始時他有點不相信，等確認無疑時，微微皺了皺眉，然後不屑地說道：

「先生，我並沒有跟您講話！」

這話說得雖然傲慢輕蔑，但又禮貌大方。

可以肯定，我們的年輕人被這話徹底激怒了：

「可我卻是在與您講話！」

紳士聽後微笑著瞥了他一眼，然後離開窗口，從房子裡走了出來，大步邁到離達太安兩步的地方停了下來，站到了馬的對面。他神情淡定，面帶嘲諷。看到這一切，當時仍站在窗子裡面的兩個人樂得更歡了。

達太安見那人走出房來，便拔劍出鞘，劍露出足足一尺多長。

紳士朝著另外兩人喊道：

「這匹馬兒確實是，或者說牠的馬駒時代確實是一朵毛茛花。」

他完全無視年輕人的憤怒，繼續說：

「這種毛的顏色在植物學中可能常常被人提到。可作為馬匹，有這種毛色的馬就難得一見了。」

「嘲笑馬匹者未必敢嘲笑牠的主人！」達太安說話的腔調是模仿他心目中的榜樣特雷維爾的。

「我可不是經常嘲笑別人的，先生，」那人又說話了，「您從我的臉上可以看出來。但如果我想笑，任何人都休想剝奪我笑的權力！」

「那我呢，」達太安怒道，「我從來不希望別人在我不想叫他笑的時候笑！」

「是這樣啊？這也確實顯得合情合理。」陌生人的態度更加鎮定了。

這時，馬夫已經在院子裡給一匹馬備上了鞍。陌生人轉身想要離開，達太安豈能這麼輕易就放過他？

他將劍完全拔出，追了過去，大叫著：「嘲笑人的先生，請您轉過來，省得您說我從背後下手！」

「下手刺我？」陌生人驚訝地轉過身，輕蔑地瞪著眼前的年輕人，「您說要刺我，對嗎？嘿，好小子，您是不是發瘋了？」

接著，他用低沉的聲音像是自言自語道：

「巧了！國王正發愁火槍隊無人補充，這個膽大包天的寶貝兒倒蠻合適。」

他的話音剛落，達太安的劍就刺了過來。陌生人躲得很快。他馬上意識到，眼前的事並不是在開玩笑。於是，他也抽劍出鞘，彬彬有禮地施禮後就擺出了應戰的架勢。同時，另外那兩人在客店老闆的相伴下拿著棍子、鏟子、鉗子之類的器具也趕了出來。達太安被包圍了。他不得不應付來自四面八方雨點般的攻擊。然而，那陌生人把長劍插入鞘中，站在一旁，冷眼看著這邊的打鬥。過了片刻，那陌生人從容的說道：「該死的加斯科尼佬兒！把他扔到那匹小黃馬兒上，趕快讓他滾蛋！」

「懦夫！」達太安邊叫邊奮力抵抗，毫無退卻的想法，「該死的懦夫！我不會走的，除非您死在我的劍下。」

「吹牛！」那陌生人低聲喝道，「加斯科尼人的臭脾氣真是難改！這些不可救藥的傢伙！那好吧，既然他想繼續表演，那就讓他一直跳下去，等他累了再說。」

那陌生人並不曉得自己面對的這個青年是一個如此不要命的、絕不會求饒的人。打鬥仍在持續。達太安用盡了所有的力氣。他的劍折斷了。頭上挨了一棍子，血流了一身，身子來回搖晃著，眼看就要昏倒了，這也就是幾秒鐘的事。

小鎮的居民從四面八方湧來，都想弄清楚這裡到底發生了什麼事。客店老闆見來了這麼多人，為了減少麻煩，就和店中的幾個夥計七手八腳地把達太安抬進了廚房，把他的傷口處理了一下。

那位貴族再次走到了原來的窗口，不耐煩地看著人群。由於人們沒有散去，擁擠著往院裡看，還在那裡竊竊私語，他大為不滿。

「那個瘋子怎樣啦？」老闆要進來向他問安，剛進房門，貴族就向他問道。

「閣下沒事兒吧？」老闆沒有顧上回答他的問話，自己先問了一句。

「沒事兒，老闆，那小子怎樣啦？」

「剛才他昏了過去，現在沒事兒了。」

「是嗎？」

「他昏過去之前，還不住地叫嚷著要找您算帳，嘴裡盡是粗魯的話。」

陌生人聽完喝道：「真是一個魔鬼！」

店老闆不以為然：「閣下，那倒不是，我覺得事情沒有那麼簡單。在他暈倒時我偷看了他的行囊，裡邊有一件乾淨的襯衣、一個錢袋，錢袋裡面裝有十二個埃居。昏過去之前他還說什麼這事兒也就是發生在這裡，要是發生在巴黎，那就夠讓您後悔一輩子的了；即使發生在這兒，也只是讓您晚一些後悔而已。」

陌生人聽罷冷冷一笑：「這麼說來，他還是喬裝的王孫公子啦？」

店主人聽那「閣下」如此不屑，便道：「大人，我只想提醒您留點神，這人可能真的不簡單。」

「他有沒有提到什麼人？」

「提過。他拍著自己的行囊說他倒很想知道德・特雷維爾先生如果曉得他的保護人受到如此的侮辱時，會有什麼樣的想法！」

「德・特雷維爾先生？」陌生人霎時警覺起來，「他拍著行囊喊了德・特雷維爾先生？」還沒等店老闆說話，陌生人又問：「那行囊中還有什麼？我想，在那年輕人昏過去之後，您肯定仔細查看了他的行囊。」

「還有一封寫給德・特雷維爾先生的信。」

「是真的？」

「是的。」

店老闆絲毫也沒有覺察到那位「閣下」臉上表情的變化。那位「閣下」原來把一隻胳膊斜靠在窗台上，聽了他的話後，立刻把胳膊拿了下來，隨即離開了窗子，皺起了眉頭。這些動作表明他的內心已不再平靜。

「見鬼！」他自言自語起來，「德・特雷維爾先生會派這樣一個小毛孩子來找我的麻煩？這不可能啊！可話又說回來，刺出一劍就是一劍，那劍可不在乎使用者的年齡大小！再說，一個毛孩子，很容易叫人掉以輕心。有時候，一塊小小的石子足以絆人一個大跟頭。」

陌生人陷入了深思。過了很久，他才對老闆說：

「老闆，您能不能想辦法幫我甩掉這個小瘋子？說句良心話，可……」他停頓一會兒，又以一種威脅的口吻道：「他真是一個礙事的傢伙！現在他在哪兒？」

「別人正在給他包紮，在樓上我老婆的房裡。」

「他行李在哪裡？他是否脫掉了他身上的那件緊身短上衣？」

「全在廚房。既然他這麼礙手礙腳，那……」

「他在您的客店裡大吵大嚷，但凡正派人哪個也受不了！老闆結帳，並通知我的屬下，我們立刻離開。」

「閣下現在就要離開？」

「是的，剛才我就請您備好了我的馬。聽您這口氣，好像有人不想聽我的吩咐？」

「哪兒的話！馬早已經備好，就在門口，您隨時可以出發。」

「那就好，就照我的吩咐做吧！」

「怪事，難道他怕那小子？」老闆心中想。

他畢恭畢敬地鞠了一躬，退了出去。

「千萬不能讓這個怪小子看到米拉迪[10]。」那「閣下」自言自語，「她一會就要到了，已經比預定的時間晚了些。我現在就去迎接她。要是知道那封給德・特雷維爾先生的信上都寫了些什麼就好了。」他邊尋思邊朝廚房走去。

店老闆到了他妻子的房間。他肯定，這個受傷的年輕人絕不一般。這時達太安已經醒來。老闆對他說，他可能要有麻煩，因為他惹惱了一位爵爺（在老闆眼裡，那陌

10.由英文Mylady（我的夫人，我的太太）組成的變體字。原書上注：「米拉迪後面當有一個姓，但原手書本中卻並沒有加上。在此，我們最好也不做出什麼改動。」

生人至少是一位爵爺），或許一會兒員警就會找上他。他勸年輕人不管身體能不能扛得住，最好馬上離開。

達太安身上沒有了短上衣，頭上纏著紗布，滿腦子裡迷迷糊糊，神志尚未完全清醒。他聽了店老闆的話，站起身來，由老闆扶著向樓下走去。快到廚房時，他一下子就瞧見了那個陌生的敵人。那人正站在一輛由兩匹諾曼第駿馬拉著的漂亮的四輪馬車前，一位大約二十歲的女人正從車內探出頭來，和他平和地交談著。

達太安一眼就能看清一個人的相貌特徵，這是他與生俱來的一種本領。他看見車內的女人楚楚動人，漂亮無比。她的皮膚稍顯蒼白，捲曲的金髮披在肩上，嘴唇粉紅，雙手雪白，眼睛像深不見底的藍色湖面帶著些許感傷。

以前他可從未見過如此美貌的年輕女子，那女人令他頓時怦然心動。此刻，那女人顯得激動異常。

「紅衣主教閣下命令我……」達太安聽清了漂亮女人的半句話。

「……立刻去英國，只要一打聽到公爵離開了倫敦，就立即向紅衣主教閣下報告……」這是那陌生人的聲音。

「還有別的吩咐嗎？」那女人接著問。

「還有一些全都在這盒子裡。過了拉芒什海峽（英吉利海峽）您才可以打開它。」

「遵命。您呢？」

「我就回巴黎。」

「是要留下收拾那個無禮的毛小子吧！」

達太安聽到別人這樣稱呼他，不等那陌生人張嘴就衝了上來。

「等著被收拾的是您！」他大喊著撲向那陌生人，「現在，您休想像上次那樣，從我手中逃掉！」

「從您手中逃掉？」

「不錯！這次，當著一位女士的面，諒您也不好意思再逃走了！」

「別忘了，」米拉迪見自己的人要把手伸向劍柄，便發話了，「一個小小的失誤可能就會破壞全域。」

「您說得對。」那陌生人躬身道，「那您走您的，我也立刻上路。」

他向米拉迪鞠了一躬，便飛身上馬，準備離開。那輛四輪馬車向著相反的方向飛馳而去。

「賬呢？」老闆見住店人沒有結帳就要離開，用了一種鄙夷的口吻追問。

那陌生人轉過頭衝著一個下屬吼道：「你去付帳，笨蛋！」他吼完，朝馬狠狠地抽了幾鞭子。

那個下屬向老闆腳下扔了幾枚銀幣，便快馬加鞭，去追自己的主人。

「懦夫！這是什麼貴族，就是冒牌貨一個！」達太安邊叫邊追。

由於受了重傷，他禁不起這樣的激動。突然他感到全身發軟，耳朵裡嗡嗡直響，接著，一陣頭暈，便一頭栽倒在大街上，嘴裡還在念叨著：

「懦夫！懦夫！懦夫！」

「千真萬確。」店老闆走過來想以奉承話來安慰此時這個可憐的年輕人。

「千真萬確。」達太安不斷喃喃著，「可她，她多美呀！」

「哪個，哪個她？」老闆被年輕人的話弄得莫名其妙。

「那位夫人……」達太安說著便昏了過去。

「哼，反正都一樣！」老闆知道年輕人聽不到了，便道，「那個走了留下這個，這位還是要在這待上幾天的，十一個埃居還是可以賺到手的。」

達太安還剩下十一個埃居[11]。老闆心中暗自盤算著：一天一個埃居，一住十一天，那就正好是十一個埃居。

達太安昏昏沉沉睡了一晚，第二天早上五點鐘就起來了。他下樓走進廚房，向他們要了一些東西：配藥膏用的藥劑（我們當然無法知曉都是些什麼，因為明細單子沒有流傳後世）、一些葡萄酒、一點橄欖油、還有迷迭香。他照母親給的藥方配成一劑藥

11. 原文就是如此。可是前文明明講達太安有十二個埃居。

膏，在傷處塗了個遍，之後自己換上了紗布。他一點也不想找什麼醫生。這種波希尼亞香膏果然神奇，當天晚上達太安就可以來回自由行動了。看起來，傷口第二天就可痊癒。

次日醒來，他感覺身體已經好得差不多了，充滿了力量。於是，他去找老闆結帳。由於他什麼也沒吃，因此不用為伙食而付費。只是那些葡萄酒、橄欖油、迷迭香和那些藥劑需要付錢，還有餵馬用的草料。別看那匹馬不起眼兒，可牠的食量竟比一般的馬匹大上三倍還不止。

店主給他算了賬，一共是兩個埃居。他伸手去摸他的錢袋準備付錢，可是這時他才發現，他帶的那封信不在了。達太安耐著性子把口袋裡裡外外翻了有二十遍，但信件仍不見蹤影。

他又火了。這次，他無法像在路上被人嘲笑時那樣忍耐了。他聲稱如果找不到那封信，他就要將店中的罎罎罐罐都砸個稀巴爛。這次，他差一點兒又得配另一劑藥膏來塗新的傷口了，因為店老闆立即抄起一把長矛，老闆娘抓起一把掃帚，而夥計們則握緊了那天被人用過的木棒。

「我的推薦信！快找出來還我。否則，我要像撕雪鵐那樣把你們撕個粉碎！」達太安大聲咆哮。

其實，他的劍在前天的格鬥中已被折斷，所以他肯定無法兌現自己的這一諾言。

但他似乎全然忘記了這件事，怒氣沖沖地拔出了劍，結果發現劍只剩下半截，充其量也只有十寸長了。要知道，這一半還是店老闆出於細心，給他插入劍鞘的。劍的另外半截，廚房的師傅準備日後做成一把剔豬肉用的鐵釺。

達太安看到自己的劍成了這樣，大為失望。後來，要不是店主意識到他的要求合理，這種失望絕對不會使我們這位年輕人就此住手。

店主放下手中的長矛，疑惑道：「對呀，信上哪兒去了呢？」

「對呀，信上哪兒去了呢？」達太安也嚷嚷著，「我可告訴您，這信是給德・特雷維爾先生的。你們必須要找到它。如若不及時找到，德・特雷維爾先生本人必然親自前來查個水落石出。你們明白沒有？」

這次老闆真的害怕了。因為在國內軍人和百姓當中，除去國王和紅衣大主教，德・特雷維爾先生這個名字是最常被提到的。當然，還有若瑟夫神父。不過，他幾乎是恐怖的代名詞，人們只能悄悄地提起他。

老闆只得命令妻子和夥計們馬上放下傢伙兒，全力去找那封信。

「那信裡是不是有什麼值錢的東西？」

「自然是，全部家當都在那裡邊了。」達太安本來指望用那封信為自己的前程開路的，一聽老闆這樣問他，氣就又上來了。

「是儲蓄銀行的存票嗎？」老闆依舊迷惑不解。

「是國王陛下私人金庫的存票！」達太安大聲回答道。

「真是見鬼了！」老闆這回真的是徹底絕望了。

「丟了錢倒還沒什麼。」加斯科尼人的民族自豪感又湧上達太安的心頭，「錢並不是最重要的，但那封信卻價值連城。我寧可捨去一千個比斯托爾[12]，也絕對不能丟了那封信！」

就在這時，老闆突然大叫：

「哎呀！信不是丟了！」

「什麼？」達太安瞪著眼睛，吃驚地問。

「信不是丟了，它是被人偷偷拿走了。」

「被人偷偷拿走了？」

「不錯，是前天那位貴族拿走了。我敢打賭，是他偷走了那封信。因為他問過我您的行囊在哪裡。我告訴他在廚房。後來他去過廚房，並且在廚房裡還停過片刻。當時您的短上衣就在那裡。」

「您肯定？」達太安一點也不相信有人會偷他的信。之所以不相信老闆的話，是因為他覺得，那封信的價值完完全全是屬於他個人的，別人拿去也毫無用武之地。

12. 比斯托爾：法國古幣，一個比斯托爾相當於十個利弗爾。

「您是在說，您懷疑那位無禮的貴族偷走了那封信？」達太安依然懷疑。

「是這樣的。我敢肯定，是他，絕對不會錯！」老闆說，「我曾告訴過他，您是受德・特雷維爾先生保護的。並且我還告訴他，您帶了一封給德・特雷維爾先生的信。聽了我的話，他當時就顯得心神不寧，還追問我那封信在哪兒。當他知道您的擊劍服就掛在廚房的時候，就偷偷去了那裡。」

「也就是說，是他偷了我的信！」達太安怒道，「好的，我一定會向德・特雷維爾先生報告這件事的，而德・特雷維爾先生必然會向國王告發。」

說完這些話，他顯得神氣十足，從口袋裡掏出兩個埃居遞給老闆。老闆收了錢，取下帽子，一直把達太安送到了大門口。達太安跨上他的坐騎，奔向巴黎。這次路上再也沒有碰上什麼麻煩。

到達巴黎之後，他手裡多了三個埃居，因為那匹馬被他賣掉了。達太安一直騎著它從默恩鎮跑到巴黎，這麼長的路，那馬兒已經累得不像樣子了。所以，他覺得這個價錢可以接受，不算太低。當馬販子拿出九個利弗爾遞給達太安時，對他說：「說實話，要不是這馬兒的皮色特殊，才不會出這麼高的價錢哩。」

賣掉馬之後，達太安夾著他那個小包裹，步行進城。他費了很大勁才租到自己能負擔得起的房子，那像是一個小小的閣樓，位於掘墓人街，離盧森堡公園很近。

交過定金之後，達太安把屋子收拾了一下，把行囊安置好。剩下的時間，他把金線花邊縫在自己的短上衣和短褲上，那是母親瞞著父親從他的一件新的擊劍服上拆下的。縫完衣服他便趕到鐵匠鋪打好了自己的劍，隨後又趕到羅浮宮，向一位火槍手打聽清楚了德・特雷維爾先生的官邸所在地。

德・特雷維爾先生的府邸處於老鴿棚大街，離達太安的住處很近。這對於達太安來說，似乎是一個成功的好兆頭，預示自己的這趟巴黎之行將會一帆風順。

這不禁使達太安想到，自己在默恩鎮的表現還算可以。回到住處，他不由思緒萬千：回首往事，他問心無愧；俯視眼下，他心滿意足；瞻望未來，他信心百倍。達太安躺在床上，想著想著，很快就睡去了。

直到第二天早上九點鐘他才醒過來，準備去拜訪德・特雷維爾先生。按照父親的說法，德・特雷維爾先生稱得上法蘭西王國的第三號重要人物。

chapter 2

德‧特雷維爾先生的候見室

特魯瓦維爾是德‧特雷維爾先生在加斯科尼老家時的姓，來到巴黎後被他改成了特雷維爾。正如老達太安所說，他剛到巴黎時，就像達太安一樣，也是身無分文，但他有膽量、智慧和準確的判斷力。正是依靠這些，這個最貧困的加斯科尼小貴族所得到的，比起當時最富有的貝立古[13]和倍黎[14]的貴族所得到的還要多得多。在一個動輒就動刀動槍的時代裡，他異乎尋常的走運，再加上超越常人的勇敢，讓他四級一跨地爬上了那座難以攀登的被稱作宮廷恩寵的梯子的頂端。

特雷維爾之所以能成為國王的朋友，還得從他們雙方的父親說起。國王是十分崇

13. 法國西南部古伯爵領地，即現今法國朵兒托涅省以及洛特一加龍省的一部分。一六〇七年被法國國王亨利四世併入王國。

14. 法國中部古省，歷史上曾為伯爵和公爵領地，現今法國歇而和安得爾兩省的大部分。一一〇〇年併入法國。

拜和懷念父親亨利四世的。在天主教同盟[15]的戰爭中，特雷維爾先生的父親曾經忠心耿耿地為亨利四世效鞍馬之勞。亨利四世由於沒有錢——這個貝亞恩人一生都極其缺少這樣東西，所以只能常常以精神鼓勵來償還他對別人所欠的情，這也是唯一一種不需要東借西貸的東西。

所以，在戰爭勝利之後，特雷維爾先生的父親一進巴黎，便馬上得到了亨利三世獎勵給他的一枚紋章。上面除了有一隻在紅直紋底子上作行走姿態的金獅子之外，還有一句拉丁文題銘：忠誠無畏。這可是一項十分了不起的榮譽，儘管這對他們的物質生活享受沒有什麼大的幫助。

就這樣，亨利國王的這位非常傑出的夥伴去世之後，留給他兒子特雷維爾的遺產就只有他的那把劍和紋章上的那句題銘。靠著這兩件遺贈以及他們毫無污點的姓氏，特雷維爾先生立即被路易十三錄用，加入了年輕王子的侍從隊伍。

特雷維爾用他的劍來恪盡職守地為國王效勞，而且一直遵從那紋章上的題銘，以致於路易十三——法蘭西王國的擊劍好手之一——平時總是說，如果哪個朋友要參加決

15. 一五七二年，胡格諾派和天主教派重開內戰，使整個法國陷於分裂狀態。控制著法國南部和西部胡格諾派的代表人物是亨利四世，他屬於瓦羅亞家族的旁系波旁家族，後來登上王位。而北方信奉天主教的貴族以格林家族亨利・德・吉茲公爵為首，並於一五七六年成立了「天主教同盟」。這個同盟表面上是反對胡格諾派，保衛天主教，而實際上其真實的動機是要推翻在巴黎掌握中央政權的瓦羅亞家族的法國國王亨利三世，由本家族成員登上王位。至此宗教戰爭演變成了三個家族之間爭奪王位之戰。

鬥準備聘請副手的話，他會向這個朋友首先推薦他自己，其次是推薦特雷維爾，甚至於很大可能是首先推薦特雷維爾。

國王路易十三打心眼兒裡喜歡特雷維爾。這種喜歡雖然帶有一種帝王作風，帶有自私性，但畢竟能讓國王喜歡是一件多麼不容易的事情。

其實可以理解為，在那樣動亂的年代，誰都願意有一批像特雷維爾這樣強有力的人物守護在自己的身邊，以保衛自己國家的安全。

亨利三世獎勵給特雷維爾父親的紋章題銘的後半部分是「無畏」，這兩個字成了許多人的座右銘。至於紋章題銘的前半部分，在貴族當中只有少數人才配得上被稱為「忠誠」，特雷維爾就屬於這少數人之一。

他們不僅具有看門狗的馴服天性，而且還有不顧一切的勇敢精神。他們眼光敏銳、出手迅猛。對特雷維爾來說，他的眼睛的全部作用就是要看國王的眼色，洞察出國王對哪一個人感到不滿。他那健碩的手臂就是為了攻擊某個讓國王生氣的人，如貝斯蒙、摩勒韋、波爾托、維特利[16]等等。

總之一句話，當時，特雷維爾缺少的只是機會。他等待著，並下定決心，一旦機會出現，他就要立刻緊緊地抓住它，絕不會有一絲可能讓它溜掉。

16. 這幾個人是法國歷史上或當時的刺客。

確實，他抓住了這樣的機會。最後，路易十三讓特雷維爾擔當了火槍隊的隊長。他手下的每個火槍手對路易十三的忠誠與崇拜程度，跟常備衛隊對於亨利三世，蘇格蘭衛隊對於路易十一比起來，都是有過之而無不及的。

紅衣主教可以說是法蘭西的第二國王，他做得一點也不比國王遜色。他見路易十三身邊出現了那樣一支精銳的衛隊，便也想組建屬於他自己的衛隊，讓他們為自己效勞，與國王媲美。

後來，他果真像路易十三一樣，擁有了自己的火槍手衛隊。所以當時在法國的各個省份，甚至於法國的每一個地方，時時刻刻都在挑選劍術高超的人，以便能夠編入國王或者紅衣主教的火槍隊。

通常，在紅衣主教黎塞留與國王在晚間下棋的時候，他們紛紛誇耀自己手下人的儀表與英勇，常常為了各自侍衛人員的品行而爭執不下。

表面上，他們宣稱反對決鬥，反對鬥毆，而背地裡他們卻唆使手下人動武，為他們的勝利而歡呼，為他們的失敗而憂傷。至少有一個人，他曾經親身經歷過這種勝利和失敗。在他的回憶錄中就是這樣講的。他說——失敗的次數極少，更多的是勝利。

特雷維爾利用他的機靈和智慧抓住了主子的弱點，繼而贏得了這位國王持久不變的信任。而實際上，這位國王身後並沒有留下什麼忠於友情的好名聲。國王總是讓他的火槍手像接受檢閱那樣列隊，然後他在紅衣主教阿爾芒・杜普萊西[17]面前洋洋得意地走過，臉上還露出嘲笑的表情，氣得紅衣主教閣下那兩撮灰色的鬍子直往上翹。

在那個時代如果不靠敵人，就得靠同胞養活自己。特雷維爾非常精通這樣一個時代爭鬥的藝術。所以，他將他的士兵組成了一個無法無天、氣焰極度囂張的軍團。除了他——特雷維爾——別的任何人休想指使其中的一兵一卒。

國王的火槍手們，說得更貼切一些，特雷維爾先生的火槍手們，常常是放蕩不羈、滿嘴酒氣、衣冠不整、傷痕累累。人們幾乎能在所有的遊樂場所裡看到他們的身影。他們也常常大喊大叫，捋著各自的小鬍子，身上的佩劍來回碰撞叮噹作響。如果碰上了紅衣主教那邊的人，他們就故意找碴兒。接下來他們就理所當然地當街拔劍出鞘，不停的嘻笑怒罵。

有時候，他們會被人所殺。但是他們堅信死後肯定會有人為他們致哀和復仇，因為所有的火槍手都相信他們是團結互助的。但更多的時候，他們會把別人殺掉。而此時，他們堅信：雖然他們會因為殺人而坐牢，但只要有特雷維爾先生在，就不會讓他們把牢底坐穿。

事實上，特雷維爾先生確實很快就能想辦法把他們弄出來。這就是德・特雷維爾

17. 阿爾芒・杜普萊西是黎塞留的名字，黎塞留是姓。

先生受到這些人千遍萬遍的讚揚、歌頌和崇拜的原因。

儘管他們一個個表面兇神惡煞，但在特雷維爾先生面前，卻像小學生見了老師，全部表現得誠惶誠恐，畢恭畢敬，唯命是從。如果受到特雷維爾先生的責備，哪怕這種責備十分輕微，其實根本不值得放在心上，他們也會覺得難以承受，非要以死來把這種污點洗刷乾淨不可。

特雷維爾先生的種種言行首先是為了國王，為了國王的朋友；其次，是為了他自己，為了他的朋友。然而，因此而動用的這種強有力的手段，從那個時代留下的種種回憶錄來看，竟然從未讓這位可敬的權貴受到過別人的指責，哪怕這種指責來自敵人方面——他在文人中的敵人可並不少於他在軍人中的敵人。

這些人寫的回憶錄中，沒有一個字提到這位可敬的權貴曾派自己的親信去為別人效勞，從而達到為自己撈取錢財的目的。雖然有時候他能與最高明的陰謀家相媲美，但他真是一個正直的人。雖然他聽上去是一個傳奇人物，但他也和平常人一樣。同時，他以一位風度翩翩的紳士，一位挑逗女人的高手，一位談吐委婉的善言者身分出入最時髦的內室沙龍。眾人在談論特雷維爾先生情場做戲的時候，總是拿二十年前巴松彼埃爾[18]作比，誇讚之聲滔滔不絕。這位火槍隊隊長被人敬畏，受人愛戴，事業真可

18. 十六、十七世紀間法國元帥，外交家。曾因參與密謀反對黎塞留而被關入巴士底獄。

謂達到了人生的頂點。

如果把宮廷內的大臣比作星宿的話，路易十四將宮廷內的所有小星宿都淹沒在他自己的巨大光輝之中，而他的父親就有了「無與倫比的太陽」之稱。與他不同的是，他父親曾讓自己身邊的每一個親信都光彩四射，讓每一個臣子都顯示出自己的價值，而不是把他們的才華淹沒在自己的光芒之下。

當時，在巴黎，除去國王的起身[19]和紅衣主教的起身以外，竟有兩百餘人也都享有這種起身的榮耀，而特雷維爾就是這兩百多人當中享受這一禮儀最盛的一個。

特雷維爾的府邸位於老鴿棚街。夏天從早晨六點鐘起，冬天從早晨八點鐘起，特雷維爾的府邸便成為一個兵營。在他的院子裡，值勤人員總是保持在五六十名。他們全副武裝，在院子裡來回巡邏。為了防止出現任何意外情況，士兵們必須時刻保持警惕。院子裡的樓梯寬大到足以讓今日的建築師在它的地基上再蓋上一棟新的房子。

在這寬大的樓梯上，人們來來往往，有來找特雷維爾幫忙辦事的當地人，有渴望得到聘用的外省顯貴，也有身穿各種顏色制服來回跑著替人給特雷維爾先生送信的跟班。被指定接見的人先坐在候見廳裡靠牆的一圈兒長凳上等著，廳中的嗡嗡聲從早

19. 法國古代國王早晨醒來到梳洗完畢後接見王公大臣的一種宮廷禮儀。紅衣主教和其他顯貴家中也相應地進行這種禮儀。不過，除紅衣主教外，一般其他顯貴他們的這種禮儀被稱為小起身。

到晚從來沒有間斷過。大廳的旁邊就是接待室，特雷維爾先生就坐在接待室裡接受拜訪，聽取申訴，發佈指令。他就像國王現身在羅浮宮的陽台上一樣，在窗口前檢閱他軍隊的陣容。

外省人達太安一進這個院子，看到這種場面，便不免有些發怵，儘管這位外省人是一位道道地地的加斯科尼人。作為特雷維爾的同鄉，他是絕對不應該有一絲一毫的怯懦的。

進入院子，達太安立刻就沒入了「洶湧澎湃」的人流之中。我們這位年輕人在擁擠混亂的人群中往裡走，心怦怦跳個不停。他一隻手死死按住他的劍，讓它緊緊地貼在自己那條長長的瘦腿上，另一隻手稍稍靠近自己的氈帽，用外省人那種似笑非笑又假裝泰然自若的笑容來掩飾內心的惶恐不安。

他費了九牛二虎之力才擠過院子裡的人群，稍稍喘了一口氣。他心裡明白，院子裡的人還在回頭盯著他。唉！到今天為止，曾經一直覺得自己很了不起的達太安，算是頭一回覺得自己滑稽可笑了。

終於走到了樓梯那兒，可這裡的情況也有點糟糕。頭幾個台階上有四個火槍手正在練習日後用得著的劍法。他們的十一二個夥伴站在樓梯的平台上等待參加比試。四個火槍手中站在最上面的一個人挺著劍，迎接下面三個人的進攻，下面的三個人則靈活地舞動著手中的劍，試圖攻上去。

最初，達太安還以為他們手中拿的是訓練用的花式劍，劍鋒沒有開，所以無論比試得多麼激烈都不會傷到對方。但很快他就知道自己錯了。從被劃破的一道道傷口來看，那劍是又利又尖的。每當一個人身上被劃出傷口時，其他人就會發出一陣狂笑。

那個站在上層的火槍手已經成功地阻止了下面的三個對手。這種比試的規則是：誰被刺著誰出局，並且失去首先覲見隊長的權利。

比賽進行得很快，五分鐘之內就已經有三個出了局，其中一個被刺中手臂，一個被刺中下巴，還有一個被刺中了耳朵。優勝者是站在最上層的那個人，他一根汗毛也沒傷著。按照規則，他得到優待，可以再比試三輪。這位優勝者的機會並不是輕而易舉就能得到的，他可能是有意讓人感到驚異。

他確實引起了人們的驚異。達太安看到這種消遣方式驚呆了。加斯科尼人是以頭腦發熱聞名遐邇的。在加斯科尼，人們在鬥毆之前總要預先找到一點兒理由，而他眼下所看到的四個人，簡直可以用大言不慚地自吹自擂來代替理由。他有一瞬間以為自己誤闖進了格列佛[20]所到過的巨人國。現在的問題是，達太安要想到達他的目的地，還必須穿過那個樓梯平台和候見廳的前廳。

在平台上，人們談論的是有關女人的事情；在前廳，人們談論的是宮廷內的秘

20. 英國十六世紀作家斯威夫特所著《格列佛遊記》中的主人公。

聞。達太安先是羞紅了臉，接著又快被氣炸了肺。他原本是一個想像力豐富的青年。在他的家鄉，他的想像力曾令不少年輕女傭，甚至還有一些年輕主婦也避之唯恐不及。現今他在這裡所聽到的種種風流逸聞，件件都與全國的知名人物有關，而且講起來詳盡生動，毫無掩飾。達太安就是做夢也夢不到它的四分之一。如果說在平台之上，達太安的道德觀受到了衝擊，那麼在前廳，紅衣主教在他心中受尊崇的地位也遭到了質疑。

那裡的人們在肆無忌憚地攻擊著紅衣主教的政策，隨便地談論他的私生活。在這之前，達太安所知道的是，不少的大貴族正是由於在以上兩個方面反對紅衣主教而受到了嚴懲。可現今他們……這真是令整個歐洲都應該感到吃驚的舉動。

紅衣主教可是父親所尊崇的大人物，而現在他卻成了人們隨便嘲笑的對象。他們嘲弄紅衣主教那雙向外彎曲的腿，那弓形的背……有一些人按《聖誕歌》的調子，把紅衣主教的情人埃吉翁夫人和他的外甥女卡巴雷夫人編成歌詞唱出來。還有另外一些人則起勁地對紅衣主教的僕從和衛士進行抨擊。達太安覺得自己好像進入了另外一個世界，他覺得這一切全是聳人聽聞，絕不可能確有其事。

有時候，國王的名字也會偶爾出現在這些議論或者嘲諷的話題當中。但由於眾人都怕談論的聲音傳進特雷維爾先生的辦公室，怕被他聽到，所以對「國王」這一話題他們談論得都異常短暫。片刻之間，人們的嘴裡就像是被塞上了一個木塞，聲音戛然而止。很快，話題就又從國王轉回到紅衣主教身上去。每談到一件事，笑聲就會變得更大。那意思是說，他們不會放過關於他的任何一件事。

達太安害怕起來，他想：「這些人由於在背後談論紅衣主教將被關進巴士底監獄並被絞死。不用說，我也將因聽見了他們的談話而成為同謀犯也會跟著被關進去。我父親他老人家曾那麼嚴厲地叮囑我，要我尊重紅衣主教。他老人家如果知道我現在正與這樣一些嘲諷紅衣主教的人待在一起，會怎麼想呢？」

達太安由於謹遵父親的叮囑不敢介入這些人的談話。可是，他卻充分地調動自己的五官，瞪大了眼睛看，豎起了耳朵聽，生怕漏掉其中的任何一句話。他這樣做並不表示懷疑父親的叮囑，而是他感到自己已被這種愛好和本能所左右，很想參與到其中去，很想讚揚而非譴責這裡所發生的一切。

顯然達太安完全是以一個局外人的身分置身在特雷維爾先生的這群追隨者當中。第一次在此出現，他這張陌生的面孔便在眾人中分外顯眼。很快便有人走上來問他來此有何貴幹。一見有人問他，達太安便謙恭地說出了自己的名字，並且著意強調了自己與特雷維爾先生是同鄉，請求過來問話的這位特雷維爾先生的貼身男僕去向先生本人傳話，看看先生願不願意抽出一點時間見見他。

那跟班以一種保護人的姿態告訴達太安，他會在合適的時候轉達達太安的這一請求，請他等待一下。

這時，達太安才算稍稍平靜下來。他有了閒心來觀察、研究眾人的服裝和容貌了。處於最活躍的那群人中央的一位火槍手，身材高大、神情傲慢。他古怪的服裝煞是吸引人們的目光。

在那個自由權較多，獨立性很強的年代裡，身著制服上衣雖不是絕對強制的，但是周圍的人大部分穿的都是制服，即使不是制服，也沒他穿的奇怪。他穿的並不是寬袖的制服上衣，而是一件稍有點褪色，有些磨損的天藍色齊腰緊身上衣，其上有一條肩帶，是用金線繡成的，看上去很是華麗，就像陽光下的鱗波，金光閃閃。一件天鵝絨的長披風，從肩上一直垂到腳跟。那條華麗的肩帶就在胸前露了出來，上面還掛著一把非常大的長劍。

從他們的談話中得知，這位火槍手剛剛下班。周圍的人問他為什麼穿披風，他向人們解釋說自己得了感冒，並且時不時裝模作樣地咳嗽幾聲。他一邊講著，一邊用手去捋他的小鬍子，甚是得意。達太安比起任何人都更為起勁地誇他那條漂亮的肩帶，說它很漂亮很奢侈。

那火槍手解釋說：「我也曉得這有點奢侈，可這年頭就興這個，有什麼辦法？再說，不把祖宗留下的一筆錢花在這上面，還上哪兒花去？」

「波托斯！」在場的某個人喊出了他的名字，「您不要騙我們，您花的不是您父親的錢！一定是那位戴面紗的夫人送您的！我上周在聖奧諾雷門旁看見您和她在一起。」

「您錯了！」波托斯說，「我以我作為貴族的榮譽和人格保證，是我自己買的！是我自己用祖宗留下的錢買的！是用我自己錢袋的錢買的！」

「您說的沒錯！」又有一位火槍手說話了，「就跟我一樣，我另買了一個新的錢袋，用的是情婦放在我的舊錢袋裡的錢！」

「我講的是真話。」波托斯又說，「買它時我花去了十二個比斯托爾——以此為證。」

讚美聲成倍地增加，但同時懷疑並未真正消除。

「您還有什麼話講嗎，阿拉米斯？」波托斯朝著剛剛與他對話的火槍手這樣說。

被喊作阿拉米斯的火槍手是一個大約二十二三歲的青年。他的長相與波托斯形成了強烈的反差。他看上去稚氣十足，並且過於溫柔。粉紅色的臉上就像秋天的桃子一樣長滿了細細的絨毛。唇上有一道直線，那是他的小鬍子。他的兩隻手一直不想放下去，時不時地舉到耳邊，捏捏那兩隻耳朵，以使它們保持鮮豔的肉紅色。講起話來又少又慢，文質彬彬的，經常鞠躬行禮。笑的時候沒有聲音，但會露出兩排非常漂亮的牙齒。

聽了波托斯的話，阿拉米斯搖了搖頭，表示自己相信了波托斯。

「你們對夏萊[21]的馬廄總管講的那件事怎樣看？」另一位火槍手向大家提出了新的問題。

21. 十六、十七世紀間的法國伯爵，為法國國王路易十三的寵臣，因當時陰謀反對紅衣主教黎塞留而被處死。

「他講什麼事了？」波托斯以好似自己非同凡人的口氣問。

「他說他在布魯塞爾碰到了羅什福爾——紅衣主教的那位死心塌地的追隨者。那時他化裝成了一位嘉布遣會[22]的修士，沒有人認出他。這該死的傢伙就靠著喬裝打扮，像戲耍傻瓜一樣戲耍夏萊先生。」

「實際可以確定，他本來就是個傻瓜。」波托斯說，「這事確實是真的嗎？」

「我不確定，是阿拉米斯跟我講的。」那位火槍手回答。

「是不是這樣？」波托斯問阿拉米斯。

「您裝什麼糊塗，波托斯？」阿拉米斯插話進來，「我昨天就給您講過這事了。所以，咱們還是不要談論它了。」

「不要談這件事了？您真是這麼想的？」波托斯特別不滿，他看起來十分生氣，「哼，現在您竟然說不要談這件事了！這是您下的命令？我可咽不下這口氣！一個叛徒，一個無賴，一個強盜，竟然敢在暗地裡偷偷跟蹤一位貴族，盜他的信件，然後憑著這些信件虛造罪名，說什麼夏萊要刺殺國王，讓大殿下[23]和王后結婚什麼什麼的，以此來加害於夏萊，目的就是要砍下夏萊的腦袋！這個壞蛋一直深藏不露。直到昨天，您向我們揭開了他的本來面目，這使我們感到非常欣慰。聽了您的介紹，我們個個都

22. 嘉布遣會：天主教方濟會的一派，在一五二八年由義大利人利馬竇・芭希所創。
23. 大殿下：法國人對國王大弟的尊稱。

被驚得目瞪口呆。可是怎麼回事？今天您倒說『不要談這件事了』！」

「既然大家這麼願意談，那就接著談好了。」聽了波托斯的這些話，阿拉米斯又變得耐心起來。

「娘的羅什福爾！」波托斯大罵了起來，「要是我是那個可憐的伯爵夏萊的馬廄總管，我要親自讓那個畜生嘗嘗我的厲害！」

「我想您是可以的。但如果真的那樣的話，紅衣公爵也會親自讓您嘗嘗他的厲害。」阿拉米斯說。

「又是紅衣公爵？紅衣公爵！太好了，太好了。」波托斯點著頭，邊拍著巴掌邊說，「阿拉米斯呀阿拉米斯，您真夠風趣的。親愛的，您未能按照自己的志向去選擇職業真是件遺憾的事。您的志向是打算成為一名神父的，並且您本來可以成為一名風趣的神父的。哼！紅衣主教會讓我嘗嘗他的厲害？真是妙不可言。我將把這句妙不可言的話傳出去。親愛的，放心，我一定會這樣做的。」

「親愛的，這根本用不著著急，」阿拉米斯說，「我會成為神父的，您等著好啦！您知道，我一直在學神學，成為神父是遲早的事。」

「恩，遲早而已。您總是說到做到。」波托斯道。

「會早，不會遲。」阿拉米斯肯定道。

「只要等完成一件事後，他便可以重新披上那件正披在制服後面的道袍。」另外一名火槍手說。

「等他完成什麼事？」又一名火槍手疑惑地問。

「他等著——王后給法蘭西的王位生一位繼承人。」

「先生們，請千萬不要拿這件事開玩笑！」波托斯叫道，「感謝老天，王后尚在育齡期呢。」

「聽說白金漢[24]先生正在法國。」阿拉米斯邊說邊狡猾地笑著，這笑聲帶有足夠的挑逗性。

「這回您可大錯特錯了，親愛的阿拉米斯。」波托斯打斷了阿拉米斯，「愛講俏皮話的癖好總是讓您不知不覺地越界。要是讓德・特雷維爾先生聽到您的這番話，您就有大麻煩了。」

「您這是在教訓我，波托斯？」阿拉米斯怒了起來，逼人的光芒從他那雙溫柔的眼睛裡一下子迸射出來。

「親愛的，做火槍手和做神父是不可以兼而得之的。」波托斯說，「阿托斯曾對您說：『您吃遍了所有槽裡的料』。啊，別急，朋友！著急可沒有任何作用。再說，咱們仨——阿托斯，您，我——已經事先約好的不要發火。看看您吧：您去了埃吉翁夫人

24. 十六、十七世紀間著名英國公爵，英國國王詹姆士一世和查理一世的寵臣。

家，向她大獻了殷勤；您去了德・謝弗勒斯夫人的表妹布瓦特拉西夫人家，深得她的歡心。啊，上帝！您交了好運。您一向守口如瓶，我們也從不盤問。可千萬不要以為你做的這一切會瞞得了別人。問題是：既然您具備這種絕佳的本領，就該把它用到有關王后陛下尊嚴的正事上去——國王，至於紅衣主教，誰愛怎麼談就怎麼談。如果必須談論神聖的王后，那也只能談論她好的方面。」

「波托斯，我跟您說，您的自負不次於喀索斯[25]。」阿拉米斯說，「您也不是不曉得，我最討厭被人教訓——當然來自阿托斯的除外。至於您，親愛的，您現在有一條美麗無比的肩帶，可這算不了什麼。我說過：我會在合適的時候去做神父。可是眼下，我是一名火槍手。憑著這火槍手的身分，我想說什麼就說什麼。所以說實話，現在我覺得您十分令人討厭！」

「阿拉米斯！」

「波托斯！」

周圍的人一見兩個人鬧僵了，便都圍上來勸阻：

「得啦，得啦，二位先生……」恰好這時，德・特雷維爾先生辦公室的門打開了，一位穿號衣的跟班打斷吵嚷聲：

25. 希臘神話中的美少年，只覺得自己美，因此只愛自己。不愛任何人。仙女恩科向他表達自己對他的愛，他厲聲拒絕，因為愛上了自己水中的倒影，不吃不喝，最後倒地身亡。

「有請達太安先生！」

眾人霎時都閉上了嘴。

年輕的加斯科尼人在一片肅靜中穿過候見廳。他心裡直覺得慶幸，因為他免除了參與眼前這場古怪的爭執的必要，可以直接進入火槍手隊長的辦公室。

chapter 3 晤見

達太安走進了特雷維爾先生的辦公室。這時，特雷維爾先生的情緒顯然非常不好。但是，當年輕人進屋深深地向他鞠躬後，他還是極有禮貌地還了禮，並且面帶微笑。接受拜訪者的問候，年輕人的貝亞恩鄉音，使他陷入了對青年時代和故鄉的美好回憶。這種雙重的回憶足以使任何人露出笑容。

在兩人準備進入談話之前，他向達太安做了一個手勢，似乎想告訴達太安，在他們談話之前，需要允許他先把一些事情了結一下。他站起身來，向候見廳那邊走去。

「阿托斯！波托斯！阿拉米斯！」他連喊了三聲，一聲高似一聲，聲音之中包含命令、憤怒等等含意。

我們已經認識了那三個名字當中的兩個。這兩個人聽見了特雷維爾的喊叫聲，便離開人群，朝特雷維爾先生的辦公室走過來。他們進門之後，都是一副雖然不算是安然自定，但至少可以說是無拘無束的表情。達太安看到後，完全對他們充滿了敬佩之情。因為在達太安的眼裡，特雷維爾先生堪比以雷電作武器的奧林匹斯山上的朱庇特。在他面前，自己無論怎樣也做不到無拘無束，只有忐忑不安。所以他認為，眼前進來的這兩個火槍手簡直就是半人半神的赫拉克勒斯和忒修斯。

兩個火槍手進來將門關上之後，候見廳裡的嗡嗡聲又傳了進來。特雷維爾先生一直在辦公室內來回踱步，擦過同樣默不作聲的波托斯和阿拉米斯，像檢閱軍隊那樣挺直胸膛，並沒有講什麼話，從這一頭走到那一頭，又從那一頭踱到這一頭，期間一直緊皺眉頭，一言不發。突然，他猛地停在了他們面前，眼冒火花，憤怒地看著他們道：「先生們，你們知道昨晚國王跟我講了些什麼嗎？」他的聲音異常大，「先生們，你們知道嗎？」

「不知道，先生。我們一點都不知道。」兩個火槍手稍等了片刻回答。

「不過，先生，我希望有幸被告知，究竟發生了什麼事。」阿拉米斯語氣極為恭敬地加了這麼一句話，並且姿勢優雅地鞠了一躬。

「國王跟我說，從今往後，他要從紅衣主教的衛士中挑選他的火槍手了！」

「什麼?從紅衣主教的衛士中挑選?他為什麼這樣？」波托斯迫不及待地問。

「這是因為我們的表現太不出色，不能讓人感到滿意。」

兩個火槍手的臉刷地一下紅了。達太安也感到尷尬異常，覺得自己應該找個地洞鑽進去。但是他還不知道特雷維爾為什麼要這樣說自己的下屬。

「就是這樣，沒錯！」特雷維爾先生繼續大聲講著，從他的表情和語氣可以看出他是非常生氣的，「陛下是對的，因為我們的火槍手給國王丟人現眼了。這一點我可以以我的名譽擔保。昨天，國王與紅衣主教在玩牌的時候，我也在他們身邊。紅衣主教以一種令人氣憤又假裝表示同情的口吻對我說，『前天，您的那些該死的火槍手，那些喜歡惹是生非的東西』——我聽到這些怎麼能不氣——『那些楞冒充好漢的傢伙們』，他又補充了一句，同時還用凶惡的眼光瞪著我。他說，這些人深更半夜還在費魯街的一個小酒館裡廝混，被他的衛隊碰上了，不得不將那些擾亂治安的傢伙抓起來，可是他們卻半路逃走了，他還會繼續抓他們的，他已經知道了他們的名字。

「我相信他那時心裡已經高興得就差當面衝著我哈哈大笑了。要不是國王在的話，他肯定會這樣做的。真是見鬼！他講的情況你們應該是知道的。現在好啦，他要再次拘捕你們。你們逃是逃不脫的，也無須辯解，因為紅衣主教已經點了你們的大名，你們被人家給認了出來。這都怪我，誰讓我挑了你們！阿拉米斯，你眼看就要穿上漂亮的修士服了，為什麼偏偏被我挑上，給你穿上一件制服！波托斯，你已經有了一條閃光的肩帶，可難道說這裝飾僅僅是為了在它上面掛上一柄用麥稈兒紮成的長劍？還有那個阿托斯——他，他在哪兒？」

「先生！」阿拉米斯情緒有點低落地說，「他病了，病得很厲害。」

「病了？他得了什麼病？」

「可能是天花吧，先生。」波托斯回答說，「事情好像不太好，他要落麻子了。」

「波托斯，您就再給我編造另外一個傷心的故事吧！您說他生了天花？笑話，他這個年齡還會出天花！他不是受了傷，就是送命了吧？啊！要是他媽的我能早些預料到是這樣就好了！火槍手先生們，從現在開始我不允許你們再像往日那樣，到那些地方去鬼混，到大街上去吵吵嚷嚷，在十字街頭動武鬥毆。總之一句話，我不想讓紅衣主教先生的衛士們抓到你們的任何把柄，在國王面前擠兌我，看我的笑話！你們絕不能落到被人拘捕的地步，尤其是被紅衣主教的人拘捕。你們個個都應該是勇敢、沉著、機智的英雄好漢。而且，你們也絕對不會被任何人拘捕，這我可以肯定，寧死你們也不會後退一步，東躲西藏。這也只有國王的火槍手才會做得到！」

雖然特雷維爾的話說得很難聽，但是波托斯和阿拉米斯明白，特雷維爾先生是出於對他們深深的愛才講了這番話的。

特雷維爾雖然發洩完了，但還是氣得渾身發抖。要是換個其他人講，火槍手們也許會立即跳起來，扭斷他的脖子。但是由於是他們尊敬的特雷維爾先生講的，他們忍耐著，任憑腳在地板上跺得咚咚作響，嘴唇咬出了鮮血，手猛勁兒地按住了劍柄。院子裡的人知道事情可能不太妙，因為大家都聽到特雷維爾先生用那樣嚴厲的口氣教訓波托斯和阿拉米斯。十來個人湊上來，把耳朵貼在了門上。特雷維爾先生在裡面講的那些話，他們都清清楚楚地聽到了，不由也被氣得臉發白。很快，特雷維爾先生講的那些話，經過他們被傳了出去。沒多大一會兒，從特雷維爾先生的辦公室到臨街的大門口，人們都聽說了特雷維爾說的話。大家又開始了新一輪的議論，整個府邸再一次沸騰了。

「國王的火槍手們任憑紅衣主教先生的衛士隊拘捕！」特雷維爾先生在裡面繼續講著，他與他的下屬同樣怒不可遏。為了利用語言來刺激眾人，他刻意一字一句地講著，就像抓著一把劍在一下一下地猛刺他下屬的胸膛，又像是在刺自己的胸膛。「啊！國王陛下的六名火槍手輕而易舉地就被紅衣主教閣下的六名衛士給拘捕了，真是活見鬼了！火槍手都是我親手培養的，他們竟然這樣就被拘捕了。我已經決定立刻進宮，向國王提出辭呈，辭掉國王火槍手隊隊長的職務，因為我沒有培養出好的下屬。我將要求到紅衣主教衛隊之中當一名副隊長——要是再被國王拒絕，媽的，我就去當神父算了。」

粗野的叫罵聲不斷從屋子裡傳出來：見鬼！媽的！奶奶的！特雷維爾先生的話音一落，外邊的竊竊私語一下子變成了陣陣怒吼。達太安羞愧得都想要鑽到桌子底下去。

「確實是，隊長！」波托斯怒氣沖沖地說，「當時我們是六個對六個。他們採用陰險的方法襲擊我們。趁我們不注意，在還沒來得及拔劍的時候，已有兩個被擊中倒下死掉了。阿托斯受了重傷，情況不妙。阿托斯您是瞭解的，隊長。當時他極力想要站起來，可兩次都沒有成功。然而，我們沒有投降，真的沒有投降！是他們強行將我們帶走的，我們就在半路上逃了。他們以為阿托斯已經死了就放棄抬走他，任他留在了原地。這就是事情的經過。事實上，沒有一個人會百戰百勝的。歷史上都是這樣，即使一個人在戰役中經常勝利，也完全不可能一直勝利。在法薩羅戰役中，偉大的龐培[26]敗了；在帕維亞戰役中，天下無敵的弗朗索瓦一世[27]敗了……」

「我向您擔保一個事實：他們中的一個的確被我幹掉了。」阿拉米斯說，「我用他自己的劍把他幹掉的，因為我的劍在第一回合裡已經折斷了。我當然沒有放棄，最後把他幹掉了。說他是被刺死的或者捅死的，都成，隨您怎麼說……」

「看來，紅衣主教是故意誇大事實，我並不知道這些。」特雷維爾先生聽了他們的敘述後說。他的口氣已經緩和了許多。

「但是，先生，有件事我懇求您，」阿拉米斯繼續說，他見隊長平靜了一些，膽子也就變大了，「最好不要把阿托斯受傷的消息傳到國王的耳朵裡，否則阿托斯肯定會感到絕望的。您瞭解他，他的自尊心很重的，而且他的傷勢極重，肩被刺透了，還傷了胸部，恐怕……」

26. 古羅馬統帥。西元前四八年，與凱撒戰於希臘法薩羅。最後龐培戰敗，逃至埃及時被殺。
27. 法國瓦羅亞王朝國王，與神聖羅馬帝國皇帝爭奪神聖羅馬帝國皇位，一五二五年在義大利帕維亞戰敗被俘。

見一絲血色。

就在此時，門突然打開了。一個年輕人走了進來，他面孔嚴肅而英俊，但全然不見一絲血色。

「阿托斯！」兩個火槍手一起喊了出來。

「阿托斯！」接著特雷維爾先生也喊出來。

「先生，您召見我？」阿托斯對特雷維爾先生說，聲音虛弱，但神情沉著，「弟兄們通知了我，說您找我，我就趕來了。不知道您有什麼吩咐，先生？」

阿托斯的制服一如既往，整整齊齊，除了腰身裹得緊緊的。他一邊說著，一邊邁著堅定的步伐走了進來。阿托斯表現出來的勇敢已經深深感動了特雷維爾先生。他沒聽他說完便急忙朝他迎了過去。

「是的，我在找您，我正在跟他們講，」特雷維爾先生興奮地說，「我的火槍手個個都是好樣的。國王也曉得他們是全世界最勇敢的人，所以國王和我都不希望也不允許你們在毫無必要的情況下拿自己的生命去冒險。請把您的手伸過來吧！」

剛剛到來的火槍手知道自己闖了禍，來的路上已經做好被特雷維爾訓斥的準備。事情的進展有點出人意料，以至於阿托斯對這種友愛的表示還沒來得及做出反應，特雷維爾先生就抓住了他的右手，用盡全身氣力，狠狠地握緊了它。特雷維爾先生沒有注意到，儘管阿托斯一再堅持，勉強忍住，但還是疼得不由得哆嗦了一下。那本來就很蒼白的臉，這下越發蒼白了。

由於門半開著，他們之間的對話早就被外邊的人聽到了，於是外面立刻又產生了騷動。阿托斯受傷的事本來是個秘密，除了那兩個火槍手外誰都不知道，這下人們可全都知道了。

隊長講完話後，外面便爆發了一陣歡呼聲。有幾個人興奮得難以抑制，都把頭伸進了辦公室。本來，特雷維爾先生打算以嚴厲的態度來制止這種越軌行為的，可他突然感受到，握在他手中的阿托斯的右手突然抽搐起來——阿托斯就要昏過去了。

特雷維爾先生由於激動，一直緊緊握著阿托斯的手。本來，阿托斯用全部的生命力來與疼痛做鬥爭，但最後他還是沒有成功——昏了過去，倒在了地上，如死人一般。

「快去找醫生來，馬上！」特雷維爾先生朝外面嚷道，「一定要找最好的醫生！要不，他娘的，我的勇士就要沒命啦！」

聽到特雷維爾先生這一呼叫，所有的人一瞬間都湧進了辦公室。特雷維爾先生並沒有加以阻止，而是任憑他們闖入。他們都想幫忙，都想照顧這位勇士，但無疑人多只能添亂。

外科醫生很快就來了。他衝開人群，奔到了阿托斯的身邊。醫生看了阿托斯的情況後提出的第一個請求，也是最重要的請求，就是將昏迷不醒的阿托斯安置到隔壁一個安靜的房間去。辦公室與隔壁的那個房間是相通的。特雷維爾先生迅速地打開了那扇門，隨後閃身給抬著阿托斯的波托斯和阿拉米斯領路。醫生也快步跟進去後，那扇門便被關上了。

一般情況下，特雷維爾先生的辦公室可是一個神聖的所在，很少有人能夠隨便進入。但是現在，它幾乎變成了候見廳的一角——眾人在裡邊為所欲為，高聲議論，就像在院子裡一樣，仍舊提高嗓門兒罵娘，放肆地說褻瀆神靈的話，宣稱要紅衣主教和他的衛士們去見鬼，如此等等。

不一會兒，波托斯和阿拉米斯走出了房間。特雷維爾先生和醫生繼續留在裡面。又過了一會兒，特雷維爾先生和醫生也出來了。特雷維爾向大家宣佈：阿托斯醒了，大家不用為阿托斯的傷情擔心，他只是因為失血過多而昏迷，沒有什麼大問題。說完這些之後，特雷維爾先生做了一個手勢，示意讓大家離開。大家都很有規矩地自動離去了，但達太安留了下來。他懷著加斯科尼人那種特有的倔強勁兒留在了原地，因他覺得自己是來被接見的，本來就應該留下。

等所有人走之後，門關上了，辦公室裡只剩下兩個人——特雷維爾先生與達太安。剛剛發生的事中斷了特雷維爾先生的思路。他看著眼前站著的陌生人，詢問他是誰，還不出去是不是有什麼事。達太安說出了自己的名字，以喚醒特雷維爾的記憶。特雷維爾先生聽完之後馬上接上了被打斷的思路，知道自己該幹些什麼了。

「對不起，我的同鄉，」特雷維爾先生面帶笑容地說，「請原諒我剛才太忙亂差點把您給忘掉了。沒有辦法！這些火槍手都是些大孩子。我作為隊長其實也就是他們的家長，而身上的責任比普通家長身上的責任重得多。但是，無論如何，我得讓國王的命令，尤其是紅衣主教的命令得以順利執行……」

達太安聽到這些客套話，內心的真實情感掩蓋不住了，臉上露出了淡淡的微笑。特雷維爾先生從達太安這一細微的表情判斷出，眼前與他打交道的小夥子，並不是一個傻瓜。於是，他只能改變了話題，重新回到原來的方向。

「以前我曾經非常喜歡您的父親。」特雷維爾先生道，「我能為我昔日好友的兒子做點什麼嗎？只是，有話請快些講，我沒有太多的時間。」

「先生，」達太安道，「我離開塔布來到這裡，原本是想做一名火槍手，穿上一件火槍手的制服，希望得到您的幫助以作為您沒有忘記您和我父親的友誼的一種紀念。但是，兩個小時以來，這裡發生的一切讓我明白，如果您能讓我夢想實現的話，您的這一恩典份量實在太重，我可能不配擁有它。」

「確實是，這倒實實在在是一種恩典，年輕人。」特雷維爾先生道，「但是，事情可能也並不像您想像的那樣難以實現。說是恩典，那是因為陛下有過命令——我只能不無遺憾地告訴您——國王規定，任何人如果沒有經過一定的考驗，是不能被選為火槍手的。這些考驗包括參加了幾次戰役，立下了赫赫戰功，或者在條件遠遠不如我們軍隊的隊伍中服役年滿兩年等等。」

達太安聽罷並沒有說什麼，只是鞠了一個躬。此時，當他瞭解到在成為火槍手之前要經過這麼多考驗，他並沒有打消成為火槍手的夢想，反倒越發渴望擁有一件火槍手的制服了。

「不過，」特雷維爾先生繼續說，眼睛一秒不放鬆地盯住自己的這位同鄉，他似乎想用目光之銳利把眼前這位陌生年輕人的一切看個一清二楚，使自己能對他有所瞭解。「不過，考慮到我和您父親的友好關係——正如我剛才跟您講的那樣，他是我的老朋友，我也很喜歡他——因此我很希望能為您做點什麼，年輕人，可以做點我力所能及的事情。從我們貝亞恩出來的子弟通常都不太富有。我想我離開這些年那裡肯定也沒有發生什麼驚人的變化。因此，我覺得，您身上帶的錢未必能夠維持您以後的正常生活……」

達太安一聽此話立刻挺直了腰板兒，以那高傲的姿態向他的對話者——特雷維爾先生，證明他不需要任何人的施捨。這一姿勢被特雷維爾看在眼裡，他因此瞭解了年輕人的想法。

「噢，年輕人，這非常好。」特雷維爾先生道，「您這是向我表明，您並不需要……這使我想起當初我剛來巴黎的時候，那時口袋裡雖然只有四個埃居，可如果有誰敢說我買不起整個巴黎，我就要與他決鬥！」

這話使達太安的腰杆兒挺得更直了。因為他知道，他靠賣掉了自己的馬開始自己的生計時，口袋裡的錢比當時特雷維爾先生口袋裡還多四個埃居呢！

「那麼，我想，您一定需要好好保護好您口袋裡那些錢。」特雷維爾先生繼續說，「但我覺得，您可能也非常需要一個適合於貴族子弟的訓練機會。這樣好了，我今天就寫一封信給皇家學院的院長，請他免費收留您。他會同意的，明天您就可以到他那裡去。請您不要拒絕我給您的這個很小的幫助。要知道，一些出身高貴、家庭富裕的貴族子弟都很渴望得到這個機會呢！您去那裡可以學習馬術、劍術，還可以學習跳舞。您會在那裡結識一些對您將來極其有益的朋友。以後，您也可以不時地前來看我，講講您到那時候的情況，看看我還能為您做些什麼。」

雖然達太安對於上層社會的客套所知不多。但是，他還是感覺得出，自己受到並不是一次很熱情的接待。於是，達太安想到了父親給他的那封信。

「唉，先生，」達太安長長地歎了一口氣，「我看得出，今天，如果現在我還有我父親給您親手寫的介紹信，情況與現在會是多麼的不同啊！」

「的確如此。」特雷維爾先生道，「我也感到奇怪，您從我們家鄉那麼遠的地方來到這裡，怎麼可能會忘了帶上一件被我們貝亞恩人看作命根子的旅行必需品呢？」

「我一點沒忘，先生，而且它寫得完全合乎規格。只是，不幸的是，在我從家鄉來巴黎的路上，它被不懷好意的人給偷走了。」達太安傷心地喊了起來。

接著，達太安把默恩鎮發生的事一五一十的向特雷維爾先生敘述了一遍，而且詳詳細細地把那位素不相識的貴族的模樣描繪了一遍。他不能忘記那個人的模樣，那個人讓他印象深刻。達太安講得生動而真實，以至於特雷維爾先生聽得愣了神兒。

「這種情況倒挺奇怪！」特雷維爾先生思索著說，「就是說，您曾大聲地說出過我的名字？」

「是這樣的！先生。」達太安說，「看起來我好像有點冒失，但是毫無疑問，我喊出了您的名字。我不知道這樣做會不會給您帶來不便。但是我當時認為，您的名字是我一路行來的護身符。有您在，我一路就會很安全，這樣才能安全到達，才能見到您——請您設身處地為我想一想。」

毫無意外，所有的人都喜歡聽奉承話，國王或紅衣主教是這樣，特雷維爾先生當然也不會拒絕別人的恭維。因此，他聽了達太安的話後臉上立即露出了笑容，是那種由衷的笑而不是偽裝的笑。但是，笑容很快就消失了。特雷維爾先生又把關鍵問題集中到了在默恩鎮發生的那件事上。

「告訴我，」特雷維爾先生問，「您講的那位在默恩鎮碰到的貴族，是不是鬢角上有一塊不太明顯的傷疤？」

「是的，是有一塊疤，好像是被槍彈劃傷的。」

「他相貌比較好看？」

「嗯，不錯。」

「他身材很高大？」

「恩，是的。」

「棕色的頭髮，臉色蒼白？」

「是的，千真萬確，一點也不錯。您認識他？啊！我發誓不管他躲到哪兒，哪怕是天涯海角，我也一定會去找他報仇的。」

「他是不是在等一個女人？」特雷維爾先生繼續問。

「是。他等到那個女人之後和她談了一陣子，很快就都走掉了。」

「您聽到他們都談了些什麼嗎？」

「他把一個盒子交給了那個女人，說盒子裡有他的指令，並且告訴她只有趕到倫敦之後才能把那個盒子打開。」

「她是英國人嗎？」

「她叫米拉迪。」

「是他！」特雷維爾先生自己揣摩，「果然是他。我一直以為他還在布魯塞爾哩！」

「啊！先生，」達太安叫了起來，「如果您知道這個人，就請告訴我他是誰，他在哪兒。我只有這個請求，其他的都不重要——甚至於我也不再求您讓我進入火槍隊。我要做的就是復仇！」

「無論如何，您不要那樣幹！」特雷維爾先生也大聲叫了起來，「您千萬不要去碰他！如果您看見他從大街的那一邊走來，您最好靠一邊去，不要試圖和他挑戰。否則，後果就像是一隻玻璃杯撞到一塊花崗岩上一樣，您自己也會摔個粉碎！」

「即使是這樣吧，」達太安說，「只要讓我找到他……」

「年輕人，」特雷維爾先生道，「記住我的忠告，千萬不要去找他。」

特雷維爾先生正說著，突然停了下來，因為他起了很大的疑心。眼前這位年輕人告訴他，那人偷了他父親的信函，看上去並不像是真的。怎麼可能有人專門去偷一封推薦信？年輕人對那個人表現出恨之入骨的樣子，就像跟他有著不共戴天之仇，這其中是不是還隱藏著什麼陰險的計畫？他是不是紅衣主教派來的？是不是他們故意設好了圈套等待我鑽進去？

這個自稱達太安的人，有沒有可能是紅衣主教準備安插在我身邊的一名暗探？把一個人安插在對手家中，獲取信任後，再擊垮對手，這樣的事可是時常發生的。特雷維爾再次端詳起達太安，比起上一次來更加用心。他看到，達太安臉上洋溢著一種近乎詭譎的機智和虛偽的謙恭。所有這些都使他放心不下。

「可以確定，他是個道地的加斯科尼人。」特雷維爾心裡想，「但是他既然能為我效力，必然就能為紅衣主教效力。來，還是讓我先來考驗考驗他，看看他究竟是不是紅衣主教派來的。」

「我的朋友，」特雷維爾慢慢說道，「我打心眼兒裡願意像對待我老友的兒子那樣對待您，我相信您確實丟了那封信，我相信您真的是我朋友的兒子。我是說，為了彌補剛才對您的冷淡接待，我想將政治方面我們的某些秘密說給您聽。國王和紅衣主教表面上爭執得相當厲害，但實際上他們是相當要好的朋友。他們之間經常會有爭執，但是所有那些爭執，完完全全都是為了蒙蔽那些傻瓜蛋。

「您要知道，我同時忠於國王和紅衣主教。我所採取的一切措施，動機單純，都是盡力為國王和紅衣主教效力。紅衣主教先生是法蘭西難得的最為傑出的天才。因此，年輕人，您就把他看作是您人生的楷模好了。如果您對紅衣主教懷有絲毫敵意，不管是出於什麼原因，是由於家庭的關係，朋友的關係，或者出於您的本能，正像我們所看到的有些貴族那樣，就請您現在對我道一聲再見，我們就此分手吧。以後，我當然盡可能在任何其他場合下向您提供幫助，然而您不能留在我身邊。我希望我的坦誠和直率沒有傷害到您。無論如何您都要認為我是您的朋友而不是敵人。到目前為止，您是唯一一個聽到我這番話的年輕人。」

在講這些話的同時，特雷維爾先生心裡默默在想：「紅衣主教知道我恨他恨得咬牙切齒。要是這個小狐狸是紅衣主教派到我這裡來的，他們肯定會有備而來，紅衣主教肯定會詳細告訴這位奸細奪取我好感、騙取我信任的最好手段——就是當著我的面講他的壞話。因此，如果這個傢伙是紅衣主教派來的，即使我剛剛講了那樣一番恭維的話，這個狡猾的傢伙還是會對我說，他是如何如何地對紅衣主教厭惡至極。」

然而，與特雷維爾先生預料的結果完全相反，達太安毫不猶豫地張口說道：

「先生，我來巴黎所懷著的動機是與您完全相同的。我的父親千叮嚀萬囑咐，讓我只服從三個人：國王、紅衣主教和您。他堅持說，全法蘭西就只有這樣三名偉人。」

「我對紅衣主教是懷有極大敬意的，」達太安接著說，「對他的一切都深深地崇敬。先生，您剛才那樣坦誠地對待我，真是再好不過了。您的見解與我相同，這讓我深感榮幸。假如您對我的話有所懷疑，我覺得這是很自然的。我可能會由於講了心裡話而毀了自己。即使那樣，我相信您也會看得起我，因為這樣的誠實是值得重視的。」

特雷維爾先生聽了年輕人的話後驚訝到了極點，因為他所說的竟然和自己想的完全相反。這個小夥子多麼透徹！多麼坦白！他深為讚賞。但是，這還不足以最終消除他全部的疑慮。另外，眼前這個年輕人如果成心騙他，越是出類拔萃的表現，就越發會令人害怕。不過，他還是走上前來握住了達太安的手笑著說道：

「您的確是一個誠實得讓我不得不讚賞的小夥子！不過眼下我能為您做的，也只能是方才我向您提過的，到貴族學院去。今後您隨時可以來找我。您一定會得到您所需要的一切的。火槍隊的大門始終向您敞開。」

「也就是說，先生，您在等我通過所有的考驗？」達太安興奮地高聲說道，「太好了，我是絕對不會讓您等待太久的！」

這時，達太安的話裡早已經充滿了加斯科尼人那不拘禮節的天性。說完他就準備鞠躬告辭，好像今後他的一切都已經掌握在自己手裡一樣。

「不過，等一等。」特雷維爾先生趕緊留下了他，「我剛才不是說要寫一封信給貴族學院的院長嗎？您不想接受了，我的年輕人？」

「哦，不，先生，我沒這個意思！我是因為太開心了。」達太安說，「這回這封信丟不了。我發誓要把它送到目的地。這次誰要是再想偷它，他可就真的要倒大楣了！」

特雷維爾先生被這種毫無惡意的虛張聲勢逗笑了。在特雷維爾先生到桌子旁寫那封信的時候，留在窗子那邊的達太安無事可做，就一邊用手指輕輕地彈著窗戶玻璃敲起一首進行曲，一邊向窗外望去。他看到，火槍手們正列隊一個個朝大門口走去，消失在大街的一個拐角處。

特雷維爾先生把信寫好，準備把它遞到達太安手裡的時候，達太安一下子跳了起來，臉氣得通紅，衝到了辦公室外面。他嘴裡還喊著：

「哈哈，該死的！這次我看你還往哪裡逃！」

「誰？」特雷維爾先生問了一句。

「那個偷我信的小偷！」說著，達太安便跑得無影無蹤了。

「瘋了！」特雷維爾先生自言自語道，「不過，這倒不失為一種絕妙的溜號兒方式。他知道自己的狐狸尾巴已經藏不住了！」

chapter 4 阿托斯的肩膀、波托斯的肩帶和阿拉米斯的手帕

達太安怒火沖天，三步躥出了候見廳，然後衝向樓梯，想要幾級一跨地奔下樓去。正在這時，一個火槍手從特雷維爾先生辦公樓的一道旁門走出來。達太安只顧低著頭跑，不料撞到了那人的肩膀上。

那人被撞得叫喊了一聲，更準確的說應該是嚎叫了一聲。

「對不起！」達太安說，邊道歉邊繼續往前跑，「真是抱歉。不過，我有急事。」

他剛跨下第一階樓梯，便被迫停了下來，因為有一隻鐵爪般的手一把抓住了他的肩帶。

「您有急事！」是那個火槍手抓住了他。那火槍手的臉色慘白，厲聲說道，「年輕人，藉口有急事撞了我，然後說聲『對不起』，您以為這就夠了嗎？不錯，特雷維爾先生今天和我們說話不大客氣，這您聽到了。但是您不要以為聽見了這個，就以為可以

跟他一樣，以他那樣的態度和口氣來對我們。夥計！您可不是特雷維爾先生。」

「說實話，」達太安辯解說，他認出被撞的人是阿托斯——他剛接受過醫生的包紮，現在正要離開特雷維爾先生的住所，「請相信我不是故意的，我已經向您道歉了，我覺得這就足夠了。然而，我現在向您重說一遍，這也許是多餘的，但我以我的名譽擔保，我真的是有非常著急的事要去辦，所以才不小心撞到了您，我真不是故意的。因此，我請您放開我。」

「先生，」阿托斯鬆開了手，輕蔑地說，「您很沒有禮貌。我看得出，您顯然是從外地來的。」

達太安本來已經下了好幾階樓梯。現在聽到阿托斯這種指責的口氣，便收住腳步，回頭道：「見您的鬼去吧，先生！我告訴您，即使我是從天邊來到了巴黎，也不能由您來教訓我要懂禮貌。」

「那可不一定。」阿托斯說道。

「哼！要不是我有急事，」達太安嚷起來，「要不是我正在追一個人……」

「有急事的先生，您應當明白您不需要跑就能找到我。我允許您現在去辦您的事，但是換個時間，換個地點，我一定要和您決鬥。」

「好的，請問是在哪裡？」

「赤足聖衣會[28]修道院旁邊。」
「什麼時候？」
「今天的正午時分。」
「正午時分。好，我準時到！」
「別讓我等！我事先告訴您，十二點一刻如果我還沒見您來，我將割下您那兩隻耳朵。」
「好！」達太安答道，「我十二點差十分到。」
說罷，達太安迫不及待地奔跑起來，就像是有魔鬼附身。雖然，因為撞到了阿托斯而耽擱了這麼久，但他認為那人走路不緊不慢的，應該不會走得很遠，他希望還能夠趕上他所追逐的目標。
碰巧，這時波托斯正站在大門口與一個門衛聊天。他們兩個幾乎擋住了大門，不過在他們之間有一個相當寬可以通過一個人的空間，這個空間足夠達太安穿過了。於是，他便箭一般從兩個人之間衝過去。
但是，他並沒有想到風會給他帶來麻煩。當他正要穿過時，一陣風猛地吹動了波托斯的長披風，披風飄了起來，達太安也跟著被捲了進去。毫無疑問，波托斯不肯讓

28. 亦稱加爾默羅會，天主教托缽修道會之一。創建於巴勒斯坦，其成員堅持苦行，生活與世隔絕。後分成「住院會」和「保守會」兩派，前者穿鞋，後者赤腳。赤足聖衣會即指後者。

身上這件主要的衣裳落到地上，他抓住了它的下擺，朝身邊拉緊。這樣，隨著固執的波托斯製造的這些旋轉動作，達太安便完完全全被裹在波托斯的天鵝絨披風裡了。

達太安在披風裡什麼也看不見，只能聽到這個火槍手在罵街。由於眼睛看不見，他在裡面摸索著想從披風底下鑽出來，可是好困難。他尤其擔心碰壞了我們提到過的那條嶄新漂亮的華麗肩帶。然而，當他膽怯地睜開雙眼，準備尋找出路時，發現自己的鼻子正好貼在波托斯脊樑的正中，就是說，正好貼在那條肩帶上。

唉！這一看，達太安竟然有了意外的收穫。這條肩帶看上去很華麗，那是因為它是金的。可是，就像世上的東西大多徒有其表一樣，達太安發現了秘密，它的前面是金的，後面卻是普普通通的水牛皮製作的。這個百分之百自命不凡的波托斯，他無法擁有一整條金肩帶，而只能擁有一半兒，還是前面那一半，並拿出來炫耀。現在達太安終於明白波托斯說自己患了傷風感冒並且穿個披風的原因了。

「活見鬼！」波托斯叫喊著，使出全身的力量來擺脫在他背後亂鑽亂動的達太安，「您瘋了嗎，怎麼這樣朝人撞來？」

「真對不起！」達太安說，他終於從巨人的肩膀下鑽了出來，「不過，我有急事，我在追一個人，所以……」

「您追起人來難道忘了帶眼睛嗎？」不等達太安說完，波托斯就問。

「我帶了，」達太安憤怒不已，「我當然帶了！正是靠我的這一雙眼睛，我甚至看到了別人看不見的東西！」

波托斯是否聽明白了這句話不得而知。但不管怎樣，他和以前一樣已無法控制自己，憤怒發作了。

「先生，」波托斯說，「我提前警告您，這樣向火槍手挑釁是自討苦吃。」

「自討苦吃？」達太安說，「先生，這您言重了。」

「對於面對敵人總是毫不畏懼的人來講，這話再合適不過。」

「啊！這還用說！我猜想您是絕不會把您的脊樑轉過來面對您的敵人吧？」

我們的年輕人很得意自己的這句俏皮話，說完後便樂著走開了。

波托斯怒不可遏，想朝達太安撲過去，他已經發了瘋。

「改天吧，改天吧，」達太安朝他大喊道，「等您脫下披風的時候再說。」

「那就一點整，在盧森堡公園後面。」

「沒問題，一點整見。」達太安說罷轉過了大街的拐角兒處。

可是，不管是剛才跑過的那條街，還是現在他拐入的這一條街上，都看不到他所找的那個人。儘管那陌生人走得慢，可是達太安因為撞到了兩個人而發生爭執，耽擱了那麼長時間，現在也該走遠了，也有可能他走進了某一個院子。達太安逢人就打聽，但沒有人看到過那個人。他沿街下坡一直走到一個渡口，然後又沿著塞納河和紅十字路口往上走，都不見那人的蹤影。他跑得滿頭大汗。但是，從某種意義上講，他跑這一陣子還是有益處的，因為他的情緒趁此冷靜了下來。

他開始考慮剛剛發生的事。事情還真的不少，而且多數不吉利。現在才上午十一點，短短的幾個小時使他失去了特雷維爾先生的信任。特雷維爾先生肯定認為他離開時所採取的那種方式是冒失的、粗魯的。

其次，他因為冒失的離開，不僅沒追上那個人，還給自己找來了兩場決鬥。無疑這將是兩場貨真價實的決鬥——跟他決鬥的是兩個火槍手。每個人都能殺死三個達太安，更何況是兩個火槍手。在他的心目中，他們是超乎一般人之上的人，值得尊重。

不用說，結果肯定不妙。達太安覺得十有八九自己會被阿托斯殺死。因為他抓住了波托斯的弱點，所以，我們的年輕人並不怎麼害怕波托斯。然而，希望是人心靈裡最後熄滅的東西。於是，達太安依然幻想自己在兩場決鬥以後還能活下來，當然身上會帶著可怕的、很重的傷。可是，能倖免於死的機率實在是太低。在這種情況下，為了未來，他如此責備了自己：

「我真愚蠢！勇敢而不幸的阿托斯肩上受了傷，我偏偏像山羊似的一頭剛好撞在了他的肩膀上，他甚至是有權利當場把我殺掉的。我那一頭撞得他肯定疼得不得了。至於波托斯，呃！至於波托斯，老實講，那想起來就有點滑稽可笑了……」

我們的年輕人情不自禁地笑了起來，可是，想到獨自一個人笑似乎很奇怪，於是又四面張望著，害怕他的笑會傷害到什麼過路人，再次引來一場決鬥。如果有人看到了，一定會覺得他笑得莫名其妙。

達太安繼續自責：「我撞到波托斯的情況有點滑稽，但我也魯莽得可憐。有那樣連招呼也不打一聲就撲到人家身上的嗎？還鑽到了人家披風底下，這是更加嚴重的事，而且還瞧見了不該看到的一切！他怎麼會原諒我？要是我不曾向他提起那條討厭的肩帶的話，他也許會原諒我。雖然，我沒有明講，用的是隱語，可那是怎樣的含沙射影呀！他肯定知道我在說什麼。

「啊！我真是個冒失、愚蠢的加斯科尼人！看來，以自己的個性，即使落到煎鍋裡，也要說幾句俏皮話。好了，達太安，老夥計，」他表現出自認為應該有的那種禮貌態度，繼續自言自語，「倖免一死的可能性不大。如果我能倖免一死，我將來待人一定要彬彬有禮。要像阿拉米斯那樣待人和藹可親、彬彬有禮，讓人欽佩，成為眾人的榜樣。是不是有人說阿拉米斯是懦夫呢？不會有，肯定不會有。從此以後，我要處處以他為榜樣。哈！他正好在這兒。」

達太安就這麼一邊走，一邊自言自語。到了離埃吉翁府邸幾步遠的地方，他看見阿拉米斯正在公館前跟國王衛隊中的三個貴族興高采烈地聊著。阿拉米斯也看見了達太安，但是他想起了特雷維爾先生當著這個年輕人的面對他們兩個火槍手大發雷霆的場面。對阿拉米斯來講，他無論如何也不會歡迎目睹火槍手挨訓的人的。但是，由於阿拉米斯的個性，他沒有像上面兩位那樣為難達太安。阿拉米斯裝著沒看見達太安。

與之相反，達太安腦子裡正全神貫注地想著一個與阿拉米斯和解並表現出謙恭的計畫。他走到四個年輕人跟前，臉上帶著極其親切的微笑，朝他們深深鞠了一個躬。阿拉米斯只稍稍點了點頭，臉上沒有一絲微笑。這樣，四個人立即停止了閒聊。

達太安是個聰明人，自然一眼就看出自己是多餘的。然而，對於上流社會的禮儀，他還缺乏經驗，不瞭解上流社會的處事方式，不懂得遇到眼前這種尷尬情形，即碰見幾個不大認識的人在一起談與自己無關的事情，應該巧妙地迴避。

他在思考怎麼才能顯得不那麼笨拙地離開。碰巧，這時他注意到，阿拉米斯有一條手帕掉在了地上。顯然，阿拉米斯沒有發現，自己的一隻腳正好踩在手帕上。達太安靈機一動，覺得補救自己舉止不當，光明正大離開的機會來了。他彎下腰去，不管火槍手多麼使勁兒地踩著它不放，達太安還是以他能找到的最為優雅的一種姿勢，從火槍手的腳下把那手帕拉出來，奉還給火槍手，說道：

「這是您的手帕，先生！如果丟了，您定會感到遺憾的。」說著便把手帕遞給阿拉米斯。

這是一條繡得很精緻的手帕，一個角上還繡有一個冠冕和一個紋章。阿拉米斯的臉頓時漲得通紅，像搶似的一把將手絹從達太安手裡奪了過去。

「哈哈！」一個衛士叫了起來，「阿拉米斯，這回您不能再不承認了吧！可愛的布瓦特拉西夫人跟您親熱得連自己的手帕都歸您了，看您往後還講不講您跟她的關係清白如水！」

阿拉米斯惡狠狠地瞪了達太安一眼。這一眼足以讓人明白，由於自作聰明使自己又惹了禍，樹立了另外一個死敵。然而，阿拉米斯很快就恢復了他那充滿溫柔的神態。「先生們，你們弄錯了。」阿拉米斯說，「我不知道這位先生受什麼怪念頭支配會把它塞給我，而不是交給你們當中的哪一位。這條手帕可不是我的，我的手帕可以作證，它在這裡。」

阿拉米斯說著從口袋裡掏出了自己的手帕。這條手帕同樣也非常漂亮，是上等細麻布料的。在當時，這種面料十分昂貴。不過，這條手帕上只繡了物主姓名的起首字母，並沒有繡花，也沒有紋章。

這一次達太安什麼也沒有說。他明白自己又做了傻事，就不會再錯上加錯。但是，阿拉米斯的朋友們可沒有相信阿拉米斯的這種否認。他們中的一個裝出一副嚴肅認真的樣子說：

「我親愛的阿拉米斯，如果事情確實像您所說的這樣，我就向您討回它了。您也清楚，布瓦特拉西是我的摯友。我可不願意有什麼人拿他妻子的什物作紀念品。」

「這一要求您提得不合時宜。」阿拉米斯答道，「就其內容來講，我承認您的這一要求是正確的。然而，我要加以拒絕，因為您提要求的這種方式讓人難以接受！」

「事實上，」達太安怯生生地插話，「我沒見到手帕是從阿拉米斯先生口袋裡掉出來的，我只是看到他的腳踩住了它，就認為手帕是阿拉米斯先生的，就這麼回事。」

「對，是您弄錯了，親愛的先生。」阿拉米斯對達太安的這一改正無動於衷，冷冷地說了一句。

接下來，阿拉米斯衝那位自稱布瓦特拉西的朋友的人轉過身去，繼續對那人說：「況且，我想，我親愛的布瓦特拉西的這位摯友，我與布瓦特拉西也是朋友，而且講起交情來還不比您差。所以，這條手帕可能是從我的口袋裡掉出的，也可能是從您的口袋裡掉出的。」

「不是從我口袋裡掉出來的！」那位衛士叫了起來，「我以我的人格擔保，不是這樣的！」

「您可以以您的人格擔保，我也可以以我的榮譽發誓。那麼，顯然我們中間總有一個人是說了謊的。如何是好?這樣吧，咱們各持一半，如何?」

「各持一半?」

「不錯！」

「好主意！」另外兩個衛士大叫了起來，「好主意!所羅門王的判決[29]。沒錯，阿拉

29. 所羅門王是古以色列國的國王，以智慧過人而著稱。一天，有兩個婦人為爭一個嬰兒請他判決。她們共爭嬰兒是自己親生的。所羅門王說兩個人不必為此爭論不休，將嬰兒一劈兩半，讓她們各取一半就行了。一個婦人表示同意，而另一個孩子的真母為保全孩子性命則堅決表示反對。最後，所羅門王將嬰兒斷給了後者。

米斯您就是聰明，不同一般的腦子。」

說到這裡，幾個年輕人哈哈大笑起來。大家當然也會想到，這樣的爭辯是不會有任何結果的。過了一會兒，他們的閒聊就這樣結束了。四個人彼此友好地握過手，就當作沒發生什麼事，各走各的路。

在他們談話期間，達太安一直是在離他們稍遠的地方站著。看他們各自離開了，達太安心想：跟這位高尚的騎士和解的機會到了。阿拉米斯沒有再理達太安，徑直離開。達太安懷著和解的良好願望趕了上去：

「先生，我希望您會原諒我……」他對阿拉米斯說道。

「啊！先生，」阿拉米斯打斷達太安的話頭，「請允許我向您指出，今天，您在這種場合的舉止，的確不像一個有禮貌的人。」

「您說什麼，先生？」達太安聽完大聲叫了起來，「您……」

「我認為，先生，您並不傻，儘管您來自加斯科尼。我想，您也會明白一個人決不會無緣無故踩在手絹上。真見鬼！難道巴黎的大街是用亞麻布鋪成的？」

「先生，」達太安發怒了，目前他爭鬥的天性戰勝了和解的願望，「如果您打算侮辱我那就大錯而特錯了！不錯，我來自加斯科尼。既然您已經知道這一點，那我就告訴您，加斯科尼人的忍耐是有限度的。他們即使為了一件愚蠢的事也只是道歉一次，更何況那事不是自己有意而為之。他們所要做的，無須比他們應該做的更多些。」

「先生，」阿拉米斯答道，「我生來就不是一個喜歡打架的人。我對您說這些，並不是故意挑釁要與您決鬥。我原本的意願並不是做火槍手，做火槍手也不過是權宜之計。所以，我只在迫不得已的情況之下才出手，而且總是非常厭惡。但這一次，先生，事關一位貴夫人的名譽。」

「您是在說，是我損害了她的名譽？要說的話，也是被你我兩個人損害的。」達太安叫了起來。

「是啊，您為什麼笨手笨腳把那手帕交給我？」

「那您為什麼笨手笨腳把那手帕掉出來？」

「我剛才說了，我再重複一遍，先生，那條手帕不是從我口袋裡掉出來的。」

「您說了兩次假話，先生！我親眼看到它是從您的兜裡掉了出來的。」

「啊！加斯科尼佬兒！您竟然用這樣的口氣跟我說話。好吧，先生，那我就來教教您怎麼做人！」

「我呢，先生，我要打發您回老家去做彌撒。神父先生，那就來吧，拔出劍來，咱們現在就比個高低。」

「等一等，我漂亮的朋友。我想咱得換個地方。這是哪裡？埃吉翁府的對面，也許府內全是紅衣主教的親信，誰也說不準。他們看到了又會向特雷維爾先生挑釁的。誰能告訴我，您不是紅衣主教派來取我的腦袋的呢？可是，我偏偏非常珍惜我的腦袋，因為它長在我的肩膀上似乎挺合適的，所以我要結果您。不過，為了不讓您向別人誇口您是怎麼死的，就需選一個僻靜之處——在那裡我會宰了您。」

「這個主意不錯。不過，我勸告您不要過於自信了。還有，請別忘了帶上那條手帕，不管它是不是您的，到時候您也許用得著的。」

「先生是加斯科尼人嗎？」阿拉米斯問道。

「不錯。只是，為謹慎起見，先生不打算推遲我們的碰頭時間嗎？」

「為謹慎起見？不錯，謹慎對教會來講是不可或缺的。但對一個火槍手來講卻並不是一種美德。不過，由於我當火槍手只是暫時的，我最終的目標是做一個神父，所以謹慎的選擇必不可少。好了，咱們在特雷維爾先生府邸兩點見，到那時我再通知您適宜的地點。」

這之後，兩個年輕人相互敬了禮。阿拉米斯朝盧森堡公園那邊走去，達太安見時候不早，就奔向赤足聖衣會修道院那邊。他邊走邊想：

「毫無疑問，我這條小命兒今天準要丟了。但是，我就是死了，至少也是被一名火槍手殺死的。」

chapter 5

國王的火槍手和紅衣主教的衛士

與阿托斯決鬥的時間就要到了。按規矩，每個決鬥的人都可以帶上幾個副手。達太安沒法帶副手前去與阿托斯決鬥，因為在巴黎他沒有任何熟人。因此，他不得不接受對方所帶的副手作為自己的證人。更何況，他已經想清楚，要採取一切得體的、適當的方法向這位英勇的火槍手表示歉意，從而取消這次決鬥；只是，也不能示弱，不要表現得自己軟弱膽小就行。

他為什麼會這麼想呢？因為在他的意識裡他是一個年輕、強壯的人，而阿托斯受了重傷、身體虛弱，與這樣一個人進行決鬥，不管什麼樣的後果總是令人不快的。在此情況之下，假設一下，他輸了會使對手獲得雙倍的榮譽；他贏了呢，人家肯定會給他加上不老實、討便宜的罪名。

再說，我們這個愛惹是非的年輕人也絕非等閒之輩，他聰明機智、顧全大局。因此，我們看到：他一邊在不停地喃喃自語，確定自己必死無疑，小命不保；一邊又自我安慰地想著，對方有傷在身並不比自己更英勇，也不比自己更健壯，這樣，自己死在他的手下並不甘心。所以，他想取消這場決鬥。

應該說，就要和他決鬥的幾個人各有千秋。他考慮了他們的不同性格，對自己的處境看得更清楚了。阿托斯是一個有貴族派頭的青年，有著莊重的儀表。他非常喜歡這種人，希望通過老老實實的道歉，能使阿托斯變成自己的朋友。

至於波托斯，由於他的虛假被達太安看出而惱火。如果決鬥時他沒有當場被波托斯殺掉，往後他就把那故事講給更多的人聽，巧妙地利用流言的影響讓這個波托斯成為所有人的笑柄。

至於那個狡猾的傢伙阿拉米斯，倒沒什麼值得怕的。如果最後還能夠輪到他與阿拉米斯決鬥，他就乾脆一劍結果他的性命，對於這達太安有百分之百的把握。至少，他可以採用凱撒對付龐培的辦法[30]，專攻擊他的臉，永遠毀掉讓他如此自豪的那張漂亮的臉蛋兒。

此外，父親的諄諄教導，在達太安內心深處形成了堅定不移的決心。他父親曾著重教導他：「除去國王、紅衣主教和德·特雷維爾，絕不能允許任何人碰你一根毫毛。」

30. 在西元前四八年的法薩羅戰役中，龐培的參戰士兵多為年輕人，年輕人都很愛美。凱撒看到了敵人的這個特點就命令他的士兵朝敵人臉上打。龐培的士兵年輕怕毀容破相，便紛紛逃離。結果，凱撒大獲全勝。

我們的年輕人就是懷著這種決心，心急如焚地飛向了赤足會修道院，或者簡稱赤足聖衣會。這座修道院沒有窗子，旁邊有一塊光禿禿的草地，它可以被稱為教士草地[31]的一個分號。

達太安趕到修道院旁邊那片荒涼的草地時，阿托斯已經在那了。十二點的鐘聲在這時敲響。就是說，達太安到得挺準時，就像薩馬麗丹女人水塔上的時鐘[32]一樣準確。即使對決鬥規則要求再嚴格的裁判，對他也是無可指責。

阿托斯的傷口雖經特雷維爾先生的醫生重新包紮過，但由於傷得太重，目前還是疼痛難忍。他正坐在一塊界石上等候著他的對手，從容自若，保持著一貫的高貴神態。看到達太安到了，他便站了起來，很有禮貌地走過去幾步。達太安立刻摘下帽子拿在手上，向對方走去。

「先生，」阿托斯說道，「我已經通知了我的兩位副手一起過來。但他們現在還沒有到，看來他們要遲到了。我感到奇怪，他們向來挺守時的。」

「我沒有帶副手，先生！」達太安道，「因為我昨天剛到巴黎，在這裡，除了特雷

31. 巴黎有名的決鬥場所。原是塞納河邊聖日爾曼・德・普萊修道院旁的一塊草地，赤足會修道院旁的這塊草地離盧森堡公園比教士草地近得多，所以，後文講要決鬥而沒有時間可浪費的人便經常不去教士草地，而選擇這個地方作為決鬥的場地。

32. 薩馬麗丹女人水塔建於一六〇六年，位於塞納河新橋右岸。上面有一薩馬麗丹女人塑像，因此得名。塔頂上有一時鐘，以計時準確著名。

維爾先生，任何其他人都不認識。我的父親有幸算是他的一個朋友。特雷維爾先生還是家父叫我來投奔的。」

阿托斯聽完若有所思。

「就是說，您在巴黎除了特雷維爾先生不認識其他人？」

「是的，先生，我只認識他。」

「竟然是這樣，」阿托斯像是自言自語，又像是在對達太安說話，「竟然是這樣。如果我把您殺掉，那豈不讓人家說我是一個殺小孩的惡魔嗎？」

「不見得吧，先生。」達太安覺得和解的機會來了，他說完，還不失尊嚴鞠了一躬，「您已經受傷了還與我過招，一定很不方便。在這樣的情況之下，您肯賞臉拔出劍來，跟我決鬥，我實在感到榮幸。」

「老實講，我現在的確有些不便。本來傷口就很疼痛，經您的那一撞我現在更加疼痛了。不過，我可以用左手，在這樣的情況之下我一向是這樣做的。因此，您千萬不要認為我這樣做是在有意讓著您。其實，我兩隻手使得同樣好，甚至於我的左手會對您更加不利呢，先生。因為一個用左手的人，對於沒有思想準備的對手來說是很難應付的。只是抱歉這一點我沒能早點通知您。」

「先生，您想得這麼周到，我對您感激不盡！」說著，達太安又鞠了一躬。

「您真讓我感到不好意思。」阿托斯道，一副貴族派頭，「如果您沒有感到不快，那讓我們談談別的好嗎？」接著，他叫了一聲：「哎呦！您那一下把我撞得好疼！」

「如果您……」達太安稍帶畏怯吞吞吐吐地道。

「您想說什麼，先生？」

「我母親給了我一種治療傷口奇效無比的藥膏，我已在自己身上驗證過了。」

「管用嗎？」

「管用。我向您保證，用上它，不出三天傷口就會痊癒的。等您的傷好了，我們再分個輸贏。那樣的話不僅公平，而且我將感到無比榮幸。」

達太安的這番話講得恰到好處，它既為他的謙恭態度添了彩，又無礙於他的勇敢，同時滿足了阿托斯的願望。

「見鬼，先生！」阿托斯道，「這個建議我覺得不錯。它是一位貴族提出來的，在一里之外，就能夠讓人感覺到。不是我想接受它，而是查理曼[33]時代的騎士就是這樣說，也是這樣做的。所有騎士都應該努力去效仿他們。可惜我們生活在紅衣主教的時代，不是生活在查理曼大帝時代。不出三天，他就會曉得我們要決鬥了，不管我們的秘密嚴守的如何好。怎麼，莫非那兩個拖拖拉拉的傢伙不來了？」

「假設時間來不及了，先生，」達太安態度真誠的說道，那口氣樸實得與剛才提

33. 西元八世紀法蘭西王國加洛林王朝國王。

出將決鬥時間推遲三天時一模一樣，「如果您時間來不及，而且您希望立刻結果我，那您不必感到不好意思，可以直接對我說。」

「這又是一句中聽的話。」阿托斯道，同時十分有禮貌地向達太安點了點頭，「能講出這句話的人，不但不是一個沒有頭腦的人，而且肯定是一位心地高尚的血性男兒。先生，我喜歡您這種有素質的人。我相信，要是此次決鬥我們誰也沒有殺死對方，那麼，往後我會從與您的這些談話中體味到真正的快樂。請讓我們再等一會他們吧，我還有很多時間。我想，那會更符合規則。啊！瞧，好像是來了一位。」

果然，沃吉拉爾街的盡頭出現了波托斯魁梧的身影。

「怎麼，您的第一個證人是波托斯先生？」達太安叫了起來。

「是這樣。難道您對此反感嗎？」

「不，一點兒也不。」

「瞧，另一個也來了。」

達太安轉身朝阿托斯指示的方向看去，認出來人是阿拉米斯。

「怎麼？」達太安比上次更吃驚地說道，「您的另一個證人是阿拉米斯先生？」

「當然。人們很難見到我們三個人分開。在宮廷、在城中、在國王的火槍手和紅衣主教的衛士中間，人們都喊：波托斯、阿托斯、阿拉米斯，或者稱我們為三位形影不離的人。難道您不知道嗎？噢，您是剛剛從達克斯或者波城來到巴黎的吧？」

「不，先生，我從塔布來。」達太安答道。

「噢——不知道這些可以理解。」阿托斯補足了他的話。

「說真的，」達太安說，「這樣稱呼三位先生很和諧。另外，如果我的這次驚險遭遇被傳揚開去，它至少可以證明你們的友誼是建立在協調一致的基礎之上的。」

這時，波托斯走過來了，他舉手向阿托斯打了個招呼，表示他到了。

接著，他朝達太安轉過身來，一看到達太安，不禁驚訝地愣住了。

順便交代一聲，這時的波托斯已經脫掉了披風，換上了另一件肩帶。

「啊，這是怎麼回事？」他驚叫了一聲。

「我就是要與這位先生決鬥。」阿托斯一邊說，一邊手指達太安，並同時向波托斯打招呼。

「我也是要和他決鬥。」波托斯道。

「不過，那約定在一點鐘。」達太安答道。

「我也一樣，也是要和這位先生決鬥。」阿拉米斯這時也趕了過來道。

「不過，那是約定在兩點鐘。」達太安依然沉著地補充了一句。

「可是，阿托斯，您為什麼要與他決鬥？」阿拉米斯問。

「說實在話，我也說不清。他撞到了我的肩傷。您呢，波托斯，因為什麼？」

「說實在的，我是為了決鬥而決鬥。」波托斯紅著臉答道。

阿托斯什麼也不會輕易放過。他看到加斯科尼人嘴角之上掠過一絲微笑；他還聽到那年輕人說：「我們在衣著方面曾有一場爭執。」

「您呢，阿拉米斯？」阿托斯又問。

「我嘛！因為神學。」阿拉米斯回答。同時向達太安使眼色，希望他在決鬥原因方面保守秘密。

這時，阿托斯看到，加斯科尼人嘴角之上再次掠過一絲微笑。

「真是這樣？」阿托斯問阿拉米斯。

「的確是這樣。」達太安替阿拉米斯回答，「關於聖奧古斯丁[34]，在一個問題上我們有很大的分歧。」

「毫無疑問，一個聰明人！」阿托斯一個人低聲咕噥著。

「先生們，現在既然你們都到了一塊，」達太安道，「請允許我向你們表示歉意。」

「表示歉意」幾個字一出口，阿托斯的臉上泛起一道疑雲，波托斯臉上浮現一絲傲慢的笑容，阿拉米斯則搖頭表示沒有必要。

「先生們，看起來你們並沒有理解我的意思。」達太安抬起頭來說，這時，正好一縷陽光射在他那俊美而果敢的臉上，給他的臉鍍上了一層金色。「我向你們道歉是

---

34. 西元四、五世紀著名基督教神學家，著有《三位一體論》等。

考慮到有可能我不能全部償還你們三個人的債務。阿托斯先生有權第一個將我殺死。這樣，波托斯先生，那您的債權的價值就大大貶了值，而阿拉米斯先生，您的債權就一文不值了。所以，我重複一句，我預先向你們道歉，不過僅僅是在這一點上。請準備交手吧！」

說罷，達太安以一種驕傲且剽悍的動作拔出了劍。

此時此刻，他已經熱血沸騰。那一剎那，別說是阿托斯、波托斯和阿拉米斯三個火槍手，就是面對全國所有火槍手，他也敢拔劍與他們對陣。

時間是中午的十二點一刻，烈日當空，太陽毒辣地照耀著整個草地。

「天太熱了！」阿托斯拔出劍來，「因為我的傷口在出血，所以請原諒我不能脫掉我的緊身上衣。先生，我擔心您看到那並非您刺出的血會感到不安。」

「的確，先生！」達太安道，「不管是不是我刺的，看到一位英勇的貴族流血總不是件愉快的事。所以，我和您一樣，穿著緊身上衣進行決鬥。」

「算了，算了！」波托斯道，「客氣話講得太多了。想一想吧，我們還等待輪到自己呢！」

「波托斯，不要『我們、我們』的，如此不合適的話別講出口，還是您代表您自己吧。」阿拉米斯插進來道，「我覺得這兩位先生說的那些話很好——完全符合紳士風度。」

「請吧，先生。」阿托斯向達太安道。

「遵命！」達太安說著舉劍便刺。

兩個人交手了。就在兩劍對鋒發出第一次碰撞時，修道院角上出現了一隊紅衣主教的衛士，是由朱薩克帶領的。

波托斯和阿拉米斯首先看到了那些人，同時叫了起來：「快收劍，紅衣主教的衛隊過來了！先生們，收起劍！」

但是，來不及了。兩位決鬥者擺出的姿勢已被那些人看得一清二楚，他們正要幹什麼，想掩飾也掩飾不住了。

「喂！」朱薩克一邊叫嚷，一邊向這邊逼過來，同時，他命令手下跟上，「好啊，火槍手們，很明顯，你們是在此決鬥！這是有禁令的。你們把禁令當成耳旁風了嗎？」

「你們太大度了，先生們！」阿托斯滿懷憤恨，因為朱薩克是前天襲擊他們的那些人中的一個，「我向你們保證，要是我們看見你們在決鬥，我們絕對不會干涉。讓我們打吧，你們用不著花錢就可以看一台戲，何樂而不為呢？」

「先生們，」朱薩克道，「責任高於一切，所以我不無遺憾地告訴你們，這是不可能的。請你們收起劍來，跟我們走。」

「先生，」阿拉米斯模仿朱薩克的腔調兒戲弄道，「如果事情取決於我們，我們會很高興地聽從您的安排。不過，令人遺憾的是，這不可能——特雷維爾先生拒絕我們這樣做。因此，請您走您自己的，不要想著帶我們走。」

這些話激怒了朱薩克。

「如果你們硬是不聽從法令，那我們就只好動手了！」

這時，阿托斯低聲道：「看來我們又要吃敗仗了，他們五個，我們三個。我聲明，我們寧可戰死在這，也決不作為敗將去見隊長。」

朱薩克命令手下人擺開陣勢。阿托斯、阿拉米斯和波托斯也相互靠攏。

在這緊要關頭，達太安必須在短短幾秒鐘之內做出選擇。他面對的是這樣的現實：他一生的命運將在此被決定。或者站在國王一邊，或者站在紅衣主教一邊，一旦做出選擇，他就要堅持到底。加入到三個火槍手中去，就是違犯法律，就是拿腦袋冒險，就是使一位比國王還有勢力的大臣馬上成為自己的敵人……我們的年輕人一下子隱隱約約意識到這一切。不過，他面對這些問題連一秒鐘也沒猶豫，便朝阿托斯和阿托斯的朋友那邊站過去，並說：

「先生們，如果不介意，請允許我對你們剛才說的話做一個小小的修正：你們不是三個，而是四個！」

「可是，您不是我們中間的人。」波托斯說道。

「是這樣，雖然我沒有你們那樣的制服，」達太安道，「但我有一顆與你們一樣的心，那是一顆火槍手的心。這我感覺得到，正是它使我做了決定。」

「年輕人，這裡沒您的什麼事，靠邊兒站。」朱薩克道，毫無疑問，他從達太安的手勢和姿態看出了達太安的心思，「我們放您走。逃命去吧，趕快！」

達太安一動不動。

「您的確是個好小夥子！」阿拉米斯拉住了達太安的手。

「快，快，你們快拿主意：聽從還是抗拒？」朱薩克又叫道。

「哦，咱們該怎麼辦？」波托斯和阿拉米斯都在問阿托斯。

「先生真是滿身豪俠氣概。」阿托斯又讚揚了達太安一句。

無疑，三個人都想到了，達太安還很年輕，他們擔心他缺乏經驗。

阿托斯還說：「我們只有三個人，外加一個孩子，其中一個還帶著傷，但是，人們還是會說我們是四個人。」

「是這樣。但是，我們已經沒有退路了。」波托斯說。

「是這樣。」阿托斯也這樣說。

達太安明白三個人猶豫不決的原因，他們認為自己這邊寡不敵眾。

他道：「先生們，總該試試我呀。我以人格向你們保證，如果我們敗了，我絕不活著離開這裡。」

「好漢，您叫什麼名字？」阿托斯問道。

「達太安，先生。」

「好！阿托斯、阿拉米斯、波托斯和達太安，前進！」阿托斯喊道。

「喂！怎麼樣，先生們，你們到底拿什麼主意，決定好了嗎？」朱薩克向這邊問。

「決定好了，先生們！」阿托斯回答他。

「你們決定怎樣？」朱薩克問道。

「進攻！感謝你們給了我們這樣的機會。」說著，阿拉米斯一手抬抬自己的帽子，一手拔出劍來。

「哈！你們竟敢頑抗！」朱薩克吼道。

「見鬼！您沒想到吧？」

這樣，他們都瘋狂的撲向對方。

阿托斯迎戰的是紅衣主教手下的一個寵將卡于薩克；波托斯截住比斯卡拉；阿拉米斯的對手則是兩個；至於達太安則向朱薩克撲了過去。

這個年輕的加斯科尼人興奮到了極點，心都快要從胸膛裡蹦出來了。他不是因為害怕，他一點也不恐懼，而是因為求勝心切。他像一隻發威的猛虎，左突右衝，圍著對手，不時地變換著姿勢和位置。朱薩克是一個劍迷，劍術精湛、經驗豐富。但是，今天他慢慢發現：儘管使出了渾身解數，還是難以對付眼前的這個對手——達太安身子靈活，不斷地跳來跳去，避開成法，同時從四方八方攻擊，弄得他窮於應付。另外，那小子一方面向他實施多點進攻，同時把自己的生命看得分外珍貴，對於他的進攻防備得極其出色。

這種戰法最終使朱薩克失去了耐心。自己竟然拿一個乳臭未乾的毛孩子一點辦法沒有，這不禁使他憤怒不已。朱薩克頭腦一熱，便漸漸露出了破綻。達太安雖然沒有實戰經驗，卻有著深厚的理論根底。他見對方如此，便加倍提高了進攻的速度。朱薩克一心想早些結束戰鬥，便使出殺手鐧。只見，他一條腿向前跨出，膝部向前一曲，猛地向達太安刺去。達太安敏捷地舉劍一擋，躲過了，在對方立直身軀前，水蛇般鑽到了朱薩克的劍下順勢向他刺了一劍。對方的身子被刺穿，朱薩克像一根木頭一樣倒下了。

達太安這才抽出時間來環顧自己周圍的情況。

阿拉米斯已經幹掉了一個對手，但另一個緊逼著他。不過，阿拉米斯的狀態很好，抵擋住那個傢伙的進攻不成問題。

波托斯與比斯卡拉相互被對方刺了一劍：波托斯刺中了比斯卡拉的大腿，比斯卡拉刺中了波托斯的肩部，但雙方的傷情都不嚴重。因為都挨了對方一劍，雙方越戰越勇。

阿托斯又讓卡于薩克刺傷了，臉變得比原來更蒼白。但他沒有任何後退之意，只是換了一隻手，用他的左手與對手廝殺著。

按照當時的決鬥規則，達太安可以支援同伴中的一個。在他尋找支援對象的時候，第一個碰到的是阿托斯的目光。這個目光是驕傲無比的，它告訴達太安，寧死他也不願意親口說出讓別人來支援他，但可以用目光請求支援。達太安明白阿托斯的心思。一個箭步搶到卡于薩克的身旁，厲聲喝道：

「衛士先生，衝我來好了——我要殺掉您！」

卡于薩克轉過身來。好險！這時，全憑非同常人的勇氣堅持著的阿托斯再也支撐不下去了，單膝跪在了地上。

「等等！」阿托斯衝達太安喊道，「年輕人，不要殺掉這個傢伙，留著他。等我傷養好了，我將再與他算這筆老賬。好樣的！就這樣！解除他的武裝，打飛他的劍！好，很好！」

阿托斯禁不住這樣叫好，是因為他看到達太安將卡于薩克的劍挑到二十步遠的地方。卡于薩克和達太安同時奔向那把墜地的劍，一個是為了拾起它，另一個是為了奪取它。最後，還是達太安搶先一步，一腳將劍踏住。

卡于薩克奔向那個被殺了的衛士，取了他的劍，準備回頭再與達太安較量。但他被阿托斯截住了。阿托斯休息了片刻又緩過勁兒來。他擔心達太安就這麼結果了他的仇人，便截住了卡于薩克，他要親手殺了對方。

達太安心裡明白，要是阻止阿托斯，他肯定會不高興，索性隨他去吧。果然，沒過幾秒，卡于薩克喉嚨被阿托斯一劍刺穿，死於非命。

與此同時，阿拉米斯也將自己的對手掀翻在地，正用劍頂住對手，逼他求饒。

只剩下波托斯與比斯卡拉的較量還在進行。波托斯冒充好漢，嘴裡的嘮叨一直沒停，一會兒問對手是幾點鐘了，一會兒又祝賀對手的哥哥在納瓦爾部隊裡的榮升，如此等等。他就這樣取笑比斯卡拉，可是一點便宜也沒佔到。他遇到的是一位鋼鐵硬漢，除了死，沒有什麼能讓他放棄抵抗。

然而，戰鬥一定要快些結束，因為巡邏隊隨時都可能出現。等他們來了，所有參加戰鬥的人都會被帶走，不管是受傷的還是沒受傷的，也不管他是誰的人。於是，阿托斯、阿拉米斯和達太安一起上陣，將比斯卡拉團團圍住，勒令他投降。儘管一個人應對所有的人，儘管他的大腿上帶著傷，比斯卡拉依然在堅持戰鬥。但是，朱薩克待不住了，他用一隻胳膊支撐著身子，大聲喊叫著，讓比斯卡拉停止抵抗。比斯卡拉與達太安一樣，也是一個加斯科尼人，根本不聽朱薩克的話。他大笑著，並趁兩次招架之間的空兒，用劍尖兒劃定一個位置，學著《聖經》中的一句話說道：

「這兒是比斯卡拉的亡地。所有與他在一起的人當中，只有他死在這裡。」

「可是，他們四個對您一個！我命令您住手！」朱薩克依然大叫著。

「唔！如果這是命令，那就是另外一回事了——您是隊長，我應當服從。」

比斯卡拉說著，向後退了一步，使勁兒地在膝上將劍折斷。為了不交出它，他把兩節斷劍拋向修道院牆外。然後，他雙手叉在胸前，口裡吹著一支頌揚紅衣主教的曲子。

英勇總是受人尊敬，哪怕它表現在敵人身上也是如此。火槍手們舉劍向比斯卡拉致敬，然後按劍入鞘。達太安也跟著這樣做了。接著，在唯一一個沒有倒下去的比斯卡拉的幫助之下，眾人將朱薩克、卡于薩克和阿拉米斯的那位對手抬到了修道院的廊下。第四名衛士已經一命嗚呼。隨後，三個火槍手和達太安敲響了修道院的鐘，把敵方五柄劍之中的四柄捎上，欣喜若狂地朝特雷維爾先生的府邸走去。

他們胳膊挽著胳膊，走成一排，佔據了整個大街的寬度。他們招呼半路碰到的每一個火槍手跟著他們。最後，四個人的隊伍變成了一支浩浩蕩蕩的大軍，成了一次真正的凱旋大遊行。達太安徜徉在幸福之中，像喝醉了酒一樣輕飄飄的。他走在阿托斯和波托斯之間，親切地挽著他們的胳膊，在邁進特雷維爾先生官邸的大門時，他對自己的新朋友們說：

「即使我眼下還不能被稱為火槍手，可我已經當上了學徒，不是嗎？」

chapter 6

國王陛下路易十三

這件事很快引起了轟動。特雷維爾先生公開狠狠地對他的火槍手進行了呵斥，同時暗地裡向他們表示祝賀。不過，他覺得事不宜遲，必須立即進宮，趕在紅衣主教前面去向國王稟報。於是，特雷維爾先生匆匆忙忙奔向羅浮宮。但他還是晚了一步。紅衣主教已經趕在他之前進宮了。眼下，他正關起門來與國王在一起。

門衛告訴特雷維爾先生，國王說現在不接見任何人。特雷維爾先生只得先回自己的府邸，準備晚上再來。晚上，在國王正在打牌時，特雷維爾先生又進了宮。恰巧國王贏了錢。國王陛下愛財如命，贏了錢情緒自然很好。他老遠就招呼特雷維爾先生：

「隊長先生，進來呀，過來，過來讓我痛痛快快地訓話。您知道嗎？紅衣主教閣下今天來告了您那幾個火槍手的狀，說應該把您的火槍手絞死，他們簡直是一群暴徒。這件事情鬧得紅衣主教心情很不好，他今天晚上竟然病倒了。」

「不對，陛下，事情不是像他說的那樣！」特雷維爾先生通過國王的話，一眼便弄清楚局勢將朝著怎樣的方向發展，連忙答道，「完全相反，火槍手們個個安分守己，溫馴得像頭羊羔兒，都是善良之人。而且，我可以向您保證，他們只有一個欲望，那就是：要讓他們的劍出鞘，唯有為陛下效勞。陛下，他們今天拔出劍來與紅衣主教的衛士進行決鬥是迫於無奈，紅衣主教的衛士們不斷地找他們的麻煩，為了集體的榮譽，那幾個可憐的年輕人不得不自衛。」

「您聽我說，」國王道，「特雷維爾先生，聽我說！您所說的話聽起來簡直就是在講一個修道院！說句老實話，我的隊長，我真打算把您的所有職務都撤了，把它交給謝孟蘿小姐。我早就答應過她，讓她掌管一所女修道院！不要以為我會相信您的一面之詞，我被人稱作『公正的路易』，特雷維爾先生。您也不用說了，我們等等看吧，一切都會查明白的。」

「是的，陛下，正是由於我相信您的公正，我才耐心地、安靜地恭候御旨。」

「那就等好了，先生，我不會讓您等太久的。」

國王繼續玩牌。特雷維爾先生站在一邊等著國王。不一會兒，國王的運氣消失了，他開始輸錢。這樣，他要做一次查理曼[35]（請原諒，我們對這種技巧的來源不得而

35.「做查理曼」是賭徒們「贏了就走」的一種戰術。

知）。過了一會兒，他還是一直輸。於是，他便站起身來，把面前的錢（其中大部分是贏來的）統統裝進腰包，然後對拉維約維爾說：

「拉維約維爾，您來替我。我要與特雷維爾先生談一件緊要的事。哦！我面前原有八十路易[36]。您擺出同樣多的錢吧，免得有人說我耍賴……」

接著他轉身與特雷維爾先生一起走到一扇窗口邊。

「嗯，先生，您的意思是說，紅衣主教閣下的衛士主動向火槍手們找碴？」

「是的，陛下，像以往一樣，他們早就開始這樣幹了。」

「說說看，到底是怎麼回事？您知道，我親愛的隊長，法官應當聽取當事人雙方各自的敘述，我已經聽過紅衣主教的了，現在該聽您的了。」

「咳，上帝！事情的經過很簡單。我的三名士兵，陛下肯定知道他們的名字，因為您不止一次地誇獎過他們的忠誠，我可以向您發誓，他們也一向對您忠心耿耿，我的三名最優秀的士兵，即阿托斯先生、波托斯先生、阿拉米斯先生，他們仨帶領我上午託付給他們的一位從加斯科尼前來投軍的年輕貴族子弟去各處走走，熟悉一下環境。我知道，他們要去聖日爾曼，說好在赤足聖衣會修道院聚齊。結果，在那裡，他們突然受到了朱薩克先生、卡于薩克先生、比斯卡拉先生和另外兩位先生的打擾。很

36. 舊時法國金幣，一路易合二十四個利弗爾。

顯然，這些衛士如果不是圖謀不軌，一下子去那麼多人幹什麼？」

「哦，哦，您是要我毫無疑問地相信，他們是到那兒去決鬥的？」

「我本不想在這裡告他們的狀。我想陛下自會判斷，五個人全副武裝，來到聖衣會修道院那荒涼、僻靜之地，會有什麼事好幹？肯定是想要去決鬥的。」

「有道理。特雷維爾，有道理。」

「可是，他們見了我的火槍手之後，就立刻改變了主意，把彼此之間的私怨拋到一邊，而要報集體的仇了。陛下您是知道的，火槍手效忠於國王，也僅僅全心全意效忠於國王。他們是忠於紅衣主教的衛隊的，是我們的天敵。紅衣主教的衛隊向來仇恨我們火槍手。」

「您說得不錯，特雷維爾，說得很好。」國王講起來面帶愁容，「像這個樣子，衛隊在法蘭西分成兩派，就相當於一國之內有兩個腦袋，請相信我的感覺，真教人痛心。不過，這種局面會結束的，特雷維爾，您看著好了，這種局面一定會結束的。那麼照您的意思，他們主動向您的火槍手進行了挑釁？」

「我是說，事情有可能會是這樣的，但我不能肯定，陛下。您也清楚，要瞭解真相並不容易，而要做到這一點，必須要具備被人稱為『公正者』的路易十三那樣的天賦異稟……」

「您講得有道理，特雷維爾，有道理。另外，聽說進行決鬥的不光是您的火槍手，還有一個孩子跟他們一起的？」

「是的，陛下，他們之中還有一個受了重傷。就是說，連一位傷號在內，國王的三名火槍手，外加一個孩子，把紅衣主教的五名窮凶極惡的衛士打得落花流水，其中有四個被撂翻在地。」

「這可是一次偉大的勝利呀！」國王喜形於色地嚷起來。

「是這樣，陛下，簡直可以與賽橋之勝[37]相媲美！」

「您說這邊總共是四個人，其中有一個傷號和一個孩子？」

「勉強也可以說是一個剛長成的年輕人。這個年輕人表現得極為出色，我得冒昧地向陛下推薦他。」

「他叫什麼名字？」

「叫達太安，陛下。是我交情最老的一位朋友的兒子。他的父親曾經是一個志願兵，曾跟萬古流芳的先王一起作過戰。」

「您是說，年輕人表現得挺出色？快講給我聽聽，特雷維爾。您知道，我最喜歡聽人講打仗和格鬥一類的故事。」說著，國王露出高傲的神態，一手捋著他的小鬍子，一手叉在腰上。

37. 路易十三的母親被放逐到賽橋，在那裡發動叛亂，一六二〇年路易十三的軍隊在賽橋打勝，平息了叛亂。

「陛下，我現在開始跟您講了。」特雷維爾道，「這個達太安的夢想是當上一個火槍手，為您效勞。只是由於年紀小，幾乎還是個孩子，所以他現在還沒能成為火槍手。當時他是一身老百姓裝束。紅衣主教先生的衛士們見他年輕，又不是火槍隊的人，在動手之前曾經勸他離開。」

「您確定，特雷維爾，」國王打斷了他，「是紅衣主教的衛隊首先發動進攻的？」

「您說得完全正確，陛下。這毫無疑義。他們喝令他快一些離開。可他回答說，他雖然現在還不是個火槍手，可是他的心是火槍手的心，百分之百地忠於國王。因此，他不能拋下自己的同伴，他要和幾位火槍手先生生死與共。」

「勇敢的年輕人！」國王喃喃道。

「他說到做到，真的冒死留了下來。國王您現在又多了一個堅定的效忠者。正是他給了朱薩克可怕的一劍，讓紅衣主教氣急敗壞的一劍。」

「是他？是他刺傷了朱薩克的？」國王叫了起來，「這不可能！他還是個孩子呀！特雷維爾，這不可能！」

「我也覺得不可能，可事實就是我剛才向陛下報告的那樣。」

「是他？是他刺傷了紅衣主教的一流劍客朱薩克？」

「就是他，陛下。我想，您找到了效忠於您的人！」

「我想見見這小夥子，特雷維爾，我想見他。安排一下吧。」

「國王準備何時屈駕接見他？」

「明天中午，特雷維爾。」

「就帶他一個人來？」

「不，四個一起帶來。我想對四個勇敢的人表示感謝。忠心耿耿的人現在越來越少了，難找難尋啊，特雷維爾，我應該對他們進行嘉獎。」

「那就明天中午，陛下，我帶他們準時進宮。」

「唔！要走小樓梯，特雷維爾，要走小樓梯。沒有必要讓紅衣主教他們知道……」

「是，陛下。」

「但是，特雷維爾先生，您清楚，決鬥到底是禁止的，以前法令是這樣，今後依然是這樣。」

「是的，陛下。不過，陛下，這一次，它的意義不僅是決鬥。這是一場爭鬥，證據就是他們五個攻擊我們的三個，外加一個年輕的達太安先生。」

「對！」國王道，「不過，沒關係的，還是從小樓梯過來好了。」

特雷維爾露出了笑容，心裡感到很滿足。能讓這個年少的國王倒過來去反對他原來所崇敬的老師[38]，還是很有成就感的。他畢恭畢敬地向國王行了禮，得到允許後就退

38. 路易十三生於一六〇一年，一六一〇年即位，而黎塞留生於一五八五年，曾是路易十三的老師，並調解過他與母后的矛盾，故有此說。

了出來。

當晚三個火槍手就知道了他們獲得的這一殊榮。他們三個早就認識國王，所以之後表現得並不怎麼興奮。可達太安得到通知後，加斯科尼人的想像力令他浮想聯翩。他從中看到自己即將平步青雲，因此，整整一夜做的皆是黃金夢。早晨八點鐘，他就趕到了阿托斯的家裡。

阿托斯已經穿好了衣服，正準備出門。阿托斯與阿拉米斯、波托斯約好去盧森堡公園馬廄旁邊的一個網球場打網球。阿托斯邀請達太安一起去。達太安從來沒有玩過根本不會打，但還是答應去，因為離十二點還早呢，去看看也好，不然這麼長的時間不知道如何打發。

當他們到達時，阿拉米斯和波托斯已經在練球。阿托斯擅長各種體育項目。他與達太安走到對面場地，接受阿拉米斯和波托斯的挑戰。阿托斯用的是左手，剛一過招，他就意識到他的傷情承受不了這項運動，只能退出。達太安單獨留了下來。達太安聲稱，他不瞭解這項運動，因此他要求光打不記分，不照規則進行比賽。波托斯用赫丘利[39]般的力量將球打過來，球飛快地從達太安耳邊掠過。加斯科尼人的想像力又來

39. 羅馬神話中力大無窮的英雄，大力士。

了：好傢伙，這下要是打在臉上，去宮裡覲見國王的事就得告吹。這次覲見將決定他的前程，因此，他覺得不能再打下去了。於是，他鄭重地向阿拉米斯和波托斯行了一個禮，宣佈退出，說等他能與他們不相上下之時再與他們一比高下。說罷就退到了球場邊線外的觀眾席。

不幸的是，這並沒有使達太安擺脫厄運。觀眾席上有一名紅衣主教閣下的衛士，他正在為自己的戰友昨日的敗仗而憤懣不平，決心找機會報復。他認出了他們，認為機會到了，於是故意對身邊的人大聲說：

「這個年輕人怕被球打到，這倒不奇怪，毫無疑問，他是火槍隊裡的一名小學生。」這話達太安當然聽到了，感覺像被蛇咬了一口。

他轉過身去，死死盯住那個說話無禮的人。

「見鬼！」那位衛士見達太安這麼看著他，便道，「您想怎麼看我就怎麼看我好了，我的小先生。從我嘴裡說出來的話我是從不會賴帳的。」

「您的話說得再清楚不過啦，不需要再講什麼。先生，咱們出去一趟吧！」

「什麼時候呢？」那名衛士同樣用的是嘲笑的語氣。

「立刻，請！」達太安意志堅定地說。

「您好像知道我是誰吧？」

「我根本不知道，也無須知道。」

「那麼您就犯了一個錯誤。要是您知道了，或許您就不會如此急不可待了。」

「那麼，您叫什麼名字？」

「貝納如願為您效勞。」那人驕傲地說。

「好，貝納如先生！」達太安鎮靜自若，「我在門口候著。」

「走吧，先生，我隨後就到。」

「對，您可稍等片刻，先生，不要讓其他人看到我們一起走出去。這您明白，我們的事知道的人多了，會妨礙我們。」

「有道理，先生。」貝納如感到驚訝，他的名字居然沒有對這位年輕人產生任何的影響。

這貝納如大名鼎鼎。達太安可能是唯一一個不知道他的人。在國王和紅衣主教一次又一次地下達禁止決鬥的命令後，仍然會有一次又一次無法禁絕的決鬥，而每次，總是少不了這個人。

阿拉米斯和波托斯一門心思打球，阿托斯在專心致志地看球，誰也沒有發覺達太安已經出去了。達太安在門口站定後不久，貝納如也出來了。覲見國王定在十二時，達太安的時間不多了。他向四周看了一眼，見街上空無一人，便對對手說：

「說句實話，您叫貝納如，儘管如此，您面對的是一個火槍手的學徒，真是夠走運的。不過，請您放心，我會全力以赴的。準備交手吧，先生！」

「不過，先生，」受挑戰者道，「您選的這個地點並不太好。我們為什麼不到聖日爾曼修道院後面，或到教士草地去？」

「您說得很有道理，先生。」達太安回答說，「只是，可惜，中午十二點我還有一個約會，我的時間不多。準備吧，先生，準備。」

對貝納如來說，這類邀請的話是不需講第二遍的。達太安剛說完，剎那間，他已拔劍出鞘，朝對手猛撲過來，指望以此鎮住他。

然而，我們的年輕人昨天剛剛接受了戰鬥的洗禮，嘗到了勝利的喜悅，而且將受到寵遇的極大鼓舞，所以他決不會後退半步。就這樣，兩人拚殺在一起，兩把劍你來我往。而最後，是達太安逼迫對手後退了一步。

就在後退的過程中貝納如的肩、臂、劍偏離了直線位置。達太安立即抓住這一機會，將對方的劍一挑，猛地來了一個衝刺，這一劍刺中了貝納如的肩部。接下來，達太安退了一步，將劍舉起。貝納如雖然高叫著「沒關係」，但旋即盲目地猛撲過來。結果，他正好撞在了達太安伸出的劍上。

然而，貝納如並沒有倒下去，也不承認自己已被打敗，而是朝著拉特雷穆耶先生的府邸退去。他有一個親戚在拉特雷穆耶先生的府中做事。達太安不知道對手第二次中劍傷得有多重，他緊追不捨，向府院門口趕去，決心第三劍結果貝納如的性命。

這時，突然一陣吵鬧聲從網球場那邊傳來。貝納如的兩個朋友曾經聽見他與達太安說的話，後來又看到他們各自離開了球場，便提劍趕了過來，撲向達太安。阿拉米斯和波托斯也一起趕過來了。他們見那兩個衛士對付達太安一個人，便從背後出擊，迫使兩個衛士回轉身來對付他們。這時，貝納如倒了下去。那兩個人見自己寡不敵眾，便開始向拉特雷穆耶先生的府邸那邊喊起來：「快來人呀，快來人呀！」這一喊，府中的人全都跑出，向阿托斯等四個人湧來。阿托斯等人一見情況不好，也大喊道：「快來呀，火槍手們！」

這樣的喊聲通常總是會得到回應。因為大家都知道火槍手是紅衣主教閣下的死對頭，人們都由於憎恨紅衣主教而喜歡他們，所以，除了屬於「紅公爵」衛士（阿拉米斯給紅衣主教起了這樣的一個綽號），好些其他衛隊的衛士都會站在國王火槍手一邊，在這類打鬥中，他們都幫著火槍手。

恰好在此時，埃薩爾先生衛隊的三名衛士從此地路過。他們聽見阿托斯等人的喊聲，其中一個人加入了阿托斯的隊伍，另一個人則向著特雷維爾府邸飛奔而去，邊跑邊喊：「快出來呀，火槍手們，快出來幫我們呀！」

特雷維爾府邸的火槍手們全都跑來支援自己的同伴，一場優勢在火槍手一邊的大混戰開始了。紅衣主教的衛士和拉特雷穆耶先生府邸的人邊戰邊退，直到退入府邸，為了阻止敵人隨著他們衝進去，就一道一道將門關牢。至於那個受傷的，早就被抬進去了，他傷勢十分嚴重。

火槍手及其同盟軍們情緒異常高漲，他們正商量著，既然拉特雷穆耶先生的人膽大妄為地攻擊了國王的火槍手，那麼，他們就要受到一定的懲罰。有人提議，乾脆一把火將拉特雷穆耶先生的府邸燒了。

這個建議一提出來，隊伍中爆發出歡呼聲。幸而就在這時，十一點的鐘聲敲響了。達太安等人想起了國王要和他們見面之事。如果這樣一件大事給耽誤了，那他們將終生後悔莫及。在他們的勸說下，大家瘋狂的頭腦開始冷靜下來。他們只撿了幾塊街石朝大門砸去，放棄了火燒府邸的計畫。

大門十分堅固，砸了半天也沒砸出個名堂，眾人便感到不耐煩起來。再說，眼看著帶頭兒的幾個人離開了人群向特雷維爾先生府邸那邊走去，最後眾人也散去了。此時，特雷維爾先生已風聞這場混戰，他正在府邸等他們呢。

「用最快的速度，最短的時間，去羅浮宮，一分一秒都不能再耽誤！」特雷維爾先生道，「紅衣主教肯定已經在往那趕了。我們要趕在紅衣主教之前到達那裡，告訴國王，把這件事說成是昨天那一事件的延續，讓兩件事一起了結。」

四個年輕人陪著特雷維爾先生朝羅浮宮走去。但是，出乎特雷維爾先生意料的是，宮裡傳出話來，國王去聖日爾曼打獵了。特雷維爾先生請侍從把這條消息連說兩遍，那人每說一遍，特雷維爾先生的臉色就難看一點。

「陛下可是昨天就有這個打獵的計畫嗎？」特雷維爾先生問。

「不，閣下，」侍從回答說，「是今天早上臨時決定的。犬獵隊隊長今天早起向陛下稟報，說昨天夜裡他在聖日爾曼給陛下趕出了一頭鹿。起初陛下不想前去，後來隊長勸他說，這次打獵會給陛下帶來快樂。這樣，國王就沒有再堅持，吃完早膳就移駕前往了。」

「今天國王可是見過紅衣主教？」特雷維爾問。

「十有八九是見過了，」侍從回答，「因為早上起來，我見紅衣主教閣下的車子套上了馬，就問紅衣主教要去哪裡，得到的回答是：『去聖日爾曼』。」

「他搶先了。」特雷維爾道，「先生們，我們先回去吧！今天晚上我會再來見國王，至於你們，我看還是不冒這個險為好。」

四個年輕人無法反駁，因為這個忠告非常明智，尤其是從一個十分瞭解國王的人的嘴裡說出來，它就越發地顯得有道理。特雷維爾先生叫他們各自回到自己的住處，等候他的消息。

回到府邸之後，特雷維爾先生立即想到，應該利用國王和紅衣主教都不在的時間首先提出控告。於是，他修書一封，命令他的一位跟班給拉特雷穆耶先生送去。信中要求拉特雷穆耶先生把紅衣主教的衛士趕出大門，並且懲辦他手下那些膽敢對火槍手發動襲擊的人。這時，拉特雷穆耶先生已經聽了他的馬廄總管（貝納如的那位親戚）的報告。他回信給特雷維爾，說告狀的應該是他，因為是特雷維爾的火槍手攻擊了他手下的人，並且還企圖燒他的府邸。雙方各執一詞，互不相讓。看來這兩位貴族老爺之間的爭執一時難以解決。於是，特雷維爾先生想出了一個意在徹底解決問題的辦法，他要親自去拉特雷穆耶先生府邸一趟，見一下拉特雷穆耶先生本人。

他想到這個辦法之後就立刻動身了，一會兒便出現在拉特雷穆耶先生府邸的大門口，叫人進去通報。

儘管兩位貴族老爺之間沒什麼交情，但還是彼此尊重，他們客氣地相互施禮。兩個人都是有膽略、顧名譽的人。拉特雷穆耶先生是一位新教徒，見國王的機會不是很多。他也無幫無派，社交之中不帶任何偏見。但是這次接待，儘管他表面上彬彬有禮，卻還是比平常來得冷淡。

「先生，」特雷維爾先生說，「你我雙方都認為對方做得不對，而我此次造訪就是為了把事情弄清楚。」

「我很願意如此，先生。」拉特雷穆耶先生道，「不過，我想告訴您，完全是您的火槍手的過錯，情況我已經瞭解得十分清楚了，先生。」

「我知道，先生，您是一個不徇私情、通情達理之人。」特雷維爾先生說，「既然這樣，我有個建議您不至於不接受吧……」

「請說吧，先生。」

「我想問，您的馬廄總管的那位親戚貝納如先生，現在情況如何？」

「他的情況很糟，先生。他肩上中的一劍無大礙，只是後來他又挨了一劍，直穿透了他的肺部，醫生說，怕是活不了了。」

「那他神智眼下還清醒吧？」

「完全清醒。」

「能講話嗎？」

「能，雖然有些困難。」

「那好，先生，我們一起去看看他。他也許就要被召入天國了，讓我們以天主的名義要求他說出真相。我把他看成他自己案件的法官，先生，他說的話我一定相信。」

拉特雷穆耶先生聽後思考了片刻，實在提不出更合理的建議，便接受了。

兩人下樓，來到受傷者的房間。看見兩位尊貴的老爺過來看他，他掙扎著要坐起來，但身子太虛弱了，剛一使勁兒，還沒爬起來就已撐不住，差一點兒昏了過去。拉特雷穆耶先生走到他的面前，讓他聞了些嗅鹽，使他清醒過來。特雷維爾先生不想留下話柄，讓人指責他向一位病人施加了影響。於是，請拉特雷穆耶先生向貝納如進行詢問。

不出特雷維爾先生所料，在垂死之際的貝納如沒有打算隱瞞什麼，而是原原本本講了事情的經過。

這正是特雷維爾先生所希望的。他祝福貝納如早日康復，告別拉特雷穆耶先生，回到府邸。然後，他立即派人去通知那四位朋友，說等他們共進晚餐。

這次，特雷維爾先生招待的都是反對紅衣主教的，極有教養的世家子弟。席間所談也都是以紅衣主教的兩次失敗為中心話題的。

達太安是這兩天的主角，因此，大家都向他表示祝賀。阿托斯、阿拉米斯、波托斯作為他的好友，自然也願意讓達太安得到讚揚。這一次，他們全都心甘情願地把榮譽讓給達太安一個人。

六點鐘，特雷維爾先生宣佈，他要立即到羅浮宮去一趟，並且這一次，他要帶著阿托斯、阿拉米斯、波托斯和達太安一起進宮。國王恩准的召見時間已過，所以他們不可以從小樓梯進宮。

特雷維爾先生帶著他的四名夥伴直接進了候見廳。國王出獵還沒有回來。我們的幾位年輕人混雜於群臣之中，恭候了將近半個小時後，所有的門都被打開了，這時有人通報：「國王駕到！」

路易十三出現了，他走在最前面，穿著一身沾滿灰塵的獵裝，腳上是一雙長筒靴，手裡拎著馬鞭，後面跟著隨從。從國王的表情上，達太安一眼就看出他正在氣頭上。

朝臣們不能因國王陛下糟糕的心情就不上前迎接，他們迎上前去，列於他路過的御道的兩邊。能在王宮的前廳裡被他怒目瞪一眼，總比根本沒被他看見要好得多。

當三個火槍手毫不遲疑地向前邁步的時候，達太安卻沒有動，而是躲在了他們的身後。

國王認識阿托斯、阿拉米斯和波托斯，連看都沒看他們一眼，完全視同陌路。國王的目光在特雷維爾先生身上停留了片刻，特雷維爾先生堅定地承受住了他的目光，反倒讓國王不得不轉移了他的視線，嘟嘟囔囔地進了他的房間。

「情況不好啊。」阿托斯笑著道，「看來這回我們仍然得不到騎士封號。」

「在這兒等十分鐘，」特雷維爾先生說，「十分鐘後不見我出來，你們就回我的府邸等著。」特雷維爾先生進到國王的書房去了。

四個年輕人就這麼等著，十分鐘、一刻鐘、二十分鐘過去了，特雷維爾先生還是沒出來。四個人失望而歸，心裡七上八下的，不知將要發生什麼事情。

國王情緒的確很壞。他坐在一把扶手椅上，正用馬鞭拍打自己的靴子。特雷維爾先生壯著膽子走進了國王的書房，硬著頭皮問聖體是否安康。

「糟透了！糟透了！」國王說，「我煩死了！」

事實上，這種說法是路易十三最嚴重的癖好。他常常把大臣拉到自己窗前，跟他說：「先生，讓我們共同來體驗一下煩惱吧！」

「怎麼，」特雷維爾先生道，「陛下前去體驗了打獵的快樂，怎還會覺得煩呢？」

國王發怒道：「一切都糟透了！我也搞不明白，是獵犬沒有了嗅覺，還是獵物跑沒了蹤跡！我們用了六個小時追一頭生有十隻叉角的鹿，眼看就要追上了，聖西蒙已經把號角放到嘴裡，準備吹號叫大家合圍，可就在此時，呼啦一聲，那群獵狗卻一起改換了追逐的目標，對一隻幼鹿緊追不放！您看，我是不是該放棄獵犬的圍獵？我是一個很不幸的國王，特雷維爾先生！我只剩下了一隻大隼，前天也死掉了！」

「陛下，這的確非常令人不愉快，您的失望我能夠理解。這確實是件巨大的傷心事。不過，我知道您還有不少的狩獵動物呢，隼啊，雄鷹啊，還有別的……」

「可沒有一個人來訓牠們！訓練獵鷹的人一個個都走掉了，只有我還在訓練獵犬。等到我見了天主，人們就只有捕獸器、陷阱和活板好用了！我要是有時間來培養幾個學生就好了，他們可以幫我去訓練牠們。唉，紅衣主教和我一起打獵的時候，總是纏著我，不跟我談西班牙，就跟我談奧地利，要不就是英國，啊！他讓我片刻不得安靜。提起紅衣主教我才想起來，特雷維爾先生，提起這些我對您就來氣。」

從特雷維爾先生進來到現在，他一直就等著國王講最後這句話。他與國王待在一起很久了，他知道國王剛開始說的那些話只是用以鼓足自己勇氣的一種手段，算作是開場白，最後一句才是國王所要講的。

「我在什麼事情上犯了錯，不幸惹得陛下龍心不悅？」特雷維爾先生裝出一副驚愕萬分的樣子。

「難道您就是這麼對我盡責的嗎，先生？」國王繼續講了起來，並不直接回答他的問題，「聽說火槍手殺掉了一個人，還打算放火燒掉整個巴黎，可是，在這整個事件中卻聽不到您一句制止他們行為的話！我任命您做火槍隊隊長不是要您去做這些的。不過話又說回來，先生，」國王繼續道，「我這麼指責您可能有些過頭。我想知道，您這趟進宮是不是要向我報告您審訊的結果，那些肇事者是不是已經拘捕歸案？」

「不是，陛下，正好相反。」特雷維爾先生不慌不忙地說，「我這次進宮，是來要求您秉公處理，親自審訊的。」

「訊哪個？」國王厲聲喝問。

「審訊那些污蔑者。」

「啊！怎麼回事？」國王說，「您大概不至於說，您的那三個該死的火槍手和那個從貝亞恩來到巴黎的小夥子，並沒有瘋狂地攻擊那個可憐的貝納如，沒把他打成重傷吧。或許如今他正躺在床上喘大氣呢！您大概也不至於說，他們並不曾攻打拉特雷穆耶先生的府邸還想一把火將它燒掉。在以前的戰爭年代，這算不上闖了什麼大禍，因為那裡是胡格諾派的一個巢穴。但是在和平年代，它就成了一個惡劣的先例。告訴我吧，您總不至於否認這一切吧？」

「是誰告訴您這些話的？他給您編造了一個動聽的故事，陛下。」特雷維爾先生心平氣和地問。

「還能有誰！除了我娛樂時他工作，我睡覺時他守夜，整個法蘭西，乃至於全部歐洲都在等待他去治理的人。」

「那只能是天主！」特雷維爾先生說，「在我的心裡，只有天主才能高居於陛下之上，又如此有能耐。」

「不，你弄錯了，我說的是我唯一的僕人，那位國之棟樑，我唯一的朋友，紅衣主教先生。」

「可是陛下，紅衣主教閣下並不是教皇。」

「這話怎講，先生？」

「我是說，只有教皇是金口玉言，紅衣主教不是教皇，他並不具備這個品質。」

「就是說，您是說他在欺騙我，他背叛了我。這麼說，您在控告他。直接說吧，您是不是在控告他？」

「沒有，陛下。」特雷維爾先生說，「我只是說，他錯了，相信了不正確的報告。我只是說，他控告陛下的火槍手們未免太性急了，對火槍手缺乏公正性，他掌握的情況來源不可靠……」

「提出指責的是拉特雷穆耶先生，您沒有話好講了吧？」

「陛下，公爵不可能是一個公正的見證人，因為此事與他有直接的利益關係。但是，陛下，我不想這樣講，我倒相信公爵是一個正直的貴族。我可以接受由他出面作證，只是我有一個條件，陛下。」

「什麼條件？」國王問。

「陛下可以單獨問他情況，不要有旁人在場。陛下見過他之後，我將立即覲見，請陛下中間不要見任何人。」

「就是說，拉特雷穆耶先生無論講了什麼您都相信他？」國王問。

「是這樣，陛下。」

「您接受他的評判？」

「是這樣，陛下。」

「他提出賠償要求，您也服從？」

「全部接受。」

「拉舍斯奈！」國王在喚他的貼身男僕，「拉舍斯奈！」

拉舍斯奈一直守在門口，聽到招呼，就進來了。

「拉舍斯奈，」國王吩咐，「立即派人去找拉特雷穆耶先生，我今晚有話問他。」

「那陛下就是見過拉特雷穆耶先生之後立即接見我，中間不插入任何人？」

「是的，憑紳士的信用，不接見任何人。」

「那就明天再見，陛下。」

「明天見，先生。」

「陛下意欲明天什麼時候見？」

「您願意幾點鐘來都行。」

「如果我來早了，我擔心我會吵醒陛下。」

「我不再睡了，先生，我再也無法安眠啦，或許我會迷糊一會，偶爾，做個夢……僅此而已。因此，您願來多早就來多早——，那就七點好了。可您要當心點兒，要是您的那些火槍手有事的話……」

「陛下，如果他們是有罪的，我一定統統把他們送交陛下處置。陛下另有要求請一併提出，臣唯命是從。」

「沒有了，我會公正處理的。大家叫我『公正者』，不是沒有道理的。明兒見，先生。」

「祝陛下萬歲，萬萬歲！」

國王寢不能寐，特雷維爾更是通宵沒有合眼。當天晚上他就通知了他的那三個火槍手和他們的那位同伴，要他們第二天早上六點半鐘趕到他的官邸，一起去見國王。

他沒有向他們保證什麼，也沒有向他們許諾什麼，更沒有向他們隱瞞什麼，只是此次他們能否受到恩寵，或者得到懲罰，很難說清。他自己的命運如何，也是難以說定的。

第二天早上，他們一起到達了王宮。走到小樓梯下面時，特雷維爾先生讓他們等著，並叮囑他們，如果國王依然怒氣未消，就悄然離去不求接見；如果國王同意接見，就會派人來通知他們。

特雷維爾先生進入國王的專用候見廳。拉舍斯奈告訴特雷維爾先生，昨天晚上，找到拉特雷穆耶先生時已經很晚了，公爵無法進宮，所以現在公爵才到不久，正在國王的書房裡。

這樣一來，在拉特雷穆耶先生和他之間就不可能插進什麼人來影響國王了。這使特雷維爾先生感到高興，他正求之不得。

正如所料，約莫十分鐘，書房的門就被打開了。拉特雷穆耶先生走了出來，他見到特雷維爾先生後，過來對他說：

「先生，陛下剛剛派人找了我來。他已經瞭解了昨天在我府邸發生的那件事。我如實向他稟告了，就是說，我告訴國王陛下，錯在敝舍下人，並向他說我準備向您賠罪。既然現在我碰上了您，那就請您接受我的道歉好了。」

「公爵先生，」特雷維爾先生說，「除了您，我不願在陛下那裡還有別的什麼辯護人。我相信您，知道您一向為人公正，對此我一直很有信心，看來我的想法並沒錯。現在，法蘭西還沒有另一個人完全配得上我對您的這些稱道，請允許我向您致謝。」

國王在房間裡聽見了這些恭維話，他在屋裡說道：「好，好，好！特雷維爾先生，既然您說你們要做朋友，那麼，我也希望成為他的朋友。但是，他疏遠了我，我們已經有兩年沒見面了，這次還是我派人去找了他來，才好不容易見了一次面。請把這一切一五一十地告訴他，因為這類事情，一個國王是不好親口講的。」

「謝謝，陛下！」公爵說，「不過請陛下明察，並不是陛下一天到晚二十四小時都能見到的那些人才是最忠誠的，自然特雷維爾先生除外。」

「啊！我的話被您聽到了！這樣更好，公爵，這樣更好。」國王來到了門口，「特雷維爾，您在這裡！您的三個火槍手和那個年輕人現在在哪裡？我前天就叫您帶他們來見我，為何沒帶來？」

「他們正在樓下候著，只要陛下恩准，拉舍斯奈就會喊他們來了。」

「都快八點了！好，讓他們立即上來，九點鐘我還要接見一位客人呢。您請便吧，公爵，只是千萬別忘了常常來看我。請進，特雷維爾先生。」

公爵鞠了一躬，告辭了。他推開門，只見三個火槍手和達太安在拉舍斯奈的引領下上了樓梯，出現在門前。

「進來吧，勇士們，」國王說，「讓我好好誇獎你們一番。」

火槍手們走到國王面前行鞠躬禮，達太安也跟了過來。

「鬼才清楚是怎麼回事！」國王繼續說，「你們四個，只用了兩天時間就讓紅衣主教閣下損失了七員大將！太多了，先生們，太多了！按照這樣的速度，不需要三個禮拜，紅衣主教閣下的衛隊就得被你們整個換成新手了。而我呢，則必須極為嚴格執行我的禁令。偶爾搞掉他一個還是可以的，但是兩天七個，我再說一遍，太多了，真是太多了！」

「正因為如此，陛下想必看出來了，他們十分後悔，今天才不得不來向您請罪，請求您的原諒。」特雷維爾先生道。

「十分後悔，是嗎？」國王說，「難道他們的張張笑臉都是假惺惺的？尤其是那張加斯科尼人的臉。走過來一點，先生。」

達太安明白國王這句話是誇獎他的，於是，他做出一副傷心難過的樣子，走上前來。

「好哇，特雷維爾，他就是道道地地的一個孩子嘛！怎麼，給朱薩克的那一劍是他刺的？」

「另外還有給貝納如的出色的兩劍。」

「真是讓人不敢相信！」

「還不止這些呢，陛下，他把我從比斯卡拉的劍下救出來，否則今日我肯定不會有向您致敬的榮幸了。」阿托斯插嘴說。

「這麼說，這位貝亞恩人是道道地地的魔鬼了！真像父王說的：『見他媽的鬼！』

特雷維爾先生，練這個行當，緊身上衣肯定要被刺破不止一件兩件，劍也不知折斷多少把。可直到眼下，加斯科尼人偏偏還是那麼窮，是不是？」

特雷維爾先生回答道：「陛下可以這樣說吧。儘管天主想為他們創造一個奇蹟，以報償加斯科尼人對先王遠大抱負所做的貢獻，但直到現在他們還沒有找到那些山裡的金礦。」

「您的意思是說，我，作為先王的兒子，是因為得到加斯科尼人的幫助才能夠成為國王的，是不是，特雷維爾？很好，我不否認！拉舍斯奈，去翻遍我所有的口袋，看看還能不能找出四十個比斯托爾？如果找到了，全部給我拿過來。年輕人，請如實地告訴我，整個事情是怎樣發生的？」

接下來，達太安詳詳細細地講述了前一天的事：他怎樣因為要見國王陛下高興得一晚上難以入睡；怎樣在覲見之前和他的三個朋友一塊兒去了網球場；以及他是怎樣怕被球擊到臉上喪失覲見的機會因而明顯表現出了不安；而他的這種不安神情怎樣受到了貝納如的嘲笑；貝納如由於自己的放肆行為最終怎樣付出了代價，差一點喪了命；拉特雷穆耶先生本來與這件事毫無干係，又怎樣差點連公館也被燒掉了。

國王道：「這公爵給我講了。可憐的是紅衣主教在兩天之內失去了他身邊特別心愛的七員大將！夠了，先生們！你們已經報了仇，甚至超過了，也該感到心滿意足了！」

「陛下滿意，我們也就滿意了。」特雷維爾道。

「是的，我感到滿意。」說著，國王把金幣放到了達太安手裡，「瞧，這就是我滿意的一個證據。」

在那個時代，現在流行的自尊觀念還不時興。當時，一個貴族直接從國王手中接受金錢，並不是一件恥辱的事。因此，達太安說了很多的感激的話後，便把接過來的錢裝進了口袋。

「好啦，好啦，」國王看著時鐘說，「你們可以退下了，現在已經八點半了。九點鐘我還要見一位客人。你們是可以信賴的，先生們！謝謝你們的忠誠，對不對？」

「是的！陛下，為了您，我們肝腦塗地、粉身碎骨也在所不辭！」四個人異口同聲道。

「好，好。不過，還是要保護好自己的身體——這樣更有用處。」

四個人道謝之後便退了出來。

在其他人退下之後，國王輕聲對特雷維爾先生道：「特雷維爾，您的火槍隊暫無空額，而且我們曾經決定，進入這支隊伍必須先有一個見習期，那您就將這個年輕人安排在你的妹夫埃薩爾先生的衛隊好了。啊，說真的！特雷維爾，一想到紅衣主教的臉色我就興高采烈！他會氣得要死，可我不在乎。朕行使朕的權利！」

接著國王向特雷維爾先生揮手致意。特雷維爾先生退了出來，趕上他的三個火槍手，看見他們正與達太安在分那四十比斯托爾呢。

和國王講的一樣，紅衣主教氣急敗壞。足足有八天，他沒有與國王打牌。國王的確是「不在乎」，他照樣極為親切地笑瞇瞇地與他打招呼，並且用關懷備至的口氣對他說：「紅衣主教先生，您手下那位可憐的貝納如，還有那個可憐的朱薩克，近來怎麼樣？」

chapter 7 火槍手的家務事

達太安一走出羅浮宮，就問他的朋友們，他從四十個比斯托爾中得到的那份錢該怎麼花。阿托斯建議他到松果酒店吃上一頓豐盛的晚餐；波托斯建議他雇上一個跟班；阿拉米斯建議他找上一個情婦。

飯當天吃過了，是由阿托斯預定的；跟班也已經找到，是由波托斯幫助找的。這個跟班是庇卡底人[40]。我們的波托斯，這個自命不凡的火槍手當天在杜耐爾橋上看見這個跟班正朝河裡吐唾沫，並專心觀看它落水之後形成的一個個圓圈兒。

波托斯認為，這種消遣方式是喜歡深思的審慎性格的一種證明，因此，沒有索要任何別的什麼推薦資料就把他雇了來。

這個庇卡底人名叫普朗歇。眼前這個貴族氣派十足的外表迷住了他，以為自己找

40. 法國古代北部的一個省。包括現索姆省和瓦茲、埃納、加來海峽三省的一部分。

了個好主兒。後來他發現，他心目中的這一理想位子已被一個叫穆斯克東的人佔據了。

而波托斯向他說明，雖然自己的家境富足，但還不需要兩個傭人，他的服侍對象是達太安。普朗歇多少有些失望。但是，等到他所服侍的主人請客吃那頓晚餐的時候，他確信自己交上了好運。因為他看到他的主人付帳時，從口袋裡掏出了一大把的金幣。感謝天主，讓自己跟了這樣一個克羅伊斯[41]！

這一看法一直保持到盛宴結束。他把那頓盛宴的殘羹剩菜一掃而光，彌補了長期以來跟著他忍饑挨餓的肚子。他本以為自己找了個貴族主人，但是，到了晚上普朗歇給主人鋪床時，他的夢想徹底破滅了。房子倒是有兩間，一間過廳，一間臥室。床卻只有一張，普朗歇不得不睡在前廳的從達太安床上抽出的一條毯子上。不用說，從此之後，他的主人床上就少了一條毯子。

阿托斯也有了一個跟班，名叫格里默，是他用一套特殊方法訓練出來的。這位可敬的老爺（當然我們說的是阿托斯）少言寡語。波托斯和阿拉米斯跟他的這位夥伴親密相處已經五六年了。在這兩個夥伴的記憶當中，他們常常見到阿托斯在不出聲地微笑。他說話言簡意賅，除了自己想說的從來不多說一句，不矯飾，不做作，不賣弄，實事求是，絕不添枝加葉。

41. 古小亞細亞呂底亞國王（約前五六〇至前五四六）。西元前五四六年被波斯王居魯士攻佔其首都時被俘。他異常富有，因此他的名字成為「富豪」的同義詞。

阿托斯年方三十，相貌英俊而且天資聰慧。但是，他從來不談論女人，沒人知道他有什麼情婦。不過，他並不阻止別人在他面前談女人的事，儘管這類談話令他非常反感。有時，他會插進一句半句，而那也都是些尖酸刻薄、憤世嫉俗的評語。阿托斯孤僻、寡言少語的性格使他看起來像個老頭兒。這就使格里默養成了一種習慣：根據他簡單的手勢或者嘴唇的動作去服從或去行動。只在一些重要的場合他才跟格里默進行對話。

格里默一方面對主人十分依戀，極為敬佩他的聰明才智；另一方面，又怕接近他的主人，總是誠惶誠恐。有時，他以為完全理解了主人的意思，照著去做了，可做的卻偏偏和主人的要求背道而馳。出現這種情況，阿托斯只是聳聳肩膀，並不發怒，然後將格里默暴打一頓，也只有在這樣的時候阿托斯才會開口說一兩句話。

波托斯呢，和阿托斯的性格完全不同。他不僅話多，而且愛大聲嚷嚷。不過，說句公道話，他倒不關心別人是否聽他講話，他講話是圖痛快——是圖聽見自己說話的那份痛快。天南地北，他無所不談，只是自然科學的學問除外。他辯解說，自幼他就對科學有一種根深蒂固的厭惡。

他不像阿托斯那樣儀表堂堂，這使他產生了自卑感。在他們初交之時，他總是竭盡全力地用服飾的奢華來壓倒對方。可是，阿托斯雖然只是穿著很普通的火槍手上衣，但只要他一昂首邁步，便立刻顯出獨領風騷的派頭，瞬間就使得窮擺闊的波托斯相形見絀。於是，波托斯為了安慰自己，就經常在特雷維爾先生的候見廳和羅浮宮的警衛室裡吹噓他的豔遇，這正是阿托斯從來不談的，從穿袍貴族的妻子談到佩劍貴族的妻子[42]，從法官太太談到男爵夫人……之後，他吹噓說，眼下是一位外國公主對他一見鍾情，等等。

常言道：「有其主必有其僕。」因此，讓我們按下阿托斯的跟班，而來談談波托斯的跟班——穆斯克東。

穆斯克東原名叫波尼法斯，諾曼第人。他的主人替他把那個溫厚的名字改成了這個響亮無比的名字——穆斯克東[43]。穆斯克東給波托斯當差的條件是：穿、住不愁，不過要穿住得講究；每天有兩小時的自由時間，以便能去滿足他的其他需要。

這些條件波托斯接受了，覺得挺合理。他讓人用他的舊衣和替換用的披風替穆斯克東改做了幾件緊身短上衣。聰明的裁縫把那舊衣服的面料一翻，舊面料就變成了新衣服[44]。靠了這個裁縫的心靈手巧，穆斯克東穿上那些衣服神氣十足地跟在主人的身後。

阿拉米斯性格的跟班名叫巴贊。由於其主人抱定未來有一天能當上教士，他也像教士的跟班那樣，常年穿著黑衣服。他是貝里克人，三十五到四十歲光景，體態肥

42. 穿袍貴族指法國中世紀時的官僚貴族；佩劍貴族指法國中世紀時的軍人貴族。
43. 波尼法斯在法語中是「頭腦簡單之人」的意思。穆斯克東在法語中是「短筒火槍」的意思。
44. 有人曾猜想，這個裁縫的老婆曾企圖改變波托斯的貴族習慣。

胖，性格溫和。主人留給他的閒置時間，他不是用來閱讀宗教書籍，就是嚴格地按著兩個人的飯量燒一頓菜肴。菜的樣數不多，但味道非常可口。另外，他的忠誠可靠經得起任何考驗。

阿托斯住在費魯街，離盧森堡宮沒有幾步遠。他的房子是租的一共兩間，裡面帶有傢俱，佈置得挺講究。

女房東很年輕很漂亮，她終日徒勞地向阿托斯送著秋波，拋著媚眼。阿托斯的房間裡有幾件祖先的遺物可以炫耀其昔日的輝煌，使簡樸的住所大放異彩。譬如說，這其中有一把掛在牆上的劍，從款式上看，應該是弗朗索瓦一世時代的。它富麗堂皇，金銀絲嵌花，劍柄之上鑲著的寶石就可值兩百個比斯托爾。

然而，它雖價值連城，但即使是在阿托斯最窮困的時刻，也絕不會把它典當或出賣。波托斯一直垂涎這把劍，為了得到它，就是少活十年他也心甘。

有一天，波托斯曾試著向阿托斯借用它，想佩戴起來去和一個公爵夫人約會。阿托斯當時什麼也沒有說，只是把身上所有的口袋都掏了個精光，珠寶啊，錢啊，軍服飾帶呀，黃金鏈條呀，統統掏出來，準備把它們交給波托斯。

那意思是在說，所有這些你都可以拿去，但是劍，對不起，它已經牢牢掛在牆上，成了牆體的一部分，只有在它的主人本人離開住所時，它才會挪動位置。

除了那把劍，牆上還有一幅畫，畫的是亨利三世時代的一位貴族人。他的服飾極為華麗，肩上佩帶著一枚聖靈勳章。畫中人的外表與阿托斯的外表上有那種親屬間的相似，這說明，這位貴族是阿托斯的一位先祖。

最後，還有一隻華麗無比製作精緻的匣子，上面的紋章與劍上、畫像上的紋章相同。它擺在壁爐台當中，顯得和壁爐上的其他簡單的裝飾品極不協調。阿托斯一直隨身帶著這只匣子的鑰匙。有一天，他當著波托斯的面打開了它。波托斯親眼看到匣子裡裝著的幾封信和幾份文件。毫無疑問，那是一些情書和一些家傳的文書。

波托斯的住處在老鴿棚街，從外表上看，寬大而奢華。每當他跟朋友從他的窗前經過時，他的跟班穆斯克東總是像往常一樣，穿著講究的制服站在窗口。這時，波托斯就抬起頭來，用手指著那裡說：「這裡就是敝人的寓所。」但是，從來沒有人到過他家，他也從來不邀請任何人上樓到他的家裡去，也沒有人能夠想像得出，在這奢華的外表裡面到底有多少貨真價實的東西。

阿拉米斯的住房不是很多，包括一間小客廳、一間小餐廳和一間臥房。臥房像套房的其他房間一樣，也在底層。窗外一個鬱鬱蔥蔥的花園，阻隔了鄰居的視線。

達太安生性好奇，像善玩陰謀詭計的人那樣，他想盡一切辦法去瞭解阿托斯、波托斯和阿拉米斯的真實身分，因為三個年輕人入伍時為了掩蓋貴族出身都用了假名，特別是阿托斯，隔著一里地人們就可以聞到他大貴人的氣味。

達太安準備從波托斯那裡打聽阿托斯和阿拉米斯的情況，因為他就是用這種方法從阿拉米斯那裡瞭解了波托斯。

遺憾的是，對於他那位沉默寡言的同伴的身世，除了一些小道消息和表面情況之外，波托斯也毫不知情。據說阿托斯在愛情生活中曾遭受過巨大的不幸。這中間出現了一樁可怕的背信棄義之事，這樁事到底是怎樣的，誰也不曉得，據說它毀了這個高尚文雅的年輕人的一生。

波托斯嘛，與他的兩個同伴一樣，其真名實姓只有特雷維爾先生一個人知道。但除此之外，波托斯的生活倒是很簡單。他虛榮心極重，又多嘴多舌。因此，他在人們眼裡就像一顆水晶，很透明又很容易被看穿。但是，只有一件事容易讓人誤入歧途，那就是輕易相信他所吹噓的那些話全是真的。

至於阿拉米斯，表面看起來似乎沒有任何秘密，但真要想看清他，人們又覺得他被籠罩在神秘之中。他很少回答人們向他提出的有關他人的問題，甚至有關他本人的問題，他也避而不答。

有一天，達太安向他詢問有關波托斯的事，左問右問，才得知外面正流傳著的，關於這個火槍手遇到了一位公主，交了好運的消息是真的。接下來達太安又想瞭解這位交談者的風流韻事，便問道：「您自己這方面又是如何，我親愛的朋友？您光談別人，比如男爵夫人、伯爵夫人、親王夫人……可是您從沒談過自己。」

「請原諒！」阿拉米斯打斷達太安的話說，「我談這些是因為波托斯他自己也在談，他不住地對我大談特談所有這些風流佳話。不過，請相信我，親愛的達太安先生，如果這些話我是從別人的嘴裡聽到的，或者是他作為秘密透露給我的，那麼，我會比守口如瓶的懺悔師更能保守秘密。」

「我一點也不懷疑這個。」達太安說，「但是，我覺得您似乎與那些貴族家庭過往甚密，那條繡花手帕可作為證明。正是靠了它，我才有幸與您認識的。」

這一次阿拉米斯沒有發火。他表現出最為謙恭的態度，親切地回答達太安道：「我親愛的，請別忘記，我的願望是成為一名教士。雖然現在我是個火槍手，但是我會遠離一切社交活動。您看見的那條手帕是我的一位男性朋友忘在我家裡的，是他的情婦送給他的，不是什麼人送我的。我不得不把它收起，免得連累他和他心愛的夫人。至於我，我沒有，也不想有什麼情婦。在這方面我以明智的阿托斯為榜樣，他和我一樣，根本沒有情婦。」

「真見鬼！您現在是一名火槍手，而不是一位神父。」

「暫時的火槍手，我親愛的！我是一個違心的火槍手，正如紅衣主教說的那樣。我一心想當的是教士，這一點請您相信我。阿托斯和波托斯怕我無所事事硬把我塞進火槍隊。因為在接受聖職的時候，我正好跟某某之間發生了一點小小的爭執。不過，對此您不會感興趣，白白浪費您寶貴的時間。」

「完全相反！相反，我非常感興趣。」達太安趕緊叫了起來，「再說，現在我也沒有什麼事情要做。」

「噢，是這樣！但是，現在我要念我的日課經了，」阿拉米斯道，「接著還要寫詩，是埃吉翁夫人向我索要的。然後，我必須到聖奧諾雷街去，替謝弗勒斯夫人選購胭脂。您看到了，我親愛的朋友，您一點也不忙，我可是忙得不可開交。」

說罷，阿拉米斯親切地朝他的年輕夥伴伸出手來，與他告別。

不管達太安費多大的力氣，他還是不能把他的三個朋友的情況瞭解得更多些。沒辦法，他只能暫且滿足於他所聽到的那些話，並寄希望於未來，看看今後能不能有更多的發現。暫時，他把阿托斯看成阿喀琉斯[45]；把阿拉米斯看成約瑟[46]；把波托斯看成埃阿斯[47]。

不過，這四個年輕人生活在一起是相當快樂的。阿托斯好賭，但手氣不是很好。儘管他經常解囊幫助他的朋友們，可是在他輸得身無分文時，他從不向他的朋友們借

45. 希臘神話中的勇士，海洋女神的兒子，出生後被母親握住腳踵倒浸在冥河水中，因此全身除沒有浸水的踵部外，任何武器都不能傷及。在特洛伊戰爭中他英勇無敵，希臘聯軍靠了他轉敗為勝。後來他被敵人射中腳踵而死。

46. 《聖經·創世紀》中所載猶太十二列祖之一。雅各的幼子，埃及法老的侍衛長波提乏的妻子屢次勾引他，他都不為所動。她惱羞成怒，誣賴他，被波提乏投入牢中。

47. 希臘神話中的英雄，僅次於阿喀琉斯。攻陷特洛伊城後，他進入雅典娜廟，姦污了女祭司卡珊德拉。雅典娜在他歸途中將他處死。

一分錢。而且他在賭場上從不賴帳，他總是在賭錢後的第二天早上六點鐘把債主叫醒，還清第一天晚上所欠下的賭債。

有時候，波托斯也會賭興大發。在這樣的日子裡，如果贏了，他會變得目中無人，得意洋洋；如果輸了，他就會一連幾天不見蹤影。而等他重新露面時，總是臉色蒼白，神情沮喪，但口袋裡又裝滿了錢。

阿拉米斯從來不賭錢。他被朋友們稱為所有火槍手中最難相處的夥伴，飯桌之上最令人掃興的客人。他總是有事要做。有時候，晚宴剛吃到一半，大家酒正酣，話正歡，所有的人都以為還要再吃兩三個鐘頭才散席呢，而阿拉米斯卻看看錶站起身來，臉上掛起一絲彬彬有禮的笑容，向大家道別。有時，他解釋說要去拜訪一位決疑論者[48]，他們已經約好；另外幾次，他則對眾人說，他要回到住所去，趕寫一篇論文。他還請求他的朋友們不要過去打擾他。

每當這種時候，阿托斯總是露出憂鬱卻迷人的笑容，跟他那張高貴的臉極為相配；波托斯卻一邊喝酒，一邊罵罵咧咧：阿拉米斯將來最多也只能做一個鄉村教士。

達太安的跟班普朗歇好運當頭，他表現得很好。他每天可以得到三十個蘇[49]的工錢，這樣過了一個月。這期間，他一回到住所就快活得像一隻燕雀，對主人也顯得十

48. 以良心上遵守天主誡命和教會法規等原則解教徒疑難的教士。
49. 蘇：法國輔幣，舊時二十蘇為一個利弗爾，現二十個蘇合一法郎。

分殷勤。可等到達太安從路易十三國王那裡得來的那四十個比斯托爾快花光時，普朗歇便開始抱怨了。阿托斯因此再次相勸，讓達太安把這個傢伙辭退；波托斯則主張先揍他一頓再說；阿拉米斯的見解是：僕人對主人，只有讚揚的份。

「這些話你們說起來很輕鬆。」達太安回答說，「對您來說，阿托斯，您跟格里默生活在沉默之中，您禁止他出聲，因此您永遠聽不到什麼難聽的話；對您來說，波托斯，您過著闊綽的生活，在穆斯克東眼裡，您簡直就是神；最後，對您來說，阿拉米斯，您把全部心思都用在了神學的學習上，這使巴贊那個性情溫和、篤信宗教的跟班對您無上尊敬。可我呢，既沒有地位也沒有錢財，也不是一個火槍手，甚至還不是一個正式的衛士。在此情況之下，我怎麼做才能使普朗歇對我這個主子順從、恐懼或者敬重呢？」

「這件事的確麻煩。」三個朋友一起回答，「這是一件家務事，跟班和家裡的女人一樣，雇傭之後就必須立刻嚴加管束。至於您該怎麼做，您自己好好考慮一番吧。」

達太安經過考慮，決定先將普朗歇臭揍一頓。像幹任何事一樣，他做起這件事來十分認真。狠狠揍完一頓之後，他還告訴普朗歇，沒有取得他的允許，不准離職。「因為，」他補充說，「我不可能沒有前途，好的機會時時刻刻在等著我。因此，現在的我不同於將來的我，你只要繼續留在我的身邊，好運必到。我是一位心腸慈善的好主人，因此，決不會同意你辭工而使你失去機會。」

達太安的處理方式使三位火槍手對他肅然起敬。

普朗歇也心服口服，從此以後再也沒提離開的事。

四個年輕人已經變得難捨難分了。達太安從外省來，落到一個對他說來是嶄新的圈子中間，並且他們經常在一起，因此他沾染上了他的朋友們的那些習慣。

他們都是夏天六點鐘左右起床，冬天八點鐘左右起床。接著，他們就到特雷維爾先生的府邸瞭解當天的口令和新聞。雖然達太安還不是一位火槍手，但他一直在認真地執行隊裡分配給火槍手的所有任務，幹起事來那種一絲不苟的勁頭令人感動。

不論輪到他的三個朋友中的哪一個站崗，他總是陪著他一起，所以他不斷地站崗，以至於在火槍手隊部，沒有人不認識他，大家把他看成是一個好夥伴。特雷維爾先生第一眼就看中了他，如今，可以說是真的喜歡上了他。因此，特雷維爾先生正在不住地向國王推薦這個認真又勤奮的年輕人。

三個火槍手也十分喜愛這位年輕的夥伴。把四個人連結在一起的，除去友誼，或者還有為了決鬥，為了公務，為了消遣等等這些因素。他們每天都需要見三四次面，形影不離。人們經常能夠看到，從盧森堡公園到聖絮比斯廣場，從老鴿棚街到盧森堡公園，這四個形影不離的人在互相尋找。

這期間，特雷維爾先生許諾的事情一步步落實。一天，國王突然命令埃薩爾騎士先生把達太安收進他指揮的衛隊充當見習生。達太安是歎著氣穿上那新制服的，因為他寧可少活十年，去換一件火槍手的外套來穿。不過特雷維爾先生答應，兩年見習期滿，他就立即給他這一恩惠。他還告訴達太安，如果在什麼事情上有機會為國王效勞，或者幹出了什麼豐功偉績，見習期還可以縮短。達太安得到這一允諾，告別了特雷維爾先生，次日就開始了見習期的服役。

現在，輪到阿托斯、波托斯和阿拉米斯在達太安站崗時陪他了。就這樣，當埃薩爾騎士先生收下達太安時，他的隊伍等於收錄了四個人而不是一個人。

chapter 8 一次宮廷密謀

世界上所有的事都有始必有終。

路易十三國王給四個朋友的四十個比斯托爾，也有了它們的結局，這一結局令我們四個夥伴的生活陷入拮据之中。接下來，所有人都靠著花阿托斯的錢維持了一段時間。之後是波托斯接替他，波托斯憑藉一次眾人已司空見慣了的那種失蹤，滿足了大家的需要。

這樣，他們的生活又維持了將近半個月。最後輪到了阿拉米斯，他也樂於履行自己的義務。

據他自己說，他賣掉了他的神學書籍，終於弄到了幾個比斯托爾。

但是，這樣東拼西湊過日子總不是長久之計。於是，四個朋友向特雷維爾先生伸出了求助之手。

像往常一樣，特雷維爾先生同意他們預支一部分薪水。只是，四個人中，三個火槍手的個人帳戶上都已有了不少拖欠，而且他們還有一個尚無薪餉的禁軍。因此，預支薪水的辦法也不能讓他們的生活維持太久。

最後，眼看就要一個子兒也沒有了，於是他們把所有的錢集中到一起，總共八九個比斯托爾，交給波托斯去賭。

不幸的是，波托斯手氣很差，不僅沒贏而且輸了個精光不算，還倒欠了二十五比斯托爾，那必須按期償還！

就這樣，拮据變成了貧困。我們經常會看到幾個饑腸轆轆之人，後面跟著他們的跟班，跑遍條條沿河馬路，訪遍個個衛隊，千方百計到朋友家裡去混頓飯吃。他們用親身經歷證明了阿拉米斯的見解：一個人在其走運之時，應當向左右廣布恩施，這樣，將來萬一走了楣運，也可以混幾頓飯吃。

阿托斯受到了四次邀請。每一次，他都帶上了他的朋友和他們的跟班。阿拉米斯給朋友們帶來的這種機會共有八次。我們看得出來，在這方面他是一個不說空話，崇高實幹的人。波托斯這邊有六次機會，他同樣讓他的夥伴們跟他一起前去享用了。

至於達太安，他在京城還沒有什麼熟人，因此，他的機會僅僅是到一個同鄉教士家裡混了一頓巧克力茶的早點，在一個衛隊掌旗官家裡混了一頓晚餐。在教士家那次，他們全班人馬足足吃掉了人家兩個月的食糧；在掌旗官家裡那次，掌旗官表現得空前大方。不過正如普朗歇所說，僅僅這麼一頓，即使吃得再多，也僅僅是一頓而已。

因此，與阿托斯、波托斯和阿拉米斯弄到的豐盛宴會相比，達太安只為他們提供了一頓半，這讓他覺得面子上很過不去。說一頓半，是因為在教士家裡吃的早點只能算是半頓。大夥在供養自己，而自己卻只能給他們提供一頓半的飯。

他是懷著年輕人的滿腔真誠這樣想的，忘記了國王獎賞給他的錢曾經供養大夥兒有一個月的時間。他憂慮重重，腦袋瓜開始積極活動起來。考慮多次，他得出結論，認為四個勇敢、精力充沛、富有上進心的年輕人聯盟還應該有另外的目標，除了閒逛、上劍術課和說說笑笑之外。

事實上，他想對了。像他們這樣的四個人，四個彼此之間從錢袋到生命都不計較，四個發誓永遠互相支持、共同進退，一旦做出決定，不論是單獨還是一起行動都要將任務堅決執行到底的人，他們都各自擁有聰明的頭腦，四雙手不論是四處出擊，還是集中攻擊一點；不論是秘密地或者公開地；不論通過坑道或者通過戰壕；不論智取或者武力，都將很可能成功地為自己開闢一條通往他們希望達到的目標之路，即使這個目標被防衛得無懈可擊，而且它離他們非常遠。這是達太安唯一一件感到驚奇的事——他的夥伴們在這之前竟沒有一個人想到它。

他反覆考慮，絞盡腦汁，最後，給這四股絕世無雙，加在一起增大四倍的力量尋找了一個方向。他毫不懷疑，憑藉這股力量，絕對能像阿基米德[50]使用的那種槓杆一樣把地球撬起來。正在這樣想的時候，忽然有人輕輕地敲門。達太安把普朗歇叫醒，吩咐他去開門。

當時，四點的鐘聲剛剛敲過。兩個小時前，普朗歇來向主人討飯吃，主人用下面一句諺語回答了他：「誰睡覺誰就在吃飯。」於是，普朗歇便以睡充饑。

來的那人穿戴很樸素。

普朗歇很想聽聽他們的談話，權當飯後點心一樣享用。但是，來訪者明確地告訴達太安，他要談的事十分重要，絕對要保密，希望能和他單獨談。

達太安將普朗歇打發出去，請客人坐下。

一開始兩人都是沉默不語，互相打量，像是彼此先摸摸底細似的。隨後，達太安點了點頭，表示他願意洗耳恭聽。

「聽人說達太安先生是一個非常非常勇敢的年輕人，」那市民說，「看來真是名不虛傳。這促使我做出決定前來找您，把自己的一樁秘密說給您聽。」

「請講吧，先生，請講吧。」達太安說，他憑直覺感到此事似乎有利可圖。

那個市民停頓了一下，接著又說道：「我的妻子在宮裡當差，先生。她替王后管理

50.西元前三世紀古希臘學者。他曾有過一句豪言，說給他一個支點，他就可以將地球撬起。

內衣。可以說，她長得是既聰明又美麗。我與她結婚快滿三年了。儘管她本人只有一筆很小的財產，然而，王后的持衣侍從拉波特[51]先生是她的教父和保護人。」

「請繼續說發生了什麼事，先生。」達太安問道。

「接著說！」市民回答，「昨天上午我妻子從她的工作間出來時，被人綁架了！」

「您太太被誰綁架的？」

「這我當然一無所知，先生，不過我卻懷疑一個人。」

「您懷疑哪個？」

「一個早就追蹤她的人。」

「見鬼！」

「不過，請允許我告訴您，先生。」市民繼續說，「在這樁事件中，我相信政治因素多於愛情因素。」

「政治因素多於愛情因素。」達太安思考著，照樣學著說了一遍，「那麼您有什麼懷疑？」

「我不知道該不該把我的懷疑告訴您。」

「先生，我提醒您注意，是您找上了門來的，我根本就沒有問您，是您告訴我說

51. 十七世紀法國王宮著名侍從，八歲入宮充當王后奧地利・安娜的持衣侍從，後來獲罪被關入巴士底獄並遭放逐。奧地利・安娜成為執政者後，任命他為路易十四的隨身侍從。有回憶錄傳世。

您有一樁秘密的。因此，『該不該』隨您的便，要是您想走，現在還不算遲。」

「不，先生，我覺得您是一個正直的年輕人，我信得過您。我的妻子被綁架，我認為不是由於她自己有什麼私戀，而是因為一個地位比她高得多的貴夫人的戀情。」

「是不是那位布瓦・特拉西夫人？」達太安這樣說，為的是在這個市民面前顯得自己熟悉宮中的情況。

「地位比她更高，先生。」

「那就是埃吉翁夫人？」

「比她地位還要高。」

「德・謝弗勒斯夫人？」

「比她的地位還要高，高得多！」

「那是王……」達太安欲言又止。

「是她，先生。」市民驚駭萬分，用低得幾乎聽不見的聲音說道。

「跟誰？」

「不是跟那位公爵還能和誰！」

「那位公爵……」

「是他，先生！」市民道，聲音壓得更低。

「可是，您是怎麼知道這些的？」

「我？我是怎麼知道的？」

「對，您是怎麼知道的？不要吞吞吐吐，否則……您明白。」

「我是從我的妻子那兒，先生，從我的妻子本人那兒知道的。」

「她又是從誰那兒知道的？」

「我對您說過，王后的親信拉波特先生是她的教父，她從他那聽說的。啊，拉波特先生把她安置在王后陛下身邊是為了使我們可憐的王后被國王無情拋棄之後，在受到紅衣主教嚴密的監視時，在所有的人都可恥的背叛了她的情況之下，至少可以有一個值得信賴的人。」

「哦！哦！事情算有了點眉目。」達太安說。

「四天前，我的妻子回來過一次。她每個星期回來看我兩次，這是她接受那項工作時所提的條件之一。因為正如我不勝榮幸地向您說過的，我的妻子非常愛我。這次我妻子回來，跟我說這陣子王后憂心忡忡。」

「真的嗎？」

「真的。她受到了紅衣主教先生的跟蹤和迫害，比任何時候都厲害。由於薩拉波德舞[52]事件他不能原諒她。您知道薩拉波德舞事件嗎？」

52. 薩拉波德舞：起源於西班牙，十七世紀流行於法國的宮廷，跳起來速度緩慢，步伐平穩。

「還用問，當然知道！」其實達太安對此一無所知，可是他卻表現出什麼都知道的樣子，他希望自己裝得對一切事都瞭若指掌。

「以至於到現在，現在他開始實施報復了。」

「真是這樣？」

「王后相信……」

「嗯，王后相信什麼？」

「她相信，有人以她的名義給白金漢公爵寫了信。」

「以王后的名義？」

「是，寫信把白金漢公爵引來巴黎，等他一到巴黎，就引誘他落入陷阱。」

「天哪！不過，您的妻子怎麼會捲入這件事裡面呢？」

「他們知道她對王后忠心耿耿。他們的打算或許是威逼她離開王后；或許是恐嚇她，讓她講出王后陛下的秘密；抑或引誘，利用她去當密探。」

「這很有可能。」達太安說，「不過，您認識綁架她的那個人？」

「我對您說過，我相信能認得出他。」

「他叫什麼名字？」

「這我不知道。我只知道他是紅衣主教的一個親信，一條死心塌地效力的走狗。」

「您見過他？」

「是的，有一天我的妻子指給我看過。」

「他有什麼一眼就能認出的特徵？」

「啊，當然！他態度傲慢，烏黑的頭髮，黝黑的皮膚，目光炯炯，牙齒雪白，鬢角上有一道傷疤。」

「鬢角上有一道傷疤，」達太安聽了之後立刻叫了起來，「加上牙齒雪白，目光炯炯，黝黑的皮膚，烏黑的頭髮，態度傲慢，這不正是我在默恩鎮見過的那個人嗎？」

「怎麼，您見過這人？」

「是的，是的，不過，與這件事毫不相干。不，我說錯了，正相反。如果您講的這個人就是我看到的那個人，反而會使這件事變得簡單了，我可以一箭報雙仇，不過，這個人在哪裡？」

「我不知道。」

「關於他的住處，您一點情況也不瞭解？」

「一點也不瞭解。有一天我送我的妻子去羅浮宮，她進去的時候，那人正好出來，她便把他指給我看。」

「見鬼！見鬼！」達太安低聲咕噥，「你說的這些太含糊不清了。我再問您：您是從誰那兒知道您的妻子被綁架的？」

「從拉波特先生那兒。」

「他有沒有告訴您什麼詳細情況？」

「沒有。」

「您沒有從其他方面得到過一點消息？」

「我接到過……」

「什麼？請講下去。」

「可是我不知道講出來是不是太不謹慎。」

「又來了。不過，我提醒您，這一次您不能後退了。」

「我決不後退一步，他媽的！」市民嚷了起來，為了自我激勵，罵了一句，「相反，我以波那瑟的名譽起誓……」

「您叫波那瑟？」達太安打斷對方的話。

「是的，我叫波那瑟。」

「剛才您說以波那瑟的名譽起誓！這個名字對我似乎並不陌生。」

「當然，先生。我是您的房東。」

「哦！哦！」達太安一邊說，一邊略微彎了彎腰行了個禮，「您是我的房東！」

「是的，先生。您來我這兒已經三個月了。您大概成天忙著重要的事，還沒有付我的房租。我是說，我從來沒有打擾過您。我想，您一定注意到了我的通情達理吧。」

「那自然，波那瑟先生！」達太安說，「請相信我，我對受到的這種厚待感激不盡，正如我對您說的，如果我能夠在什麼事上幫得上您的忙的話……」

「我相信如此，先生，我相信如此。我正要對您說呢，以波那瑟的名譽發誓！我信任您。」

「那就請把您已經開始了的話對我講完好了。」

市民從口袋裡掏出一張紙，遞給達太安。

「一封信！」年輕人說道。

「今天早上我剛剛收到。」

達太安把信打開。由於天色已晚，他走到窗前，市民跟了過來。

「不要尋找您的妻子，」達太安念道，「我們不再需要她的時候，會把她送還給您。只要您著手尋找她，您就必將完蛋。」

「這信寫得再明確不過了。」達太安接著說，「不過，這畢竟只是一種恫嚇。」

「是的，但這讓我害怕。先生，我並不是一名軍人，我害怕被關進巴士底獄。」

「哼！」達太安說，「我也並不比您更喜歡它。要是只動動劍，這事還可將就。」

「可，先生，這件事上我原來就指望著您呢。」

「真是這樣？」

「我看到過，總有一些令人肅然、儀表堂堂、讓人起敬的火槍手們圍在您的身邊，並且我也認出來這些人都是特雷維爾先生手下的火槍手，也就是紅衣主教的敵人。這讓我想到，您和您的朋友們在為我們可憐的王后討回公道的同時，能夠和紅衣主教閣下開個玩笑，一定很開心吧。」

「那當然。」

「後來，我還想到，您欠著我三個月的房租，我卻連提也沒對您提過。」

「是這樣，是這樣。您已經提到了這一理由，我覺得非常對。」

「而且我還打算在您賞光繼續住我的房子期間，絕不向您再收一個蘇的房租。」

「很好。」

「另外，如果需要的話，我還打算奉送五十個比斯托爾給您，我看您目前手頭很拮据吧？」

「好極了！這麼說您到底是富有，我親愛的波那瑟先生！」

「說得恰當些，先生，我生活還算富裕。我在做服飾用品生意，積攢了一筆錢，年收入大約兩三千埃居，尤其是我投了一筆錢在著名航海家讓・莫凱[53]的最近那次航海裡。因此，您明白，先生……啊！……」市民話說了一半突然叫了起來。

「怎麼了？」達太安問。

「那兒是什麼人？」

53. 十七世紀法國旅行家。國王亨利四世命他出海遠行，去搜集各種珍貴物品。讓・莫凱遊歷了非洲西海岸、西印度群島、巴勒斯坦等地，回國後任皇家珍品陳列館館長。

「在哪兒？」

「大街上，您窗子對面，那扇門的外邊，一個裹著披風的人。」

「是他！」達太安和市民同時叫了起來，兩個人同時認出了自己想找的人。

「哼！這一次，」達太安邊嚷著，一邊朝他的劍跑過去，「這次，他逃不掉啦！」

他拔劍出鞘，衝出房間。

在樓梯上他遇到了來找他的阿托斯和波托斯。他們躲到一旁，達太安箭一般從他們之間衝了下去。

「喂，您這是去哪兒？」兩個火槍手同時大聲問他。

「默恩鎮的那個人！」達太安答完就跑得不見了蹤影。

達太安曾經不止一次向他的朋友們講起過他與那個陌生人在默恩鎮發生衝突的情況，還有，那次出現的美麗的女旅客，那個陌生人極有可能將一封重要的信件交她送了出去。

阿托斯認為達太安帶的那封信是他在鬥毆中丟失了。照他的看法，一個貴族無論如何不會幹出偷人一封信的卑劣勾當。

波托斯則把整件事簡單地看成是一次幽會，不是一個夫人約一個騎士，就是一個騎士約一個夫人，結果，是達太安和他的那匹黃馬攪擾了人家的約會。

阿拉米斯則認為，此事過於神秘，最好不要探究。

因此，當時阿托斯和波托斯一聽達太安嚷出的那句話，就明白發生了什麼事。他們認為，不論達太安能不能追上他要找的那個人，最終總會回到樓上自己的家裡來，所以他們繼續上樓。

他們走進達太安的房間，見房間空無一人。房東斷定年輕人和陌生人之間定會發生衝突，他擔心衝突造成的後果，所以溜之大吉了。

chapter 9 達太安大顯身手

過了半個多小時，達太安回來了，正如阿托斯和波托斯所預料的那樣。這一次，他又沒有找到他要找的人，那人像變魔法似的沒了蹤影。達太安握著劍，找遍了周圍所有的街道，也沒有發現一個人像他所要找的人。

最後，也許一開始他就應該這樣做，他回到那個陌生人身子靠過的那扇門，手握門環連續地敲了十二次，根本沒人回答。一些鄰人們聽到響聲，有的跑出自己的家門，有的把頭伸出窗口。他們肯定地告訴他，這所房子已經有半年沒有住人了。仔細看去，所有的門窗確實都是關得嚴嚴實實的。

達太安在街上奔跑、敲門時，阿拉米斯到了達太安的住處。所以達太安回到家裡時，所有人全都到齊了。

「怎麼樣？」三個火槍手看見達太安滿頭大汗地進了屋子，並且臉都氣歪了，一齊問道。

「怎麼樣！」達太安把劍往床上一扔，大聲嚷道，「這傢伙像個幽靈，像個影子，像個鬼魂，說消失就消失得無影無蹤。」

「您相信有鬼魂嗎？」阿托斯問波托斯。

「我嘛，只相信我看到的。鬼魂我從來沒有看見過，所以我不信。」

「信鬼可是《聖經》裡給我們規定的一條戒律。」阿拉米斯說，「撒母耳的鬼魂曾經出現在索羅[54]面前。連這個信條都懷疑，我會感到不快，波托斯。」

「不管怎麼說，人也罷鬼也罷，軀體也罷影子也罷，幻影也罷現實也罷，」達太安道，「反正此人天生是要和我作對的，他害得我們的一樁大買賣沒有做成。先生們，我們損失了一百比斯托爾，或許還不止呢！」

「您在說什麼呀？」波托斯、阿拉米斯同時問道。

阿托斯僅僅看了達太安一眼，表示詢問，他一貫是不開口的。

「普朗歇！」達太安喊他的跟班，這時普朗歇從門縫裡探進頭來，正打算偷聽他們交談的片言隻語，「下樓去把房東波那瑟先生喊來，告訴他給我帶六瓶波朗西葡萄酒[55]

54.《聖經‧舊約》中記載，希伯來先知撒母耳死後，以色列王索羅請一位巫師將撒母耳的鬼魂招來問話。撒母耳的鬼魂告訴索羅，次日索羅必死於與之交戰的非利士人之手。第二天，索羅之子被非利士人所殺，索羅自殺，預言應驗。

55. 法國中部盧瓦雷省波朗西鎮所產的一種葡萄酒。

過來，就說這是我喜歡喝的。」

「噢？如此看來，您可以在房東那賒帳了？」波托斯問道。

「是這樣，」達太安回答，「你們放心好了，從今日起，如果嫌他的酒不夠好，可以退回去叫他換別的來。」

「利用是可以的，可不能蒙哄人家。」阿拉米斯以一種教訓人的口吻說。

「我一直說達太安是我們四個人當中最有才能的。」阿托斯這時說。

聽了阿托斯的這句話，達太安深深地給阿托斯鞠了一躬。阿托斯發表了這個看法之後，重新陷入沉默。

「究竟是怎麼回事？」波托斯問。

「是啊，」阿拉米斯也催他，「有什麼秘密趕快告訴我們。要是涉及某某夫人的榮譽那就請您守口如瓶，別向我們吐露一個字。」

「這您放心，」達太安回答阿拉米斯，「我要告訴你們的事，不會傷害到任何人的名譽。」

於是，達太安將房東告訴他的事一五一十向大家講了一遍，並且告訴他們，綁架他房東妻子的人，就是他在誠實磨坊主客店碰到的那個與他發生過衝突的人。

「您的這樁買賣倒還不錯。」阿托斯內行地品著葡萄酒，點頭表示這酒的味道不錯，然後繼續說，「我們能夠從那位正直的人那裡得到五六十個比斯托爾。問題在於，為了這五六十個比斯托爾，值不值得拿四個腦袋去冒險。」

「不過，」達太安大聲嚷了起來，「我提醒大家注意，這裡面關係到一個女人，一個被劫持因此必然受到了威脅並且可能受到折磨的女人，而她所以承受了這一切，僅僅是因為她忠於自己的主人。」

「要當心呢，達太安！」阿拉米斯說，「我看您是對波那瑟太太的命運過於關心了。女人之為造物，就是為了斷送我們的，我們的全部災難，無一不是女人帶來的。」

阿托斯聽罷阿拉米斯的這一警句，咬住了嘴唇，皺緊了眉頭。

「我所擔心的是王后，並不是波那瑟太太。她遭到了國王的拋棄，受到了紅衣主教的迫害，眼睜睜的看著自己朋友一個個腦袋落地……」

「誰讓她去愛世界上我們最最憎恨的西班牙人和英國人呢！」

「西班牙是她的祖國，她愛她的祖國，這是再自然不過的事，她和西班牙人都是同一塊土地孕育的孩子。至於您對她的第二項指責，我聽說，她只愛他們其中的一個，並非愛所有的英國人。」

「是真的，應該承認，」阿托斯道，「她所愛的那位英國人也確實值得她愛。我還沒有瞧見過一個人有他那樣高貴的氣質！」

「穿戴方面就無人與他相比！」波托斯道，「他在羅浮宮撒珍珠時我正在那裡，還揀到了兩顆，每顆竟值十個比斯托爾呢！您呢，阿拉米斯，您認識他嗎？」

「對他的瞭解我不比你們少，先生們。有一次，人們在亞眠花園逮他，我就是逮他的人之一，是王后的馬廄總管皮唐熱先生領我去的。我覺得，這事對國王來說的確不堪忍受……」

「儘管如此，」達太安道，「要是我現在能找到白金漢公爵，我還是會把他送到王后身邊，只要能惹惱紅衣主教就成，因為他是我們真正的、唯一的、永恆的敵人，先生們。要是我們能夠狠狠地給他點顏色看，就是提著我這顆腦袋，我也願意去試一試。」

「還有一點，達太安，」阿托斯道，「那位服飾用品店的老闆說，王后認為有人偽造書信，要將白金漢公爵騙來巴黎？」

「是，她有這種擔心。」

「請等一等……」阿拉米斯說。

「您想說什麼？」波托斯打斷了他。

阿拉米斯又對達太安道：「請繼續講下去，讓我再想想……」

「現在我相信，」達太安繼續道，「劫持王后手下這個女人的事與我們所談的事肯定有關聯，說不定與騙白金漢先生來巴黎的事也有關係。」

「嘿，加斯科尼人，有見解！」波托斯讚賞地說。

「我愛聽他講話，」阿托斯道，「他的方言挺有趣。」

「先生們，請聽我說！」阿拉米斯道。

「聽他說！」三個朋友一齊道。

「昨天，我造訪了一位學識淵博的神學博士，為了討教一個神學問題。」

「他的住處很偏僻，他的愛好、職業都要求他住在這種地方。」阿拉米斯道，「後來，我出了他家的大門……」

說到這裡，阿拉米斯一下子停住了，就像碰上了什麼障礙。他的三個夥伴正在豎著耳朵聽得入神，他不得不講下去，他們要求他講下去。

「說呀，您出了他家的大門怎麼樣？」

阿拉米斯無法收回說過的話了。他說：「這位博士有一位侄女……」

「哦，」波托斯岔斷了他的話，「他有一個侄女……」

三個朋友全都笑了起來。

「啊！要是你們不相信我的話還是這樣笑下去，那就什麼也別想知道。」

「我們像教徒那樣虔誠，像靈台那樣保持緘默。」阿托斯道。

「那我就繼續。」阿拉米斯說，「他的侄女並不經常來看他。昨天她偶爾來，正好讓我碰上。我當然應該主動向她提出，送她上她的馬車。」

「啊！博士的侄女竟然乘一輛馬車！」波托斯又插了一句。他就是這個毛病，就是愛饒舌，「我的朋友，您結識了一個不錯的人！」

「波托斯，」阿拉米斯對他說，「我已提醒您好多次了，您總是如此冒失，這可不利於您結交女人。」

「先生們，先生們，」達太安叫了起來，他好像已經看到了這次事件的底蘊，「事情很嚴重，我們沒時間開玩笑。講下去，講下去。」

「突然，有一個身材魁梧的男人，一頭棕髮，舉止高雅，像個貴族，達太安，很像您經常給我們講的那個人。」

「可能就是同一個人。」達太安說道。

「很可能。」阿拉米斯繼續道，「當時有五六個人跟著他，離他十來步遠。他向我走來，以一種非常禮貌的口吻對我說：『公爵先生……』接下來又對挽著我胳膊的那位婦人說：『還有您，夫人……』」

「是指那位博士的侄女？」

「別打岔，波托斯！」阿托斯道，「您真叫人受不了。」

「那人對我們說：『請上這輛馬車，不要企圖反抗，也不要出聲。』」

「他可能把您當成白金漢了。」達太安叫起來。

「我相信是這樣。」阿拉米斯附和道。

「可那位夫人？」波托斯問。

「把她當成了王后。」達太安道。

「是的。」阿拉米斯說道。

「這個加斯科尼人！真見鬼，什麼他都想到了！」阿托斯說道。

「從個子高矮，英俊的外表看，」波托斯道，「阿拉米斯與白金漢非常像，體態也相似，可是，我們的阿拉米斯穿的是火槍手的服裝。」

「但實際上，當時我穿了一件大得異乎尋常的披風。」阿拉米斯說。

「見鬼去吧！七月裡您穿披風？」波托斯問，「是博士怕您被人認出來嗎？」

阿托斯說：「可臉呢？」

「當時我戴了一頂大帽子。」阿拉米斯說。

「啊，天主！」波托斯叫了起來，「為了探討神學，採取了這麼多防範措施！」

「先生們，先生們，」達太安說，「不要再開玩笑浪費時間了。讓我們分頭行動吧，去尋找服飾用品商的妻子，她是陰謀的關鍵。」

「一個地位如此卑微的女人會值得我們這樣做，達太安？」波托斯輕蔑地耷拉著嘴唇問道。

「我已經跟您講過了，她是王后的心腹、拉波特的教女。從另一方面想，王后陛下此次找一個地位低的人做依靠，可能有她的打算。因為如果地位高的話，站在那裡，遠遠地就讓人看到了他的腦袋。紅衣主教那雙眼睛可是挺厲害的。」

「那好吧，」波托斯說，「您先跟那個服飾用品商講好價，儘量要高一點兒！」

「這用不著，」達太安說，「因為我相信，就是他不破費，另外一方也會給我們出相當可觀的補償的。」

就在這時，樓梯響起了急促的腳步聲。達太安的房門接著砰地一聲被打開了，一副倒楣相的服飾用品商大聲叫著衝進了房間。

「啊！先生們，救救我，救救我，看在天主的份兒上。來了四個人，他們要抓我。救救我，救救我……」

波托斯和阿拉米斯站了起來，同時拔劍出鞘。

「冷靜點！」達太安一面大聲對他們說，一面做著手勢，讓他們把拔出了的劍重新插入鞘內，「稍安勿躁，現在需要的不是勇敢，而是謹慎！」

「可是，達太安，」波托斯嚷了起來，「我們不能眼睜睜……」

「讓達太安去對付！」阿托斯道，「我再說一遍，他是我們之中最有頭腦的人。我聲明，我聽他的。達太安，您想怎麼辦就怎麼辦好了。」

這時，四個衛士已經到了達太安的屋門口，猶豫著不敢進來，因為他們見四個火槍手站在那裡，身上還帶著劍。

「請進來，先生們，請進來，」達太安叫道，「這是我的家。咱們都是國王和紅衣主教忠實的僕人。」

「那麼，您的意思就是說，先生們，你們不反對我們執行命令，是嗎？」四個人中一個看上去像班長的人這樣問。

「是這樣。而且，如果有需要，我們還準備協助你們。」

「他在講什麼呀？」波托斯低聲嘟囔著。

「您真是個糊塗蟲！」阿托斯說，「別說話！」

「可是，您向我許諾過的……」可憐的服飾用品商低聲對達太安說。

「我是答應過您，可是我們得保證自己不失去自由的情況下才能救您。」達太安很快地低聲回答他，「而現在，只要我們想保護您，我們就會和您一起被他們抓走。」

「可是我覺得……」

「來吧，先生們！」達太安高聲對那四個人說，「我沒有任何理由保護這位先生。今天我是第一次見到他，而且是由於他來討我所欠下的房租，他本人會向你們交代的。是這樣吧，波那瑟先生？請回答！」

「是這樣，」服飾用品商大聲道，「不過，這位先生……」

達太安聽了怕服飾用品商會繼續說下去，就又低聲對那服飾用品商道：「不要提我，也不要提我的朋友們，更不能提到王后。不然的話，您將把所有的人搭進去，而自己也不能獲救。」

說完這些話，他又大聲對那四個人說：「動手吧，先生們，動手吧，過來把你們所要的人帶走！」

達太安一邊把驚慌失措又呆頭呆腦的服飾用品商推給了那些人，一邊對他說：「你這個無賴！叫你再來討錢。」說完，又對那四個人道：「把他關進監獄！先生們，把他關進去，時間越長越好——這樣我可以遲遲不付房租。」

四個人聽罷連聲道謝，然後押著擒獲的人走了。

在他們要下樓梯時，達太安拍了拍班長的肩膀說：「我們來喝上一杯，來彼此祝賀對方的健康吧！」

他說著將波那瑟先生慷慨送來的波朗西葡萄酒倒了一杯，遞給了對方。

「這是我的榮幸！」衛隊的那名頭頭說，「我接受您的建議並表示感激。」

「好那麼，先生，為您的健康乾杯！請問先生尊姓大名？」

「我叫布瓦勒納。」

「布瓦勒納先生。」

「為您的健康乾杯，紳士！請問您貴姓？」

「達太安。」

「為您的健康乾杯，達太安先生。」

「在所有這些祝辭之上，」達太安現出興奮的樣子大聲說，「要為我們國王的健康，為我們紅衣主教的健康，乾杯！」

如果酒不是上品，這位衛隊小頭頭一定會懷疑達太安的誠意，但酒是好酒，所以他對達太安的誠意就信服了，喝完轉頭去追他的同事去了。

「呸！您這玩的是什麼無恥把戲？」波托斯問，「當著四個火槍手的面，一個向他們呼救的可憐巴巴的人被抓走了。一個貴族竟與他們……」

「波托斯，您是一個傻瓜，阿托斯已經講過，」阿拉米斯道，「我百分之百地同意他的這個見解。達太安，您是個了不起的人，將來您混上特雷維爾那樣的職位時，我請求您的保護，讓我去主持一個修道院。」

「哎！這都把我給鬧糊塗了，」波托斯問，「我不明白，你們贊成達太安剛才的所作所為？」

「當然，」阿托斯道，「我不僅贊成，並向他祝賀呢！」

「現在，先生們，」達太安並不想向波托斯解釋自己的所作所為，而是說道，「**人人為我，我為人人，我們的座右銘就是這個**，對不對？」

「可是……」波托斯還想說什麼。

「把您的手伸出來，」阿托斯和阿拉米斯對波托斯大聲說，「我們共同宣誓。」

波托斯不得不一邊嘴裡嘟囔著什麼，一邊跟著伸出手來。

四個人異口同聲宣誓：「人人為我，我為人人。」

「很好，現在你們可以回家了。」達太安說，那樣子像是除了發佈命令，他一生沒有別的事可做似的，「要分外小心，從現在起，我們與紅衣主教開始宣戰了。」

chapter 10

十七世紀的捕鼠器

捕鼠器這種東西不是今天才發明的。在人類社會形成的時候，人們就發明了員警，這個員警又發明了捕鼠器。讀者或許對耶路撒冷街[56]上添的這一小玩藝兒還不是很熟悉。另外，我寫書雖然已經寫了十五年了，也還是第一次用上這個詞。因此，有必要向讀者解釋清楚何是捕鼠器。

有一所房子——不論它是什麼樣的房子，要在那裡頭抓一個嫌疑犯，只需要在對此次拘捕嚴守秘密的情況下，在裡面埋伏下幾個人，聽見有人來敲門，就把門打開，等那人進來，就立即將門關上，然後把那人逮捕詢問。這樣，不出兩三天，就差不多將常來此處的人一網打盡了。

捕鼠器就是這麼一種玩意兒。

56. 當時巴黎警察局所在地。

現在，波那瑟老闆的房子就變成了一個捕鼠器。不管什麼人，只要一進來，就會被紅衣主教的人逮捕、審問。達太安的住處有一條單獨的通道，因此進出沒有出現什麼麻煩。

況且，也只有三個火槍手到他這裡來。他們三個人已經分頭對事件開始了調查，但都什麼也沒有發現。阿托斯還找了特雷維爾先生。這位火槍手一向不愛說話，他竟然主動開口找隊長瞭解情況，這令隊長很是吃驚。

特雷維爾先生其實也是所知不多，他只是告訴阿托斯，他最近一次見到國王、紅衣主教和王后時，紅衣主教看上去憂心忡忡，國王神情不安，王后的眼睛則是紅紅的，說明近來她夜裡失眠或者哭過。不過，婚後，王后一直是這樣的，失眠和落淚，對王后來說乃是家常便飯，也沒什麼奇怪。別的情況他一無所知。

特雷維爾先生還囑咐阿托斯，不管發生了什麼事，都要為國王效勞，尤其是要為王后效勞，並且請他轉達給他的同伴們也這樣做。

這一段時間，達太安則一直沒有離開家。他把他的房子變成了一個觀察所，從窗子裡可以看到那些自投羅網者的到來。另外他還搬開了鋪在地板上的方磚，在地板上摳了一個洞，隔著一層天花板，就可以聽到樓下審訊的情況，包括審訊者和被審訊者的一切動靜，他都聽得一清二楚。

審訊之前，被審訊者都是被仔細地搜身。審訊內容千篇一律：

「波那瑟太太有沒有交給了你什麼東西，讓你轉交她丈夫和別的什麼人？」

「波那瑟先生是不是交給了你什麼東西，叫你轉給他太太或其他什麼人？」

「他們倆有沒有跟你講什麼秘密？」

達太安通過他們的詢問，猜想：「這些人肯定什麼情況都不知道。否則是不會這樣審問的。他們想知道什麼呢？他們想知道白金漢公爵是不是已經在巴黎，有沒有與王后見面，或者什麼時候要見面？」

達太安想到這裡，根據所聽到的情況來看，他認為自己的這一想法極有可能是正確的。

不管正確與否，捕鼠的工作還在進行，達太安的警惕性也不能鬆懈。

可憐的波那瑟被捕的第二天晚上，九點鐘剛過，阿托斯離開達太安家去了特雷維爾先生那裡之後，普朗歇正要鋪床，突然有人敲院子的大門。門打開之後迅速關上：又一隻獵物落網了。

達太安連忙跑到那揭開的方磚前，趴在地板上，仔細地傾聽。

樓下立即傳來幾聲尖叫，接著是呻吟聲，有人企圖去捂叫喊者的嘴。這次沒聽到審訊。

「見鬼！」達太安嘀咕道，「聽聲音像個女人。有人正搜她身子，她進行了反抗。有人準備對她施暴！這夥混蛋！」

一向謹慎的達太安這次極力控制了自己的情緒，才強忍住沒有介入樓下發生的場面。

「我要告訴你們，先生們，我這是在自己的家裡，我是波那瑟太太，我是王后手下的人。」不幸的女人大聲叫嚷著。

「噢，波那瑟太太！」達太安低聲叫了聲，「瞧，我找到了大家都在找的人，真夠走運的！」

「我們等的就是你！」審訊的人說道。

女人的嘴被捂住了，聲音越來越模糊，接著是一陣騷亂，受害的女人正在竭盡一個女人的全力進行反抗。

「放開我，先生們，放開……」她的聲音聽起來越來越有氣無力，後面的話完全聽不清了。

「他們要把她帶走。」達太安一邊大聲喊著，一邊跳了起來，「劍！好，就在我這兒。普朗歇！」

「什麼事，先生？」

「快，快跑著去找阿托斯、波托斯和阿拉米斯。三個人中肯定有一個人在家裡，也許三個人都回家了，讓他們帶著劍，趕快到這裡來。啊！阿托斯去特雷維爾先生那裡了。」

「可您，您去哪裡？先生，您去哪裡？」

「我跳窗子，」達太安大聲喊著，「為了爭取時間。你快些把方磚放在原來的地方，然後從門口出去跑步去找他們。」

「啊！先生，先生，您會摔死的。」普朗歇一聽叫了起來。

「閉嘴，蠢貨！」達太安說著，抓住窗台，從二樓跳了下去，所幸二樓並不是太高，他一點兒也沒有受傷。

接下來他立刻去敲門，邊敲邊低聲說：「我也要進這個捕鼠器！」

達太安手握門環剛剛敲了兩下，裡面的騷動就立即停止了。門被打開了，達太安手握長劍衝進屋去。毫無疑問，門被裝上了彈簧，自動關上了。

於是，波那瑟房子的其他住戶、鄰居，聽到一陣嘈雜聲。過了一會兒，人們都跑到了自己的窗口看看到底發生了什麼事。他們看到波那瑟房子的門開了，有四個穿黑色衣服的人不是從裡面跑出來，而是像驚弓的烏鴉從裡面飛出來。再看地上，桌子角上，留下了他們翅膀上的羽毛——他們上衣和披風上的碎片。

應該說，達太安沒費多大的勁兒就勝利了，因為四個人中只有一個人手中有武器，而且只是勉強招架了幾下，其他三個人抄起了身邊的椅子、凳子和盆盆罐罐打算著實地抵擋一番，但很快就負了傷，雖然傷勢不重，也足以嚇得他們屁滾尿流。十分鐘不到，他們就落荒而逃。

這樣的打架鬥毆在巴黎是很平常的事。因此，鄰人們依在自己的窗子上，以冷靜的神情眼看著那四個穿黑衣的人跑得無影無蹤，本能告訴他們，整個事件就此結束，便關上了自己的窗子各自回屋了。

房子裡只剩下達太安和波那瑟太太兩個人了。達太安向她轉過身：可憐的波那瑟太太正躺在一把扶手椅上，處於半昏迷狀態。

他迅速上下打量了她一番。

她二十五六歲，鼻子稍稍上翹，藍藍的眼睛，棕色的頭髮，兩排漂亮的牙齒，皮膚白裡透紅，是一個很可愛的女人。這些特徵很容易讓人誤認為她是一位貴夫人，不過，能夠讓人誤認為她是一位貴夫人的，也只有這麼多。細看上去，她的手白是白但不纖細，腳也不是出身高貴的女人的那種腳。幸好，達太安並不關心這些細節。

當達太安看到她的腳的時候，他發現地上有一條手帕。按照他以往的習慣，他把那條手帕揀了起來。結果，他又發現角上有一個由姓名起首字母組成的圖案。而達太安看出來，這恰好是那條差一點兒害得他與阿拉米斯決鬥的那條手帕上的字母。

吃一塹，長一智。自從手帕的事惹了禍以後，達太安對繡有動徽圖案的手絹就存有戒心。因此，他揀起那手帕看了一眼後，什麼也沒說，便立即將它塞進波那瑟太太的口袋裡。這時，波那瑟太太恢復了知覺。她睜開眼睛後，先是十分害怕，然後向四周看了看，見房子空了，只剩下了她和她的救命恩人，立刻微笑著向他伸出雙手，露出了世界上最為迷人的笑容。

「啊，先生，您救了我！」她說，「我向您表示感謝！」

「太太，」達太安道，「您完全不必謝我，我所做的，是換成任何一個紳士都會做的事。」

「不，先生，恰好相反，我要謝您，我可不是一個知恩不報之人。可這夥人到底要幹什麼呢？一開始我還以為他們是小偷呢。波那瑟呢，他為什麼不在家？」

「太太，他們是紅衣主教手下的人，這些傢伙比小偷危險得多。至於問起您的丈夫波那瑟先生，他不在這裡，昨天有人來抓了他，他現在在巴士底獄。」

「把我丈夫送進了巴士底獄？」波那瑟太太大叫了起來，「啊，天主！他做了什麼事？他從沒有做過壞事，他可是絕對清白無辜的！」

在講這話時，年輕女人惶恐不安的表情中，彷彿浮起了一絲的微笑。

「問他做了什麼錯事嗎，夫人？我想，他唯一的罪過就是：他既幸福又倒楣地做了您的丈夫。」

「聽這話，先生，您知道了……」

「我知道您曾遭到綁架，夫人。」

「是誰綁架了我，先生？您知道就請告訴我。」

「一個四十歲出頭的男人，黑色的頭髮，皮膚被曬得黑黑的，左邊的鬢角上有一塊疤。」

「沒錯。他叫什麼名字？」

「啊，名字嗎？這我可不知道。」

「我的丈夫知道我被綁架了？」

「綁架者本人寫的一封信通知了他。」

「他猜測了事件發生的原因？」波那瑟太太不安地問。

「他歸結為政治方面的原因，我想。」

「當初我並不認為是這樣，現在我想的與他完全一樣。這樣說來，我的這位親愛的波那瑟先生一分鐘都沒有懷疑我……」

「啊！不但沒有對您產生任何疑心，夫人，他還在為您的聰慧，尤其為您對他的愛情深感自豪呢！」

一絲難以覺察的微笑再一次掠過這位年輕女人的嘴唇。

「可夫人，我來問您，您是怎樣從他們那逃脫的？」

「我趁他們讓我一個人單獨待著的機會逃了出來。從今天早晨起，我就知道我遭綁架與什麼事情有關，我借助我用的床單從窗子裡墜了下來。我以為我的丈夫會待在家裡，就跑回來了。」

「您想求他保護您？」

「啊！不。這個可憐又可愛的人！我知道他沒有能力保護我，但是他對我們有別的用處，所以我想來通知他……」

「通知他什麼？」

「啊！先生，這可不是有關我本人的秘密，所以我不能告訴您。」

「還有，夫人，」達太安道，「請原諒，儘管我是一名衛士，但我提醒您，這裡不可久留。我把那幾個人打跑了，可他們一定會帶人回來的。如果被他們看見，我們就完了。不錯，我讓人去通知了我的三個朋友，不過誰知道他們眼下會不會在家！」

「對，對，您說得有理。」波那瑟太太又驚慌失措了，她叫喊著，「快走，我們趕快離開這裡。」

她一面說著，一面挽起達太安的胳膊，急忙拽著他走。

「可去哪兒呢？」達太安道，「去哪兒呢？」

「離開這座房子再說。」

這樣，兩個年輕人，一男一女，迅速離開那裡，沿著掘墓人街向前走，然後拐進王爺壕溝街，一直來到聖絮比斯廣場。

「現在怎麼辦？」達太安問，「您讓我把您送到哪裡去？」

「說實話，我真不知道怎麼回答您。」波那瑟太太說，「本來我是想要我的丈夫去找拉波特先生，告訴他這兩天宮中所發生的一切。現在我不能去羅浮宮。」

「我可以去通知拉波特先生。」達太安說。

「當然。不過還有個麻煩：宮裡人全都認識波那瑟，他去那裡會通行無阻，可是誰也不認識您，您會被拒之於門外的。」

「唔！那好辦！」達太安說，「羅浮宮裡肯定有什麼邊門兒的守門衛士對您忠誠。他會憑藉一個暗號……」

波那瑟太太聽了盯著這位年輕人，然後說：「我把暗號告訴您，您能不能在用完之後就立即忘掉……」

「我以名譽和貴族的信義擔保！」達太安用令人信服的真誠口氣說道。

「好，我相信您。您看上去很正直，您的忠誠也許最終會使您青雲直上的。」

「我不是為這些。我將真心實意地為國王效勞，為王后效勞。」達太安道，「您就吩咐我吧！」

「可是，我怎麼辦？等待的這段時間，我住哪？」

「難道全巴黎您連一個熟人都沒有，讓拉波特先生去哪裡找您呢？」

「沒有，我不想把自己託付給任何人。」

「請等一下。」他來到了阿托斯的家門口。

達太安停下來說：「這裡是阿托斯的家。」

「阿托斯是什麼人？」

「我的一個朋友。」

「可他看見我怎麼辦？」

「他不在家。我把您送進他的寓所之後，把鑰匙帶走。」

「萬一他回來呢？」

「不會，他不會回來。即使回來了，他也不會把您趕出來，您是我帶來的。」

「可這會影響到我的名譽，您知道這一點嗎？」

「這有什麼！反正也沒人認識您。何況，眼下我們也顧不了那麼多體面啦！」

「那麼就去您朋友家吧。他住在哪兒？」

「費魯街，離這裡不遠。」

「咱們去吧。」

兩個人到了阿托斯家，阿托斯果然不在。看門人知道達太安是阿托斯的好朋友，像以往一樣，把阿托斯房門的鑰匙交給了達太安。他們上了樓，達太安把波那瑟太太安排在了阿托斯的房子裡。

「在這裡您就是到了自己的家。」達太安道，「在這裡等著，您從裡面把門關上，任何人來了也不要開門，除非來人如此地敲上三下，聽好。」說著，他用手敲了門三下，兩下是連著敲的，相當響；另一下是停了停之後敲的，比較輕。

「好，」波那瑟太太說，「現在該輪到我來吩咐您了。」

「我在聽著。」

「您沿梯子街到羅浮宮的一個邊門，找一個叫做熱爾曼的人。」

「好的，接著呢？」

「他會問您找他有什麼事。這時您就講兩個詞：圖爾和布魯塞爾。這樣，他會立即聽您吩咐。」

「我吩咐他什麼呢？」

「讓他去找王后的近侍拉波特先生。」

「找他來之後呢？」

「你就叫他到這裡來找我。」

「好。」達太安道，「只是這以後，我怎麼能夠再看到您呢？」

「您希望再見到我？」

「當然。」

「好吧，這件事就讓我來安排，您放心好了。」

「我相信您這句話。」

「您完全可以放心。」

達太安行了禮，並用深情的目光把她又看了一遍，然後轉身向她告別。

他很快到了羅浮宮，沿梯子街到達邊門時，時鐘正敲響十點。

接下來，一切的一切都按波那瑟太太所講的那樣順利地進行著。熱爾曼聽到約定的暗號，就照吩咐去做了。幾分鐘後，拉波特先生來到了達太安所在的那間小屋。達太安說明了波那瑟太太所在的地點。拉波特先生聽後重複了兩遍，就走了。

可是沒走多遠他又回來了，對達太安道：「年輕人，我想給您一句忠告。」

「請講。」

「剛才發生的事可能會給您帶來麻煩……」

「您是這樣認為？」

「是這樣。我是說，您是否有這樣的朋友，他家裡的鐘走得慢？」

「您這是什麼意思？」

「就快到他那裡去，以便他可以為您作證，證明您九點半以前不在做案現場。」

達太安覺得這是一個十分審慎的建議。於是，他迅速地向特雷維爾的府邸跑去。不過他沒像別的人那樣到客廳去等，而是直接請求到隊長的辦公廳見隊長。他的要求很容易地被僕從接受了，因為他是這裡的常客。有人進去通報，說他的小老鄉請求單獨接見。五分鐘後他見到了隊長，特雷維爾問達太安，天這麼晚了還來這裡，有什麼重要的事？

「對不起，先生！」達太安說，「才九點二十分，我想現在時間還不算晚。」因為達太安利用單獨在候見廳待著的機會，把那裡的鐘倒撥了三刻。

「什麼，才九點二十？」特雷維爾叫了起來，抬頭看一眼鐘，「這怎麼可能！」

「先生，」達太安道，「請看看鐘好了。」

「真的是這樣！」特雷維爾先生看了看鐘，「我還以為很晚了呢。好啦，您有什麼事？」

接著，達太安給隊長講了有關王后的故事，他對王后的遭遇表示了擔憂，還講了有關紅衣主教對付白金漢公爵的一些計策。達太安表現得從容不迫。特雷維爾先生本來就已經注意到紅衣主教、國王、王后之間的關係出現了某種新動向。達太安向他講起這些，他就更容易相信了。

時鐘敲過了十點，達太安向隊長告辭。隊長感謝他提供了這麼多的情況，並且再一次囑咐達太安，要時刻銘記一心一意地為國王和王后效勞。達太安下樓後，想起他忘記了自己的手杖，便又重新上樓，回到老地方將鐘撥快了三刻。這樣第二天，沒有人會發現這裡有任何不對勁兒的地方。

這樣，達太安就得到了一個可靠的證人，可以證明他「不在現場」了。

他下了樓，一會兒就走到了街上。

chapter 11

情況漸漸變得複雜起來

從特雷維爾先生那兒出來以後，達太安選了一條最遠的路走回家。一路上，他思緒紛繁。

他兜著圈子，望著天上的星辰，時而微笑，時而歎氣。他腦子裡在想什麼？

他在想波那瑟夫人。這位少婦幾乎可以說是一個理想的愛戀對象。她漂亮而且神秘，差不多知曉所有的宮廷秘密。這無形之中給她的漂亮容貌增添了一種端莊的魅力。她絕非感情冷漠的女性，這對情場新手來說誘惑力極大。更何況是達太安從那些試圖對她動手動腳、施以強暴的歹徒手裡把她解救出來的。這可是一件大事，它可以使她產生一種感恩的情感，而這種情感很容易帶上愛慕的性質。

達太安彷彿已經看見那個年輕女人派出的一個信使到了他的身邊，交給他一封約他幽會的信，那信裡還附有一根金鏈條，或者是一顆鑽石。前面我們交代過了，當時，年輕的騎士們可以毫無羞恥地接受國王的賞錢。現在，我們再補充一點：在那個風氣敗壞的社會，騎士們在他們的情婦面前也沒有什麼羞恥感。情婦們總是隔一段時間就會送一些珍貴的紀念品給那些騎士們，好像試圖以她們堅固的禮物來征服騎士們脆弱的情感。

當時的男人靠了女人發跡而不會感到臉紅。除了自己的美貌以外一無所有的女人，付出的也只能是她們的美貌。所謂「世界上最美的姑娘付出了美貌就付出了一切」，多半源出於此。另外一些富有的女人，除去美貌之外還要拿出她們的部分錢財。在那個風流時代，我們可以列舉出許多的英雄豪傑來，如果不是情婦們把大大小小的錢袋掛在他們的馬鞍上，他們是不可能立功疆場，揚名天下的。

達太安在這方面一片空白。然而對他來說，在女人面前，外省人的那種猶豫不決的心態在接受了三個火槍手給他灌輸的觀念之後，就像是一層薄薄的油漆，一朵生命短暫的曇花，桃子上的一片絨毛，遇到一陣風便被吹得無影無蹤了。達太安也擺脫不了當時流行的離奇習俗，把自己所在的巴黎當成了一個戰場，一個完完全全的弗朗德爾[57]，對付完了西班牙人之後，就對付女人。隨時都有敵人要去拚殺，隨時都有贊助要去接受。

57.中世紀公國，位於現法國北部、比利時南部。十四到十五世紀，法國與英國進行了一百多年的戰爭。接著，十五到十七世紀，為爭奪弗朗德爾，法國與西班牙又進行了長期戰爭。

不過應該這樣講，此時此刻的達太安受著一種更高尚，更超逸的情感支配。那個服飾用品商說，他有錢，這會使我們小夥子很容易地想到波那瑟先生這樣一個傻瓜，肯定會把錢袋交給妻子掌管。但是，達太安對波那瑟夫人一見鍾情，關於錢袋的問題他倒沒有想到過。這位年輕人剛剛萌發出來的愛情基本上與利益毫不相干，而是單純的感情。當然，我們還可以說，儘管這剛剛萌發出來的愛情不是貪圖金錢利益的結果，但是差不多也會和金錢相關。一個美麗、溫雅、聰明的年輕女人同時又富有，就憑這樣的一點，那剛剛萌發出來的愛情非但不會削弱，反而會成長得更快，這是毫無疑問的。

家境富裕的女人都是很注重儀表的，生活方面會有許許多多的嗜好，而這正是美貌不可缺少的。一件鑲有花邊的無袖胸衣，一件綢裙，一雙精美雪白的長筒襪，一根顏色鮮豔的緞帶，一雙漂亮的皮鞋……這一切，雖然不會使一個醜陋的女人變得漂亮，但可以使一個漂亮的女人變得越發美麗，更何況還沒有算那雙被一切襯托得秀美無比的手呢！手，尤其是女人的手保持秀美的方法就是：長期清閒不勞作。

達太安並不是一個百萬富翁。說得準確些，現在甚至可以說是一個貧困者。他這樣的一個人，倒是希望有一天自己能夠成為一個富有者，不過他私下確定的這個時來運轉的日期十分遙遠。眼下，眼睜睜看著一位心愛的女人，渴望像其他女人一樣得到那些被她們視為幸福的千百種小玩意兒，可自己卻沒有能力送給她，多麼讓人頹喪！

如果女方富有而情夫貧困，至少她能夠自己提供快樂，儘管她的這種快樂常常是靠了丈夫的錢獲得的，但是她們很少因此而感激自己的丈夫。

還有，達太安準備做一個溫柔、體貼的情夫。可眼下，在他對服飾用品商的妻子陷入幻想之時，並沒有忘記他的朋友們。波那瑟夫人如此的美麗，他完完全全可以領著她到聖德尼[58]平原上去，或者到聖日爾曼集市上去蹓躂蹓躂，並邀請阿托斯、波托斯和阿拉米斯作陪，以便在他們面前得意地炫耀自己作為愛情征服者的身分。路走長了，肚子就會感到饑餓。這沒什麼，大家去共進晚餐。如果能在那種小型的可愛的晚餐聚會上，一邊碰碰朋友的手，一邊觸觸情婦的腳，那才愜意哩！如果出現了什麼緊急情況，在陷入絕境之時，沒關係，有我達太安在，一切都不要擔心。

但是，那位達太安曾高聲否認與他有任何關係，斥責著把他推向警探，可又悄聲答應會救他的波那瑟先生該怎麼辦？此時此刻，達太安根本就沒有想到過他，或者說即使想到了他，也是在不停地對自己說：管他呢，在人類的所有感情中，愛情是最最自私的，他愛在哪裡就在哪裡。

達太安想著他未來的愛情，又是對夜色獨言自語，又是朝星星微笑，再次沿舍斯米迪街[59]向上坡走去。他當時所在的位置在阿拉米斯所居住的街區之內，他想去看一

58. 在巴黎以北五公里，風景名勝區。
59. 當時叫沙斯米迪街。

下這位朋友，順便向阿拉米斯說清楚他剛才打發普朗歇去找他，要他趕到捕鼠籠那裡去的原因。普朗歇去找他，如果當時他在家，那他肯定會趕到掘墓人街去，而如果他去了，在那裡他只看到了他的另外兩個夥伴，而那兩個夥伴肯定誰也不清楚究竟發生了什麼事，這樣，阿拉米斯一定一頭霧水。因此，他需要就這次對他們的打擾做出解釋。達太安就這樣高聲自言自語著向前走。

爾後他又想到，對他說來，這也是一次向阿拉米斯談談他未來的漂亮情婦的絕好機會。雖說她還沒有完全佔據他的心，但至少充滿了他的腦袋。這算是達太安的初戀，不應當要求初戀的人嚴守秘密。初戀，總是伴隨著巨大無比的快樂。這種快樂的洋溢必須外流，否則人會被憋死的。

巴黎已經黑了下來，街上的行人漸漸稀少。聖日爾曼區所有的鐘都同時敲響了十一點。天氣倒還暖和，達太安沿著一條小街走去，微風習習，他呼吸著風吹過來的馥鬱的香氣。由於露水和深夜的薄霧，花園變得清新涼爽。這香氣便是從花園中吹到這裡來的。散落在平原上的幾家小酒館裡，遠遠地傳來了喝酒人的吆喝聲、歌聲，隔著厚厚的窗板，聲音顯得沉悶。到了小街的盡頭，達太安向左拐。阿拉米斯的房子就在卡塞特街和塞萬多尼街之間。

達太安剛剛走過卡塞特街，就已經認出那所房子的大門。阿拉米斯的房子掩映在梧葉槭和鐵線蓮的枝葉構成的一片青翠之下。他正準備繼續前行，這時，他突然發現有一個人影兒從塞萬多尼街那邊走了過來，那人身上裹著一件披風。達太安開始認為那是一個男人，但他從那人矮小的身材、躊躇的步履，欲進又止的樣子等幾方面很快判定，那是一個女人。看那樣子，這個女人在找一個地方，因為她走到阿拉米斯的房子前，就停了下來，抬起頭來辨認，像是難以斷定這房子是不是她要找的，轉身走開，又走回去。達太安感到有點奇怪。

「我上前問問她要不要幫忙吧？」他想，「從步伐看，她很年輕，也許還很美麗。不過，這麼深更半夜的，一個女人還在街上走，也可以肯定，她肯定是出來會情夫的。喲！如果我過去，打擾人家的幽會，那以後想要攀交情，肯定沒門了。」

這時，那位年輕女人繼續往前走，一邊走一邊數著房子和窗戶。其實，這無需費多少時間，也不困難，因為那一邊街上一共才有三處住宅和兩扇臨街的窗子，其中一扇屬於阿拉米斯的房子。

「見鬼！」達太安一下子想起了那個神學家的侄女，「夜深了還在外面飛的小鴿子！如果她來找我們的朋友，那才真有意思呢。噢，說心裡話，看上去還真像哩。啊！我親愛的阿拉米斯，這一次，我可要弄它個水落石出！」

於是，達太安努力地貓著腰，躲進小街牆根下的一條石凳旁邊。

那年輕女人繼續往前走。說她很年輕，是因為她的步伐輕盈，而且她輕輕地咳嗽了一聲，嗓音再清脆不過了。達太安心想，這咳聲肯定是暗號。

就在這時候有人回應了，像是也相應咳了一聲。達太安看到，這聲咳嗽使得眼前這個在夜間尋覓的女人不再有任何猶豫，認定在沒有外來的幫助之下，自己找到了她所尋求的目標，便毅然地走到阿拉米斯家的窗子前，屈起指頭在那護窗板上間隔相等地連續敲了三下。

「果然是找阿拉米斯，」達太安低聲說，「啊！偽君子先生！研究神學，研究神學，這下可讓我知道您是如何研究神學的了！」

三下剛敲過，裡面的窗子就打開了。

「哈哈！」他想，「不敲門敲窗戶，這下裡面的人該把護窗板打開了，這位女士將從窗中爬進去！好極了！」

但是，下面的情況出乎達太安的意料，護窗板不僅沒有被打開，而且屋內的燈光一下子消失了，所有的一切又重新淹沒在黑暗之中。

達太安想，這樣的狀態只是暫時的，一會肯定會有改變。他繼續目不轉睛地望著，側起耳朵傾聽著。

他估計得不錯。幾秒鐘過後，屋內果然發出了聲響，有人連續敲了兩下護窗板。街上的那個年輕女人只敲了一下，作為回答。這時，護窗板打開了一個縫兒。此時此刻，可以想像得出，達太安會是在怎樣用心地看著，貪婪地偷聽著。

遺憾的是，燈光轉移到另一間屋子裡去了。不過，這沒關係，我們的這位年輕人的眼睛已經習慣了黑暗。有人說，加斯科尼人的眼睛簡直就是貓眼，具有在黑暗中看得見東西的特性。

達太安看清楚了，那位年輕女人從口袋裡掏出一樣有點發白的東西，並且迅速將它展開，像是一條手帕。這東西展開之後，那位年輕女人要對方看它的一個角。

達太安想起了在波那瑟夫人腳邊揀起的那條手帕，那樣的手帕也曾讓他回憶起在阿拉米斯腳下拾到另一條。

「見鬼，這條手帕代表了什麼？」

在他站的那個位置，看不到阿拉米斯的臉，但是，我們的年輕人一點也不懷疑，在裡面與這個女人對話的就是他的那位朋友。好奇心戰勝了謹慎。達太安趁他們看那條手帕似乎看得十分專心之際，從躲藏的地方出來，而且沒有半點聲響地快速跑到了一個牆角旁。從那裡，他可以清楚地看到阿拉米斯房間裡面的情景。

一看，達太安大吃一驚，差一點兒叫了出來——在屋裡與深夜來訪的女人談話的，也是一個女人，並不是什麼阿拉米斯。不過，由於離得較遠，達太安看不清她的臉，只能夠看到她服裝的款式。

就在同一時刻，屋子裡的女人也從口袋裡掏出一條手帕，換取了從外面遞給她看的那一塊。接著，兩個女人只匆匆交談了幾句就把護窗板重新關上。窗外的那個女人把披風上的帽子拉低，轉身離開了，並從距達太安四步遠的地方走過去。但是，她這個拉低帽子的謹慎動作太晚了，達太安已經認出，原來，她是波那瑟夫人。

實際上，就在她從口袋裡掏那條手帕時，達太安就已經懷疑是她了。但是他想到波那瑟夫人曾經打發他去找拉波特先生，以便讓拉波特先生把她領回羅浮宮，因此他覺得自己的懷疑沒有證據，但是事實是她確實是波那瑟太太。那麼，她怎麼會冒著再次被抓著的危險在夜裡十一點半鐘單獨一個人在大街之上東奔西走呢？

除非是為了一件很重要的事。可是為了什麼事呢？難道是為了愛情？

可是，如果為了愛情，那麼那個人是誰？我們的年輕人向自己提出了這樣的問題。嫉妒心在升騰，那樣子像是自己真的已經成了波那瑟太太的情夫。

要想弄清波那瑟夫人去哪裡，最簡單的辦法就是跟蹤。我們的年輕人自然而然地立即採用了。

波那瑟夫人先是看到一個年輕人像一尊雕塑一樣停在牆角旁，隨後又聽到背後響起腳步聲，便低低地叫了一聲，拔腿便逃。

達太安緊追不捨。對達太安來說，追上一個披著披風行動不便的人，而且還是個女人，並不是一件難事。因此，她沒逃多遠就被追上了。由於害怕，這個可憐的女人已經筋疲力盡。當達太安追上她，把手放到她的肩膀上時，她膝蓋一彎，人就倒了下去，並用哽咽的嗓音叫喊道：「您可以殺了我，其他的什麼都別想得到！」

達太安伸出胳膊，抱住她的腰，將她扶了起來。但她的身子死死地往下沉，她就要昏過去了。看到這種情況，他趕緊講了一通讓她放心的話。但是，這絲毫無法打動波那瑟夫人的心。要知道，世上即使懷有最凶險意圖之人，往往也可以做出種種讓人安心的保證的。但由於嗓音的緣故，年輕女人覺得這個聲音好熟悉，便睜開了眼睛，看了一眼把她嚇得半死的這個男人。當她認出是達太安時，她高興地叫喊了一聲。

「啊！是您，是您！」她說，「感謝天主！」

「沒錯，是我，」達太安說，「是天主派我來照料您的。」

「您就是抱著這樣一種用意一直跟蹤我？」年輕女人不勝嬌媚地笑著說道。她那有點愛嘲諷的性格又占了上風。剛才她還把他當成了敵人，現在一下認清了原來是自己的朋友，心裡的一切恐懼全都煙消雲散了。

「不，」達太安說，「我跟您說，不是的！我是碰巧遇上您的。我看見一個女人正在敲我一個朋友的窗子……」

「您的一個朋友？」波那瑟夫人打斷他問道。

「是，一位最要好的朋友，阿拉米斯。」

「阿拉米斯？誰是阿拉米斯？」

「得啦！莫非您想說您不認識阿拉米斯！」

「可是我第一次聽這個名字。」

「說什麼，您是頭一次來到那個房子的？」

「自然。」

「您並不知道那兒住著一個年輕的男人？」

「不知道。」

「不知道住著一位火槍手？」

「根本不知道。」

「這麼說，您並不是來找他的？」

「絕對不是。況且，您也看得清楚，與我講話的是個女人。」

「不假。不過，那個女人是阿拉米斯的朋友。」

「那我可不知道。」

「既然她住在他的家裡……」

「這和我沒關係。」

「那她是誰呢？」

「啊！這所涉及的是別人的秘密。」

「親愛的波那瑟夫人，您很可愛，但是也是最神秘莫測的女人。」

「是不是我因此就不可愛了？」

「不，恰恰相反，更加可愛了。」

「那麼那就把胳膊伸過來！」

「樂意效勞！我們去做什麼？」

「現在嗎，送我走吧。」

「去哪裡？」

「去我要去的地方。」

「可您要去哪兒呢？」

「您會知道的，因為您要一直把我送到門口，咱們才能分別。」

「要在門口等您嗎？」

「那倒不用。」

「那麼，您一個人回來？」

「也許是，也許不是。」

「那後來與您在一起的，是男人還是女人？」

「我還不知道。」

「可我……我就知道！」

「您？您怎麼會知道？」

「我要等在門口看您出來。」

「要是那樣，咱們就再見好了！」

「為什麼呢？」

「因為我不需要您。」

「可是您懇求過……」

「我需要的是一位貴族的幫助，而不是一個暗探的監視。」

「這句話未免有點難聽！」

「可對那種違背他人意願而跟在別人後面的人，該怎麼稱呼他呢？」

「可以叫冒失鬼。」

「這說法太輕了。」

「好啦，夫人，我清楚啦，一切都必須遵照您所希望的那樣去做。」

「為什麼您剛才不能立即就遵照我所希望的去做呢？」

「難道就不允許人家後悔嗎？」

「真的後悔了嗎？」

「這我自己一點也不知道。我所知道的就是，如果您讓我護送您，直到您要去的地方，那我就答應做您所希望做的一切。」

「確切地說，到了之後您就離開我？」

「是。」

「我出來的時候，您不再跟蹤我？」

「是。」

「以名譽擔保？」

「以貴族的人格擔保！」

「那好，挽起我的胳膊，咱們走。」

達太安把胳膊伸給波那瑟夫人，她把它挽得很緊，身子還在發抖。雖然她又說又笑，可還是掩飾不了內心的恐懼。兩個人就這樣走到了豎琴街地勢高的那頭兒。到了此地，波那瑟夫人又猶豫起來了，就像在沃吉拉爾街時我們已經看到過的那樣。隨後，她好像根據某些標記認出了一扇門。便徑直走了過去，說：

「先生，我到了，這就是我要辦事的地方。很感謝您的陪伴，使我免除了單獨一個人走路會遇上的種種危險。現在，您該走了。」

「回去時，路上您不再感到害怕嗎？」

「我怕什麼！除非遇到了強盜。」

「其他您不怕嗎？」

「除了我這條命。他們能得到什麼呢？」

「您忘了那條帶動徽的漂亮繡花手帕。」

「哪一條？」

「我在您腳邊撿到又放回到您口袋裡的那條。」

「閉嘴！閉嘴！冒失鬼！」年輕女人嚷了起來，「您打算毀掉我嗎？」

「瞧，您知道您還存在危險，僅僅是這樣的一句話出口就把您嚇成了這樣！再說，您自己也承認，要是有人聽到了這句話，您就完了！哎！行啦，夫人，」達太安握住對方的手，用火熱的目光盯住她，喊道，「您聽我說！請您更慷慨一點並且信賴我！從我的眼睛裡您難道看不出我的心裡所有的，僅只是忠誠和同情嗎？」

「當然看得出來，」波那瑟夫人回答，「正因為如此，有關我個人的秘密，我會全部告訴您。但是，有關別人的秘密，那就是另一碼事了。」

「好吧，」達太安說，「既然這些秘密關係到您的生命，那就應該讓這些秘密變成我的秘密，我不會告訴任何人。」

「不能這樣！」年輕女人叫了起來，口氣之嚴肅令達太安不由得打個寒戰，「啊！您千萬不要插手那些事，萬萬不要想方設法干預我所致力的那些事。我從您那裡感到了關懷，您給我的恩惠我永遠不會忘記。而正因為如此，我請求您別這樣做。請您要相信我的話，不要把我放在心上。對您來說我已不復存在，就像您從來沒遇見過我那樣。」

「阿拉米斯也是這樣嗎？」達太安被激怒了。

「先生，我對您講過，我不認識他，這個名字您已經對我提過兩三次了。」

「敲他的護窗板，卻不認識他！好了，夫人！在您看來，我也太輕信於人啦。」

「老實講吧，編造這樣一段故事，杜撰出這樣一個人物，是為了讓我講出真相，對不對？」

「夫人，我講的完完全全是真人真事，我什麼也沒有編造，我什麼也沒有杜撰！」

「您說您的朋友住在那所房子裡？」

「是，我第三遍重複：是，那所房子裡住著我的朋友，這個朋友名叫阿拉米斯。」

「這一切以後會清楚的，」年輕女人低聲說，「而現在，先生，請不要說了！」

「如果您看透了我敞開的那顆心，」達太安說，「您會看到，只是好奇心和愛情。那樣的話，您就會讓我的好奇心和愛情得到滿足。對愛您的人根本就不用害怕。」

「您談到愛情，未免太快了吧，先生！」年輕女人搖著頭說。

「愛情來得這麼快，那是因為我對您一見鍾情，而且是第一次。要知道我還沒到二十歲哩。」

年輕女人偷偷地打量達太安。

「我告訴您，我已經摸到線索了。」達太安說，「三個月前我差點兒跟阿拉米斯進行決鬥，為了一條手帕。這一次我又看到，您給等在他家裡的那個女人看的手帕與那一條一模一樣，兩條手絹繡的圖案完全一樣，我可以肯定。」

「先生，」那年輕女人說，「老實講吧，您這些問題煩死我了。」

「可是，您，謹慎的夫人，帶著這樣的一條手帕被人抓到，給人家搜查出來了，您就有危險了，好好想想吧？」

「那才不會呢，姓名開頭的那字母是我姓名開頭的字母：C・B・，即康斯坦絲・波那瑟的縮寫。」

「也可能是卡米爾・布瓦・特拉西。」

「別這麼大聲，先生，再說一遍，請您別這麼大聲！啊！既然以我所冒的險也不能勸阻您，那就請您想想您自己吧，想想您會冒怎樣的危險！」

「我冒的險？」

「是的，您冒的險。因為認識我會進監牢的，會送命的。」

「既然如此，那您別想再讓我離開您一步了！」

「先生，」年輕女人雙手合掌，懇求道，「先生，看在天主的份上，看在一個謙恭的貴族的份上，看在軍人的榮譽的份上，請您走開吧！現在都午夜十二點了。人家已經在等我了。」

「夫人，」年輕人鞠了一個躬，說，「既然這樣，我無法拒絕。請放心吧，我這就走。」

「可您不會再跟著我，窺伺我吧？」

「我立刻回家去。」

「啊！我原本就知道，您是一個正直的年輕人！」波那瑟夫人大聲說，把一隻手伸給他，另一隻手放在了一扇小門的門環上。

達太安抓住伸過來的那隻手，熱烈地吻了一下。

「我寧願壓根兒沒有見過您。」達太安叫了起來，態度也變得粗魯。要知道，女人一般喜歡這種態度，認為這比矯揉造作的禮貌好。因為粗魯出自真情，彷彿在說明感情勝過理智。

「不！」波那瑟夫人叫了一聲，同時握緊了達太安那隻一直沒有放開的手，「不，我就不跟您說這麼多了！今天不能成功，明天就未必不成功。誰知道將來有一天我自由了，會不會讓您的好奇心得到滿足呢？」

「對愛情也這樣承諾嗎？」達太安快樂得發了瘋，大聲叫了起來。

「啊！我不願意做出承諾。這取決於您，看看以後能在我心裡喚起怎樣的感情。」

「就像今天這樣，夫人……」

「今天，先生，我現在對您只有感激。」

「啊！您太可愛了，您辜負了我的愛情。」達太安黯然神傷地說。

「不，我利用了您的慷慨。請您務必相信，跟某些人打交道，一切的一切都有可能得到。」

「啊！別忘了今天晚上，您讓我成為世界上最最幸福的人！別忘了您的這個許諾！」

「放心好了，我會記起這一切的。好了！您就走吧，看在天主的份上，您走吧！

有人正等著我，我已經遲了。」

「只遲了五分鐘。」

「不錯。但是，在某些情況下，五分鐘等於五百年！」

「比如當一個人在愛的時候……」

「噢！什麼人在對您說我要應付的不是一個情郎？」

「那等您的是一個男人？」達太安叫了起來，「男人！」

「瞧，又來了。」波那瑟夫人說著，臉上露出了輕微的難耐笑容。

「不要這樣，我這就走。我相信您，我希望，我的忠誠能夠換來您的充分信任，哪怕這種忠誠近於愚蠢也罷。夫人，再見！」

達太安感覺到，非得猛下決心，才能放開他握住的那隻手。他這樣做後便飛速地跑了。

這時，波那瑟夫人又在護窗板上慢慢地、間隔均勻地敲了三下。達太安跑到街角後，回頭看了看，門打開了又被關上了，漂亮的波那瑟夫人不見了。

達太安繼續走他的路。他許下了諾言，不再偵察波那瑟夫人。這一回，他要回家去了，因為他說過他就回去，就算她去的是那個凶險異常而且極需他來拯救的地方。

他真的離開了，五分鐘過後，他到了掘墓人街。

「可憐的阿托斯，」他自言自語，「他一定還不知道今天發生的一切究竟是怎麼回事。他等我可能等得睡著了，也可能回他自己的家裡去了，而一回到家，他就知道有一個女人來過。啊！阿托斯家裡有個女人！」達太安繼續獨言自語，「總而言之，這一切太離奇了。在阿拉米斯家裡也有一個女人！真想知道這件事會如何了結。」

達太安憂心忡忡，他一邊高聲地自言自語，一邊走進了一條過道，這條過道的盡頭就是去他房間的樓梯了。這時，他聽到有人對他說話：「不好，先生！」達太安從聲音上聽出說話的是普朗歇。

「怎麼啦？出什麼事了？蠢貨，您在講什麼？」達太安問，「出了什麼事？」

「一連串禍事。」

「什麼？」

「首先，阿托斯先生被捕了。」

「阿托斯被捕了？為什麼？」

「因為抓他的人把他當成了您。」

「究竟是誰抓走了他？」

「被您趕跑的那些穿黑衣服的人找來的衛隊。」

「他為什麼不說出自己的名字，為什麼不說他與那件事無關？」

「他是有意不說的，先生。相反，他悄悄對我說：『此時此刻需要自由的是您的主人，而不是我，因為他知道一切。他們抓了我，而我什麼也不知道。人家以為抓的是他，這就會為他贏得時間。三天以後，我說出我是誰，他們因為抓錯了人，只好放掉我。』」

「好樣的，阿托斯！多麼高尚的心靈！」達太安低聲說，「只有他才會如此！那些衛士都幹了些什麼？」

「我不知道他們四個人把阿托斯先生帶到巴士底獄，還是主教堡。另外有兩個人留下，跟那些穿黑衣服的人一起把房間搜了個遍。他們帶走了所有的文件。兩個人搜查，還有兩個人在門口放哨，做完這一切以後，他們走了，屋子空空的，門窗都沒關。」

「波托斯和阿拉米斯呢？」

「他們沒有來，我沒有找到他們。」

「可您留了話讓人轉告我在等他們，是吧？他們隨時會來這裡，是吧？」

「是的，先生。」

「那好，您不要離開這裡，現在這裡有危險，房子可能受到了監視。如果他們來了，您就把這裡發生的事告訴他們，讓他們到松秋酒店去等我。我現在立刻到特雷維爾先生那裡去，向他報告這一切。然後，再去會波托斯和阿拉米斯。」

「好的，先生。」普朗歇說。

「不過，您待在這，不要怕！」達太安走了兩步又折回來鼓舞跟班。

「請放心好了，先生！」普朗歇說，「您不瞭解我，我是這樣一種人：想到要勇敢，就會勇敢。現在的問題是我想到了。」

「那就說定了，一言既出，駟馬難追！」達太安說，「您就是死了，也不要離開自己的崗位！」

「好的，先生！為了向先生證明我的忠誠，沒有什麼事我不能去做。」

「好的，」達太安心裡說，「看來，針對這個小夥子的性情，我使用的方法是完全正確的，必要的時候還得用。」

一天東奔西走，達太安感到有點累了，但是他還是快步如飛地朝老鴿棚街奔去。特雷維爾先生不在府邸，他領著火槍隊正在羅浮宮值班。

但是，達太安知道，必須要找到特雷維爾先生，這麼緊要的事情不能不告訴他。於是，達太安決定想辦法進入羅浮宮。埃薩爾先生衛隊的服裝，這應該是一張通行證。

他沿著小奧古斯丁街下坡，又順著沿河街上坡，奔向新橋。到了河邊，有那麼一剎那，他有了乘船過河的念頭。但是，他發現自己身無分文。

他又往前走，快到格內戈街時，看見有兩個人結伴從多費娜街走了出來。

那結伴的兩個人，一個是男人，另一個是女人。

從外表看，女人的身材與波那瑟夫人很相像，男人的輪廓簡直與阿拉米斯毫無區別。

再說，女人身上還披著一件與達太安在沃吉拉爾街的護窗板前和豎琴街的大門前所看到的那件一模一樣的披風。

還有呢，那男人穿的是火槍手的制服。

男人用一條手帕遮住了臉，女人的帽子拉得很低。這種種防範措施表明，他們都不希望自己被人認出來。

他們過了橋，走上了達太安要走的那條路。因為達太安要去羅浮宮，便跟上了他們。

走了不遠，達太安已經確信，那個女人是波那瑟夫人，男人是阿拉米斯。他頓時疑竇叢生，心裡的嫉妒就像開了鍋。

他認為，他同時被兩個人背叛了，一個是他已經當作情婦一樣愛著的女人，一個是他的朋友，雙重的背叛！波那瑟夫人曾經賭咒發誓說她根本不認識阿拉米斯，可才過了一刻鐘，他卻看到她正挽著阿拉米斯的胳膊逛大街！

達太安並沒有想到，他認識這位漂亮的服飾用品商的妻子才只有三個小時，這麼短的時間還不足以產生愛情。不錯，是他把她從那些打算綁架她的黑衣人手中解救了出來，她應該對他感恩戴德。但是除了這些，她並不欠他什麼，再說，她也沒有對他許諾過什麼，即使對她感恩戴德也不一定要成為他的情婦。而他，眼下卻把自己看成了一個被人背叛了的人，一個受辱者，一個被愚弄的情人。不管怎麼講，熱血和怒火湧上了他的心頭，他決定把一切弄個水落石出。

兩個人可能已經覺察有人跟著他們，於是加快了步伐。達太安開始奔跑，以便能趕上他們。前面就是薩馬麗丹女人水塔了，一盞路燈照亮了水塔，還照亮了橋的一部分橋面。

達太安決定一路跑到他們前面，擋住他們的去路。那兩個人看到達太安走到了他們前面，於是都停下來了。

「您想要幹什麼，先生？」那火槍手說著往後退了一步。

那人的發音帶有外國人的腔調。這口音向達太安證明，他的推測有一部分錯了。

「不是阿拉米斯！」達太安叫了起來。

「是的，先生，不是阿拉米斯。從您的驚呼聲可以知道，您把我當成另外一個人了。我原諒您。」

「您原諒我！」達太安大聲嚷道。

「對！」陌生人回答，「既然您並不是找我，那就讓我過去好了。」

「您說對了，先生，」達太安說，「我要找的人不是您，而是這位夫人。」

「找這位夫人？您並不認識她呀。」外國人說。

「您說錯了，先生，我認識她。」

「喂！」波那瑟夫人用責備的口氣講話了，「啊！先生！我得到過您作為軍人的保證，作為貴族的諾言。」

「您呢，夫人？」達太安侷促不安地說，「您也向我許諾過……」

「挽緊我的胳膊，夫人，」外國人說，「我們繼續走路。」

達太安已經被他遇到的事弄得懵懵懂懂。他神情沮喪，呆呆地站在火槍手和波那瑟夫人面前。

那位火槍手搶前兩步，用手推開達太安。

達太安退了一步，拔出了劍。

在這同時，那陌生人也迅如閃電般拔劍出鞘。

「看在天主的份上，密露爾[60]。」波那瑟夫人叫喊著，衝到了兩個決鬥者的中間，兩隻手分別抓住了兩個決鬥者的劍柄。

「密露爾！」達太安猛醒過來，叫了起來，「密露爾！請原諒，先生，難道您是……」

「密露爾．白金漢，」波那瑟夫人小聲說，「現在您可能把我們全都給毀了！」

「密露爾，請多多原諒。因為我愛她，我以為您是他的情夫，所以，我嫉妒了。

60. 英語「mylord」演變成的法語「milord」，意為爵爺、老爺、大人等。

您是知道愛情是怎麼一回事的，請您原諒，並且請您告訴我，怎樣才能用性命感謝您的大恩大德。」

「您是一個正直的年輕人。」說著，白金漢朝達太安伸出手來。達太安恭敬地握了握。公爵繼續說：「我接受您要為我效勞的請求，請在我們身後二十步跟著我們，一直跟到羅浮宮。如果瞧見有什麼人在跟蹤我們，就收拾了他！」

達太安把劍夾在腋下，讓波那瑟夫人和公爵先走出二十步，然後一直跟著，準備不折不扣地執行這位高貴的、優雅的大臣的指令。

不過，所幸的是年輕女人和風度翩翩的火槍手一路走來，直到從梯子街的邊門進入羅浮宮，並沒有遇到任何的麻煩。這位年輕的效忠者並沒有任何機會向公爵顯示他的忠誠。

等到護送二人安全到達羅浮宮後，達太安立刻向松球酒店奔去，去那裡找他的朋友波托斯和阿拉米斯。

但是，到了那裡之後，他並沒有向他們過多說明他為什麼要打擾他們，而只是說，有件事他原以為要他們介入才能辦成，現在他一個人就了結了。

chapter 12 白金漢公爵

波那瑟太太和公爵沒有遇到什麼麻煩就進了羅浮宮，因為誰都知道波那瑟太太是王后手下的人。公爵穿的是特雷維爾先生火槍隊的制服。前面我們還交代過，當天晚上，是特雷維爾先生的火槍手在宮裡值班。此外熱爾曼把王后的利益看得高於一切，如果發生了什麼事，至多就指控波那瑟太太把情夫帶進了羅浮宮，事情就到此止步，由她一個人兜著就萬事大吉了。

自然，由此會壞了她的名聲，可是，一個小小的服飾用品商的妻子的名聲算得了什麼？

進入宮院之後，公爵和年輕女人先是貼著牆腳走了大約二十五步，然後波那瑟太太推了推後門。這扇門白天開著，晚上一般是關上的。門一推就開了，兩個人邁進門檻，四周是一片黑暗。波那瑟太太對羅浮宮裡專供僕人走的這一地區的情況瞭若指掌，即使道路再迂迴曲折她也迷不了路。進來之後，她隨手關上門，拉住公爵的手，在黑暗中摸索前進，最後，她抓住了一個樓梯的扶手，腳踩到一級樓梯上開始上樓，共上了兩層樓，接著，沿著一條長長的走廊往前走，又下了一層樓，再走幾步，用鑰匙把一扇門打開。

公爵被推進一個房間，裡面只亮著一盞守夜小燈。波那瑟太太對公爵說：「公爵大人，一會兒她就來了。」說完，她出去了，並用鑰匙鎖上了門。眼下，公爵就完全像一名囚犯了。

不過，儘管白金漢公爵眼下是孤單一人，但他並沒有一絲一毫的恐懼感。他性格的顯著特點之一，就是渴望冒險，喜愛浪漫。就是說，他生來勇敢膽大無所畏懼，在類似的情況下冒生命危險，這已不是頭一次了。

他原以為那封以安娜•奧地利的名義寫給他的信是真的，這才來到了巴黎。然而，當他知道了那封假信是一個陷阱之後，他非但沒有回去，反而將計就計，利用別人給他造成的這種機會，向王后宣稱：不見到她，他就不會離開。

起初，王后堅決回絕了他的請求，可後來，她改變了主意，因為她擔心公爵一氣之下會幹出什麼荒唐事。她終於決定見見他，見後要求他立刻離開。可是就在做出這個決定的當天晚上，負責去接公爵，把公爵領進羅浮宮的波那瑟太太被綁架了。她兩天之內音訊全無，下落不明，計畫無法繼續施行。而在波那瑟太太重新獲得自由後，便首先與拉波特接上了關係，事情又重新進行。現在，她完成了這一危險的使命，如果不是她遭到綁架，三天前就應該完成了。

這時，白金漢一個人留在房間裡，他走到一面鏡子前面照了照，一身火槍手制服穿在他的身上真是再合適不過了。

當年他三十五歲，有充分理由被恰如其分地看成法英兩國最為風雅的騎士，最為英俊的貴族。

白金漢公爵名叫喬治・維利爾斯。這個腰纏萬貫的富豪、兩代國王的寵臣、一個王國的極權人物，他可以讓整個王國動盪不安，也可以讓整個王國平靜如水。他的一生充滿傳奇色彩，在他謝世幾百年之後，人們還一直對他的一切感到驚奇不已。

他無比自信，對自己的能力和權勢堅信不疑。他相信那些能支配別人的法律，統統奈何不了他。一旦確定目標，他就會勇往直前，不管實現起來如何困難。換做別人，哪怕想上一想也會認為是荒唐至極，可他，不達目的絕不甘休。就是這樣，他多次成功地接近了美麗而高傲的安娜・奧地利，並且最終贏得了她的芳心。

站在鏡子前面，喬治・維利爾斯很快使自己的頭髮恢復原貌，小鬍子也被重新捋得向上翹了起來。他內心裡充滿了快樂，為盼望已久的時刻就要來臨而感到激動不已，驕傲而滿懷希望地對自己莞爾一笑。

就在這時，一扇隱藏在掛毯後面的門被打開了，進來了一個女人。白金漢從鏡子裡看到了她——王后。他忍不住叫了出來。

當年，安娜•奧地利二十六歲，正是她最美麗的年紀。她有著王后或女神的丰儀，眼睛閃現著綠寶石般的光彩，同時又溫情脈脈，威嚴無比。

她的櫻桃口又小又紅，像奧地利的王族一樣，下唇比上唇略顯向前突出。嫣然一笑時，異常的可親，表示鄙視時，卻又極度的傲慢。

她的皮膚細若凝脂，這是全世界都知道的，手和胳膊美得出奇。當時的詩人爭相歌頌，無一例外地讚之為無與倫比。

她的頭髮在少女時代是金黃色的，現在，它變成了褐色，捲曲，上面撲了許多的粉[61]，看上去無比迷人。

她的那張臉，顏色方面，即使最為挑剔的批評家也只能說，希望那紅潤再稍微淡些；五官方面，即使最為苛刻的雕塑家也只能說，希望鼻子稍細巧一點。

一時間，白金漢看著她看出了神，目瞪口呆。儘管在不同的場合，他不只一次地

61. 頭髮上撲粉不但是那時歐洲女人的習慣，而且也是宮中的規定。

見過安娜，但是，他覺得沒有任何一次她像眼前這樣美。她穿了一件普通的白緞子連衣裙，唐娜愛絲特法尼婭[62]陪在她的身邊。由於國王的嫉妒、黎塞留的迫害，她身邊的西班牙侍女通通都被驅趕，現只剩下這一個了。

安娜向前走了兩步，白金漢連忙跪倒在了她的膝下，不顧王后阻止，他已連連吻著她的裙子下擺。

「您已經知道，公爵，那封信不是我寫的。」

「啊！是這樣，王后！是這樣，陛下！」公爵叫了起來，「我已經知道了，但是我發了瘋。我突然相信大理石會變得熱烈，冰山也會消融，因為我失去了理智。但是，有什麼辦法呢，一個人墜入了愛河，對愛情就會輕信，何況，這趟旅行，我並非是白跑一趟，因為我到底是見到了您。」

「是的，您見到了我。」安娜回答，「但是，您知道我見您的原因。我見您，是因為您不關心我的痛苦，而是堅持留在這樣一個城市。而這樣，對您，要冒生命的危險；對我，可能會身敗名裂。我見您，是為了向您說，兩國之間的敵視，大海之間的深淵，誓言的神聖，所有的一切，都把我們分了開來。這一切都是神靈的安排，悖逆這許多東西就是褻瀆神靈之罪，密露爾。總之，我今天見您，是為了告訴您，我們不

62.即愛絲特法尼婭夫人。唐娜是西班牙人對女人的尊稱，即太太、夫人之意。

應該再見面了。」

「請說下去吧，王后！」白金漢說，「您嗓音的溫柔掩飾了您話語的冷酷。您說到褻瀆神靈之罪！可是，**把上帝造就的兩顆相愛的心分開，這才是褻瀆神靈之罪！**」

「大人！」王后大聲叫了起來，「您忘了，我並沒有對您說過我愛您。」

「但是，您也並沒有對我說過您不愛我。王后，您現在對我如此講，未免過於薄情了。請您說說看，您去哪裡能夠找到能與我的愛情媲美的愛情？等待、分離、絕望，都消滅不了它！您一根失落的緞帶就能滿足它！您一道短暫的目光就能溶化它！」

「三年前，王后，我第一次見到了您。那時，我就深深愛上了您。結果，到現在，我整整愛了您三年！」

「您願意讓我認認真真地向您詳細道出第一次見到您時，您的穿戴和您衣服上的每一件飾物嗎？我現在還能清清楚楚地看見：您按照西班牙的習俗，坐在一個坐墊上，身上穿的是一件連衣裙，金銀線繡花，綠緞子，用大塊的鑽石貼在您那美麗得叫人讚不絕口的胳膊上。您脖子上扣著皺領，頭上戴的是一頂軟帽兒，顏色和您的連衣裙一個樣，軟帽之上插著一根白鷺的羽毛。」

「睜開眼睛，我所看見的，就是眼前的您；閉上眼睛，我所看見的，就是當時的您，您比當時還要美上一百倍！」

「發瘋了！」安娜低聲說了一句，公爵把她的形象如此清晰地藏在自己的心頭，她沒有辦法責怪他，「簡直是發瘋了！用這樣的回憶去維持一種不會有結果的熱情！」

「那麼，您叫我靠什麼活著？對我來說，只剩下回憶了。它是我幸福的源泉，是我的希望，是我的財寶。我每見您一次，就多得了一顆鑽石，我把它珍藏在我心頭那個珠寶匣裡。眼下這一顆，是我撿起的第四顆，因為在三年當中，王后，我只見了您四次：第一次，我剛剛對您說了；第二次是在德•謝弗勒斯夫人家裡；第三次是在亞眠的花園裡。」

「公爵，」王后臉一紅說道，「那天晚上的事就不要再提了。」

「啊！不！正相反，要提，王后，要提！那是我一生中最幸福而光輝的一個夜晚。您還記得那天那美麗的夜色吧？天空是多麼藍，佈滿了點點繁星！空氣是多麼溫和，多麼芳香！那一次，王后，我竟有幸單獨和您待在了一起！那一次，您，把您生活的孤獨，心頭的憂傷，把一切的一切都向我傾訴了。您，靠在我的胳膊上，瞧，就是這條。」

他邊說邊伸出自己的一條胳膊給王后看，「我腦袋向您那邊歪著，我可以清楚的感覺得到，您那美麗的頭髮輕輕地拂著我的臉，每次輕拂一下，我都止不住從頭哆嗦到了腳。啊！王后，王后！啊！您不知道，天國的幸福，極樂世界的快樂，通通都蘊藏在了那樣的片刻之中。瞧，我的一切，通通都可以放棄！因為，這個夜晚，王后，您是愛我的，我可以肯定。」

「大人，這是可能的，是的，環境的影響，您目光的誘惑力，美麗夜色的魅力，總之，有時使一個女人不能自持的種種情況，在那個倒楣的晚會上包圍了我。但是，大人，您看到了，王后的身分拯救了一個意志薄弱的女人：在您剛剛敢於開口對我講那第一句話的時候，在對您的那一大膽的表示我必須做出回答的時候，我的回答就是立刻叫人來。」

「啊！是這樣，確實是這樣。然而，如果換了別的人，面對這一考驗他的愛情就必定屈服了，可我沒有。相反，我的愛情變得更加堅定，更加永恆。您以為，回到了巴黎就逃脫了我；您以為，我離不開我管轄的那片領地。啊！在我眼裡，天下所有的國土，世界上所有的恩寵，算得了什麼！我通通都可以放棄。所以，沒過八天，我再次來到了巴黎。而這一次，王后，您不要再對我指責了。我為了與您見上一秒鐘的面，冒著失去恩寵、失去生命的危險來了。那次，我甚至於連您的手都沒有碰到。您見我那樣的懊悔，那樣的馴服，您倒是寬恕了我。」

「是的。可換來的是什麼呢？誹謗四起，人們抓住了這些癡情舉動。大人，您清楚，在這件事中，我沒有任何責任，完完全全是無辜的。但是，在紅衣主教的挑唆下，國王發怒了。德・韋爾內夫人被趕走，皮唐熱被流放，德・謝弗勒斯夫人失寵，還有，當您被提名任駐巴黎大使時，遭到了國王本人，公爵，請記牢，遭到了國王本人的反對。」

「是這樣的。對這次拒絕，法國人得到的是一次戰爭的代價。王后，我不能再見到您了。那好了，我希望用戰爭讓您記得我的名字。我與拉羅舍爾結了盟，策動了對雷島[63]的遠征。這樣做的目的是什麼？唯一的目的就是尋求見您一面的那種快樂。

「我並不想持利劍進入巴黎，這一點我知道。但這場戰爭會帶來一次和平，而和平是需要談判的，我將承擔這一使命。那時，以這樣的身分進入巴黎是無法被拒絕的。我將重返巴黎，見到您，再得到我的片刻幸福。

「不錯，成千上萬的人將為了我的幸福付出代價，但那又有什麼！這樣做是瘋狂的，但是，只要能再見到您就成！請問，哪個女人能夠有我這樣一個情人？哪一個王后能夠有我這樣一個熱情的僕人？」

「密露爾，密露爾，以上您說的種種事全是罪過。為了辯護，您提出了這麼多的事，而這些事反而會讓您進一步遭受譴責！」

「那是由於我愛您，王后。如果您是愛我的，那麼對這些事就會用另一種眼光來看待。您剛才談到了德·謝弗勒斯夫人，我想德·謝弗勒斯夫人至少不像您這樣殘酷無情，奧蘭[64]愛她，她接受了他的愛情。」

「可她不是王后。」安娜喃喃說道，她已經不由自主地被公爵的深情打動了。

63. 法國靠近羅塞爾的一個海島。
64. 當時著名的伯爵，德·謝弗勒斯夫人的情夫。

「就是說，您，如果不是王后，那就會接受我的愛了，是不是？就是不是有理由讓我相信，使您對我這樣冷酷無情的，僅僅是您尊貴的地位？這是不是有理由讓我相信，如果您換成德•謝弗勒斯夫人，我就有希望了？啊！謝謝了，這些語言充滿柔情！我美貌的王后陛下，我謝您了，讓我說一百次感謝！」

「喔，密露爾，您理解錯了我的話，我不是……」

「別再說了，別再說了！」公爵說，「我要是理解錯了從而感到了幸福，那您就讓它錯吧！您說了，有人企圖把我引入一個陷阱，就是說，我的生命也許將留在這裡。啊！瞧，近來我有一種預感，覺得自己就要不久於人世……」公爵露出了憂傷而又迷人的微笑。

「啊！天主！」安娜恐怖地叫了起來，她對公爵的關愛遠遠超出了她想說出來的程度。

「我這樣講絕不想嚇著您，王后，絕不是。我自己也感到我對您說這些話是可笑的。請相信，我從不把它放在心上。只是，您剛才說的那句話，您幾乎已經給了我的那個希望，對我將遇到的一切，包括失掉生命，都會是一種補償。」

「喔，公爵，」安娜說，「我也有一種預感，我也在做夢。我夢見您受了傷，鮮血淋漓倒在地上。」

「傷在左肋？被人扎了一刀？」白金漢打斷了她的話，這樣問道。

「不錯，是這樣，在左肋，被人扎了一刀。您怎麼知道的？是誰可能告訴您，我做了這樣一個夢呢？我只向上帝稟報過，而且是在祈禱的時候。」

「我什麼也不需要了，王后，您是愛我的，這就行了。」

「您說我？我是愛您的？」

「是這樣，王后，如果您不是愛我的，天主怎麼會讓我們做如此相同的夢呢？這叫心有靈犀。王后，您是愛我的！」

「啊！天主，天主！」安娜叫了起來，「我可真的受不了了，公爵！看在天主的份上，您走吧，離開這裡。我不知道我愛您還是不愛您，但有一點我清楚，就是我絕不會背離婚約的誓言。因此，求您可憐我，快些離開吧。假如您在法國有什麼不測，丟了性命，假定您對我的愛是造成這一後果的原因，那麼，我永遠無法原諒自己。您走吧，我懇求您，走吧！」

「您這樣是多麼美呀！噢，我多麼愛您呀！」白金漢說。

「您走吧，求您啦，走吧。以後再來，以大使的身分來，以公使的身分來，身邊帶上保護您的衛士來，帶上伺候您的僕從來。到那時，我就再也不用為著您的生命安全而擔心；到那時，我會因為與您重逢而感到幸福。」

「啊！您說的是真的？」

「真的！」

「好極了。那請您給我一件信物，一件屬於您的，可使我日日夜夜證明我不是在做夢的東西，一件您曾佩戴過的，給了我我也能佩戴的東西，比如戒指、項鍊、小鏈兒……」

「我給了您所要求的東西，您會走嗎？」

「一定。」

「立刻就走？」

「立刻就走。」

「回到英國去，離開法國？」

「是這樣，我可以向您發誓。」

「那您等一等，等一等。」

說著，安娜去了她的套房，片刻工夫又出來了。只是她手上拿了一只香木小匣，小匣之上用金絲鑲嵌的她的姓名的起首字母圖案。

「拿去吧，密露爾，拿去吧。」她說，「就把這個作為紀念品吧。」

白金漢接在手中，再次跪了下去。

「您對我許諾過就走的。」王后提醒道。

「我信守諾言！您的手，王后，伸出您的手，我一定離開。」

安娜伸出手來，合上了雙目，另一隻手扶在了愛絲特法尼婭的身上，她感到自己的力氣就要耗盡了。

白金漢把唇熱切地貼在了她那美麗的小手上，然後站起來說：「王后，為了見您，即使把整個歐洲鬧它個底朝天，我也在所不惜。」

他信守自己的諾言，匆忙退出了房間。

在走廊上，波那瑟夫人正等在那裡，隨後順利地把他送出了宮。

chapter

13

波那瑟先生

在這整個過程中，人們忘掉了一個人，這個人雖然處境毫無保障，卻誰也沒怎麼為他擔憂。他就是波那瑟先生，他是政治陰謀與愛情密謀的受害者。而在那個俠義與風流並重的年代裡，這種政界和情場的密謀又總是如此緊密地相互糾纏在一起的。

那幾個衛士抓了他之後，便把他被送進了巴士底獄。當他從一隊正給火槍裝彈藥的士兵面前經過時，嚇得他渾身直哆嗦。

隨後，他被帶進一條半地下的走廊裡。在那裡，他受到了押解者最為野蠻的虐待、粗野的辱罵。因為那些人見他簡直就是一個鄉下佬，而不是一個貴族，便以最野蠻的方式對待他。

約莫過了半個小時，來了一位書記員，命令衛兵將他帶進審訊室。這固然使他免去了受辱和皮肉之苦，可他的憂慮並沒因此而消除。因為在一般的情況下，審訊是在犯人所待的牢房裡進行，但波那瑟先生遇到的情況完全不同。兩個衛士抓住服飾用品商，押著他穿過一個院子，進入一個走廊，走廊裡有三個衛兵守衛著。最後，押他的衛兵一把將他推入一個低矮的房間。房間裡面只有一張桌子和一把椅子。一位審訊官坐在那張椅子上，伏在桌子上寫東西。

兩個衛兵把波那瑟先生送到了桌子前。審訊官做出一個手勢，示意讓那兩個衛兵退到聽不到審問的地方去。

審訊官做這一動作之前，頭一直是俯在紙上的。等到衛兵出去之後他才抬起頭來，要看清他即將審問的是怎樣一個人。審訊官相貌凶惡，顴骨突出，鼻子尖尖，臉色蠟黃，一對小眼睛露著狡黠的光，整個看去他像一隻石雕又像一隻狐狸。他細長的脖子支撐著從那件寬大的黑袍子裡伸出來的腦袋，左顧右盼，活像從背甲裡伸出來的烏龜腦袋。一開始，他問了波那瑟先生的生平情況。

被告回答說，他叫雅克・波那瑟，五十一歲，以前是一位服飾用品商，家住掘墓人街十一號。

審訊官沒有再問其他情況，卻長篇大論地對他發表一通訓話，告訴他地位卑賤的市民不能捲入國家大事，那樣是很危險的。

接下來，審訊官所講的情況變得越來越複雜了。其中講到了紅衣主教的行為和權力。他說，紅衣主教是未來所有身為大臣的楷模，他的權力是無與倫比的，他的行為是沒有任何不得體，誰想違逆他的訓諭和權勢而不受懲罰都是癡心妄想。就是說，紅衣主教對那些攻擊他的大臣們來說，從來都是勝利者。

訓話的第二段結束之後，審訊官用他那雙鷹眼盯住可憐的波那瑟先生，並提出要波那瑟先生好好考慮考慮他的處境的危險性。

波那瑟早就考慮過了：他咒罵了拉波特先生讓他娶其教女為妻的那一時刻，尤其咒罵了這位教女答應進宮做王后內衣保管的那一時刻。

波那瑟先生是極端自私，又極端吝嗇，而且極為怯懦。在他身上，對自己年輕的太太的愛情，只不過是第二位的情感。就是說，和他的生命安全相比，對妻子的感情一直占著次要的地位。

波那瑟先生認認真真地思考了審訊官剛剛對他講的那些話。

「不過，審訊官先生，」波那瑟先生戰戰兢兢說道，「我請您務必相信，我比任何人都知道尊重紅衣主教閣下無與倫比的功勳。在他的統治之下，我感到無比的榮幸。」

「是這樣？」審訊官表現出不相信的樣子問道，「如果真是這樣，您為什麼會進了巴士底獄？」

「對我為什麼會進了巴士底獄的問題，先生，這我可是完完全全沒法向您交代。」波那瑟先生說，「因為我自己並不知道。但是可以肯定，我並不是故意冒犯紅衣主教，至少不是有意不服從。」

「然而您肯定犯了大罪，這兒指控您叛國。」

「叛國？」波那瑟先生一聽急得跳了起來，情不自禁叫道，「叛國？一個仇視胡格諾派、痛恨西班牙人的人，怎麼會被指控叛國？請您再考慮一下，先生，這是絕不可能的！」

「波那瑟先生，」審訊官逼視著波那瑟，彷彿他那雙小眼睛可以看透波那瑟的內心，「波那瑟先生，您有一個妻子？」

「是這樣，先生。」聽到這裡，服飾用品商預感到事情變得複雜了起來，便渾身哆嗦著回答，「或者該說，我曾經有過一個妻子。」

「怎麼叫『曾經有過』？現在你沒有了嗎？那你把她怎樣了？」

「她被人綁架了，先生。」

「被人綁架了？您是這樣說的嗎？」這一問，波那瑟先生越發覺得問題複雜了。

「被人綁架了！」審訊官道，「那您知道什麼人綁架了她嗎？」

「我認得他。」

「什麼人？」

「審訊官先生，我並不能肯定，僅僅是一種猜測而已。」

「您懷疑的是誰？快老實回答我！」

這下子波那瑟先生變得完全不知該怎麼辦了。他該否認一切還是說出一切呢？什麼都不講，會被認為是知道的東西太多，不敢招認；都講出來，倒是會被認為誠心誠意。權衡再三，波那瑟先生決定都講出來。

「我所懷疑的人是這樣的：態度傲慢，棕色的頭髮，高高的個子，看上去像個貴族。我經常去羅浮宮接我的妻子，我覺得這個人似乎跟蹤過我們好幾次。」

聽了這話，審訊官像是感到有點不自在。

「他叫什麼？」他問道。

「啊，名字我可不知道。不過，如果他讓我碰上，我會立即將他認出來。我敢保證，即使在一千個人之中我也認得出來。」

這時，審訊官臉色變得陰沉了起來。

「您是說，在一千個人當中，您也會一眼就把他給認出來？」他又問道。

「我是說……」波那瑟先生一下子發覺自己失算，「我是說……」

「您已經講了，您認識他！」審訊官道，「好了，咱們先到這。這之後，我先要通知一個人，向他說明，您認識那個綁架您妻子的人。」

「可我沒有講我認識他！」波那瑟先生絕望地嚷了起來，「我的意思正好相反……」

「來人，把犯人帶走！」審訊官對那兩名衛兵叫道。

「把他押在哪裡？」書記員問。

「單身牢房。」

「哪一間？」

「啊！見鬼！隨便哪一間，只要能夠鎖上鎖就成。」審訊官這樣無所謂的講，口氣之冷酷，令波那瑟先生感到毛骨悚然。

「哎呀，大難臨頭了！」波那瑟先生自言自語，「大難臨頭了！肯定是我的妻子犯了什麼滔天大罪。他們認定我是同謀，要把我們一起嚴加懲處。她會承認她什麼都告訴過我。唉，女人哪，是多麼的懦弱！說什麼一間單人牢房，隨便哪一間都成！這真是！一夜時間眨眼就過去。明天，上車輪刑[65]，上絞刑！啊！天主，天主！可憐可憐我吧。」

兩個衛士已經習慣這種哭訴，對波那瑟先生的哀號連聽都沒有聽。他們拉住波那瑟先生的胳膊，拖著他走了。審訊官趕緊著手擬一份公函。書記員在等他寫完送走。

波那瑟先生整整一夜沒有合眼。這不是由於單人牢房條件太差，而是由於波那瑟先生一直擔驚受怕。他一直坐在一條凳子上，聽見一丁點的聲響就嚇得渾身哆嗦。天亮時，他覺得，那黎明的曙光射入牢房都帶著哀悼的色彩。

忽然有人拉牢門的門栓，他嚇得一下子跳了老高，以為是拉他去斷頭台了。而當

65.將犯人打斷四肢後綁在車輪上任其死去的一種酷刑。

他看清了進門的是昨天那位審訊官和那位書記員而不是劊子手的時候，他轉悲為喜，簡直恨不得跑上前去親他們一下。

「您的案子從昨天晚上開始變得複雜了。」審訊官對波那瑟先生說，「我奉勸您把真實的情況如實地講出來，這樣才是真誠的悔過，只有你的悔過能夠消除紅衣主教的怒火。」

「我準備好啦！」波那瑟先生大聲叫了起來，「至少把我所知道的一切都說出來。您問好了，求您了，問吧！」

「第一個問題：您的妻子她在哪裡？」

「這我已經講了呀！她被綁架了。」

「是被綁架了。但昨天晚間五點鐘，她靠了您的幫助，又逃了！」

「啊！她逃了！」波那瑟先生大聲嚷了起來，「倒楣的女人！可先生，她逃了，這不能怨我，我可向您發誓，我根本不知道這麼一回事！」

「那我來問您，您到您的鄰居達太安先生那裡去幹什麼呢？當天您可跟他談了很長的時間。」

「啊！是這樣，審訊官先生，我去過達太安先生那裡，的確是這樣。我承認，我錯了。」

「您去的目的是什麼？」

「去請他幫幫我，找回我的妻子。我當時認為我有權找她回來。現在我才知道，我錯了。請您原諒我。」

「達太安是怎麼回答你的？」

「他答應幫助我。但很快，我發現他出賣了我。」

「您在撒謊！實際是，達太安與您達成了協定，並按照協定趕走了前去拘捕您妻子的警方人員，又幫助她躲過一切搜捕。」

「達太安先生救走了我的妻子？啊！您這是什麼意思，審訊官先生？」

「不見棺材不流淚！我們已經抓到了達太安，您這就可以與他對質。」

「啊！說真的，這我求之不得，先生。」波那瑟先生大聲叫了起來，「在這樣一個地方能看到一張熟悉的面孔，我是很高興的。」

「帶達太安進來！」審訊官向兩個衛士吩咐了一聲。

兩個衛士將阿托斯帶了進來。

「達太安先生，」審訊官對阿托斯說，「請說說您和這位先生之間的事。」

「可是，」波那瑟先生喊了起來，「您讓我看的這位不是達太安先生！」

「怎麼，不是達太安先生？」獄吏大聲問道。

「絕對不是。」波那瑟答道。

「那這位先生是誰？」獄吏問道。

「我沒法告訴您，我不認識他。」

「怎麼！您不認識他？」

「不認識。」

「你從沒見過他？」

「見是見過，但我不認識。」

「您叫什麼？」審訊官問阿托斯。

「阿托斯。」火槍手回答。

「這是一座山名，而不是個人名[66]。」可憐的審訊官叫了起來。他有點慌了神。

「我就叫阿托斯。」阿托斯平靜地說。

「但您曾經講您就是達太安。」

「我嗎？」

「是的，您。」

「實際是，有人問我：『您是達太安嗎？』我的答覆是：『您這樣認為？』於是，抓我的那些衛士們一口咬定我是，說他們十分有把握。他們不由分說就下了手。我呢，我也搞不清出了什麼事，況且我不想惹得這些先生們不高興。」

66. 希臘北部有阿托斯山。

「先生，您蔑視了法律的尊嚴。」

「絕不是這樣，先生。」阿托斯不動聲色地說。

「您就是達太安先生！」

「連您都這樣說。」

這時波那瑟先生叫了起來：「我對您講，審訊官先生，這一點您不用懷疑，他不是達太安先生。達太安先生是我的房客，房錢他一分錢也沒付給過我，我也因此認識了他。他是個年輕人，十八九，不到二十歲，而這位至少三十多歲了。這位先生是特雷維爾先生火槍隊的火槍手，達太安是埃薩爾先生的禁軍裡的。請看看他的制服好了，先生，看看他的制服。」

「噢，對，完全正確。」審訊官自言自語道。

這時，門開了。巴士底獄的看門人送過了一封信給審訊官。

「啊！這個該死的女人！」審訊官大罵道。

「出了什麼事？您說的那該死的是誰？但願不是我太太！」

「相反，恰恰是她！這下子您的案子可不得了了，哼！」

「怎麼啦？」服飾用品商這下惱了，「先生，我被關在了監獄裡，什麼都沒參與，怎麼我的案子會由於她變得更糟糕了？」

「因為她的行動是根據你們共同制訂的險惡計畫採取的。」

「我向您發誓，審訊官先生，您徹底搞錯了。我妻子究竟幹了些什麼與我毫無關係，關於她的一切我什麼都不知道。相反，她要是幹了什麼蠢事，我就不認她這個妻子，我要揭穿她、詛咒她！」

「好啦，審訊官先生，」阿托斯說，「如果這裡不再需要我，那麼，請把我送到您想要我去的地方。這傢伙很討厭。」

「把犯人送回各自的牢房。」審訊官沒有聽從阿托斯的請求，而是用手指了指阿托斯，又指了指波那瑟先生，「要加倍嚴格看守。」

「不過，」阿托斯以他慣常的平靜道，「既然您找的是達太安，有什麼理由讓我替代他而被關在這裡？」

「照我吩咐的去做！」審訊官沒有理會他，說，「絕對保密，聽見沒有？」

阿托斯聳了聳肩膀，跟隨看守他的衛士離開了。波那瑟先生則哭了起來，就是老虎聽見了也會產生惻隱之心。

服飾用品商被帶回了原來的牢房。整個白天他都被關在裡面哭泣不止，像一個貨真價實的服飾用品商。

晚上九點左右，當他終於下定決心要上床睡覺的時候，卻聽到走廊裡響起了腳步聲，而且那聲響離他的牢房越來越近。他開始害怕起來。這時，突然門被打開了，幾名衛士站在門前。

「跟我走！」一位士官走了過來，命令他。

「跟您走？」波那瑟先生叫了起來，「這個時候跟您走，天主，上哪兒去呢？」

「去我們奉命押您去的地方。」

「可是，這等於沒回答。」

「然而，我們只能這麼回答。」

「啊！天主，我的天主，這下完了。」波那瑟先生低聲說。

他順從地跟那些衛士們離開了牢房。

經過他曾走過的那條走廊，穿過院子和第二座建築物，最後來到了前院的大門口。門口出現了一輛馬車，旁邊有四名衛士守護著。在那名士官押解下，他上了那輛車。車門被鎖好以後，他就像是又被關進了另外一間可移動的牢房。

馬車走得很慢，慢得像個靈車。從被鎖牢的窗子的窗櫺中，只能看到兩邊的房子和馬路的地面，其他什麼也看不見。儘管如此，作為一個真正的巴黎人，波那瑟先生僅從界石、招牌、路燈，就能夠認出他所經過的任何一條街。前面就是聖保羅教堂了，這是專門處決犯人的地方。波那瑟先生於是連忙在胸前劃著十字，嚇得差一點暈了過去。他原以為馬車會停在那裡，然後他將在那裡丟掉性命，但沒有，馬車行駛了過去。

又走了一段，聖約翰公墓出現在眼前，他的心又一下子收緊了。他知道，這裡正是埋犯有叛國罪罪犯的地方。不過，接著他清醒了。因為他想到，要被埋在這裡首先必須被砍下腦袋，而他的腦袋現在還長在他的脖子上。而當他看到車子走上去沙灘廣場的那條路，看到市政廳那高高的尖頂之後，他的心真的一下子涼了下來。當馬車進入拱廊時，他請求向那位士官懺悔，遭到了士官的拒絕。於是，他可憐地大叫大嚷起來。士官嫌他吵得太厲害，警告他再這樣大喊大叫，就要把他的嘴堵上了。

這個威脅十分有用，波那瑟先生慢慢平靜下來。其實，現在已到了沙灘廣場。如果在此結果他，那就沒有必要再拿東西去堵他的嘴了。車子並沒有在這個廣場裡停下來。從下面的路途看，可怕之處就剩下德拉瓦十字架那裡了，車子恰好正朝那裡走去。

這次是無可懷疑了，次要一點的犯人都在那裡被處決。這樣看來，如果在沙灘廣場或是在聖保羅教堂那邊被處死，對波那瑟先生來說還是一種榮譽呢。

此時此刻，波那瑟先生幾乎感覺到那十字架正迎面向他走來，儘管還看不到那倒楣的十字架。看見了！離那十字架還有二十步的距離時，馬車也停了下來。接二連三的驚嚇把人搞垮了。可憐的波那瑟再也支撐不住了，他發出了一息微弱的、彷彿就要死去的呻吟聲，便昏了過去。

chapter 14 默恩鎮的那個人

那裡聚集了好多人，是正在看一個上了絞架的人，而並不是在等待看一個準備上絞架的人。

馬車只是稍停了片刻，又穿過人群，繼續趕路，經過了聖奧諾雷街和好孩子街後，在一個低矮的門前停了下來。

門開了，審訊官扶著波那瑟下了車，把他交給了兩名衛士。衛士把波那瑟推入一個過道，讓他爬上一層樓，然後把他撂在一間前廳。

他所看到的一切統統被蒙上了一層霧。他像是在夢遊，耳朵裡雖然有各種聲音，但他都分辨不清。如果在這樣一種狀態下被處決，他一點都不會掙扎，甚至連一聲乞求憐憫的話都不會講。

就這樣，波那瑟坐在了衛士安排他坐的那條凳子上。

他看了看四周，不見任何威脅性的東西。凳子上鋪著軟墊兒，坐上去還挺舒服，牆面之上蒙著美麗的科爾多瓦[67]，窗子上掛著大紅緞子的窗簾，正不停地飄動著。他看到這一切就明白了，自己的恐懼太過分了。於是，他開始上下左右扭動他的腦袋。

沒有人阻止他做這種動作。於是，他開始放大膽子試著抽回了一條腿，又挪回了另外的一條，雙手撐著凳子，身子便立在兩隻腳上了。

這時，一位軍官從隔壁房間走出來。他一隻手撩著門簾，還在繼續著他與那房間的人的談話。隨後，他朝犯人這邊轉過身來，問：「您是波那瑟？」

「是，軍——官先——生，」波那瑟嚇得結巴起來，「願意為您——效勞。」

「進來。」軍官說。

軍官閃在一旁，讓服飾用品商進去。十分明顯，有人在那房間裡等著他。

那是一間很大的書房。牆上的裝飾是各種各樣的武器。門窗緊閉著，顯得非常沉悶。時令才是九月，但房間裡卻生起了火。房子的桌子上堆滿了書籍和文件，還有一張非常非常大的拉羅舍爾地圖。

一個中等身材的人站在壁爐前，下巴上有一撮山羊鬍，由於臉瘦顯得鬍子很長，

67. 西班牙科爾多瓦所產的皮子，當時馳名歐洲。

看上去不過三十六七歲。是個軍人，但是沒有佩劍。

此人正是紅衣主教阿爾芒・讓・杜普萊西。他並不像人們通常傳說的那樣成天縮在一張大扶手椅裡，靠他的運籌帷幄來與整個歐洲進行周旋。實際上他是一位風流倜儻的騎士。雖然身體已經衰弱，但有一股無窮的精神力量支持著他，而正是這種力量，他才配居全世界最為非凡的人物之列。

凡此種種，使得第一眼見到他的人，誰也不會認出他就是紅衣主教。

波那瑟站在門口沒有動，紅衣主教眼睛死死地盯住他。

「此人就是那個波那瑟？」他沉默了片刻之後問道。

「是的，大人。」那位軍官回道。

「好，把那些文件給我拿過來。」

軍官按照吩咐給紅衣主教取過了文件。

這些文件就是在巴士底獄審訊波那瑟所做的記錄。

紅衣主教站在壁爐邊，目光不時地離開文件，犀利的目光像兩把匕首一直插入可憐的服飾用品商心底。

紅衣主教心裡已經有了一個計畫。

「這可不是一個謀反的腦袋。」紅衣主教低聲說，「不過，這沒關係，往後看看再說好了。」

「您被控犯了叛國罪。」紅衣主教慢條斯理地說道。

「不是的，大人。」波那瑟叫喊起來，他聽剛才那位軍官那樣稱呼眼前的人，他也用了這樣的稱呼，「我向您發誓，我真的什麼都不知道。」

紅衣主教差點笑出來。

「您和您的妻子，還有德・謝弗勒斯夫人，夥同密露爾・白金漢一起謀反。」

波那瑟回答：「這幾個名字我的確聽她說過。」

「是在什麼情況下聽說的？」

「我妻子說，紅衣主教想毀了白金漢，同時，也毀掉王后。」

「她這樣說過？」紅衣主教氣鼓鼓地大聲問道。

「她這樣說過，大人。不過我罵了她，紅衣主教閣下不可能……」

「閉嘴，您這個蠢貨！」紅衣主教罵了他一句。

「我妻子也是這樣回答我的，大人。」

「你知道是誰綁架了你妻子嗎？」

「不知道，大人。」

「但懷疑了，是吧？」

「是有，大人，可是這些懷疑使獄吏先生感到不高興，所以我現在沒有了。」

「您的妻子逃走了，您知道嗎？」

「我知道她逃走了，是在監獄裡聽說的。」

紅衣主教再一次差點笑出來。

「那您妻子逃了之後的情況，您並不知道了？」

「一點兒都不知道，我想，她應該是回了羅浮宮。」

「可她沒去那裡。」

「啊！天哪！那她去了哪裡呢？」

「我們會清楚的，放心好了。什麼事都別隱瞞我們紅衣主教，什麼都會知道。」

「這樣，大人，您認為紅衣主教可能告訴我，我的妻子究竟怎麼樣了？」

「那有可能。不過，你首先應該徹底坦白交代你妻子與謝弗勒斯夫人的關係。」

「可大人，我從來沒有見到過這個德・謝弗勒斯夫人。」

「每次您去接你妻子，她是直接回家的嗎？」

「幾乎從來不直接回家，她總是去找布商。」

「有幾個這樣的布商？」

「兩個。」

「他們都住在哪裡？」

「一個住沃吉拉爾街，一個住豎琴街。」

「您跟她一起進去嗎？」

「從來沒有。她總是讓我等在門口。」

「她以什麼藉口總是一個人進去？」

「她並沒有找什麼藉口，只是叫我等著，我就等著。」

「您是一個隨和的丈夫，我親愛的波那瑟先生！」紅衣主教說。

「他叫我『親愛的先生』！」波那瑟先生暗想，「看來事情有了轉機。」

「您知道具體地址吧。」

「沃吉拉爾街二十五號，豎琴街七十五號。」

「很好。」紅衣主教說。

說完，紅衣主教叫那位軍官進來了。

紅衣主教低聲吩咐他：「找羅什福爾回來。」

軍官說羅什福爾就在外面，並且有話急於稟告。

「讓他進來。」紅衣主教急忙說。

軍官快速地走了出去。

「有話向紅衣主教閣下回稟？」波那瑟一邊嘟囔著，他知道人們一般都稱紅衣主教閣下。

一會兒門被打開了，一位新的人物登場。

「他？」波那瑟叫了起來。

「你是指誰？」紅衣主教問。

「是他綁架了我的妻子。」

紅衣主教叫那位軍官一起進了書房。

「看好他，一會再問。」

波那瑟靈機一動，似乎明白了什麼，於是又叫了起來：「我搞錯了。不是他，一點兒也不像，是另外的一個人，那人跟他一點也不像。」

軍官用胳膊把他拖出房門。

門關上之後，新人物迫不及待地說：「王后和公爵見面了。」

「王后和公爵！」黎塞留大聲叫了起來。

「他們是在羅浮宮見面的。」

「能夠肯定嗎？」

「完全肯定。」

「從哪裡知道？」

「德・拉諾阿夫人講的，她完全忠於閣下，正如您所知道的，紅衣主教閣下。」

「她為什麼不早點報告呢？」

「不知是出於偶然，還是出於提防，王后讓她待在房間裡，讓她一整天都沒有出門的機會。」

「這回輸了，一定要想法贏回來，得想辦法報復一下。」

「我們一定盡心盡力，請您放心。」

「講講事情經過？」

「午夜十二點半，王后跟她的侍女們在一起。」

「在哪裡？」

「在她的寢室裡。」

「好，講下去。」

「那時，她的內衣女主管送來一塊手帕。」

「後來呢？」

「王后見了頓時緊張了起來，臉還一下子變白了。」

「接下來呢？」

「她站起來，找個理由就離開了。」

「拉諾阿夫人為什麼沒有立即來向您報告？」

「她沒看出是怎麼回事。更何況王后說：『夫人們，請等著我』，她是難以違背王后的。」

「王后出去了多少時間？」

「三刻鐘。」

「她是自己出去的？那些侍女，沒有一個人陪她出去？」

「只有唐娜愛絲特法尼婭一個人陪著。」

「後來王后返回來了嗎？」

「是的，回來取了一個香木小匣，上面有她名字的縮寫字母。拿了小匣子後，就立刻又出去了。」

「後來她回來時，帶回了那個小匣子嗎？」

「沒有。」

「拉諾阿夫人可知道這個小匣子裡裝著什麼？」

「知道，裡面裝著國王陛下送給王后的鑽石墜子。」

「就是說，那個小匣子她沒有帶回來？」

「沒有。」

「拉諾阿夫人說，她是把它交給了白金漢？」

「她確定是這樣。」

「她為什麼這麼確定？」

「拉諾阿夫人為王后梳妝找不到那個匣子，顯得挺不安，便問了王后。」

「王后說什麼了？」

「王后說，前天墜子上的鑽石掉下了兩顆，送到金銀匠家裡去修了。」

「查明真相了嗎？」

「我們查過了。」

「很好！金銀匠怎麼說？」

「他說根本沒有這事。」

「我們並不是輸到底了，也許現在最有利了！」

「事實是，我相信紅衣主教的神機妙算，不會就……」

「您是說，會有辦法彌補曾經做過的蠢事，是嗎？」

「這正是我要說的，如果閣下讓我把話說完的話。」

「現在您知道德•謝弗勒斯夫人和白金漢公爵躲在哪裡嗎？」

「不知道，大人，我的人沒有這方面的確切情報。」

「我倒知道。」

「您，大人？」

「是的，至少我猜得到。他們一個在沃吉拉爾街二十五號，一個在豎琴街七十五號。」

「那我要不要去把他們抓起來？」

「晚了，他們已經離開了那裡。」

「但總是應該去查一查。」

「也行，搜查那兩棟住宅。」

「遵命，大人。」

羅什福爾奔了出去。

那個軍官又進來了。

「帶那犯人進來。」紅衣主教說。

接著，波那瑟老闆又被帶了進來。紅衣主教一揮手，軍官退了出去。

「您在撒謊，」紅衣主教厲聲道。

「我！」波那瑟叫了起來，「我欺騙了紅衣主教閣下？」

「您的妻子去那兩條街，可並不是上布商家。」

「那麼她是上什麼人家呢，公正的天主？」

「去見德・謝弗勒斯夫人和白金漢公爵。」

「對，」波那瑟想起以往的情景，「對，紅衣主教閣下說得對。我曾問過我的妻子，說布商怎麼會住一個連招牌都沒有的房子，真是太讓人感到奇怪了，但她什麼都沒告訴我啊，大人。」波那瑟跪在了紅衣主教腳下，繼續說，「您真是偉大的紅衣主教，萬民景仰的天才人物。」

雖然是在波那瑟這樣一個市井小民身上取得一點小小的勝利，一時間紅衣主教還是欣欣然面帶喜色。接下來，紅衣主教又想到了一個主意。他把手伸給了波那瑟，說：

「站起來吧，朋友，您是個正直的人！」

「紅衣主教碰了我的手！您還稱我為朋友！」波那瑟感慨道。

「是的，我的朋友！」紅衣主教用慈父般的口氣說，「您不應當受到這種對待，您應該得到補償。喂！拿去吧，這個袋子裡裝有一百個比斯托爾，還請您原諒我。」

「要我原諒您，大人？」波那瑟說，他不知道該不該拿這個錢袋。他怕這是紅衣主教給他開的一種玩笑，擔心紅衣主教在耍他，「可您，您完全有讓人抓我，限制我的自由，您也完全有讓人將我打一頓，把我絞死的權利，我不會有任何怨言。您現在這樣做的意思是……」

「您真大度，這我看出來了。我感激您，所以要給您這個錢袋。這不會讓您感到不高興吧？」

「我會高高興興離開，大人。」

「那就告別了，或者更應該說，再見了，因為我希望我們後會有期。」

「小人悉聽吩咐，我隨叫隨到。」

「我們會時常見面的，跟您說話非常有趣。」

「啊！是這樣，大人。」

「再見。」

紅衣主教向他擺了擺手，波那瑟一步一步退了出去。接著，紅衣主教聽到波那瑟興奮地扯開嗓門高呼：「偉大的紅衣主教閣下萬歲！」

紅衣主教面帶微笑聽著，自言自語道：「今後又多了一個為我賣命之人。」

接下來，紅衣主教開始聚精會神看那張拉羅舍爾地圖，他用鉛筆在上面劃了一條線。他在進行戰略思考。

門開了，羅什福爾走了進來。

「怎麼樣？」紅衣主教連忙站了起來，看得出來，他十分重視他佈置的任務。

「嗯！不錯！」伯爵開始回話，「一個二十六七歲的女人，一個三十五歲到四十歲之間的男人，的確在那兩處房子裡住過。女的住了四天，男的住了五天，今天早晨已經離開了那裡。」

「正是他們！」紅衣主教叫了起來，「現在公爵夫人已到了圖爾，公爵已到了布洛內，追不上他們了。」

「紅衣主教閣下有何吩咐？」

「對所發生的事情守口如瓶，不要讓王后知道我們瞭解了她的秘密，不要讓她感到不安全，要讓她看到我們在忙別的事，對她做的事沒有任何覺察。去把掌璽大臣找來。」

「剛才那個人怎麼處置？」

「哪個人？」

「那個波那瑟。」

「我已經安排好了，他將作為我們的眼線，出現在他妻子的身邊。」

他深深地鞠一躬後，退了出來。

書房裡又剩下紅衣主教一個人。他寫好了一封信，在封口的火漆上加上了他的私章，這時，那位軍官第四次進了房間。

「給我把維特萊叫來，」紅衣主教吩咐，「告訴他做好旅行的準備。」

不一會兒，他召的那個人出現在面前。

「維特萊，您立即趕到倫敦去，」紅衣主教吩咐，「不得有片刻的耽誤。到了那裡把這封信交給米拉迪。這是付款憑證，您去我的司庫支兩百比斯托爾。如果您能夠在六天之內趕回完成這件差事，還會拿到這麼多錢。」

信使二話沒說，向紅衣主教鞠了一個躬，接過信函和取款憑證退出去了。

那封信的內容是：

米拉迪：

你去參加白金漢公爵最近出席的舞會。他的緊身上衣上會有十二顆鑽石組成的墜子。你要想辦法接近他，然後弄到鑽石墜子的其中兩顆。

一旦成功，立即通知我。

chapter 15

司法人員和軍人們

這些事發生的第二天，達太安和波托斯向特雷維爾先生報告，說阿托斯失蹤了。阿拉米斯請假回去據說處理一些家務。

特雷維爾先生就像是手下士兵們的父親。不管以前是一個怎麼樣的人，只要他們穿上了火槍隊的隊服後，無論出現什麼不測，特雷維爾先生都會想盡一切辦法去幫助他們。因此聽到這事之後，他立刻去見了刑事長官，找來了紅十字街口哨所的負責長官。經過一連串的調查瞭解，他們終於查明了阿托斯的下落：他正被關在巴士底獄。

阿托斯經歷了層層審訊，凡是波那瑟所經受了的，他都經受過。

之前阿托斯一直守口如瓶，直到對質時才說明，他是阿托斯，而不是達太安。

他說他既不認識波那瑟先生，也不認識波那瑟夫人，從來沒有同他們之中任何一個講過話。他是晚上十一點左右去那裡拜訪他的朋友達太安先生的，而在這之前他一直待在特雷維爾先生那裡，並且一起吃了飯。其中，他還提到了拉特雷穆耶先生的名字。

第二位審判官與第一位審判官一樣驚奇，他本想好好教訓一下這個火槍手，因為司法人員是非常想擊敗軍人的，但是光聽到兩位大人物的名字，就感到需要三思而行，更不用說去訓他了。

結果，阿托斯也被送到了紅衣主教那裡。可碰巧的是，紅衣主教不在，他進宮去見國王了。

就在此時，特雷維爾先生也進宮來見了國王。

我們知道，國王對王后的成見很深。而且紅衣主教巧妙地使國王對王后的這種成見長久地保持下去。從紅衣主教這方面來講，他一直認為，女人比男人更善於玩陰謀。造成紅衣主教這一成見的一個原因是安娜‧奧地利與德‧謝弗勒斯夫人之間的交情。他認為這兩個女人比對西班牙的戰爭、與英國的糾紛和財政上的困難，更使他寢食不安。在紅衣主教看來，這個謝弗勒斯夫人不僅在政治方面，而且在愛情方面一直為王后出謀劃策，兩個人狼狽為奸。

就是這個謝弗勒斯夫人，她已被放逐到了圖爾，一般人也都以為她待在那裡，但她又來了巴黎，一待就是五天，連警察局都沒有發現她的蹤跡。紅衣主教進宮向國王報告了她的事，國王聽後便怒不可遏。國王原本就是個喜怒無常，而且對愛情不忠貞的人。歷史上對於他的這一性格是有記載的。

紅衣主教還向國王稟報說，不僅謝弗勒斯夫人出現在巴黎，而且王后還借助於神秘的通訊方法與謝弗勒斯夫人重新取得了聯繫。儘管這一陰謀活動十分詭秘，令人難以釐清它的頭緒，但他眼看就要鬧它個水落石出了。他掌握了一切充分的證據，那個被王后派去與謝弗勒斯夫人進行接頭的女密使眼看就要落網了，可就是一個火槍手用暴力阻止了這一切。國王控制不住自己，非常憤怒，他向王后的套間邁了一步，看來他要幹出最最冷酷無情、蠻不講理的事情了。

然而，關於白金漢公爵，紅衣主教還沒吐露一個字呢。

就在此時，特雷維爾進來了。他態度冷靜，彬彬有禮，儀表端正。

見到紅衣主教在場，又看見國王憤怒的臉色，特雷維爾一下子判斷出這裡剛剛發生了什麼事。

路易十三本來已經準備離開了，但當他聽到特雷維爾先生進來，便轉過了身子。

「您來得正好，先生！」國王說，他的火氣已經升到了極點，也不知道掩飾，「我剛剛聽到有關您的火槍手幹的一些好事。」

「我也有些司法人員幹的好事向陛下稟報。」

「您說什麼？」國王傲慢的問了一句。

特雷維爾先生依然用冷靜的口氣說：「一些檢察官、審判官、警務人員，無疑全是些值得尊敬的人，但是他們仇視軍人，居然在一所房子裡將我的一位火槍手強行逮捕，最後，陛下，您的一名火槍手被關進了巴士底獄。所有這一切的根據就是一紙命令，但誰都拒絕讓我看那道命令。可這位火槍手品行端正，無可指責，他是無辜的，他就是阿托斯先生。」

「阿托斯。」國王不自覺地重複一遍，他想起了這個名字。

特雷維爾先生繼續說：「就是阿托斯，在那場您也知道的令人不愉快的決鬥中，不幸地將卡于薩克先生刺成了重傷。」他轉向紅衣主教問道，「卡于薩克先生現已完全康復，對嗎？」

「謝謝。」紅衣主教氣得撅起嘴巴答道。

「阿托斯去拜訪他的一個朋友，但朋友不在家。」特雷維爾先生繼續說，「阿托斯在那裡等他，剛剛拿起一本書準備要看，這時一大幫法警和士兵闖了進來把他抓走了……」

這時，紅衣主教故意朝國王做了一個動作，似乎是向國王示意：「瞧，這就是我剛剛對您講的那件事。」

「這我全都清楚了，」國王不耐煩起來，「因為這一切都是為我們而辦的。」

「這麼講，」特雷維爾先生繼續說，「將一位清白無辜的火槍手抓起來，更何況還是為國王流過十幾次鮮血，還準備再次為陛下灑盡一腔熱血的火槍手，把他像罪犯那樣拖來拖去，那些人這樣所做的一切，也是在為王國效勞嗎？」

「噢，」國王開始動搖了，「事情真是這樣嗎？」

「可特雷維爾先生沒有講，」紅衣主教非常冷靜地插言，「就是這位『無辜的』火槍手，剛剛用他的劍刺傷了四名預審員，這四個幹事是由我派出，去預審一個重要案子的。」

「我看閣下未必能夠證實這種說法，」特雷維爾先生拿出了加斯科尼人的坦率勁頭兒，「因為在那一小時前，阿托斯先生，這個出身高貴的人，正和我一起吃晚餐，隨後又與拉特雷穆耶公爵先生，還有夏呂伯爵先生在一起聊天。」

「我這裡有份筆錄的證據，」紅衣主教大聲道，「是那幾名遭到粗暴襲擊的人的筆錄，在此我榮幸地恭呈陛下過目。」

「司法人員的筆錄，」特雷維爾先生自負道，「能與以軍人的榮譽做出的保證相提並論嗎？」

「特雷維爾，好啦，您不用說了。」國王說。

「要是紅衣主教閣下對我的一名火槍手產生了懷疑，」特雷維爾先生說，「而紅衣主教秉公辦事是相當有名的，我請求紅衣主教親自進行一次調查。」

「我相信，在進行過現場調查的那所房子裡，住著一位貝亞恩人。」紅衣主教臨危不亂，「他是火槍手的一位朋友。」

「紅衣主教閣下說的那位是達太安先生。」

「他也是受您保護的一位年輕人，特雷維爾先生。」

「對，閣下，正是受我保護的。」

「難道您不懷疑這個年輕人唆使……」

「唆使？」特雷維爾先生打斷了紅衣主教的話，「您在說阿托斯受到了達太安的唆使？一個年輕人不可能唆使年齡比他大一倍的人，這不可能。更何況那天晚上，達太安先生也是在我那裡度過的。」

「噢？」紅衣主教說，「這樣說來，那天晚上所有人都是在你家裡度過的？」

「紅衣主教閣下對我所講的有懷疑？」特雷維爾先生的臉已漲得通紅。

「不，絕對沒有！」紅衣主教說，「但是他幾點鐘去你那兒的？」

「這個時間我可以準確無誤地告訴紅衣主教閣下，因為他進來的那會兒，我看了看錶，當時是九點半。」

「他什麼時候離開的？」

「十點半，即事件發生之後一個鐘頭。」

「的確，」紅衣主教說，「對於特雷維爾先生的正直我不曾懷疑過。」他感覺到，即將到來的勝利正在化為泡影，「不管怎麼說，阿托斯畢竟是在掘墓人街的那所房子裡被捕的。」

「他是去拜訪他的朋友。難道不允許我隊伍中的火槍手懷著兄弟般的情誼與埃薩爾先生的隊伍中的衛士相互來往嗎？沒有規定說不允許我的火槍手有兄弟般的朋友。」

「如果他所在的那所房子是可疑的，那就不被允許。」紅衣主教回答他。

「因為那所房子可疑，特雷維爾，」國王附和說，「這一點您也許還不知道吧？」

「我確實不知道，陛下，」特雷維爾先生說，「但有一點我是知道的，達太安的房間並不可疑的。陛下，如果那是可疑的，那就等於說陛下失去了一個更為忠誠的僕人，紅衣主教先生也就失去了一位仰慕者了。」

「這個達太安是不是就是那場不幸的決鬥中刺傷了朱薩克的那個？」國王問道。

紅衣主教聽到這話後，他的臉頓時變得通紅。

「第二天，他又刺傷了貝納如。是他，陛下，陛下記性真好。」特雷維爾先生補充說。

「好啦，我們該如何判決呢？」國王問道。

「陛下，這件事，對我本人來講倒沒什麼，但是它與您的關係很大，」紅衣主教說，「所以，我判定他有罪。」

「我則說他無罪！」特雷維爾先生說，「請陛下的法官做判決吧。」

「是的，把案子交給他們吧。審判是他們的事，他們會做出判決的。」國王說。

「不過，」特雷維爾先生又說，「說起來叫人痛心，在這個不幸的時代，軍隊由於治安案件而遭到殘酷的迫害，所以軍人們是絕對不會高興的。」

這話說得夠冒失的，但是特雷維爾先生清醒得很，他知道自己在講什麼，他故出此言，而且他也考慮過了後果，他所追求的效果，就是來一次大爆炸。

「警方惹出的是非！」國王果然火了，「警方惹出的是非！您知道多少，我的先生！去管好您的火槍手吧，不要大吵大鬧！按您的說法，抓了一名火槍手，整個法蘭西就沒救了？叫什麼叫，不就是一個火槍手嗎！我就是要求把整個火槍隊的人統統抓起來，你也不能說個『不』字！」

「陛下一旦也認為他們可疑，火槍手們就肯定都有罪了。」特雷維爾先生說，「因此，您看，陛下，我準備交出自己的劍。現在紅衣主教先生控告了我的士兵，那就等於紅衣主教也在控告我本人，既然如此，我還是以投案自首為妙。」

「您有完沒完？」國王這樣說了一句。

「陛下，」特雷維爾先生的聲音一點也沒降低，「把我的火槍手還給我，或者審訊他們。」

「會審訊他們的。」紅衣主教說。

「那就再好不過了，在這種情況下，我請求陛下恩准我為他辯護。」

國王擔心兩個人鬧翻，於是對紅衣主教說：「如果紅衣主教閣下沒有什麼個人理由……」

紅衣主教明白了國王的意思，便搶先一步說：

「請原諒我打斷您！不過，如果陛下認為我作為審判者有成見，那我就迴避好了。」

「喔，特雷維爾，」國王說，「您要向我發誓，事件發生時，阿托斯是在您的家裡，他和案子絕對沒有關係！」

「我向陛下發誓！」

「我提請陛下考慮，」紅衣主教說，「如果就如此把犯人放掉，那就什麼也查不清楚了。」

「阿托斯是跑不掉的，」特雷維爾說，「他會隨時準備回答司法人員的訊問，我來擔保。」

「是啊，」國王說，「他不會逃掉，正如特雷維爾先生所說的，如果需要的話我們隨時都可以找到他。更何況，」國王壓低聲音，補充了一句，「這樣做，我們能使他有一種安全感，這是策略。」

聽了國王的話，紅衣主教的臉上露出了笑容。

「那就下命令好了，陛下，您有赦免權。」紅衣主教說。

「可是特赦權是專門用於罪犯的，」特雷維爾先生決心取得徹底的勝利，「可是，我的火槍手不是罪犯，他是被抓錯了。」

「他被關在巴士底獄？」國王問。

「是的，陛下，關在一個單人囚室內，就像關押罪大惡極的罪犯。」

「見鬼！」國王低聲嘟囔著，「怎麼辦呢？」

「簽署命令，無罪釋放，就這麼辦。」紅衣主教說，「我與陛下一樣，相信特雷維爾先生的保證，這就足夠了。」

特雷維爾先生聽罷紅衣主教的話，心裡暗自喜悅。他這種喜悅的心情夾雜著擔心，因為紅衣主教突然表現的這種隨和讓他感到不適應。

國王接受了紅衣主教的建議，簽署了釋放令。特雷維爾先生拿起那張紙，迫不及待地接過來就往外走。

紅衣主教對著國王笑了一笑，說：「您的火槍隊中，陛下，長官與士兵親密無間，很和諧啊，這對陛下是件好事。」

這話特雷維爾先生聽到了。他想：「還沒取得最後的勝利，因此要快馬加鞭，趕在國王改變主意之前把事辦完，將阿托斯從巴士底獄或者主教堡獄弄出來。在那樣的情況下，即使國王改變了主意，想再把阿托斯關進去，也要比一直關在那裡費事得多。」於是，他並沒有理會紅衣主教，而是一路奔向了巴士底獄。

特雷維爾先生走進了巴士底獄，憑著國王的釋放令，解救那位安安靜靜滿不在乎的火槍手。

後來，阿托斯出來第一次見到達太安時說：「你很聰明，但要小心了，你還欠紅衣主教一劍。」

其實，就在特雷維爾先生離開國王的房間，關上身後的那扇門的時候，紅衣主教對國王說了這樣的話：「陛下，如果您願意，那就讓我們嚴肅地談一談。陛下，五天前，白金漢公爵來到了巴黎，直到今天早晨才離開的。」

chapter 16 掌璽大臣又犯了老毛病

就這簡單的幾句話對國王的刺激很大，真是難以形容。他聽過之後，臉紅一陣白一陣。

「白金漢，他來巴黎幹什麼？」國王叫了起來。

「大概是與我們的敵人胡格諾派教徒和西班牙人策劃陰謀吧。」

「不對，他媽的，不對！我看他是來找德・謝弗勒斯夫人、德・龍格維爾夫人[68]她們進行密謀，以傷害我的名譽的。」

「陛下您想錯了。王后極為賢慧，也極愛陛下。」

國王說：「女人都意志薄弱。紅衣主教先生，對於她對我的愛，我自有看法。」

68. 德・龍格維爾公爵（一五九五至一六六三）的夫人，公爵是紅衣主教的反對派。還有孔代家（孔代家：指孔代家族，波旁王室的一支）。

「白金漢公爵的這次巴黎之行完完全全是一個政治陰謀。」紅衣主教故意說。

「可我肯定他是為別的事而來的，紅衣主教先生。而如果王后有罪，那就讓她去發抖吧！」

「本來我是不會想到這場面的。可是陛下，今天一些事情的出現，令我不得不去想它。遵照陛下的吩咐，我幾次問過了德・拉諾阿夫人。今天早上她告訴我，昨天夜裡王后陛下睡得很晚，今天早上她哭得很厲害，整天在寫信。」紅衣主教說。

「那，」國王說，「她肯定是在給他寫信，紅衣主教，我需要得到那封信。」

「很難辦。我看，無論是我，還是您，我們誰都無法勝任。」

「搜她的櫃櫥！最後不成就強行搜身！」國王已經憤怒到了極點。

「但是陛下，您的妻子可是法蘭西王后啊，就是說，她是世界上最偉大的王后中的一個，所以這種方法不可行。」

「我主意已定，她的那些政治和愛情的小陰謀該告一段落了！有一個叫拉波特的在她身邊……」

「是，陛下，老實講我覺得他是一個關鍵人物。」

「這樣說，您也認為她在欺騙我？」國王問道。

「我再說一遍，陛下，王后在密謀反對國王的權力和國王的榮譽。」

「她把權力和榮譽一塊兒反！王后不愛我，她愛著別人。她愛的是白金漢，那個寡廉鮮恥之徒！白金漢在巴黎的時候，你們為什麼不把他抓起來？」

「把查理一世國王的首相抓起來？要是陛下的那些猜疑有幾分可靠——到如今我還抱有懷疑，那會引起多麼可怕的風波！將是多麼大的醜聞！」

「既然他來巴黎胡作非為，那……」路易十三害怕了，不敢講下去了。黎塞留呢，正伸長了脖子等那句話。

「那怎麼辦？」

「沒什麼，」國王說，「他在巴黎的時候，您片刻都沒有讓他擺脫您的監控吧？」

「沒有，陛下。」

「他住在哪？」

「住豎琴街七十五號。」

「您肯定王后與他沒有見面嗎？」

「沒有，陛下。我相信王后太看重自己的職責了。」

「可他們肯定有書信來往，王后寫的信就是給他的。公爵先生，我要這些信！」

「不過，陛下……」

「公爵先生，不管花什麼代價，我一定要拿到。」

「然而，臣謹請陛下注意……」

「難道您也背叛我，紅衣主教先生，您難道和他們串通好違抗我的旨意？」

「陛下，」紅衣主教歎了一口氣道，「沒想到，一向對您忠心耿耿的我竟受到了您如此的懷疑。」

「紅衣主教先生，您聽見我的話了吧？我要那些信。」

「既然這樣，就只有一個辦法好用了。」

「什麼辦法？」

「讓掌璽大臣來完成這項任務，這完全屬於他的職權範圍之內的事。」

「立刻派人把他找來！」

「他可能正在我的官邸，陛下。是我請他去的。我進宮的時候留下了話，如果他來了，就請他等我。」

「立刻派人把他叫來！」

「陛下的命令自然要照辦，可……」

「又有什麼事？」

「可王后也許會拒不服從。」

「她不敢拒絕我的命令。」

「是的，如果她不知道這是您的命令……」

「為了讓她不至於懷疑這不是我的命令，那我就親自去通知她。」

「陛下，我提醒您，臣可是竭盡所能防止關係破裂的。」

「我知道您對王后寬容。我預先告訴您一聲，這事我們改日還要談。」

「我隨時聽候陛下的吩咐。不過，我所希望看到的是國王與王后和睦相處，白頭偕老。為了保持這種和睦，臣就是肝腦塗地，也感到幸福和自豪。」

「好啦，紅衣主教，好啦。請您立即派人去將掌璽大臣叫來。我現在就去王后那裡。」

說著，路易十三推開了一扇門，走向安娜・奧地利的房間。

王后身邊是眾侍女們。從馬德里來的西班牙女僕愛絲特法尼婭夫人正在一個角落裡。蓋梅芮夫人正在朗讀著什麼，眾人聚精會神地聽著。王后讓眾人聽她朗讀，自己心裡卻想著其他事。

她的思想雖然已經被愛情染成了金黃色，但總免不了淒涼，憂鬱之霧難以散去，因為她極得不到丈夫的信任，又時時遭受紅衣主教的仇視。她知道，紅衣主教之所以絕對不會原諒她，一直與她作對，那是因為她曾嚴厲地拒絕了紅衣主教的一種更為溫柔的感情。王后之所以這樣做，是因為她看了太后瑪麗・德・美第奇[69]的回憶錄。如果

69.亨利四世之妻。路易十三之母。亨利四世死後，由於路易十三年幼，她曾任執政。當初，她與紅衣主教黎塞留在政治上曾經有過一段親密的關係。因她涉嫌謀反被放逐，經過黎塞留的努力，使她從流放地被召回，並參加了樞密院。經過她的努力，黎塞留取得紅衣主教的職位，並經她推薦，做了路易十三的首相。後來兩人鬧翻，她要求路易十三罷免黎塞留，遭到了黎塞留的報復，她再次被流放，至死沒能回到法國。

那上面所寫的東西可信的話，那就說明，太后雖然一開始就回應了那種感情，但是，到頭來，她還是被來自紅衣主教的那種憎恨折磨了一輩子。讓安娜傷心的還有她的忠誠的僕人，她所寵信的大臣。她就像那些禍星，接觸到什麼就給什麼帶來不幸，她給別人的友誼變成了人家的災難。謝弗勒斯夫人被放逐了，韋爾內夫人也被放逐了。最後，拉波特毫不隱諱地告訴她，他隨時在準備被拋進巴士底獄。

正當她深深地沉浸在最陰鬱的心事當中的時候，國王走進了房間。

朗讀頓時停止，室內鴉雀無聲，死一般的沉寂。

國王僅僅是站在王后的面前，用很不自然的口氣說了下面的話：「王后，司法大臣[70]將來覲見，他將受我之命辦理公事。」

這個受到太多不公正對待的王后，聽了國王這話，她擦著胭脂的臉一下子變白了。禁不住問：

「為什麼有話陛下不親自對我說，卻叫司法大臣來？」

國王毫不理會，便轉身走了。幾乎同一時刻，衛隊長德・吉托先生就進來稟報：

「司法大臣求見。」

司法大臣從另一扇門裡進入。

70. 當時，司法大臣就是掌璽大臣。

人們看到了這樣一張臉：似笑非笑，半紅不紅。

這個人叫戴羅什‧勒馬斯爾，曾是紅衣主教的一個跟班。後來，他當上了巴黎聖母院的司鐸。經紅衣主教的推薦，這位先生又當上了掌璽大臣。這位先生對紅衣主教忠心耿耿，紅衣主教覺得他挺不錯，對他十分滿意。

流傳著很多有關這位掌璽大臣的故事，下面介紹的就是其中的一個。

在度過了放蕩不羈的青年時代之後，他進了一所修道院，打算在那裡待上一段時間，至少為自己過去的種種荒唐行為贖贖罪。

雖然進入了修道院，但是情欲並不因此被關在修道院大門外，相反他被情欲附身，這種情欲與他一起進入了修道院。隨後，情欲不斷地折磨他，他將自己的不幸告訴了院長。院長便教他一個驅除誘惑人的惡魔的法子，當他的情欲再次來襲時，要使勁兒地拉繩打鐘，以驅除邪魔。修道士們已被告知，誘惑的惡魔正在糾纏一位兄弟，所以每當鐘聲響起時，所有人都要進入祈禱狀態來有力支援。

全院一起用如此大規模的祈禱來幫他驅逐惡魔，這使未來的掌璽大臣甚為滿意。只是惡魔不會輕易退出它已佔據的地盤，甚至於他越是用勁地趕它，它就越是加倍來誘惑。

因此，情況變成了這樣：情欲不僅沒有隨著鐘聲減弱，反而隨之增強。當然，悔過者的情欲來得越強，鐘就打得越勤。於是，不管白天黑夜，修道院總是鐘聲不斷。結果，修道士們再也得不到片刻休息。白天，他們不停地在那座通往小教堂的小樓梯處上上下下；夜裡，他們還要不斷地跪在他們的單身小房間的方磚之上禱告不下二十次。

如此過去了三個月，我們的這位悔過者出院還俗。人人都知道他是最可怕的魔鬼附身者。

他進入了司法界，先是接替他叔父的位置當上了最高法院的院長，並投身於紅衣主教的名下，表現得相當精明，很快就成了司法大臣。在紅衣主教的洩憤報復計畫中，司法大臣成為紅衣主教的一名得力的馬前卒，在加萊案件中，他是法官們的後台。正是因為如此，他獲得了紅衣主教的全部信任，而現在又領到了一項特殊的使命。

他來到了王后的房間。

見他進來，王后坐回到了扶手椅上，並要求女僕們都重新坐下。隨後，她用一種極端高貴的語調兒說：「你來這裡幹什麼?」

「王后，請恕臣冒昧，遵照國王的命令，我要對您的文件進行一次仔細的搜查。」

「搜查我的文件?可這是侮辱性的行為！」

「請您原諒，陛下，我不得不這樣做，我只不過是國王的一個工具。國王陛下不是剛剛親自來過這裡，難道王上沒有親口告訴您臣要來覲見？」

「那就檢查好了，先生。看來，我成了一名罪犯。」

司法大臣不能直接搜身，他只得做做樣子，把那些桌子和寫字台查一查。他明白，王后絕不會把信藏在這裡。

最後，他什麼都沒發現，他不得不搜王后本人。

司法大臣朝王后走過去，顯出挺尷尬的樣子，用為難的口氣說：

「所有的地方我都搜過了。現在剩下了最重要的搜查需要進行。」

「您指什麼？」王后問，她不明白。

「國王陛下肯定，您在白天寫了一封信，並且知道那封信您還沒有寄出去。但是，我在桌子裡、寫字台裡都沒有找到這封信，它定然在某處……」

「怎麼，您膽敢碰您的王后？」安娜挺直了身子，緊緊盯住司法大臣，目光裡幾乎帶有威脅的神色。

「我是國王的忠誠臣子，王后，這是國王的命令，所以我必須聽從他的命令。」

「不錯，」安娜・奧地利說，「我確實寫了一封信，而且確實也還沒有送出去，信就在這兒。」

王后把那雙手放在了胸前。

「那就請陛下把它交給我。」掌璽大臣說道。

「我只交給國王，先生。」安娜說。

「如果國王想讓您把這封信交他，他早就親自來取了。但是，請允許我再重複一遍，國王是派我來要這封信的，而且，如果您不交出……」

「不給怎麼樣？」

「他吩咐，必須從您那兒得到它！」

「什麼意思，您？」

「我奉命可以採取嚴厲措施，王后，我將在您的身上取得它！」

「多麼駭人聽聞！」王后叫了起來。

「因此，王后，請您隨和些，還是不要費事的好。」

「先生，您明白嗎？這種行為可是卑鄙無恥的暴行！」

「我遵照的是國王的旨意。」

「我不能容忍！寧可死也不容許！」王后叫了起來。

司法大臣深深地鞠了一躬，然後他帶著將完成一項使命的委託，以決不後退一步的決心逼近了安娜。在場的人看見安娜憤怒的淚水奪眶而出。

我們已經講過多次了，王后有著傾國傾城的姿色。

此時此刻，眼前這位司法大臣正在迫不及待地拿眼睛去尋找大鐘的繫繩，但是他沒能找到。於是，他下定決心，把手向王后承認藏了信的那地方伸了過去。

安娜退了一步，臉色像臨死的人一樣蒼白。

為了不至於倒下去，她的左手撐在背後的桌子上，右手從胸口裡掏出那張紙，扔給了司法大臣。

「拿去！拿去吧！先生！」王后用不連貫的、顫抖的聲音叫著，「快滾吧！」

司法大臣看到王后把信交了出來，也激動得渾身發抖。

他接了信，深深鞠了一躬，退了出去。

司法大臣剛一離開，王后就昏倒了。

司法大臣拿著那封信，一眼沒看就將它交給了國王。國王接過信來，急忙看收信人的姓名和住址，可惜的是這些信上都沒寫，然後他慢慢地打開了信。那信是寫給西班牙國王的，他匆匆把信溜了一遍。

信的內容是向紅衣主教發起進攻的一項完整計畫。因為黎塞留一心想要打擊奧地利皇室，她勸說她的弟弟和奧地利皇帝，可假意提出向法國宣戰，但只要罷免黎塞留就可避免戰爭。至於愛情，信中從頭至尾一句話也沒有。

所以，國王很高興，他問侍衛：「紅衣主教是不是還在宮內？」

得到的回答是，紅衣主教閣下還在書房恭候聖上的諭旨。

國王立即找到了他。

「您瞧，公爵，」國王對他說，「您說對了，王后在策劃一項密謀，整個密謀都是政治性的，與愛情無關。不過與您有關的地方很多。」

紅衣主教接過信，仔細地看了兩遍。

「很好，陛下，」他說，「您看到了！他們用兩場戰爭來要脅您，逼您罷我的職。陛下，如果換成我，我定會在這強大的威逼之下退卻。陛下，能夠擺脫公務，我著實非常高興。」

「您在說什麼呀，公爵？」

「我是說，這些日子裡過度的鬥爭和無盡的工作使我的身體已經大不如前。從各方面的情況判斷，十有八九我頂不住攻打拉羅舍爾的辛勞。因此，您最好還是委派另一個人到那裡去，而不要委派我去。我是一個神職人員，這些年來，我對這些身不由己的事已經厭倦了，還是讓我去幹一些我能夠勝任的事情吧。這樣一來，您在國內事務之中會更加稱心如意，同樣會變得更加聲名遠揚。」

「公爵先生，」國王說，「我理解您的話，請您放心，很多人都將因這封信而受到懲罰，王后本人也不例外！」

「您這是在說什麼呀，陛下？雖然王后她一直把我當作敵人，可我是經常支持她的呀！我甚至於支持她反對您！當然，除非她要沾汙您的榮譽，那我會第一個站出來說：『對女罪犯絕不寬容，陛下，絕不寬容！』幸好實際情況並非如此，陛下您剛剛獲得了新的證據。」

「您說得很有道理，紅衣主教先生。」國王說，「您總是對的。只是，王后的所作所為依然讓我怒火難消，她完全是咎由自取。」

「可是，陛下，王后肯定因為您而動氣了。說實話，每當她真的與您賭氣時，我是完全理解她的。陛下，您待她過於嚴厲。」

「您的敵人就是我的敵人！不管她地位有多高，我都將嚴加懲治！」

「陛下，王后只是我的敵人，不是您的敵人。相反，她是您的一個忠實、順從、無可指責的好妻子，請允許我為王后說情。」

「那她必須向我認錯，否則我不會原諒她。」

「正相反，陛下，是您懷疑了王后，您應該首先向她認錯。」

「我？我首先認錯？絕不！」國王說。

「陛下，我在懇求您。」

「再說，我怎麼認錯呢？」

「做一件能夠使她高興的事。」

「做什麼事好呢？」

「組織一次舞會。這您知道，王后是多麼喜歡跳舞！我向您保證，這樣的殷勤定會使她的怨恨情緒煙消雲散。」

「紅衣主教先生，這您知道，我不喜歡這類社交活動。」

「如此她才會更加感動，因為她知道您對這項娛樂本來是反感的。更何況這是一個絕好的機會，是一個讓她佩戴她生日那天您送給她的那串鑽石墜子的絕好機會，那串墜子她還沒來得及佩戴起來向公眾展示呢。」

「改日再說吧。」國王說。既然王后犯的是一項與他無關的錯誤，不是讓他擔驚受怕的那種錯誤，他的心裡便感到痛快起來，他已打算與王后言歸於好了，所以國王覺得紅衣主教的這個方法不錯。

這時，鐘敲了十一下，紅衣主教告辭了，同時他再次懇求國王一定要與王后言歸於好。

信被搜走之後，安娜有點擔驚受怕。但是次日，她詫異地發現，國王在試圖跟她拉近關係。

本來她相當反感，作為女人，作為王后，她的尊嚴受到了雙重的殘酷無情的冒犯，她不可能就這樣輕易地讓這件事情過去。但是，經女僕們的勸解，她表面上還是接受了國王的好意。國王表示，他很快要為她組織一次盛大的舞會。

對於可憐的安娜來說，這真是一個奢望。國王這話剛一出口，使她剩下的那點怨怒至少從她臉上很快就消失了。她問國王舞會何時舉行。國王回答說，這要與紅衣主教商定以後再告訴她。

國王果然多次問紅衣主教舞會的具體時間，但每次紅衣主教總是隨便找個藉口，不肯確定日期。

那場搜信風波過去八天時，紅衣主教接到一封信。信只有幾行字：

東西已經拿到。請速送五百比斯托爾。收到後四至五日東西即可到達巴黎。

當天，國王再一次問了那個老問題。

紅衣主教掐指低聲算著：「錢送過去需要四、五天，她回來又需要四、五天。還要考慮到各種意想不到的耽擱，女人的弱點，如此等等因素，打寬些為妙，那就得十二天吧。」

「怎麼樣，到底是哪一天？」國王問道。

「好了，陛下。今兒是九月二十日，十月三日舉行一次慶祝會，安排在那天再好不過了。」

接下來紅衣主教又補充說：「陛下，在舞會的前一天，您別忘了提醒王后陛下，您希望瞧瞧她戴上那串墜子是否合適。」

chapter 17

波那瑟夫婦

這已經是紅衣主教第二次向國王提墜子的事了，這引起了路易十三的警覺，心想這叮囑之下肯定隱藏著某種秘密。

紅衣主教已經不止一次令國王感到了羞辱。他手下的警務人員雖比不上現代員警高明，在當時卻是首屈一指的。國王不能忍受紅衣主教比自己更瞭解家中的情況。於是，國王想與王后談一談，從中弄明一些情況，然後帶著瞭解到的秘密回頭去找紅衣主教。

到了王后那裡，他與往日一樣對王后身邊的人惡語相加。安娜則不置一辭，任他沒完沒了地發洩。路易十三可不想讓安娜緘默不語，他要的是一場爭執，以便從中瞭解到關於王后的更多情況。他深信紅衣主教正策劃什麼陰謀，試圖對他來一次可怕的突然襲擊。但是，任由路易十三發洩，王后依然不說話，於是，國王的指責變本加厲。

王后終於對他的話感到不耐煩起來，最後開口：「陛下，您今天雖然講了這麼多，可是我看您肚子裡藏著的真正想說的話還是沒有講出來。我給我弟弟寫的那封信不至於讓您這樣大吵大鬧吧，我難道還犯了其他罪？」

國王無言以對。他忽然想到，按照紅衣主教的吩咐，本該到舞會前才與王后講的那句話，索性現在就講出來，看看她有何反應。

「王后，」國王鄭重其事地說，「舞會就快舉行了。為了向我們那些正直的市政長官們表示敬意，屆時您不要忘記穿上您的禮服，佩戴作為您的生日禮物我送您的那副鑽石墜子。這就是我的回答。」

安娜一下子驚呆了。她以為，那晚的事情路易十三已經掌握。她想到，這些天國王一直忍著不提這個事情，定然是紅衣主教的主意，現在他再也無法忍耐了，所以才對她講出來，這倒是國王的脾氣。她的臉頓時變得刷白，手撐在了一張小茶几上。她驚恐地看著國王，一個字也答不上來。

「聽到沒有？」國王問。王后的窘境令他十分開心，當然他沒有猜到王后窘迫的緣由。

「聽到了，陛下，我聽到了。」王后回答得有些吞吞吐吐。

「那次舞會您出席嗎？」

「出席。」

「戴上那串墜子，對吧？」

「是的。」

王后臉色越來越蒼白，簡直白得不能再白了。國王看到了，一向對王后冷酷的他這下越發幸災樂禍。

「那麼，舞會將在何時舉行呢？」安娜問。

「那麼，說定了。」國王說。

國王的本能告訴他，他不應該回答這個問題。但見王后問話時的聲音有氣無力，幾乎聽不見，便說：「就在這幾天，具體的就得去問紅衣主教。」

「是紅衣主教告訴您要舉行這次舞會？」這回王后的聲音變大了。

「不錯！」國王驚訝地回答。

「要我佩戴鑽石墜子出席舞會的主意，也是他出的？」

「當然是他！」

「那就是說……」王后話說了一半便停下了。

「您想說什麼？」

「沒有，陛下。」

「那您去參加？」

「是的，陛下。」

「好，」國王準備出去了，「好，就這樣了，我相信您說的話。」

王后向國王行了一個屈膝禮，但是此時王后的雙腿已無法支撐身體了。

「完了！」王后看國王走出了房間，便這樣說，此時她已經失魂落魄，低聲說了一句，「國王還什麼都不知道，但紅衣主教掌握了一切。不過，國王很快也就會知道了。我完了。」

她在祈禱。

她的處境的確可怕。白金漢回倫敦去了，謝弗勒斯夫人遠在圖爾，她受到了紅衣主教嚴密的監視，她知道有人出賣了她，但不知道是誰。拉波特也被監視，不能離宮一步。她不再有一個可以信賴的人。

她感到大禍臨頭，卻又孤苦無助，只好嚎啕大哭。

這時，突然有一個充滿親切和憐憫的聲音傳了過來：「王后危難之時，難道我不能為王后效勞嗎？」

王后連忙回過頭來。

在王后一個套間的門口，出現了美麗的波那瑟夫人的身影。

剛才國王進來時，她正在隔壁房間裡為王后整理衣服，所以她聽到了國王與王后的對話。

一開始王后沒有認出是拉波特推薦的年輕婦人，她見自己的所做所為被人撞見了，顯得十分慌亂。

「王后不必驚慌，」波那瑟夫人雙手合著，自己也在為王后的痛苦落淚，「儘管我的地位低下，與王后的距離遙遠，但是，我定能找到一個使陛下擺脫困境的辦法。」

「啊！是您！」王后叫了起來，「可是，到處都有人出賣我，我怎麼敢相信您？」

「不錯，」波那瑟夫人叫喚一聲撲通跪在地上，「這裡有些奸詐小人，可再沒有別的人像我這樣忠於王后了。那串鑽石墜兒，王后不是已經給了白金漢公爵了嗎？那墜子放在了一個小匣子裡，那天白金漢公爵把它夾在胳膊下帶走了。我說的沒錯吧？」

「啊！主啊！」王后低聲說了一句，嚇得魂不附體，上下牙直打架。

「這副鑽石墜子一定得要回來。」波那瑟夫人說。

「是啊，一定得要回來。」王后高聲說，「怎麼要回來呢？」

「應該派人到公爵那裡去。」

「可派誰呢？我能信任誰呢？」

「請相信我，王后，請給我這份榮譽吧，我能找到這樣一個信使。」

「那我得寫一封信。」

「是的，這是必不可少的，還要蓋上您的專用圖章。」

「可是，這樣做萬一被別人拿走，很可能成為罪證，那樣我將會被放逐。」

「但是我保證，那封信只能被交到收信人的手裡。」

「噢，這麼說，我的一切就可以統統交給您了！」

「是的，王后，您一定得這樣辦。請相信我，我一定能拯救這一切！」

「可您用什麼辦法來做到這一切呢？至少您說說看，讓我也知道知道。」

「我的丈夫，他是個正直本分的人，不管對任何人都不存偏見。我要他做什麼他就做什麼，只要我發話，他就會把信送到目的地，根本不問我讓他帶的是什麼東西。」

王后聽罷激動不已地握住波那瑟夫人的手，並像看到了她的心底似的看著她的眼睛，於是，她親切地擁抱了她。

「就照您說的辦吧！」王后說，「您拯救了我的性命，拯救了我的榮譽。」

「啊，王后言過其實了，為王后效勞是我的榮幸。」

「您講得好！」王后說。

「陛下，趕緊寫信吧，時間很緊迫。」

王后聽罷，飛快地走到一張小桌前，寫好信，蓋好了圖章交給波那瑟夫人。波那瑟夫人接到信就想離開。

「您還忘記了一件必不可少的東西。」王后叫住了她。

「您指什麼，王后？」

「錢呀。」

聽了這話，波那瑟夫人的臉紅了起來。

「那倒是，」波那瑟夫人說，「不過，不瞞王后，我的丈夫倒真的……」

「您是要說他缺錢吧？」

「不，他有錢，但很吝嗇，這是他的缺點。不過王后不必為此操心，我總可以……」

「偏偏我也沒有錢，」王后說，「不過，請等一下。」

王后去找她的首飾盒。

「把這個戒指拿去吧，它是我的兄弟西班牙國王送我的，拿去賣掉它，您丈夫就有了錢可以動身了。」

「好的。」

「地址您看到了，」王后聲音壓得很低，小得幾乎聽不到了，「倫敦白金漢公爵。」

「信一定會交到他本人手裡。」

「我的好孩子！」安娜高聲說。

波那瑟夫人吻了王后的雙手，把信放在胸前。

十分鐘後，她回到家裡。

她本以為丈夫是一個可以信賴的人，可是她還不知道她的丈夫在紅衣主教那裡發生了變化。另外德・羅什福爾伯爵曾好幾次來找她的丈夫，並已經成了好朋友。在此情況下，伯爵並沒有費多大勁就使她丈夫相信，他們綁架他的妻子並不是出於罪惡的感情，而只是政治活動中一項保護措施而已。所有這些，她還一概不知。

她看到，可憐的波那瑟正一個人在家收拾屋子，屋子裡完全亂了套。所羅門王曾說，他說有三種東西「所經之處不留痕跡」[71]，看來警務人員並非這其中之一。至於家裡的女傭人早已溜之大吉，那種恐怖情景實在讓那位可憐的姑娘嚇得不得了，她便一口氣從巴黎逃到了她的家鄉勃艮第。

正直的服飾用品商見妻子回來了，便對妻子訴說他的遭遇。妻子首先向他表示了祝賀，並且告訴他，本來想早點來看他，但因工作實在太忙，前幾天沒能回來。

這次，他等了這麼長時間沒見到妻子，如果是先前的話，他一定覺得她讓他等的日子未免長了些，可自從他見過了紅衣主教，而且羅什福爾伯爵還不止一次地來看過他，他就有大事要考慮了，因此他沒注意到時間。

羅什福爾伯爵一直稱他為朋友，並且不斷地對他說紅衣主教如何如何器重他。這使服飾用品商看到了自己的錦繡前程，所以他並不感到時間過得太慢。

這些天來，波那瑟夫人也在想心事。只是她所思考的與個人野心毫不相干，她所神繫情牽的是正直英俊，看上去非常鍾情的年輕人。她十八歲嫁給波那瑟先生，打那

71. 見《聖經・舊約・箴言》。所羅門王為古以色列國國王。他所說的三種「所經之處不留痕跡」是：鷹在空中所飛之處，蛇在磐石上爬行之處，船在海中所行之處。

之後她就一直生活在她丈夫的朋友的那個小圈子裡，這個生活圈子引不起地位低下卻心比天高的少婦的任何感情波瀾。對一些庸俗的引誘她更是無動於衷。

在那個年代，貴族頭銜總讓市民刮目相看。達太安是一個貴族，而且他身上穿的是國王衛隊的制服。他年輕、英俊、喜歡冒險，這一切足以讓一個二十三歲的女人愛得神魂顛倒，而波那瑟夫人又正好在人生的這種青春妙齡。

波那瑟夫妻已經有很長時間沒見面了。但是，由於一周之內接二連三地發生了與他們有關的許多大事，因此他們的重逢對各自來說都帶著某種惴惴不安。一見面時波那瑟還是顯得甚為興奮，他張開雙臂迎向了妻子。

波那瑟夫人則伸出額頭去接受丈夫的親吻。

「我有事對您講。」她說。

「有事？」波那瑟感到吃驚。

「是，是應該談談，有一件非常非常重要的事。」

「是的，我也一樣。您先告訴我，您被綁架是怎樣一回事？」

「我要跟您講的與那事毫無關係。」波那瑟夫人說。

「跟我被關押的事有關係？」

「您被關押的事當天我就聽說了，因為我知道您是無辜的，沒犯什麼罪，沒參與什麼陰謀，甚至任何可能牽連您或其他任何人的事情都不知道，所以，我根本就沒有看重它。」

「您說得倒輕鬆，我的夫人！」波那瑟見妻子如此地不關心他，十分傷心，「您不知道我在巴士底獄被關了一天一夜？」

「一天一夜很快就過去了！現在，咱們先放下您被關的那事，來談我回來找您的事吧。」

「回來找我的事？難道您回來不是來看您離別一周的丈夫，還會有別的什麼事？」被嚴重傷害的服飾用品商問道。

「當然，是回來看您，但還有別的事。」

「是什麼事？」

「一件關係到我們未來命運的大事。」

「夫人，我們的命運已大有改觀。」

「會是這樣，尤其如果您願意按照我的吩咐去做的話。」

「您吩咐我？」

「是呀，我來吩咐您。這是一件高尚而神聖的事，同時還可以得到一大筆錢。」

波那瑟夫人清楚，一說錢就抓住了丈夫的弱點。

可是，波那瑟夫人哪裡知道，即使是一談錢就被抓住了要害的服飾用品商人，只要跟紅衣主教說過十分鐘的話，那他也就變成了另一個人了。

「可以得到一大筆的錢?」波那瑟撇了撇嘴說道。

「是的,一大筆。」

「大概是多少?」

「約有一千比斯托爾。」

「您要我做的事真的很重要?」

「是的,很是重要。」

「做什麼?」

「您立即出發去送一封信。無論如何都不能丟了它,要把它交到收信人的手裡。」

「那麼叫我去哪兒?」

「倫敦。」

「我才不去倫敦,您簡直是開玩笑,我跟倫敦有什麼關係!」

「可有人需要您去那裡。」

「誰?你告訴我是誰。我可告訴您,今後,我不但要清楚我為了什麼去冒險,而且我要清楚我在為什麼人去冒險。」

「派您前往的是一位名望很高的人,在那邊等您的同樣是一位名望很高的人,報酬會比您所指望的還高,我只能給你講這麼多了。」

「都是見不得人的勾當!多謝您想著我。可我再也不信您那一套了,紅衣主教先生擦亮了我的眼睛。」

「什麼？紅衣主教？」波那瑟夫人大聲叫了起來，「您見過紅衣主教？」

「是他叫我去的。」服飾用品商得意地說道。

「叫您去您就去了？您真是不謹慎。」

「當時，我身不由己。我還應該告訴您，當時，我根本不知道要見的是紅衣主教，如果能逃避不去見他，我會很高興。」

「那他虐待了您？威脅過您？」

「他把我稱作朋友，夫人。您聽清了沒有？我，成了偉大的紅衣主教的朋友！」

「偉大的紅衣主教？」

「這稱呼莫非您不贊成，夫人？」

「我告訴您，一個首相的恩惠是靠不住的，只有瘋子才會去巴結他。有些人的權勢比他的還要大，我們應該歸附這種勢力才對。」

「真是遺憾，夫人。除了我榮幸地為之效勞的這位偉大的權勢人物之外，我不知道還有其他的什麼權勢人物。」

「您是說，您在為紅衣主教效勞嗎？」

「是的，夫人。我不容許您攙和到那些反對國家安全的陰謀之中去，也不允許您攙和到一個心裡只想著西班牙人的女人的齷齪勾當裡去。幸好紅衣主教能洞察一切。」

這些話，都是波那瑟從羅什福爾伯爵那裡聽來的。這位婦人原指望丈夫能夠幫她，因此向王后誇下了海口，沒想到丈夫發生了這麼大變化，害得自己還差一點陷入虎口，而且已經處於無能為力的境地，心膽俱寒。但是，她想到了自己丈夫的種種弱點，尤其想到丈夫的貪婪，還是想說服他按自己的意志去辦事。

「喲，這麼一說，您成了紅衣主教派了，先生。」她大聲道，「可他們的人不但虐待了您的妻子，而且還侮辱了您的王后。」

「集體利益在前，個人利益算得了什麼。他們在拯救國家，我支持他們。」波那瑟誇張地說道。

這又是羅什福爾伯爵講的話，他記住了，在這裡正好用上。

「您知不知道，您所說的國家，是指什麼？」波那瑟夫人聳了聳肩問道，「以我之見，您還是老老實實做一個本分的小市民為好，這樣將獲利最多。」

「喂，喂，請看這兒。」波那瑟一邊說，一邊拍著一只鼓鼓囊囊的口袋，那裡面發出了清脆的金幣撞擊聲，「對此，您有何感想？」

「這錢是哪裡來的？」

「您猜不著嗎？」

「紅衣主教給的嗎？」

「一部分是羅什福爾伯爵給的，另一部分是他給的。」

「羅什福爾伯爵？可綁架我的就是他呀！」

「有這種可能，夫人。」

「那您還要他給的錢？」

「您剛才不是對我說，這次綁架純屬政治性的嗎？」

「是這樣。可是，綁架的目的是要逼您的太太背叛自己的主人！就是用酷刑逼她招供，從而去敗壞她尊貴的女主人的名聲，甚至是謀害她的性命！」

「夫人，可您那最尊貴的女主人是一個背信棄義的西班牙人，紅衣主教正是對著她來的。」

「先生，」年輕女人道，「我萬萬沒有想到，您竟然還是一個卑鄙無恥之徒！」

「夫人，」波那瑟還從未見到妻子衝他發過脾氣，面對妻子的怒火，他有點妥協了，「夫人，您說的是什麼話？」

「我在說，您是一個無恥之徒！」波那瑟夫人繼續說，「哼！為了幾個小錢您就把肉體、把靈魂，統統出賣給了惡魔！」

「不是出賣給惡魔，而是出賣給紅衣主教。」

「一樣！」波那瑟夫人嚷道，「紅衣主教就是撒旦！」

「閉嘴！夫人，您閉嘴！別人可能會聽見。」

「哦，您說得對。您這樣的軟骨頭，我真為您害臊！」

「喂，您，這樣逼我，到底讓我做什麼事？」

「我剛才對您說過了：立即動身，去忠誠地完成我託付給您的事，先生。如果您答應能夠辦到，以前的事咱們就一筆勾銷。」說著她向他伸出手來。

波那瑟雖然有很多缺點，但他愛他的妻子。他軟了下來，一個五十歲的男子對一個二十三歲的女人的怨恨是難得持久的。

波那瑟夫人注意到他猶豫不決，便問：「決定沒有？」

「可親愛的，您還是再考慮一下您要我去幹的事吧。巴黎到倫敦路途遙遠，也許還有千難萬險。」

「您是可以避開這些危險的。」

「您聽好，您聽好，」波那瑟道，「我拿定主意了——不接受！我怕陰謀詭計那些玩意兒。巴士底獄我見識過了，那太可怕了！只要一想到它，我就渾身起雞皮疙瘩。他們威脅我，說要給我上刑，把大木楔子插進我的腿裡，一直插到骨頭，讓我的骨頭變成兩半兒！不，我拿定了主意，絕不去！我在想，我原先是錯了。現在我認定您是一個狂熱的男子漢。」

「可您呢，倒像一個一無是處的娘兒們！噢，您害怕！可我告訴您，如果您不聽我的安排，我就按照王后的命令叫人把您抓起來，投到那座您害怕得要命的巴士底獄裡去！」

波那瑟陷入了深思。他一直在權衡著，哪一方的怒火更烈些。

「那您就讓王后下命令逮捕我好了，而我，就去找紅衣主教。」

這使波那瑟夫人一下子發現，自己所面對的是一張愚頑的臉，一張被嚇破了膽子的傻子的那種臉。她怕了。

「不去就不去吧，也許到頭來您是對的。」波那瑟夫人說，「在政治方面男人總是比女人高明些，特別是您，因為您聽到過紅衣主教的訓誨。可是，作為我的丈夫不能幫助我，而且做起來如此無情無義，這讓我心裡實在難受。」

「那是由於您的要求過分。」波那瑟得意地說道。

「那我放棄了。」年輕女人歎了一口氣。

「我們還可以繼續談一談，譬如您可以告訴我，要我去倫敦幹的是件什麼事。」

波那瑟想起探聽他妻子的秘密。

「您知道也沒用，」波那瑟夫人說，她對丈夫產生了懷疑，「無非是一些小買賣。」

波那瑟夫人越是這樣輕描淡寫，波那瑟越是感到那可能是一宗重大秘密。因此，他決定立即去找羅什福爾伯爵，向他報告王后正尋找一位派往倫敦的送信人。

「夫人，我要離開一下。」他說，「我不知道您會現在回來，而我約好要去看一個朋友，有半個鐘頭足夠了。因此，請您等我，時候不早了，我好送您去羅浮宮。」

「謝了，先生！」波那瑟夫人答，「只是您膽小如鼠，我完全可以一個人回去。」

「那就隨您的便了，夫人。」波那瑟說，「我不久就能見著您嗎？」

「當然，下禮拜吧。我要回來整理一下這屋子，家裡的東西太亂啦。」

「那好吧，您不怪我吧？」

「怪您！根本沒有的事。」

「那就再見了。」

「再見。」

波那瑟吻了妻子的手，很快走了。

「唉！」丈夫走了，屋裡只剩下了她一個人。自言自語道：「這個白癡！我怎麼辦呢？我向王后起了誓，作了保證，答應了那個可憐的女主人。看來，她也會把我看成一個宮中的無恥之徒了！啊！波那瑟先生，我從來沒有愛過您，現在就越發不愛了，而且我恨您！我發誓，一定要您為此付出代價！」

這時，她聽見天花板上有人敲了一下，她抬起了頭，緊跟著有人隔著樓板對她說：「親愛的波那瑟夫人，我就下樓到您那裡去。」

chapter 18 情人與丈夫

「夫人，恕我直言，您的丈夫真不是個東西！」達太安進門之後說。

「我們的談話您都聽到了？」波那瑟夫人不安地望著達太安，激動地問道。

「一字不漏都聽到了。」

「您是怎麼聽到的呢？」

「我有我的辦法。那次，您與紅衣主教的打手們激烈的談話，我也是用同樣的辦法聽到的。」

「您知道了些什麼呢？」

「很多很多。第一，您的丈夫是一個傻瓜蛋，一個糊塗蟲，幸好是這樣；第二，我知道了您目前陷入了困境，我希望為你效勞，天主知道，我正等著為您赴湯蹈火；第三，我還知道了王后需要一個信使到倫敦去。他應該是一個聰明、勇敢、忠誠的人，而這三項標準中我至少具備兩條。我這就來啦。」

波那瑟夫人沒講什麼，內心中喚起的希望使她的雙目閃閃發光。

「要是我同意把這個使命交給您，您將給我怎樣的保證？」她問。

「我對您的愛就是最好的保證，我聽候吩咐。」

年輕婦人喃喃道：「先生，我不知道能不能把這秘密告訴您。要知道，您幾乎還是個孩子呢！」

「就是說，我看您需要有人為我擔保。」

「坦白的講，那樣我會更安心。」

「您認識阿托斯嗎？」

「不認識。」

「波托斯呢？」

「也不認識。」

「阿拉米斯呢？」

「也不認識。他們都是些什麼人？」

「都是國王的火槍手。那您認識不認識他們的隊長特雷維爾先生？」

「我知道他，人們多次向王后提到過他，說他是一位勇敢而正直的紳士。」

「您不擔心他會為了紅衣主教而出賣您，對吧？」

「那當然，我不認為他會這樣。」

「那好了，請您去把秘密告訴他，然後問問他，這項秘密是不是可以託付於我！」

「可這不是我本人的秘密，我不能隨便向人透露。」

「可您差一點就告訴了波那瑟先生！」達太安沒好氣地說道。

「那無非等於是把一封信塞進了一個樹洞裡，繫在一隻鴿子的翅膀上，掛在一條狗的項圈上。」

「然而我呢，您看得很清楚，我愛您！」

「您無非是說說而已。」

「我可是一個多情的人。」

「這我並不懷疑。」

「我還是一個勇敢的人。」

「啊！這我就更不懷疑了。」

「那麼，請考驗我吧。」

波那瑟夫人只有最後的一絲疑慮，但他眼裡的那股熱忱，他聲音中的力量讓人信服。她感到，自己被他征服了，她最終還是相信了他。在當時的情況之下，她已經沒有其他辦法了，只有孤注一擲。當然，促成她下定最後決心的，還有她對這位年輕保護人情不自禁產生的那種柔情。

「請聽我說，您這樣反覆申明，一再保證，我相信您。」她對達太安說，「不過，如果您出賣了我，我將用死亡來控訴您的不忠！」

達太安說：「我在上帝面前發誓，如果我失敗了，或者沒完成您交給我的這項任務，我寧可選擇死亡，也絕對不會連累他人。」

於是，這位年輕的婦人便將那秘密告訴了達太安，其實其中的一部分對達太安已經算不上秘密了。

達太安心花怒放，總之，信任和愛情頓時使他變成了一個巨人。

「我這就動身，立刻出發。」

「怎麼？」波那瑟夫人叫了起來，「就這樣走了？您怎麼向隊長交代？」

「啊！說實話，您使我把這一切忘到了九霄雲外。您提醒得好，我得請個假。」

「這又是一道障礙。」波那瑟夫人滿面愁容，痛苦地說。

「啊！這不是障礙，您放心好了。」達太安想了想，高聲說。

「您怎麼辦？」

「今天晚上我就去找特雷維爾先生，讓他去跟埃薩爾先生說一說。」

「還有另外一件事。」

「什麼事？」達太安見波那瑟夫人欲言又止，便問了一句。

「也許您沒有錢吧？」

「『也許』二字實在多餘。」達太安微笑著說。

「那麼，」波那瑟夫人說著打開了櫃子，拿出了那個口袋，「就把它拿走好了。」

「紅衣主教的！」達太安說罷哈哈大笑。

「是紅衣主教給的！」波那瑟夫人說，「瞧！這袋子的樣子多體面！」

「真是見鬼了！」達太安高聲道，「用紅衣主教的錢去搭救王后，有趣！」

「您真是可敬可愛，年輕人！」波那瑟夫人說，「請您相信，王后陛下不是個忘恩負義的人。」

「啊！我已經得到了重大獎賞！」達太安大聲叫了起來，「您允許我說我愛您，就已經是讓我喜出望外了。」

「停！別出聲。」波那瑟夫人渾身哆嗦了一下。

「怎麼啦？」

「街上有動靜。」

「這聲音……」

「像我的丈夫，沒錯，是他。」

達太安奔到了門前，將門關好。

「先不要讓他進來，」他說，「等我走後您再去開門。」

「可我呢？我也得離開。如果我在這裡，而錢袋卻不見了，我怎麼解釋呢？」

「說得對。應該出去。」

「我們一出去，他們不就看見了？」

「那只能上樓到我的房間裡去了。」

「啊？您說這話的口氣叫我害怕。」波那瑟夫人叫了起來。

達太安看到，波那瑟夫人連眼淚都流了出來。達太安頓時六神無主，連忙跪到波那瑟夫人腳下，說：「在我那裡，您絕對安全。我以貴族的身分向您保證。」

「那我們就去那裡吧。」波那瑟夫人說，「我信賴您。」

達太安輕輕地拉開門閂，兩個人輕得像影子那樣，出門溜進過道，然後躡手躡腳上了樓梯，來到達太安的房間。

為了更安全，年輕人把門用東西頂上了。隨後，他們到了窗前，透過窗縫，他們看到波那瑟先生正在大街上與一個身披披風的人談著什麼。

看到這個披披風的人，達太安認出是他在默恩鎮遇到的那個人。他跳了起來，拔出劍，向門口衝去。

「您要幹什麼？」波那瑟夫人大聲叫著，「您會把我們倆都毀了的！」

「可我發過誓，不把他宰了誓不甘休！」達太安說。

「現在，您的生命已經不屬於您自己了。我以王后的名譽對您說。」

「以您自己的名譽，就沒有任何事情讓我做嗎？」

「那就以我的名譽，」波那瑟夫人激動不已，「以我的名譽，我央求您。不過，他們像是在談論我呢。」

達太安重新靠近了窗口，側耳傾聽。

波那瑟剛才已經開門進了家，發現屋裡沒有人，現在又回到了那個站在街上的披披風的人那邊。

「她走了，一定是回羅浮宮去了。」

「她對您出門的動機沒有懷疑？」陌生人問。

「她不會想到，」波那瑟先生信心十足，「她是個頭腦簡單的女人。」

「國王衛隊那個見習生現在在不在家？」

「我想不在。」

「這難說，應該查個明白。」

「怎麼個查法？」

「去敲他的門。」

「我可以去問他的跟班。」

「那就去吧。」

波那瑟回到了家裡，上了樓梯，便去敲達太安的門。

當天晚上，普朗歇也不在家，達太安他們自然不會去開那扇門。

但是，波那瑟的手指敲得門砰砰響時，屋裡一對年輕人覺得他們的心怦怦亂跳。

「他不在家。」波那瑟下樓後對那人說。

「我們進屋吧，那裡談話總比這裡安全些。」

「啊！主哇，這樣我們什麼也聽不見了。」波那瑟夫人輕聲說。

「正好相反，」達太安說，「我們將會聽得更加清楚。」

他用了剛才的方法，他的房間立即變成了一個貨真價實的德尼斯的耳朵[72]。接著，他自己跪下來，俯下身子，並示意波那瑟夫人也像他一樣，向那個洞俯下身子。

「您能肯定屋裡沒有人？」那陌生人的聲音。

「我敢擔保。」波那瑟說。

「您的妻子……」

「去了羅浮宮。」

「她還對別人講過這點沒有？」

「肯定沒有。」

「這極為重要，您知道嗎？」

72. 德尼斯是古代西西里和義大利南部的征服者。他生性殘暴，對任何人都不信任，他修建石屋關押被捕者。石屋建有「石耳」，可使裡面的聲音傳出屋外，以便監聽。

「這麼說，告訴給了您這消息，其價值……」

「不瞞您說，價值連城呀，親愛的波那瑟先生。」

「我這樣做紅衣主教滿意嗎？」

「我想會的。」

「偉大的紅衣主教！」

「您肯定，您妻子在與您談話時，沒有說具體的人名嗎？」

「沒有，我想沒有。」

「沒有提到謝弗勒斯夫人、白金漢公爵、韋爾內夫人這些人的名字？」

「沒提過。她只是說，為一個什麼極為有聲望的人辦一件事。」

「叛徒！」波那瑟夫人罵了一句。

「別出聲！」達太安握住了她無意中伸過的一隻手。她根本沒多想，就讓他捏著。

「不論怎麼講，沒有假裝把他叫您辦的事接受下來。您做了一件蠢事，那樣的話，那封信已經在我們手中了。要是那樣，我們的國家就得救了，而您也……」

「我怎麼樣？」

「紅衣主教打算授予您貴族稱號。」

「他對您這樣說起過？」

「說起過，我清楚他想讓您喜出望外。」

「那請放寬心，我現在去找她還來得及。」

「蠢貨！」波那瑟夫人又罵了一句。

「別出聲。」他把她的手握得更緊了。

「怎麼叫還來得及？」那披披風的人問。

「我這就去羅浮宮找她，我見到她就說我經過考慮決定接受那項任務。一拿到信我就跑去找紅衣主教。」

「好，那就快去吧，我一會兒再來瞭解您採取的行動的結果。」

那陌生人走了。

「無恥！」波那瑟夫人第三次罵了她丈夫。

「別出聲。」達太安又說了一遍，又更緊地捏住了那隻手。

突然，聽到一聲嚇人的號叫。原來，波那瑟發現他的錢袋不見了，大喊大叫捉賊。

波那瑟叫了很長時間，可是誰也沒有理他，因為類似的叫喊在附近經常被聽到。

波那瑟見叫喊沒有反應，就出了門，那聲音越來越遠了。

「您也得走了。」波那瑟夫人說，「要勇敢，尤其要謹慎小心，因為這是在給王后辦事。」

「為王后，也為您！」達太安大聲說，「放心吧，我回來時，一定配得上王后對我的賞識，但不知道是不是無愧於您的愛情？」

年輕婦人的兩頰泛起紅潮。幾分鐘過後，達太安也走了，他也披上了一件披風，腰裡那把長劍將披風頂得高高的。

波那瑟夫人一直目送他離去，眼中充滿柔情地久久注視，恰如一般女人目送愛自己的男人一樣。

她跪下了，雙手合十，高聲祈禱道：「啊！主啊！請您保佑王后，保佑我吧！」

chapter 19 戰鬥準備

達太安直接去找了特雷維爾先生，他不能有任何耽擱。陌生人是紅衣主教的人，紅衣主教很快就會知道一切。

年輕人心裡充滿了快樂，這可是一個榮耀與金錢兼得的絕好機會。還有，剛剛他成功地與他所心愛的女人進行了一次親密接觸，那簡直就是機會來臨之時對他的頭一次獎賞。這三者合一，對他來說，比他敢於向上帝祈求的東西還多。

達太安跟特雷維爾先生府上很熟，所以用不著通報，他就徑直走進了特雷維爾先生的書房，他吩咐特雷維爾先生的下人去通知特雷維爾先生，說他有重要事等著向他報告。

不到五分鐘，特雷維爾先生到了。

達太安在路上一直在思考，是不是要把一切都告訴他。考慮再三，他決定將秘密和盤托出。因為在他心目中，一來，這位隊長對自己一向很關心；二來，隊長對國王和王后忠心耿耿，而對紅衣主教是那樣深惡痛絕。

「達太安，您找我？」特雷維爾先生說。

「是的，先生。」達太安低聲說，「我有很重要的事，希望您會原諒我來打攪您。」

「那就請講吧，我聽您說。」

「老實講，事關王后的榮譽和生命呢！」達太安仍然是低聲說。

「您說什麼？」特雷維爾先生轉過身，打量四周是否有其他人，然後用詢問的目光看著達太安。

「我是說，先生，偶然的機會我瞭解了一項秘密。」

「那我就希望，年輕人，去用您的生命保守它。」

「可這項秘密我不得不告訴您，先生，因為只有您才能幫助我完成剛剛從王后陛下那裡接受這項使命。」

「那這一秘密是你自己的嗎？」

「不是，先生，它屬於王后。」

「王后允許您告訴我嗎？」

「沒有，先生。完全相反，有人卻一再告訴我，要絕對嚴守秘密。」

「那您為什麼還要告訴我？」

「因為，我剛才說了，沒有您的幫助，我將無法完成這項任務。為了完成這項使命，我將向您提出一個請求。擔心您不知道我要幹什麼，您就會拒絕這個要求。」

「守好秘密吧，年輕人。直接說您的要求。」

「我希望您能夠代我向埃薩爾先生討一張准假條，我要請假十五天。」

「從什麼時候開始呢？」

「今晚開始。」

「您要離開巴黎？」

「我要出差。」

「您能告訴我要去哪裡嗎？」

「去倫敦。」

「是否有人為了自己的利益，想阻止您達到目的？」

「紅衣主教肯定會想方設法來阻止我取得成功。」

「就您自己去？」

「是，我一個人去。」

「這樣的話，您是連邦迪[73]也闖不過去的。這是我對您說的，相信特雷維爾吧。」

73. 邦迪是距巴黎二十多公里遠的一個小鎮。

「為什麼過不去？」

「因為您會被暗殺。」

「那我就以身殉職好了。」

「那誰來完成使命？」

「這倒是個問題。」達太安說。

「請您相信我，」特雷維爾先生繼續說，「要幹這件事，只能一個人到達目的地，但要四個人去。」

「啊！您說得對，先生，」達太安說，「阿托斯、波托斯和阿拉米斯這三個人您是瞭解的。您看我能不能請他們跟我去一趟？」

「要是在您不把秘密告訴他們的情況下，他們願意去嗎？」

「我們曾經起誓，我們永遠都要不問緣由互相信任，並且不顧自己的生死，互相幫助。您還可以告訴他們，您對我絕對地信任，那他們一定會像您一樣深信不疑。」

「我給他們每人開一張十五天的准假條，而且要這樣安排：阿托斯因為舊傷，得去福爾熱溫泉療養；波托斯和阿拉米斯二人放心不下他們的朋友，也非要跟去陪他。他們手裡有了准假條，就說明已經取得了我的同意。」

「謝謝您，先生，您真是太好了。」

「立刻去找他們，一切在今晚辦妥。對，首先您得寫一個申請給埃薩爾先生。也許，您已經被跟蹤。就是說，紅衣主教已經知道您到了我這裡。有了申請書，您就有來我這的理由了。」

達太安寫好請假申請，把它交給了特雷維爾先生。特雷維爾先生則說，在次日凌晨兩點鐘之前，他一定把四張准假條送到四位旅行者各自的手上。

「請費心把我的那張准假條也給阿托斯收著，以免在我家裡會遇上什麼麻煩。」達太安說。

「放心吧，一路小心。噢，」特雷維爾先生叫了起來，「忘了一件事。」

達太安又回轉來。

「錢呢？有錢嗎？」

達太安拍了拍他的口袋，錢袋子叮噹響。

「夠不夠呢？」特雷維爾先生問。

「三百比斯托爾。」

「很好，有這個數，全世界都可以去了。去吧。」

特雷維爾先生伸出手來，達太安恭敬而感激地握著那隻手。自從他到達巴黎之後，他就認為特雷維爾先生不但高貴異常、公正無私，而且非常偉大。

達太安首先要去找阿拉米斯，他們已經很長時間沒見面了。還有，他平時就很少見到這個年輕的火槍手，在他的臉上總會流露出深深憂傷的神色。

這天晚上，阿拉米斯依然神情憂鬱，心事重重。達太安詢問緣由，阿拉米斯推說下周他需交出一篇論文，內容有關什麼聖奧古丁某部著作第十八章，為此絞盡了腦汁。

不一會，特雷維爾先生派人送來一個加了封的紙包。

「什麼東西？」阿拉米斯問。

「您的准假條。」跟班回答說。

「我的准假條？我沒要求過要准假條？」

「收下就是了。」達太安說。然後對那僕人道：「而你，我的朋友，這半個比斯托爾是給您的，去吧。」

跟班鞠了一躬，走了。

「怎麼回事？」阿拉米斯問。

「跟我走。」

「現在我不能離開巴黎，除非……」

阿拉米斯話說一半停下了。

「除非知道她怎麼樣了？」達太安問道。

「您指誰？」阿拉米斯反問。

「在這裡待過用繡花手帕的那個女人。」

「誰對您講過，這兒待過一個女人？」阿拉米斯的臉色頓時慘白。

「我看見她在這兒。」

「那您知道她是誰？」

「我想，我至少可以猜到。」

「請聽我說，」阿拉米斯說，「您既然知道這麼多，那您知道她現在怎麼樣了？」

「我估計她回圖爾去了。」

「回圖爾去了？是的，肯定是這樣的。她走之前為什麼不跟我打招呼？」

「因為她怕被捕。」

「她可以給我寫信啊！」

「因為那樣會連累您。」

「達太安，您真是救了我的命！」阿拉米斯叫了起來，「我原以為她看不起我，背棄了我哩！啊！當我重新見到她時，我是多麼幸福哇！她為什麼來巴黎呢？」

「那原因與我今天的英國之行完全相同。」

「究竟是什麼原因？」阿拉米斯問道。

「有一天您會明白的。可眼下，阿拉米斯，現在我要謹慎一點，像那位科學家的侄女那樣。」

阿拉米斯微微一笑，他記起那天晚上他講的故事。

「那好吧。達太安，我已經沒什麼牽掛了。我準備跟您走，您說我們要去……」

「暫時是去阿托斯那裡，迅速一點，我們已經耽誤了。對了，要帶上巴贊。」

「他與我們一起去？」阿拉米斯問。

「有這個可能，但不管怎麼說，眼下得跟我們一起去阿托斯那裡。」

阿拉米斯叫來巴贊，吩咐他去阿托斯家找他們。

「我們走吧。」阿拉米斯對達太安說著，拿起披風、寶劍和三支短槍，還打開抽屜準備找些錢，但什麼也沒找到，明白這種尋找實屬多餘，便跟達太安出了門。他心裡還琢磨著，這個年輕的見習衛士怎麼會知道留宿的那個女人的情況，而關於那個女人現在如何，卻比自己還熟悉？

在走出門之後，阿拉米斯把手搭在達太安的肩上，眼睛注視著達太安問：「您沒跟其他人講過她的事吧？」

「沒有。」

「對阿托斯和波托斯也沒有提起過？」

「一個字也沒有對他們提過。」

「那最好。」

這一點至關重要，阿拉米斯放心了。他跟達太安一起到了阿托斯的家。

他們看到，阿托斯正拿著准假條和特雷維爾先生給他的一封信。

「我剛剛收到，你們能對我解釋一下這是怎麼回事？」阿托斯感到莫名其妙。

信是這樣寫的：

我親愛的阿托斯，既然您的身體絕對需要休養，我就准許您休養十五天。您可以去福爾熱溫泉或者其他您認為合適的地方，休息療養，祝您儘快恢復。

您的摯友　特雷維爾

「這張假單和這封信意味著，您要跟我一起走，阿托斯。」達太安說。

「去福爾熱溫泉？」

「是，或許不是。」

「是為誰？為國王嗎？」

「為國王，也許為王后。」

正在這時，波托斯進來了。

「見鬼！」他叫著，「出怪事了，從什麼時候起，我沒有請假，卻拿到了准假條！」

「自從有您的朋友替您請假的時候起。」達太安說。

「什麼？」波托斯說，「看來發生新鮮事了。」

「是的，我們要出門。」阿拉米斯說。

「去哪裡？」波托斯問。

「說實話，我一無所知。這要問達太安。」阿托斯說。

「去倫敦，先生們。」達太安回答說。

「去倫敦？為什麼要去倫敦？」波托斯叫了起來。

「這個我不能告訴諸位，先生們。」達太安說，「請大家一定相信我。」

「可是我們沒有錢。」波托斯說。

「我也沒有。」阿拉米斯說。

「我也沒有。」阿托斯說。

「可我有。」達太安說著便拿出了他的錢袋，「這裡是三百比斯托爾，每人拿七十五個，來回肯定夠，況且放心吧，我們不會都到了倫敦的。」

「怎麼這樣說？」

「我們中間有幾個會在路上被迫留下來。」

「這麼說，我們是去打仗嗎？」

「那危險性勝過一場戰役。」

「啊！是這樣，」波托斯道，「我們將冒生命的危險，但這是為了什麼？」

「您的想法是多餘的。」阿托斯說。

「可是，」阿拉米斯也附和說，「我也有同樣的問題。」

「先生們，國王命令我們幹事從來不說原因，只是說：『先生們，你們該上戰場了。』你們就去了。為了什麼？你們甚至連想都不想。」

「達太安是對的，」阿托斯說，「這裡是特雷維爾送來的三張准假條。這裡有三百個比斯托爾。我們就到要我們去的地方拚命好了。性命值得提這麼多問題嗎？達太安，我時刻準備著，您說走我就跟您前去。」

「我也是。」波托斯說。

「我也是，」阿拉米斯說，「再說，離開巴黎沒有什麼不高興的，去外面散散心。」

「好吧，」達太安說，「我們有很多時間散心，先生們，請大家放心。」

「我們什麼時候動身？」阿托斯問。

「立刻，」達太安說，「連一分鐘也不能再耽誤了。」

「穆斯克東！格里默！普朗歇！巴贊！」四個年輕人招呼他們的跟班，「到部隊去拉馬，為我們的靴子上油。」

平日，他們的馬是留在部隊裡的。

格里默、普朗歇、穆斯克東和巴贊急忙去執行命令了。

「現在，我們擬定我們的出行計畫，第一站是哪裡？」波托斯說。

「加萊，」達太安說，「那是去倫敦的最近路線。」

「那好，」波托斯說，「我有個主意。」

「那就快講好了。」

「四個人一起很不方便，難免引人懷疑。由達太安給我們下達指示，我們分別動身。我先走大路，去前面打探路情；兩個小時之後阿托斯動身，走通往亞眠的大路；接著是阿拉米斯，走通往諾戎的大路；達太安則任自己選擇，願走哪裡就走哪裡，只是換上普朗歇的衣服，而普朗歇頂替達太安，穿著衛士服裝跟在我們後面。」

「先生們，」阿托斯說話了，「我的意見，絕不應當讓跟班同去。因為貴族可能會無意之中洩漏一項秘密，僕人就更可能拿出去賣錢。」

「依我看來，波托斯的計畫似乎不宜實行。」達太安說，「我自己也不知道給你們下達什麼指示，只有一封信，而不是三封，因此，依我之見，我們需要同行。這封信在這裡，」他指了指口袋，「如果我被人殺死，你們之中就應該有一個人把信取出繼續趕路；而如果第二個又出了不測，第三個人就要接替他，往後也一樣。只要有一個人到達目的地，任務就完成了。」

「好，達太安，」阿托斯說，「我也是這麼想的。此外，事情必須無懈可擊，我是去溫泉療養，你們作陪。我要去哪是我的自由，有人要拘捕我們，我就拿出特雷維爾先生的信，你們拿出各自的准假單給他們看；如果我們受到了敵人的攻擊，那我們就自衛還擊；如果有人要審判我們，我們就一口咬定是去洗海水浴，沒有別的意圖；如果有一支人馬攻擊我們，我們可以把我們的跟班武裝起來，拉開陣勢，與他們戰鬥，最後就可以保障有一個人一定把信送到目的地。」

「說得太好了！」阿拉米斯高聲說，「你不常說話，阿托斯，可是您簡直是一個金嘴聖約翰[74]。我同意您的計畫。您呢，波托斯？」

「如果達太安認為妥當，我也贊成。」波托斯說，「達太安身上帶著信，自然是這次行動的頭兒，他決定我們照辦。」

「那好，」達太安說，「我決定接受阿托斯的計畫，半小時後大家動身。」

「聽令。」三個火槍手一齊說。

大家各自取了錢，然後分頭準備，待時出發。

74. 古代一位基督教教父，以能言善辯著稱，講出的道理令人信服，有「金嘴」之稱。

chapter 20 征途

凌晨兩點鐘，四位冒險家離開了巴黎。四下裡黑得伸手不見五指，他們保持著高度的警覺以防不備。

早晨八點，他們到達了尚蒂利。吃早飯的時間到了，他們在一家客店前下馬，並吩咐跟班們卸下馬鞍，但同時告誡跟班們隨時準備備馬。

他們選了一張桌子，圍著坐下。

在他們進店的同時，有一位貴族打扮的人也進了店，也坐在了他們那張桌子前。他談著天氣，舉杯祝這幾位身體健康，這幾位也以禮相待。

就在他們站起來準備動身時，那位陌生人向波托斯提出了一個建議：「為紅衣主教的健康乾杯。」

波托斯回答，他很樂意，如果對方願意首先為國王的健康乾杯。

可那位陌生人聽了大叫了起來，說除去紅衣主教之外，他再也不認識其他的什麼人。波托斯罵他是個酒鬼，對方拔出了劍。

「您真是幹了一件傻事。」阿托斯說，「不過，事情到眼前了不得不解決。我們先走，您要儘快趕上我們。」

阿托斯等三個人上馬離去。波托斯則明確告訴對手，他要使出一切絕招兒將他劈成兩半。

「少了一個。」他們走出五百步之後，阿托斯脫口說了一句。

「可那傢伙為什麼偏偏找上波托斯，而沒找上別人呢？」阿拉米斯問。

「因為波托斯的聲音比我們都高，那人把他當成了我們的頭兒。」達太安解釋說。

「我說什麼來著？這個加斯科尼人就是機靈。」阿托斯說。

幾個旅行者繼續趕路。

到了博韋，他們停下來歇一歇，順便等等波托斯。但是波托斯毫無蹤影，也沒有他的一點音訊。他們只好重新上路。

離開博韋差不多一里遠的地方，兩個高高的土坡把路夾在了中間。有十幾個人像是在那裡忙著，有的在挖坑，像是在填平泥濘的車轍。

阿拉米斯擔心這些爛泥弄髒了他的靴子，便沒好氣地開口罵了這些人幾句。話既出口，那些人便反唇相譏，這激怒了阿托斯，他拍馬向那些人中的一個人衝了過去。

那些人各個亮出預先藏好了的火槍，可想而知，七個人統統成了名副其實的槍靶子。結果阿拉米斯的肩膀被一顆子彈打穿；穆斯克東也被打中，子彈穿進了他的屁股，栽到了馬下。

「我們中了埋伏！」達太安大聲喊了一聲，「不要開槍，快快離開。」

阿拉米斯儘管受了傷，但還是拚命抓住馬鬃，跟上了隊伍。穆斯克東的坐騎失去了主人，便獨自跟著隊伍奔跑。

「這樣我們倒有一匹可以替換的馬了。」阿托斯說。

「可我更希望有頂帽子，我的帽子被一顆子彈打飛了。幸運的是那封信我沒有放在帽子裡。」達太安說。

「是嗎？」阿拉米斯說，「可是，波托斯怎麼辦？等會兒他來到這裡會被打死的。」

「如果波托斯沒有什麼不測，現在他該到了。」阿托斯說。

他們的馬匹已經累得精疲力竭，但他們依然是快馬加鞭，又趕了兩個小時的路。

當他們到科雷活科爾時，阿拉米斯說他再也不能堅持了。的確，阿拉米斯這個人，別看他那樣風度翩翩，彬彬有禮，也真夠勇敢頑強的，否則根本跑不到這裡。他的臉色非常難看。到了一家小酒店前，大家把他扶下馬，並給他留下了巴贊。隨後，其他人繼續趕路，希望趕到亞眠去過夜。

再上路的時候，他們只剩下了四個人：達太安、阿托斯和僕人格里默、普朗歇。

「見鬼！」阿托斯說，「我向你們保證，老子再也不上他們的當了，從這裡一直到加萊，他們再也別想讓我開口，再也別想讓我拔劍了。我發誓……」

「別發什麼誓了，我們該快快趕路。」達太安說。

到達亞眠時已經是半夜，他們在一家名叫金百合花的客店裡住了下來。

店老闆一隻手拿著燭台，一隻手捏著他的棉睡帽出來接待了客人。他本來打算安排達太安和阿托斯住在兩間大的房間，但是這兩間房各在店內的兩端，達太安和阿托斯拒絕了。「這樣，」店老闆說，「除此而外，再沒有配得上二位大人的房間了。」達太安和阿托斯告訴他，他們可以合住在一間房內，而且裡面只要有兩個床墊就成了。老闆說這不成，但他們非堅持這樣住不可，於是只好尊重他們的意願。

他們剛剛鋪好床鋪，兩個跟班的就過來了。

普朗歇過來說：

「格里默一個人照管馬匹就成了，我可以在二位的門邊睡。這樣，就誰也休想進你們的門了。」

「那您睡在什麼上面呢？」達太安問。

「瞧，這就是我的床。」普朗歇指著一捆麥秸說。

「那就進來睡下吧。」達太安說，「您想得周到。店老闆太過殷勤了，實在有點不對頭。」

「我也一樣，覺得不對勁。」阿托斯說。

普朗歇在門口睡下了，格里默留在了馬廄裡。

凌晨兩點鐘，有人想弄開門，普朗歇問：「什麼人？」門外的人回答走錯了門，就離開了。

早晨四點鐘，格里默要叫醒那裡的小夥計，結果被打了。達太安他們打開窗子一看，見那可憐的小夥子腦袋被叉柄打了一個大洞。

普朗歇出屋到了院子裡要備馬，結果發現馬腳跛了。穆斯克東的那匹馬昨晚空跑了幾小時，或許還可以騎，但一名醫生弄錯了醫治對象給牠放了血。

情況變得不妙。當然，接二連三出現的所有這些事，也許是偶然的巧合，但很可能是一次陰謀的結果。普朗歇想去附近買三匹馬，一出店門他就看見門外拴著兩匹鞍具齊備，矯健雄壯的駿馬。他向人打聽馬的主人，人們告訴他馬的主人昨晚就住在店內，現在正跟老闆結帳。

達太安和阿托斯走出了房門。阿托斯去付帳，達太安和普朗歇站在大門等他。

阿托斯毫無戒備地進了那個房間，他拿出兩個比斯托爾交給老闆。老闆身前是一張桌子，桌子的抽屜半開著。他接過阿托斯遞過來的錢，然後翻來覆去查看它，突然說那錢是假的，並宣稱阿托斯他們是一夥製造假幣的人，揚言要把阿托斯連同他的夥伴作為偽幣製造犯抓起來。

「真是怪事！」阿托斯走向他，大聲道，「我要宰了你！」

就在這時，四個全副武裝的傢伙從一扇門裡衝了進來撲向阿托斯。

「我中了計！」阿托斯大喊，「達太安，快走！快走！」

說著，他連放兩槍。

達太安和普朗歇沒等阿托斯喊第二遍便衝過去，騎上那兩匹馬，並用馬刺狠狠地刺它們，那兩匹馬像離弦的箭一般離開了客店。

「阿托斯怎樣了，你看見了沒有？」達太安問普朗歇。

「啊！先生，我看到他開了兩槍，幹掉了兩個傢伙。透過玻璃我看到他們好像在用劍廝殺。」

「阿托斯真是一條好漢！」達太安小聲道，「真不忍心就這樣捨下他。而說不定，前面幾步遠也許有人埋伏好了在等我們呢。你幹得不錯。」

「我對您講過，先生，」普朗歇說，「我到了最危急的時刻才會顯出自己的本色。而且這兒是我的家鄉，這激勵了我。」

他們加倍地催馬，一口氣跑到了聖奧梅爾。怕出意外便讓馬匹休息了一會兒，他們在街上隨便吃了點什麼，便又繼續趕路。

到離加萊城不遠的地方，達太安的馬不行了，牠的眼睛和鼻子裡湧出了鮮血。只剩下了一匹馬了，但也沒有辦法讓牠再趕路。

在離加萊城城門只有一百步遠的時候，他們把兩匹馬都丟在了大路上，向港口那邊走去。這時，普朗歇提醒他的主人注意，一位貴族正帶著一個跟班在他們前方五十步那邊走著。

他們很快趕上了那位貴族，貴族的靴子上全是泥，顯然他走得很匆忙。

在港口，那位貴族在向人打聽渡海去英國的事。

「本來再容易不過了，可是今天早上來了一道命令，沒有紅衣主教的特別許可證，誰也走不了。」船老闆說。

「我有這種證件。」那位貴族說著便把證件拿出來，讓老闆看了看。

「那就請過去讓港口總監驗證吧，」老闆說，「回頭請多加關照。」

「港口總監在哪裡？」

「在他的別墅裡，離城有四分之一里的路程。瞧，在這兒能夠看到那所別墅，在那座小山腳下。」

「太好了。」那位貴族說完，帶著跟班向那所別墅走去。

達太安和普朗歇緊跟著他們。

一出城，達太安就加快了腳步。等那兩個人進了一片小樹林，達太安就出現在他們身旁。

「先生，」達太安對那貴族說，「看上去您很匆忙，是不是？」

「是這樣，十萬火急，先生。」

「我也很著急。我就想請您幫一個忙。」

「幫什麼忙？」

「讓我頭一個去辦。」

「這是不可能的。」那人說，「明天中午之前，我必須抵達倫敦。」

「我呢，一定得在明天上午十一點以前趕到倫敦。」

「抱歉，先生，我是先到的，我要第一個過去，豈能第二個去辦。」

「抱歉，先生，我是後到的，但我要第一個過去，非頭一個去辦不可。」

「我是為國王效勞。」貴族說。

「我是為自己辦事。」達太安說。

「您像是故意在惹麻煩？」那貴族說。

「那還用說，就是要找您的麻煩。」

「您想要什麼？」

「那我告訴您，我想要的是您身上帶的那張許可證，因為我沒有，而又必須有。」

「我想，您是跟我開玩笑吧？」

「我從來不開玩笑。」

「您讓開！」

「決不可能！」

「膽大包天的年輕人，那我只能打碎您的腦袋再說了。呂班，過來，把手槍遞給我。」

「普朗歇，」達太安說，「來對付這個跟班，這位主人就交給我啦！」

普朗謝撲向呂班，一下把呂班按倒在地，然後用一個膝蓋頂住了呂班的胸膛。

「幹您的活吧，先生，我的已經幹好啦！」普朗歇說。

見此光景，那位貴族便拔出劍來衝向達太安，可是他遇到了厲害的對手。

三秒鐘之內，達太安就刺出了三劍，並且刺一劍喊一聲：「這一劍是阿拉米斯的！這一劍是波托斯的！這一劍是阿托斯的！」

當第三劍被刺中時，貴族像一堆東西應聲倒地。

達太安認為他死掉了，至少是昏過去了。於是他走上去找那張許可證，而就在他剛剛伸手時，那位貴族突然向達太安的心口刺了一劍，並說：

「這一劍是您的！」

「這是最後一劍，是我的！」達太安怒從胸起，猛地向那人的肚子上刺去，那人被插在了地上。

這一回，那位貴族合上了眼睛，失去了知覺。

達太安從他身上找出了那張許可證。證上寫明，持證者為德・瓦爾德伯爵。

這個英俊的年輕人看上去還不到二十五歲，只見他直挺挺躺在地上，不省人事，或者說已經死了。達太安看著他不由得歎了一口氣，深感天命不可思議。就是這奇怪的命運讓人們相互殘殺，甚至他們的這種殺戮，往往是為了他們各自毫不相干的人的利益。

這時，那個呂班正在大聲號叫，連連呼救不止。普朗歇則使勁兒地扼住他的咽喉，用力地掐他。

「先生，只要我這樣掐住他，他就叫不出來了。問題是我一鬆手，他就重新叫起來。」

不錯，儘管被掐得很緊，呂班還是試圖想喊叫。

「等一下。」達太安說。

他掏出自己的手帕，堵住呂班的嘴。

「現在咱們把他捆在樹上。」普朗歇說。

他們把呂班結結實實捆在樹上，又將德・瓦爾德伯爵拖到了呂班的身邊。他們被留在了那片樹林裡，看來，他們得在此過夜了。

「現在我們去港口總監那裡。」達太安對普朗歇說。

「可是，您像是受了傷，對不對？」普朗歇說。

「沒什麼，傷得也不重，不會有事的。先辦最緊迫的事吧。」

於是，兩個人大步向那位尊貴的官員的別墅走去。

有人進去通報，說德・瓦爾德伯爵來訪。

達太安得到了接見。

「您有紅衣主教簽署的出海特許證明？」總監問。

「是的，先生，」達太安遞上那份證明，回答，「在這裡。」

「哦！證件合乎規定，寫得清清楚楚。」總監說。

「這很自然，」達太安說，「我是紅衣主教的忠誠部下之一。」

「看樣子，主教大人似乎要阻止什麼人去英國。」

「是的，」達太安說，「那人名叫達太安，是個貝亞恩人，他和他的三個朋友從巴黎要到倫敦去。」

「您認識他？」總監問。

「您指誰？」

「那個達太安。」

「很熟。」

「那麼請把他的相貌特徵告訴我。」

「這太容易了。」

於是，達太安把德・瓦爾德伯爵的外貌細細地講了一遍。

「他有陪同嗎？」港務監督問道。

「有一個跟班，叫呂班。」

「我們會嚴密注意他們的，抓到他們，我們會立刻押送他們去巴黎。」

「如果做到這樣的一步，先生，紅衣主教定然會對你們大加讚賞的。」達太安說。

「那請您告訴他，在下忠心為他效勞。」

「一定轉告。」

總監很高興，他痛痛快快地在許可證上簽上了自己的大名，然後把許可證交還給了達太安。

達太安怕耽誤時間，沒有說更多的恭維話，便向總監鞠了一躬，退了出來。

一出了門，他們繞過那片森林進了城。

那艘船還沒有開，老闆也還站在碼頭上等候。

「您有什麼事？」一見到達太安他就問道。

「這是我的出海證明。」達太安把證明拿給老闆看。

「剛才那個人呢？」

「他今兒走不成了。」達太安說，「不過我願意出兩個人的錢。」

「那咱們就動身吧。」老闆說。

「動身吧。」達太安重複了一句。

五分鐘後，他們就登上了那艘大船。

他們走得真及時。剛登上船，達太安便看到了一片閃光，接著聽到的是一聲炮響，這是封鎖港口的號炮。

現在可以看看自己的傷口了。還好，傷勢不重，肋上被劍劃了一下也沒有流很多的血。甲板上有一條墊子，達太安一躺上去很快便進入夢鄉。

第二天十點鐘，船在杜弗爾港拋了錨。

當然，他的使命還沒有完成，他還得到倫敦去。

四個小時之後，就到了英國京城的城門下。

達太安人生地不熟，他在紙上寫了白金漢的名字，逢人就問，按照眾人的指點，他走上了通往公爵府邸的大路。

可公爵陪國王去溫莎打獵去了。

達太安找到公爵的一位親信跟班，這位跟班曾隨公爵旅行，會講一口流利的法語。達太安告訴他，他從巴黎趕來，是為了一件生死攸關的事情，必須立刻告訴他的主人。

這名隨身僕人可以稱得上英國首相的首相，他的名字叫派崔克。他聽了達太安的話，便叫人備了兩匹馬，親自陪我們的見習衛士去見白金漢公爵。

雖然非常勞累，達太安此時此刻卻變得像鐵打的金剛。而普朗歇被人從馬背上扶下來時，都像根木頭不能動彈了，這可憐的小夥子累壞了。

到了溫莎行宮，他們打聽到公爵陪國王在三里以外的一處沼澤行獵。他們又花了二十分鐘趕到了那裡。不一會兒，派崔克就聽到了他的主人吆喝獵鷹的聲音。

「我去通報，但怎麼稱呼您？」派崔克問道。

「您就說是巴黎新橋薩馬麗丹女人水塔前那個曾向他尋釁的年輕人。」

「這個介紹很奇怪。」

「可您會看到，這種稀奇古怪的介紹十分頂用。」

派崔克策馬而去，用上面提到的說法通知公爵有一位信使在等他。

白金漢公爵聽罷立即判定巴黎出了事，而且是來通知他的。他一眼認出了法國國王衛隊的制服，他縱馬奔向達太安，派崔克出於謹慎沒有過來。

「王后遇到麻煩了？」

白金漢一到達太安身邊，便大聲問，把自己的全部思想和全部愛情傾注在這句問話裡。

「我想沒有，」達太安回答，「不過她正面臨著某種巨大的危險，她有難事需要您的幫助。」

「我？」白金漢大聲說，「要我幹什麼？能為她效勞我只會感到榮幸。快講，要我幹什麼？」

「請看這封信。」達太安拿出信來。

「王后陛下的！」白金漢的臉色立即變得蒼白。

達太安怕他昏過去，替他拆開。

「這是怎麼一回事？」他指著一個被戳破了的，可以透過光亮的地方問道。

達太安這才發現，信被穿了一個洞。

「啊！」達太安說，「我沒看到。是德·瓦爾德伯爵向我胸膛刺了一劍，它也跟著受了傷。」

「您受傷了？」白金漢公爵一邊拆信一邊問道。

「沒什麼，公爵，只是劃了一下。」達太安說。

「天啊！」公爵叫了起來，「派崔克，您留下，替我去向國王請假，說我有一件極其重要的事情必須立即回倫敦一趟。」

說完，他招呼達太安，二人朝都城策馬疾馳而去。

chapter 21 溫特勳爵夫人

一路上，達太安把他所知的事情的經過向公爵詳細講了一遍。公爵把年輕人所說的和他記憶中的事通盤比較了一番，從而讓他對目前的情況有了一個清晰的瞭解。

另外還有王后的那封信，雖然那信簡短且含糊其辭，但也使他相當清楚地意識到王后處境的嚴重程度。讓公爵感到驚奇的是，這個年輕人竟然突破了紅衣主教的重重阻攔來到英國。

公爵臉上表現出來的詫異神色，達太安已經看出來了。於是，他便向公爵講述了他所採取的種種預防措施。他講到，靠了朋友們的忠誠和幫助，他把三個處於險惡境地的朋友先後留在了半路上，雖然他挨了紅衣主教的人一劍，但他已經狠狠地還了他一劍。

這個故事講得非常樸素自然，白金漢公爵邊聽邊不住地用驚奇的目光望著這個年輕人。他似乎不能理解，一個看上去還不到二十歲的年輕人，卻表現得如此謹慎，如此勇敢，如此忠誠，真是不可思議。

兩匹馬風一般地急馳，沒過幾分鐘，他們已經到了倫敦城的城門口。進城以後，達太安以為公爵會放慢速度，但他仍然全速前進，並不怎麼擔心會撞倒路上的行人。在穿過市中心時，果然發生了兩三起撞人的事件，然而白金漢甚至連頭都沒回一回，一眼都沒有去看那些被他撞倒了的人。結果，四周升起一片像是咒罵那樣的喊叫聲。

一進到府邸的院子，白金漢跳下馬來，把韁繩往馬脖子上一扔就衝上了台階。達太安本來也要學公爵的樣子，只是他極為欣賞那兩匹名種良駒，生怕這樣做牠們會出點什麼事。好在他看到有三四個傭人跑了出來，他們牽住了馬匹，他立刻放心了。

達太安跟著公爵接連穿過好幾間客廳，每一間客廳都十分豪華，那奢華的程度即使是法國最大的貴族也想像不到。最後，公爵走進一間既高雅又富麗的臥室，在臥室放床的壁毯後面有一扇門。公爵用一把小金鑰匙打開了那扇門。出於慎重，達太安在後面停住了。可白金漢跨進那扇門時，回過頭來看了一眼，說道：「請進來吧，如果您有幸被允許去見王后陛下，請把您在這兒看到的一切都告訴她。」

達太安便大膽地跟公爵進了屋，公爵立即關上了那扇門。

這時，他們兩人都處在了一個小教堂中。在一個像祭台的檯子頂端裝飾著紅白兩色羽毛的藍色天鵝絨華蓋之下，掛著一幅和真人一樣大小的安娜・奧地利的畫像。在畫像的下面，擱著那只放置鑽石墜子的匣子。

公爵走到祭台前面，然後像一位神甫在基督的聖像前一樣跪下了，打開了匣子。

「瞧，」他一邊從匣子裡取出一個很大的上面綴滿鑽石的藍色緞帶結，一邊說，「瞧，這就是我發誓要和我一起安葬的那串珍貴的墜子。王后把它給了我，現在卻又將把它收回。」

接下來，他開始一顆一顆吻著這些就要與他分別的墜子上的鑽石。突然，他可怕地喊了一聲。

「怎麼啦？」達太安擔心地問。

「完了，」白金漢喊著，臉色變得像死人一樣蒼白，「少了兩顆，只剩下十顆了。」

「公爵大人，您認為是您自己弄丟了，還是被人偷走了？」

「有人偷走了它，」公爵回答，「因為這裡的緞帶被剪斷了。」

「公爵大人，偷它的是什麼人？說不定那兩顆墜子還在那個人手裡。」

「等等，」公爵大聲說，「等等！這墜子我只佩戴過一次，那就是在國王的舞會上。我和溫特勳爵夫人以前鬧了點彆扭，可在那次舞會上，她卻主動過來和我接近。現在看來其實是一位妒婦的報復手段。從那天開始，我再也沒有見到過她，此人是紅衣主教的一個暗探。」

「哪裡都有他的暗探！」達太安忿然說道。

「啊，是的，是的，」白金漢氣得咬牙切齒地說，「紅衣主教，一個可怕的對手。可您講的那個舞會什麼時候舉行？」

「下週一。」

「下週一！還有五天的時間，足夠了。派崔克！」公爵打開小教堂的門叫道，「派崔克！」

他的隨從應聲出現了。

「把我的首飾匠和秘書找過來。」

隨身僕人迅速地、默默地退了出去，這說明他早就養成了盲目服從、不說二話的習慣。

不一會兒秘書就到了，因為他就在公爵的府邸裡。他看見白金漢坐在臥室的一張桌子前面，正親手起草幾道命令。

白金漢對秘書說：「您立即到大法官那兒去一趟，要他立即執行這幾道命令。」

大法官看了看白金漢寫的，便說：「可是，大人，要是大法官問起來，究竟是為了什麼，我該怎樣回答呢？」

「就說我高興如此，並告訴他，我沒有必要向任何人報告我要幹的事。」

秘書笑著說：「如果陛下想知道任何船隻都不得駛出大不列顛各個港口的理由，我該怎麼說？」

「您想得周到，先生。」白金漢回答，「如果是這樣，就說我決定開戰，這項措施是第一步行動。」

秘書向白金漢躬身行禮後退了出去。

「這方面我們現在可以不必擔心了。」白金漢對達太安說，「如果那兩顆墜子現在還沒有被送到法國，它們就只能在您回去以後才能被送到了。」

「這怎麼可能呢？」

「因為我剛才對所有停泊在國王陛下港口裡的船隻下了禁航令，除非得到特別允許，否則一艘也不得起錨。」

達太安目瞪口呆地望著眼前的人！從年輕人的表情上，白金漢看出了他在想些什麼。因此，他微笑著說：「只要她的一句話，我就可以背叛我的國家、我的國王、甚至背叛我的上帝！我曾經講過要派援軍去援助拉羅舍爾的新教徒，她要求我不要派，我照辦了。我違背了自己的諾言，但這算得了什麼！我遵從她的意願不是得到了很高的報償嗎？是的，我因此得到了她的那幅肖像。」

達太安不禁感慨萬分：維繫一個民族的命運和芸芸眾生的生命線是多麼脆弱，多麼不可知啊！

達太安正在這樣思考時，首飾匠來了。他是一個愛爾蘭人，手藝異常精湛。

公爵一邊領首飾匠走進了小教堂，一邊對他說：「告訴我這些鑽石墜子，每顆鑽石值多少錢？」

首飾匠向那款式高雅絕倫的墜子看了一眼，與一般鑽石的價值相比較估算了一下。然後毫不猶豫地說：

「一千五百比斯托爾一顆，公爵先生。」

「這上面少了兩顆，製作這兩顆要多長時間？」

「需要一周的時間，公爵先生。」

「那每顆我付三千比斯托爾，後天我就要拿到。」

「大人將如願以償。」

「您是一個難得的人才，可我告訴您，這些墜子不能交給任何人，必須就在我府裡製作。」

「這不可能，大人，只有我能做得看不出新舊的差別。」

「所以，現在您便是我的囚犯了。現在，您把幫手的名字，把應該帶來的工具的名稱，統統告訴我。」

首飾匠知道公爵是說一不二的人，因此他沒敢多說什麼，便立刻答應下來。

「我總可以通知一下我的妻子吧？」他問。

「啊！您甚至可以見她，對您的監禁絕不會嚴厲的，這請您放心。還有，除了兩顆鑽石的價錢外，我另外會給您一張一千比斯托爾的期票。」

首相的作風，使達太安驚訝得目瞪口呆。

首飾匠給妻子寫了一封信，他囑咐妻子把那個最心靈手巧的徒弟，一組注明了重量和成色的鑽石，以及單子上列出的必需用具全部帶來。

白金漢領著首飾匠走進一個房間，從現在開始，這兒將變成一個加工場所。

隨後，白金漢在每個門口派了一個崗哨，下命令除了他的隨身僕人派崔克，誰也不准進去，更不消說，首飾匠也不准出來。

這些事情了結以後，公爵又回到了達太安的身邊。

「現在，我年輕的朋友，」他說，「您需要什麼？希望得到什麼？」

「我現在最需要一張床，這是我眼下最需要的東西。」達太安回答。

為了能有一個人不斷地跟他談到王后，白金漢把他隔壁的一個房間讓給了達太安。

一個小時之後，命令被頒佈了，即使是郵船也在被禁之列，在所有人心目中這就意味著英法兩個王國之間宣戰了。

第三天上午的十一點鐘，兩顆鑽石製作完畢，仿造得非常精確，跟原有的一模一樣，就連經驗最豐富的行家也難以區分。

白金漢立即派人把達太安找了來。

「瞧，」公爵對他說，「這就是您來取的那些鑽石墜子。請您為我作證，凡是人的能力所能做到的，我都做到啦。」

「請放心，公爵先生，我會把我所看到的一切都告訴王后。可是大人，為什麼不把盛墜子的匣子一起給我呢？」

「帶著匣子會使您感到不便。對我來說，現在墜子還給王后了，匣子就越發的珍貴了，您回去告訴王后說，我把它保存起來了。」

「我會把您的話一字不漏地帶到的，大人。」

「現在，」白金漢一邊緊緊地盯著年輕人，一邊說，「我怎樣來報答您呢？」

達太安的臉騰的一下子漲紅了。他看到，公爵想讓他接受一些饋贈。他確實也想要些東西，可是他一想到他的夥伴們和他自己所流的血，可以用英國金子來報償的想法使他特別反感。

「咱們不妨把話講清楚，公爵先生，」達太安回答，「我是為法國的國王和王后效勞的，我是埃薩爾先生率領的國王衛隊中的一員，而埃薩爾先生和他的內兄特雷維爾先生，都是絕對忠於兩位陛下的。還有，我是為了討一位我所鍾愛的夫人的歡心才做這些的。」

「是的，」公爵微笑著說，「我甚至知道，我還認識她，她是……」

「公爵先生，我可沒有說出姓名。」年輕人急速地打斷了公爵的話。

「您想得對！」公爵說，「那麼，我應該向那個人感謝您的忠誠。」

「您說得對，公爵先生，現在是兩國交戰時期，我坦率地告訴爵爺您，在我眼裡，您實際上不是我的朋友，而是我的敵人。我希望，我們再次遇上，是在戰場上，而不是在溫莎的花園裡，也不是在羅浮宮的走廊裡。儘管這樣，這也並不妨礙我完成您交給我的任務，甚至為了完成它，必要時我還會獻出自己的生命。我說過，我這樣是為了國王和王后，為了討一位夫人的歡心。我們第一次見面時，我是替爵爺做了一些事，這次我們是第二次會面，其實我在為我自己做一些事，因此就個人關係而言，大人您這一次不應當比第一次對我表示更多的感謝。」

「我們這兒的人常常這樣說：『某某驕傲得像一個蘇格蘭人』。」白金漢嘟囔著。

「而我們那兒的人也常常這樣說：『某某驕傲得像一個加斯科尼人。』」達太安回答，「加斯科尼人，就是法國的蘇格蘭人。」

達太安向公爵鞠一躬，準備動身了。

「喂，您就這樣走了？往哪兒走？怎麼走法？」

「這倒真的是個問題。」

「法國人總是這樣不顧一切！」

「我忘記了英國是個島國，而您是這島國之王。」

「您現在到港口去，找一艘叫『桑德』號的雙桅船，把這封信交給船長。他會把您送過海峽，停在一個平日只停泊漁船的法國小港口。那裡肯定沒有人等您，平常只有漁船在那裡靠岸。」

「那小港口叫什麼名字？」

「聖瓦萊里。到了那個小港口以後，您去找一家小客店。它沒有名字，沒有招牌，是一間破房子，專供水手們住宿。」

「以後呢？」

「到了之後您去找小客店的老闆。您要對他說：『Forward』。」

「這是什麼意思？」

「意思是『前進』，是暗號。聽到這個暗號後，他會給您一匹馬，然後他會指點您應該怎麼走。就按照這樣的方法，一路上您會找到四匹替換的馬。如果您願意，可以把您巴黎的住所告訴給每一個驛站的人，那樣，四匹馬以後都會跟隨您。其中兩匹您已經見過了，剛才我看到，您作為馬的愛好者似乎很欣賞牠們。請您相信我，另外兩匹絕不在牠們之下，這四匹馬都配備齊全，準備打仗的。請您不要拒絕接受其中的一匹，並且，另外的三匹，則讓您的三個夥伴各自收下一匹。」

「好，公爵先生，我接受。」達太安說，「只要上帝高興，我們將會好好使用您的禮物。」

「可能我們很快就會在戰場上相遇。但眼下我希望我們能友好地分手。」

「好的，公爵先生。」

「放心好了，我答應您。」

「我相信您的諾言，公爵先生。」

達太安與公爵告別之後迅速去了港口。

達太安把公爵的信交給了船長。船長接信後把它交給港口總監署，接著很快就啟錨了。

有五十艘本來準備啟航的船，現在全部停在港口等待。

達太安在其中的一條船上看到了那個女人，也就是被那個陌生貴族稱為米拉迪，達太安本人認為她長得異常漂亮的那個女人。但由於水急風順，轉眼間就看不見她了。

第二天早晨九點鐘，船到達聖瓦萊里。

達太安上岸後立即向指定的那家客店走去，那座房子裡傳出了喧嚷聲。英國和法國之間的戰爭是近來人們議論的中心話題，店中那些樂天安命的水手卻在大吃大喝。

達太安穿過人群去找老闆，對他說了句「**Forward**」。他馬上帶著達太安從一扇通向天井的小門去了馬棚。一匹鞍具齊備的馬在那裡等候。老闆問達太安是否還需要其他的東西。

「我需要知道我該走哪條路。」達太安說。

「從這兒到布朗吉，再從那走到諾夏特爾，再去找金耙子客店，把暗號告訴老闆。這樣，您就會像在這裡一樣得到一匹鞍轡齊全的馬。」

「這馬我要付錢嗎？」達太安問。

「錢全付過了，」老闆說，「而且付得還不少，快走吧。願上帝一路保佑您！」

「阿們。」年輕人一邊回答一邊上馬而去。

四個小時以後，達太安到了諾夏特爾。

達太安嚴格按照老闆的指示行事，像在聖瓦萊一樣，他看到了一匹鞍轡齊全的馬在等著他。

「請問，您巴黎的住處是哪兒？」老闆問。

「埃薩爾指揮的國王衛隊隊部。」

「知道了。」老闆說。

「我該走哪一條路？」達太安問。

「走去盧昂的大道，不過到達盧昂後在一個叫艾庫伊的小村子停下來。那兒有一家叫法蘭西盾牌的小客店，那裡一切和這裡準備的一樣。」

「暗號也相同？」

「一點兒也不變。」

「再見，老闆！」

「祝您一路順風，騎士先生！」

爾後，達太安上馬飛也似地離開了。

在艾庫伊，達太安遇到的是同樣的情形：一個同樣殷勤的客店老闆接待了他；同樣，他把巴黎的地址留了下來。然後向蓬圖瓦茲飛馳而去。到了蓬圖瓦茲，他最後一次換了坐騎。九點鐘，他的馬飛快地衝進了特雷維爾先生府邸的院子。

十二個小時，他走完了近六十里路。

特雷維爾先生接待了他，在和他握手時似乎比平日熱情了些。他告訴達太安，埃薩爾禁軍隊正在羅浮宮值班，他可以回到自己的崗位上去。

chapter 22 美爾萊宋舞

第二天，整個巴黎都在談論即將舉行的舞會，說舞會上國王和王后將要跳國王陛下非常喜愛的美爾萊宋舞。

的確，市政廳一直在為舞會做準備。市裡的木匠搭起了檯子，它將供那些被邀請的夫人、小姐們使用；市政廳的雜貨供應商在一間間的大廳裡裝上了白蠟火炬，足足有兩百支；市政廳還請了二十位提琴手，據一份報告講，由於需要通宵演奏，講定給他們的報酬為平常的兩倍。

上午十點鐘，國王衛隊的掌旗官德・拉科斯特先生，取走了市政廳裡所有房間和各處通道門的鑰匙。每把鑰匙上都繫著一個作為識別標記的小紙條，便於使用時辨認。從那時開始，拉科斯特先生全部承擔起看守市政廳各處門戶和出入要道的責任。

十一點鐘，國王衛隊中一位隊長杜哈烈到了市政廳。他帶來五十名衛士，立刻把他們分派到市政府各處把守所有門戶。

下午三點鐘開來了兩隊衛士，一隊是法國人，另一隊是瑞士雇傭兵。由法國人組成的那支衛隊，一半是杜哈烈先生的部下，另一半是德・埃薩爾先生的部下。

傍晚六點，來賓開始入場。他們進來後，有的坐在大廳裡，有的坐在搭起的檯子上。

九點鐘，高等法院院長的夫人到了。她在這次舞會上的地位僅次於王后，市政廳裡的官員們一齊出迎，並將她安排到了王后所坐的包廂對面的一個包廂裡。

十點鐘，僕人為國王擺出了一桌宵夜甜食。餐桌的對面是一個銀酒櫃，由四名衛士守衛著。

半夜十二點，國王從羅浮宮起駕。市民齊聲呼喊，歡聲雷動。國王穿過了條條被彩燈照亮的街道，向市政廳走來。

聽到喊聲後，所有的人都出來迎接國王。

市長對國王的駕臨表示歡迎；國王為自己的遲到表示歉意，他說他一直在和紅衣主教談國家大事，所以來晚了。

大家都注意到，國王此時神情憂鬱，心事重重。

為國王和大王爺準備的兩個休息室裡都備有供他們化妝用的衣服。王后和法院院長夫人的休息室裡也做了同樣的安排。跟隨兩位陛下的那些貴族老爺和夫人，可以依次地到為他們專門準備的房間裡去化妝。

國王進休息室之前吩咐說，紅衣主教一到就立即通知他。

國王到後半個小時，又響起了一陣新的歡呼聲，這是歡迎王后的到來。像剛才做過的一樣，市政長官們前去迎接他們尊貴的女賓。

大家都注意到，她與國王一樣，也是神情憂鬱，滿臉倦容。

在她進入大廳時，一間小包廂的簾子被拉開了，從拉開了的幃幔裡可以看到紅衣主教蒼白的臉。他身著西班牙騎士服裝，眼睛直直地盯著王后，嘴角上浮現出一絲令人毛骨悚然的得意的微笑，因為他發現王后沒有戴鑽石墜子。

王后停留了一會兒，傾聽市政長官的頌詞，並且回答貴婦們的致敬。

這時，國王和紅衣主教出現在了大廳的門口。紅衣主教在低聲對國王講著什麼，國王臉色十分蒼白。

國王穿過人群，走到王后身邊，用異樣的聲調對王后說：

「請問王后您為什麼沒帶那串鑽石墜子，而您知道得很清楚，看到它們會使朕感到很愉快？」

紅衣主教正在國王的背後獰笑著。

「陛下，」王后用變了調的聲音回答，「這是因為這兒的人多，我怕有什麼閃失。」

「您錯了，王后！我把那件禮物送給您，就是要您在此種場合佩戴的。」

國王說話的聲音在顫抖。眾人目瞪口呆，不知道他們之間究竟出了什麼事。

「陛下，」王后說，「墜子在羅浮宮，我可以派人去取，陛下的意願一定會滿足。」

「那就快些派人去取，越快越好，舞會就要開始了。」

王后行了一個禮，表示服從，然後隨著侍女們進入了她的休息室。

國王也回到他的休息室裡去。

一時間，所有人都知道在國王和王后之間發生了一些事，但由於二人說話聲音太低，他們都沒聽清，更不明白究竟發生了什麼事。這時，提琴手拚命地拉著琴，可是沒有人回應他們。

過了一會，國王首先走出了他的休息室。他穿了一套高雅的獵裝，對國王來說，這身服裝十分合體，穿上它，他真的像是整個王國中的首席貴族了。

紅衣主教走到國王身邊，遞給他一只盒子，國王打開它，發現裡面是兩顆鑽石墜子。

「您這是什麼意思？」他問紅衣主教。

「沒有什麼意思。」紅衣主教回答，「陛下可以數一數，如果王后戴上那副墜子，而上面的鑽石只有十顆，那就請陛下問一問王后，有誰能夠從她身邊偷走現在就在您眼前的這兩顆鑽石？」

國王瞧了一眼紅衣主教，像要向他詢問什麼，但還沒有來得及提任何問題，大廳裡就響起了一片喝彩聲。王后出現了。現在出現在眾人面前的王后，肯定是法國的第一美人了。

她頭戴一頂呢帽，身披一件用許許多多搭勾著鑽石的小節組成的披風，還穿著一條藍色綢緞連衣裙。在她的左肩上是一個和連衣裙同樣顏色的大緞帶結，上面繫著國王送給她的那個光彩奪目的鑽石墜子。

國王看到這一切，高興得全身發抖了。

紅衣主教也在發抖，只是他是氣得發抖。

然而，他們倆與王后都有一段距離，無法弄清楚王后帶的那鑽石墜子的鑽石到底是十顆還是十二顆。

這時，提琴師們奏起了舞曲。國王向大法官夫人走去，他應該和她共舞。大王爺則走向了王后，他應該和王后共舞。舞會開始了。

在跳舞的過程中，當國王從王后旁邊經過時總是睜大眼睛看著那墜子。紅衣主教額頭上滲出了冷汗。

跳舞結束，全場掌聲雷動。每個男人都把自己的舞伴送回到她原來的座位上去。但國王利用自己的特權，一跳完就把女舞伴撂在原處，匆匆奔向王后。

「我的願望得到了滿足，王后。」他對王后說，「只是，我相信，您的墜子少了兩顆鑽石，而我，特意替您把它帶了來。」

說著，他把紅衣主教剛才給他的那兩顆鑽石遞了過去。

「怎麼?陛下!」年輕的王后故作驚訝，大聲說，「您再給我兩顆就是十四顆了!」

國王數了一下，王后肩上是十二顆鑽石墜子。

國王招呼紅衣主教過來。

「喂，紅衣主教先生，這是搞的什麼名堂?」國王的聲音甚為嚴厲。

「是這樣，陛下，」紅衣主教回答，「這是我要獻給王后的兩顆鑽石，但不敢自己送給娘娘，便想出了這個法子。」紅衣主教無話可說。

「那麼，我應該對紅衣主教閣下表示感謝。」安娜一邊說，一邊微笑著，「可以肯定，對您來說，僅僅這兩顆鑽石叫您花的代價，甚至趕得上國王陛下送我的這十二顆呢。」

講完，王后向國王和紅衣主教行了一個禮，就去了她的更衣室。

這時，達太安正悄悄出現在某一個門的門口。他遙望著國王、王后、紅衣主教，還有他本人出演的戲劇場面。

達太安準備離開時，突然感到有人在身後輕輕地拍了一下他的肩膀。他轉過身，看見有一個年輕女人向他做了個手勢，示意他跟她走。雖然那個女人臉上蒙著半截面具，不過她的這種防範措施是對付別人而不是對付達太安的。他一下子就認出這個女人就是平時的那位嚮導，輕盈而聰明的波那瑟夫人。

昨天，達太安讓羅浮宮看門人熱爾曼把波那瑟太太找來，兩個人匆匆見了一面。由於少婦急於把信使順利歸來這個喜訊去稟報王后，因此這兩個情人只是簡單地交談了幾句。

達太安跟在波那瑟夫人後面，心情激動不已。過道中，人越來越稀少，達太安想在半路上拉住波那瑟夫人，將她抓住，好好地端詳她一下，可是這個女人總能從他手中溜掉。而當他想說什麼的時候，她就把一個指頭放在她的唇上。這種帶有命令意味的小動作，使他明白，自己得屈服於某種意志的支配，他只能服從，任何抱怨都是不允許的。

最後，波那瑟夫人打開了一扇門，她把年輕人引進一間漆黑的小屋內。到了那裡，她還是不准他講話。隨後，她又打開一扇隱藏的門，門裡突然照過來強烈的燈光，而波那瑟夫人卻不見了。

達太安靜靜地呆了片刻，琢磨自己在什麼地方。很快，便有一道亮光射進了這個房間。他聽到了兩三個女人談話的聲音，幾次重複了「王后」的稱呼。這使他明白了，他正在一間和王后的休息室相通的房間裡。

王后顯得很興奮，很幸福，這弄得她周圍的人都感到詫異，因為平時她似乎總是愁眉苦臉，憂心忡忡。王后把自己的快活情緒，說成是因為晚會很精彩，因為那舞使她感受到了快樂。對她身邊的人來講，王后的見解是容不得持異議的。聽了王后這番話，大家把這舞會熱烈地誇讚了一番。

達太安雖然不認識王后，但很快他便聽出了王后的聲音——略略有點外國口音，還帶有一種大凡權威人士都會自然流露的君臨一切的氣勢。他聽見她的聲音漸漸接近，之後那聲音又離開了這扇開著的門。

最後，突然有一條可愛的白皙的胳膊伸了出來。達太安連忙雙膝跪下，畢恭畢敬地將嘴唇貼在上面，隨後那隻手縮了回去，但是留下了一樣東西——一枚戒指。這之後，那扇門立即關上了，達太安重新又陷入了黑暗之中。

達太安把那枚戒指套在指頭上，又開始重新等待他的愛情的獎勵。雖然跳舞已經結束，但晚會才剛剛開始。三點鐘上宵夜，而此時，聖約翰教堂的大鐘已經敲響了兩點三刻。

隔壁房間的聲音漸漸減弱了，不一會兒就遠去了。最後，達太安所待的這個房間的門開了，波那瑟夫人快步走了進來。

「您終於來了！」達太安大聲說。

「別出聲！」年輕婦人把手按在達太安的嘴上說，「別出聲！走吧，從您來的地方離開。」

「可是，我怎麼才能再見到您？」達太安急切地問。

「回家後您會看到一封信，信上會告訴您的。走吧。」

這時，她打開了過道的門，把達太安推出了房間。

達太安的的確確墜入了愛河。他沒做任何抗拒，絲毫沒有異議，像孩子一樣聽話。

chapter

23

準備赴約

達太安趕快奔回家。他經過的地方是巴黎最危險的街區，但一路上彷彿受到了神的照顧，沒有遇上任何的麻煩。

他推開了門走上了樓梯，然後用他和跟班約定的熟悉方式輕輕地敲門。兩個小時以前，他就打發普朗歇從市政府回來了。這時，跟班替他開了門。

「有沒有人送過一封信來？」達太安急忙問道。

「沒有人送來，先生，」普朗歇回答說，「不過，倒是有一封自己冒出來的信。」

「您這傻瓜說的什麼話？」

「我是說，儘管房間的鑰匙在我手裡，從來也沒有離開過我，可我回來的時候，卻看到在您臥房桌子上有一封信。」

「信在哪兒？」

「信還在那兒，我沒有動它，先生。我看這事有點不正常。如果窗子是開著的，哪怕是微微開著的，我也沒啥可說，可窗子被關得嚴嚴實實。先生，可得當心，這裡面毫無疑問有魔法。」

就在他嘮叨的時候，達太安衝進了房間，拆開了信。信上有這樣幾句話：

我要向您表示種種熱烈的謝意。今晚十點，在德・埃斯特雷先生那座小樓對面等我。

C・B・

讀這封信的時候，達太安感到自己的心臟劇烈地擴張和收縮。這是他收到的第一封情書，要實現的也是他第一次約會。他的那顆心充滿了快樂，就像喝醉了酒，感到就要在愛情這個人間天堂的門口暈過去了。

「怎麼樣，先生？」普朗歇看到他主人的臉色不好，就問，「怎麼樣？我猜對了，是不是？是件倒楣的事情吧？」

「你錯了，普朗歇。」達太安說，「這兒有一個埃居，你拿去為我的健康乾杯吧。」

「感謝先生的賞錢，我一定不折不扣照先生的吩咐去做。可我仍然要說，我想的是錯不了的，這封信……」

「是天上掉下來的，我的朋友，是天上掉下來的。」

「那麼，先生覺得很是滿意？」普朗歇問。

「親愛的普朗歇，我成了世界上最幸福的人！」

「那麼，我可以趁先生幸福之時，睡覺啦？」

「可以了，睡去吧。」

「但願天上所有的福分全部落在先生的身上。不過老實說，關上門的房子裡卻出現了一封信。」

普朗歇搖著頭去了，但他的疑慮並沒有消除。

只剩下達太安一個人了，他在他美麗的情婦寫的幾行字上一連吻了二十次。最後，他躺下睡著了，夢見了美景。

早上七點鐘，他起了床喊普朗歇，喊到第二遍普朗歇才來開門。

「普朗歇，」達太安對他說，「晚上七點以前你可以自由行動。可是，到七點你必須備好兩匹馬，我們出門。」

「好啦！」普朗歇說，「看起來，我們又要讓人家在身上捅幾個窟窿了！」

「你要帶上火槍和手槍。」

「瞧，我說什麼來著？」普朗歇叫了起來，「我可以肯定，那是一封倒楣的信！」

「不過，放心好了，笨蛋，我們只是出去散散心。」

「進行一次愉快的旅行，像上次一樣，槍子像雨點般打來，到處都是陷阱。」

「好了！您如果害怕，普朗歇先生，我就不帶你去了。」達太安接著說，「我一個人去就是了，你這個膽小的傢伙。」

「先生，您這是在侮辱我。」普朗歇說，「這不公平，我究竟是怎樣幹活的，先生又不是沒有見到過。」

「是見過，不過我以為你的勇氣一次就用光了。」

「先生會看到，我的勇氣完全足夠。不過，我勸先生不要因此就濫用它。」

「你覺得自己還有勇氣參加今天晚上的行動嗎？」

「我希望是這樣。」

「好了，那我就指望你了。」

「到時候我會準備好的。只是，先生在國王衛隊的馬棚裡僅有一匹馬。」

「現在可能還只有一匹，但晚上會有四匹的。」

「那就是說，我們上次旅行是一次補充裝備的旅行，對嗎？」

「一點兒不錯！」達太安說。

波那瑟先生正在大門口。達太安本想不跟他說話直接從他身邊繞過去，可是後者卻和顏悅色地向他行了個禮。這使得他的房客不僅要給他還禮，還得和他敷衍著交談幾句。

再說，對一位其妻子當晚就要在聖克魯鎮，埃斯特雷先生小樓對面和自己約會的丈夫，怎麼能不俯就一點呢！

所以，達太安表現出最客氣的樣子向他走了過去。

話題自然而然地轉向了這個可憐男人被拘捕之事。波那瑟先生不清楚達太安已經知道他和默恩鎮的那個陌生人接觸的事。他開始敘述自己被捕的事，不斷地罵這個惡魔是紅衣主教的劊子手，還仔仔細細沒完沒了地描繪了巴士底獄的各種設施和各種各樣的刑具。

達太安彬彬有禮地聽著，等他講完後說：「可波那瑟夫人呢，您知不知道，是哪個綁架了她？記得正是在那種困難的情況下，我有幸認識了您。」

「唉！」波那瑟先生說，「這他們都不肯告訴我，是哪個綁架了她。不過，您，」波那瑟先生用一種非常天真的語調接著說，「最近幾天，您在忙些什麼？我好長時間沒見到您和您的朋友了。昨天，普朗歇在刷您的馬靴，那上面有很多的塵土，我想那不會是在巴黎的大街上沾上的吧？」

「是的，親愛的波那瑟先生，我們一起出去旅行了。」

「離這裡遠嗎？」

「我們陪阿托斯先生到福爾熱溫泉去了一趟，我的那些朋友現在還在那兒。遠是不遠，不過四十里的路程。」

「而您，一個人回來了，對嗎？」波那瑟先生臉上露出一種狡猾的神情，「您這樣一個漂亮的小夥子，情婦肯定在巴黎苦苦等著您，對嗎？」

「是的。」年輕人笑著說，「親愛的波那瑟先生，看來我什麼事情也瞞不過您。我最好還是向您承認算了吧，有人在等我，而且等得苦苦的。」

波那瑟的額頭上掠過一片陰雲，淡淡的，但達太安沒有發覺。

「這般殷勤會得到獎賞吧？」服飾用品商說，他的嗓音有了些變化。

「啊，我沒有明白您的意思。別這麼陰陽怪氣好不好！」達太安笑著說。

「沒什麼，沒什麼。」波那瑟接著說，「您什麼時候回來？」

「親愛的房東，您為什麼要問這個？」達太安問，「是不是您打算等著我？」

「不是，而是自從我被逮捕、家中遭劫以來，每當聽到開門聲我就擔驚受怕，尤其是夜裡。哎！真沒有辦法！」

「好！請您不必害怕。我可能凌晨一點鐘、兩點鐘，或許我根本不回來。」

波那瑟的臉色突然變得十分蒼白了，達太安不可能覺察不到，便問他怎麼了。

「沒事，沒事！」波那瑟回答說，「只不過自從上次的事之後我的身體一直虛弱。請別在意，您忙您的去吧。」

「那麼我要忙我的事去了。」

「還沒有到時候呢，再等一等吧。您剛才說過了，是在今天晚上。」

「可快到晚上了，也許您像我一樣，迫不及待地在等待著晚間的到來，也許今天晚上波那瑟夫人會回家來與您團聚了。」

「波那瑟夫人今天晚上不會有空，」這位做丈夫的嚴肅的回答說，「她有事回不來了。」

「那樣，對您來說真是太不幸了，我親愛的房東。可我呢，在我幸福的時候，我希望所有的人都跟我一樣的幸福。看來這有點困難。」

年輕人終於可以離開了，想到自己的玩笑話，不禁哈哈大笑了起來。

「好好地尋歡作樂去吧！」波那瑟還了一句。可是，他講這句話時達太安已經走遠，聽不到了。

達太安奔向特雷維爾先生的府邸，他還沒來得及和隊長談一談。

紅衣主教在凌晨一點時就藉口身體不舒適退出了舞會。特雷維爾先生心情非常愉快，這是因為整個晚會期間，國王和王后對他都非常親切，而紅衣主教卻非常沮喪。

兩位陛下回到羅浮宮時，已經是清晨六點了。

「現在，」特雷維爾先生向房間四周掃了一眼，壓低聲音對達太安說，「現在，我們來談談您，年輕人。國王、王后十分高興，顯然都與您這次順利歸來有關，而紅衣主教很氣憤，所以您要格外小心謹慎才是。」

「我沒有什麼可害怕的！」達太安說，「只要我有幸得到兩位陛下的恩寵，別的還管它做什麼！」

「紅衣主教不會忘記自己吃的虧。他肯定不會放過那個讓他吃了虧、受了挫的人！絕不會！」

「您認為紅衣主教會和您一樣，消息靈通到已經知道去倫敦的就是我？」

「見鬼！您去過倫敦了。您手指上那枚閃閃發光的漂亮鑽石戒指是您從倫敦帶回來的嗎？要當心，敵人送的禮品可不是什麼好東西。不是有一句拉丁文的詩說……請等一等，讓我想一想……」

「是有這麼一句，肯定有，」達太安曾讓他的老師徹底對他的拉丁文學習喪失信心，這時，他卻說，「有，肯定有，肯定有這麼一句。」

「肯定有這麼一句。」曾經接受過一些教育的特雷維爾先生說，「有一天，有人曾經在我面前引用過那句詩……等一等……啊！我記起來了！**Timeo Danaosetdonaferentes.**[75] 這意思是說：『**要提防送給你禮物的敵人**。』」

「但這枚戒指不是來自敵人，而是王后送的，先生。」達太安說。

---

75. 拉丁文，原意是：我害怕希臘人，即使他們是來向神奉獻供品的。此語見於古羅馬詩人維吉爾的史詩《伊尼特》第二卷。意思是：對那送您禮物的敵人多加小心。

「王后！噢！噢！」特雷維爾先生說，「的確，一件真正的王室珍寶。可王后是叫誰交給您的呢？」

「是王后她親自給我的。」

「怎樣給您的？」

「是在把她的手伸給我吻時。」

「您吻過王后的手了？」特雷維爾先生叫了起來，同時打量著達太安。

「王后陛下給了我這一恩典是我的榮耀。」

「在場的還有其他的人嗎？」

「先生，請您放心，沒有任何人看到這一場景。」達太安說。接著，他把事情的經過告訴了特雷維爾先生。

「啊，女人哪，女人！」這位老軍人高聲說，「她們的腦子裡充滿了傳奇故事，神秘的事總讓她們很著迷。正因為如此，您只看到了那條胳膊，如此而已。不過，將來您再見到王后，你們肯定誰也不認識誰。」

「不會那樣的，憑著這枚鑽石戒指就不會那樣。」年輕人回答說。

「請聽我告訴您，」特雷維爾先生說，「我給您一個忠告，一個很好的忠告，一個朋友的忠告，您接受不接受？」

「那是您給我的榮幸，先生。」達太安說。

「那好吧！找一家首飾店，把戒指賣掉，價錢由他們給，給多少便是多少。即便那首飾商再貪心，至少也得給您八百比斯托爾。比斯托爾上面是沒有名字的，而這枚戒指上面有個可怕的姓名，戴它的人會暴露自己的。」

「賣掉這枚戒指？賣掉王后陛下給我的一枚戒指？永遠辦不到！」達太安說。

「那戴它時把鑲鑽石那一面轉到裡邊去吧。誰都看得出來，一個加斯科尼的見習衛士，是絕對不可能有這樣的一枚戒指的。」

「這麼說，您真的認為我有什麼危險了？」達太安問。

「年輕人，即使一個人躺在了一顆引線已被點燃了的地雷上，也要比您安全些。」

「見鬼！」達太安驚歎了一聲。無疑，特雷維爾先生肯定的語氣已經開始使他感到不安了，「見鬼！那該怎麼辦？」

「首先，您處處要小心。紅衣主教不是一般人。請相信我，他一定不會放過您的。」

「他會怎麼辦？」

「啊，這我如何會知道！他為了達到自己的目的，不是可以運用各種鬼蜮伎倆嗎？至少，他會把您抓起來。」

「怎麼！他敢逮捕一個為陛下效勞的人？」

「當然！他們逮捕阿托斯都沒有任何顧忌。無論如何，年輕人您要相信我，我在宮廷當差已經三十年了。不要自以為安全就睡大覺，否則吃虧的是自己。您要記住，這是我跟您講的。您應該意識到，在您的周圍到處都是敵人。如果有人向您尋釁，要與您吵架，那麼，即使他只是一個十歲的小孩子，您也千萬別和他吵；如果真的有人跟您打了起來，那麼不管什麼時候您都要不怕丟醜，招架一下就趕快退走；過橋時，您要試試看橋板是否牢固，以免一腳踩下去其中一塊會被踩斷；在經過一棟正在建造的房子時，您要看清楚，以免會有一塊石頭掉到您的腦袋上。不要相信任何人，是您的朋友也罷，兄弟也罷，情婦也罷，尤其是不要相信您的情婦。」

達太安的臉刷的紅了。

「情婦，」他機械地重複著說，「還『尤其是』……」

「因為情婦最容易成為紅衣主教的工具，她快速、有效。一個女人為了得到十個比斯托爾就會出賣您。」

達太安想到了波那瑟夫人當天晚上和他約會的事。不過我們這位主人公實在值得讚揚，剛才特雷維爾先生對一般婦女的那種不好的評價，並沒有讓達太安懷疑他漂亮的女房東。

「還有，」特雷維爾先生說，「您的三位夥伴怎麼樣了？」

「我到這裡來就是要打聽他們的消息呢。」

「沒有任何消息，先生。」

「是這樣的，他們被留在半路上了。波托斯留在了尚蒂利，要和人家進行決鬥；阿拉米斯留在了科雷沃科爾，肩膀上挨了一顆子彈；阿托斯留在了亞眠，被人指責攜帶偽幣。我到這裡來就是打聽他們的消息的。」

特雷維爾先生說：「那麼，您是如何脫身的呢？」

「應該說是由於出現了奇蹟，先生。我胸部挨了一劍，但接下來我一劍把德・瓦爾德伯爵扔在了加萊大路邊的一個小樹林裡，就像把一隻蝴蝶釘在壁毯上一樣。」

「德・瓦爾德！他是紅衣主教手下的人，是羅什福爾的一個表兄弟。行了，我親愛的朋友，我有了一個主意了。」

「什麼主意？請說吧，先生。」

「處在您的位置，我會做一件事。」

「什麼事？」

「當紅衣主教找您時，您可以悄無聲息地離開巴黎去找那三個夥伴。鬼東西！他們三個是值得您稍許關心一下的。」

「這是個好主意，先生，明天我就上路。」

「為什麼今天晚上不走，而等到明天？」

「今天晚上，先生，我有一件重要的事情非做不可，需要留在巴黎。」

「啊，年輕人！是為了輕浮的愛情嗎？要當心。我再說一遍：使我們栽跟斗的是女人。只要我們不記取教訓，以後還會這樣的！請相信我，今天晚上就離開巴黎。」

「不可能，先生！」

「你們已經約定了？」

「約定了，先生。」

「那就另當別論了。不過請您答應我，如果今天夜裡您沒有被殺，那麼明天一定起程。」

「我答應您。」

「需要錢嗎？」

「我還有五十個比斯托爾，我想夠了。」

「可是您的夥伴們呢？」

「我想他們也並不缺錢用。離開巴黎時，我們每人口袋裡都有七十五個比斯托爾。」

「在您動身前，我還能看到您嗎？」

「我想是不能了，先生，除非發生新的情況。」

「那就走吧，一路順風！」

「多謝了，先生。」

達太安告辭了。特雷維爾先生對手下的火槍手父兄般的關懷，令他深受感動。

在經過國王衛隊隊部時，他看到四匹馬已經到了三匹。普朗歇正在給馬兒刷毛，有兩匹已經洗刷完畢。

「啊！先生，」普朗歇看到了達太安，說，「見到您我真高興。」

「為什麼這樣說，普朗歇？」年輕人問。

「您相信我們的房東波那瑟先生嗎？」

「我？壓根兒就不相信。」

「啊！您做得很對，先生。」

「可是，您為什麼問這個問題？」

「剛才您跟他談話時，先生，我沒有聽見你們談什麼，但我看到他的臉變了三次顏色。」

「是那樣？」

「這個先生沒有覺察到，因為您心裡所考慮的全是您剛剛收到的那封信。而我一直對那封莫名其妙的信不放心，所以對他臉上的變化始終沒有半點兒的遺漏。」

「您覺得他表情如何？」

「一副陰險叛徒的奸相，先生。」

「是這樣？」

「我還沒講完呢，先生一離開，波那瑟先生就向相反的方向跑去了。」

「的確，普朗歇，您說得有道理。這一切都很值得懷疑。不過，您放心好了。」

「不過，先生，您等著瞧好了。」

「普朗歇，要發生的事情是註定要發生的。」

「這樣說，先生會繼續晚上的散步吧？」

「繼續，普朗歇，那封信是一個約會。我越是憎惡波那瑟先生，就越是要赴這個約會，也就是那封令您非常擔心的信中提出的約會。」

「如果這是先生的決定……」

「對，一個絕不動搖的決定，九點鐘，到時候我會前來找您。」

普朗歇意識到沒有辦法改變主人的計畫，於是他深深地歎了一口氣，開始洗刷第三匹馬。

達太安實際上是個十分謹慎的小夥子。他並沒有回家，而是到那個也是加斯科尼人的教士家裡去吃晚飯了。

chapter 24

小樓

九點鐘，一切準備完備，第四匹馬也到了。

普朗歇帶的武器是一枝火槍和一把手槍。

達太安也武裝起來，然後主僕二人悄悄地離開了。

在城裡，普朗歇始終與他主人之間保持著一定的距離，可一出了城，他就漸漸地靠近了他的主人，現在他已經自然而然地和主人並肩前進了。的確，大樹的搖曳，月光的照射，使那黑糊糊的矮樹叢上的光亮閃爍不定，這無疑使他強烈地感到不安。這種異乎尋常的變化被達太安看在了眼裡。

「喂，普朗歇先生，」他問，「你怎麼啦？」

「您有沒有發覺，先生，這樹林就像一座教堂？」

「普朗歇，怎麼這麼說？」

「就是說，在樹林裡，人們是不敢高聲說話的，就像在教堂裡一樣。」

「為什麼不敢大聲說話，普朗歇？是因為你害怕吧？」

「怕，怕講話被人聽到，先生。」

「怕被人聽到！我們的談話很正當，是無可指責的，我親愛的普朗歇，沒有什麼可以讓人指責的。」

「啊！先生！」他腦子裡一直有的那個念頭又冒了上來，「波那瑟先生那人眉宇間總顯得有點陰險。」

「真見鬼，你怎麼又想起了他？」

「先生，沒有辦法。人嗎，總是能想什麼就想什麼，而不是要想什麼就想什麼。」

「我明白了，因為你是一個膽小鬼，普朗歇。」

「先生，我這是謹慎，謹慎可是一種美德。」

「那麼，普朗歇，你很有德行囉，對吧？」

「先生，那邊閃閃發光的是不是火槍？我們是不是應該把頭低下來？」

「說真的，」達太安這時想起了特雷維爾叮囑他的話，自言自語說道，「說真的，那小子讓我也覺得害怕了。」

達太安開始策馬向前，普朗歇恰似主人的影子跟主人並馬而行。

「先生，我們要這樣奔跑一整夜嗎？」他問。

「不，普朗歇，你，就在這。」
「什麼，我就在這？那您呢？」
「我還要向前走幾步。」
「先生您讓我一個人留在這裡？」
「普朗歇，你害怕了？」
「不怕，這裡涼氣很重，人會被吹得得風濕病。一旦我得了風濕病會很糟糕，特別是對我這個還要伺候像您這樣矯健的先生的人來說，那就更糟了。」
「這樣吧，普朗歇，你要是感到冷，那邊有幾家小酒店，你隨便走進一家就成了，明天早上六點鐘，你在酒店門口等我。」
「先生，可是我這兒沒有錢。」
「這兒是半個比斯托爾，明天見。」
達太安跳下馬，急匆匆地走了。
「老天，好冷！」普朗歇叫了起來。他見有一座郊區小酒店模樣的房子，便慌忙跑過去敲門。
達太安很快到達了聖克魯鎮。進鎮之後，他繞到了城堡的後面。巷子的一邊有一堵高牆，那就是作為標識的那座小樓，另外一邊有一道籬笆，圍著一片小園子，以免行人進去。小園子深處有一座簡陋的棚屋。

信上沒有寫明他來到之後會得到什麼樣的信號，他只好靜候。

這裡四下寂靜無聲，達太安向後面看了一番，就把背靠在那道籬笆上。在籬笆、園子、棚屋的後邊，是廣闊無垠的原野。那原野被瀰漫著的一片陰沉沉的霧氣籠罩著，只有數點燈火，猶如地獄中凄涼的星辰在閃爍。

然而，對達太安來說，所有這一切都是令人高興的，一切念頭都伴隨著微笑，再深沉的黑暗也是透明的。

沒過多久，從聖克魯鎮的鐘樓裡不緊不慢地傳來了十下鐘聲。

這鐘聲彷彿在夜色中哀歎，多少帶有一點凄涼的味道。

然而，這正是我們的年輕人所期待的聲響。

他的目光聚集在了那棟小樓上，小樓只有二層的一扇窗子是開著的。

燈光從那個窗口裡射了出來，照耀著園子外面的幾棵椴樹，把搖曳的葉子映成銀白色。顯然，在那扇燈光幽雅的小窗子裡面，美麗的波那瑟夫人肯定在等著他。

達太安沉醉在甜美的想像裡，耐心地等待了半小時。他的目光一刻也沒有離開過那個可愛的小房間。他看到房間的一角露出了飾有金色線腳的天花板，整個房間很華麗。

聖克魯鎮的鐘樓傳來了十點半的鐘聲。

這次，達太安禁不住打了一個寒噤，可能是他受到了寒氣的襲擊，他自己也感到莫名其妙。

接著，他以為看錯了約會時間，約會的時間是十一點鐘。

他走近窗口，一道亮光照在了他的身上。他從口袋裡掏出信來重又讀了一遍。沒錯，時間是十點！

他又回到剛才待的那地方，思考目前的情況，他開始擔心起來。

十一點的鐘聲敲響了。

達太安真的開始感到害怕了，怕波那瑟夫人遇到了什麼不測。

他拍了三次掌。可是，沒有回應，連回聲都沒有。

於是，他不免有點生氣地想到，可能這個女人在等他的時候睡著了。

他想爬上高牆看個究竟，可那堵牆新近抹上灰泥，手指無處可抓，達太安白費了一番力氣。

這時候，他又把目光移向那些大樹。大樹中有一棵椴樹的樹枝伸到了街道上方。達太安想爬上這棵樹看小樓裡面的情景。

那棵樹容易爬。再說，達太安還不到二十歲，所以一下子便爬到了枝葉中間。從這個位置，他可以一直看到小樓的內部。

事情變得奇異了。那片燈光雖然看上去柔和，可是卻照著一副觸目驚心的凌亂場面：一塊窗玻璃被打碎了，房間的門被砸破了，歪斜掛在一根鉸鏈上，一張本來是擺著一頓出色宵夜的桌子也倒在了地上，許多瓶子被打得粉碎，被踩爛的水果遍地都是，滿屋子一片狼藉。

所有的這一切表明，在這個房間裡曾經進行過一次激烈的殊死搏鬥。達太安甚至相信，在這個房間狼藉無序的東西中，有一些從衣服上撕下來的碎片，一些沾在桌布和幃幔上的血跡。

他趕緊從樹上下來，一顆心狂跳不止，想看看能不能找到暴力行為留下的其他痕跡。

那一小片柔媚的燈光依然在寧靜的夜色中閃爍。達太安這時才又有了新的發現，一些地方的地面看上去剛剛被踐踏過，上面有許許多多的坑窪，這是混在一起的人的腳印和馬蹄的蹄痕。而這他剛才卻沒有注意到。此外，他還發現了馬車的車轍。從方向判斷，那車子是從巴黎來的，沒有超過小樓再向遠處去，而是折回巴黎了。

最後，在牆邊達太安又發現了一隻扯破的女人手套。這隻手套非常乾淨，散發著芬芳之氣。

達太安在搜索時，一顆心被可怕的擔憂揪緊了，慢慢的他開始變得上氣不接下氣。為了讓自己鎮靜下來，他不住地對自己說，或許這個小樓和波那瑟夫人毫不相干。她向他說明，約會地點是在小樓前面，而不是在小樓裡面。她可能是因為公務繁忙，或者是由於丈夫吃了醋，脫不開身，才沒有前來。

但是，這種種推測，被一種深深的痛苦的感情攻破了，否定了，推翻了。在某些情況下，這種悲痛之感會控制著我們的軀體，並告訴我們大難臨頭了！

因此，達太安幾乎失去了理智。他在大路上奔跑著，一直跑到渡口，去向那個划渡船的人打聽了情況。

通過詢問他瞭解到：傍晚七點鐘左右，船夫曾把一個披著黑色披風的女人從對岸接了過來。那個女人時時防備著，儘量不讓人認出，這才引起了船夫的特別注意。

在那個時候，和今天一樣，有不少的年輕漂亮女人來到聖克魯鎮，並且不想讓別人看到。然而，達太安絲毫不懷疑，那個女人就是波那瑟夫人。

達太安又讀了一遍波那瑟夫人的信，他肯定自己沒有看錯，約會的地點是聖克魯鎮，是埃斯特雷先生的小樓前，而不是在別的街上。

他的預感沒有錯，一場大難臨頭了。

他又跑了回去，那裡可能又發生了什麼新的情況。

那條小街依然是空無一人，那扇窗口依然照出靜謐、柔和的燈光。

這時候，達太安想到了那座棚屋，說不定它還能開口說出什麼。他越過籬笆跳了進去，一條用鏈子拴著的狗汪汪直叫。

他敲了幾下門，沒有回應。棚屋裡死一般的沉寂。但除了這棟小屋，他再也沒有任何地方可以去打聽情況，於是，他繼續敲那棚屋的門。

不一會裡面有了動靜，聲音極其輕微。

達太安停了下來，不再敲門，而是用一種充滿不安、誠意、恐懼和討好的語調向屋裡的人懇求起來，僅僅這種聲音就足以讓最膽小的人放下心來。終於，有一扇護窗板被打開了，說得確切些，是被打開了一條縫。可是，當裡面的人看到被微光照亮了的達太安身上那肩帶、劍柄和手槍之後，窗子重又被關上。儘管關得很迅速，達太安還是依稀看到了一個老人的臉。

「看在上天的份上！」達太安說，「請聽我說，我在等一個人，可沒能見到，我很擔心。請告訴我這附近是不是發生了什麼不幸的事情？」

那扇窗子又慢慢地被推開，那張臉又露了出來，比剛才變得更加蒼白了。

達太安老老實實地把自己來後遇到的事情講了一遍，只是沒有提到有關的人名。他講述了自己如何約定跟一個年輕女人在這座小樓前面會面，不見她前來，他爬上椴樹，在微弱的燈光下，看到了那個房間裡面一片混亂的情景……

老人注意地聽著。達太安講完之後，他搖了搖頭，那神情似乎表示大事不好。

「您這是想講什麼？」達太安大聲說，「看在天主份上，唉！先生，請您告訴我吧。」

「啊！先生，」老人說，「請什麼都不要問我。如果我把我知道的事告訴您，對我來說肯定不會有什麼好下場。」

「您肯定知道發生了什麼。」達太安繼續說，「如果是這樣，那就看在上天的份上，」他一邊拿出一個比斯托爾扔給了那老頭兒，一邊說，「告訴我吧，把您剛才看到的事情告訴我吧。我以貴族的身分向您保證，一句也不會走漏的。」

老頭兒看出了他的真誠和痛苦，於是，示意達太安靜靜地聽他講，接著他低聲說：

「晚上九點，我聽到街上有嘈雜聲，很想知道發生了什麼事，便要出門去看個究竟。我剛想出去就有人敲門想進來。我是個窮光蛋，不怕什麼人來搶，便去開了門。門外站著三個人，黑影裡有一輛華麗的四輪馬車，還有幾匹馬。那幾匹馬肯定就是那三個穿著騎士服裝的人的坐騎。我大聲對他們嚷道：

『喂，先生們，你們有什麼事？』

『您有沒有梯子？』一個領隊模樣的人問我。

『有，先生，我有一架摘果子用的梯子。』

『您把梯子搬過來，然後回到自己的屋裡去。給您一個埃居作為我們打擾您的酬勞。記住，如果您還想活的話，今天發生的事就一個字也不要提。』他們還說，可以肯定，不管我們如何威脅您，不許您聽，不許您看，您還是會看到會聽到的。

「講到這裡，那人扔了一個埃居給我，然後他扛走了我的梯子。

「我進屋之後就立即從後門溜出。在暗處，我一直鑽進了這叢接骨木裡，在那裡我能看到外面發生的一切，而又不會被發現。

「那三個人悄無聲息地把那輛馬車拉了過來，並從車裡面弄出一個矮胖子。他小心翼翼地爬上梯子，偷偷地往那個房間裡張望了一會兒，隨後又躡手躡腳的爬下了梯子，並低聲對另外的人說：

「『沒錯，是她！』

「那個和我講過話的人立即走到小樓門口，打開了樓門，走了進去，又從裡面把門關上。這時，另外兩人爬上了梯子。那個矮老頭則站在車子旁邊。

「突然，從這座小樓裡發出了尖叫聲。隨後，一個女人跑到窗口打開窗戶想要跳下來。可是，她看到窗子外面還有兩個人，立刻往後跑。而那兩人從窗口跳了進去。

「此後我便什麼也看不到了，可我能聽到那個婦人的拚命呼喊，但很快也聽不到了，她的嘴很快被堵上了。

「那三個人走到窗前，其中兩個人把那個婦人夾在胳膊下把她塞進了馬車，那個小老頭也跟著進車裡去了。留在房間裡的那個人關上了窗子，走到馬車前，向車子裡面望了望。從小樓上爬下來的那兩個人已經騎在馬背上等他，從門裡出來的那個最後也上了馬。由那三個騎士押送著，四輪馬車奔馳而去，一切就結束了。這就是我所看到的、聽到的一切。」

達太安聽後，表面上呆若木雞，但是所有的憤怒和嫉妒的惡魔在他心裡狂呼亂叫。

「可是，我的老爺，」老頭兒接著又說，達太安的這種六神無主的絕望表情把他嚇壞了，「不要傷心啦，他們並沒有把她殺掉。」

「我不認識他。」

「您是不是能大致講得出，」達太安問道，「那個領頭是什麼樣的人？」

「可既然他跟您談過話，您肯定看清楚他的樣子了。」

「噢，您是問我他的長相？」

「是的。」

「乾瘦，高個兒，黑色的小鬍子，黑眼睛，臉曬得黑黑的，一副紳士神氣。」

「這就對了，」達太安叫了起來，「又是他，永遠是他！看來這傢伙是我的死對頭！另外一個呢？」

「哪一個？」

「那個矮個子。」

「喔，他不是貴族，我敢斷定。再說，看上去其他幾個並不尊敬他。」

「一個跟班。」達太安低聲說，「啊！可憐的女人，他們對您做了些什麼呀？」

「您答應過我的，先生，不把事情說出去。」老頭兒說。

「我現在再一次許諾，請您放心。我是貴族，我向您許下了我的諾言。」

達太安心情沉重地再次向渡口走去。他不能相信那個女人就是波那瑟夫人，他幻想次日能夠在羅浮宮見到她。他猶豫、悲痛、絕望。

「啊！現在，如果我的朋友們在我身邊那有多好！」他叫了起來，「我至少還有希望找到她。可是，誰知道他們現在怎麼樣了呢！」

時間將近半夜十二點了，應當去找普朗歇。於是，達太安看哪家酒店還有點燈光就去敲哪家酒店的門，可是沒有找到他。

一直找到第六家，他才想起自己已經和跟班約好早晨六點鐘見面。普朗歇現在無論在哪裡都是可能的。

另外，年輕人這時候又產生了一個念頭：繼續留在出事地點附近，也許能獲得有關這個神秘事件的線索。於是在走進第六家酒店之後，他不再找下去了。他要了一瓶上等的葡萄酒，在最黑暗的角落找個位子坐下，雙肘支在桌子上喝了起來。他此時已經下定決心，就這樣一直等到天亮。

達太安豎起耳朵靜靜地聽著周圍的一切。可是，由於周圍盡是體面的社交圈子裡的工人、跟班和馬車夫，所以他聽到的只是一些彼此之間的嘲笑和辱罵，根本就談不上找到那個被綁架的女人的線索。因此，由於他無事可做，同時免得引起懷疑，喝完那瓶酒以後他便在那個角落裡，用一種盡可能舒服的姿勢勉強讓自己睡去。

達太安只有二十歲，這樣一個年齡，其睡眠擁有不受時間約束之權，即使最絕望的事也不能剝奪這個權利。

早上六點鐘，達太安醒來了，覺得一身的不舒服。簡單梳洗了一下，他在自己身上摸了摸，以便查明有沒有人趁他睡覺時偷走了他的東西。他站起來付了酒錢，走出店外去找他的跟班。透過灰濛濛、濕漉漉的霧氣，他出門頭一眼瞥見的就是普朗歇。普朗歇牽著兩匹馬，正在一家不起眼的小酒店門前等著他，昨天夜裡達太安根本就沒有注意到它。

chapter 25 波托斯

達太安去了特雷維爾的府邸。他決定把發生的事情原原本本告訴特雷維爾先生。他相信，一方面德・特雷維爾先生一定能給他帶來一些有益的幫助；另一方面，特雷維爾先生幾乎天天可以見到王后，也許他能夠從王后那兒得到一些有關這個可憐的女人的消息。那可憐的女人說不定就是因為盡忠於王后而慘遭不測的。

特雷維爾先生聽他講著，在整個事件中，隊長注意到了一件和戀愛毫無關係的事。等達太安講完，他說：

「嗯！很容易就能聞到攙和在這一事件中的紅衣主教的氣味。」

「可是，那該怎麼辦呢？」達太安問。

「現在您必須離開巴黎，沒有其他的辦法，絕對沒有。我見到王后會把這個可憐的女人失蹤的事情告訴她。不過王后可能對此事一無所知。這些詳細情況會有助於王后決定怎麼辦。您回到巴黎的時候，也許會有好消息。這件事就交給我吧，您放心地走好了。」

達太安知道，特雷維爾先生很少對人許諾，而一旦許諾就言出必行。聽了這番話，他向特雷維爾先生敬了一個禮，心理充滿了感激之情。正直的隊長對這個勇敢而堅強的年輕人也很關心，他親切地和達太安握了手，祝他旅途平安。

達太安決心立刻按特雷維爾先生的忠告行事，便向掘墓人街走去，準備回家去整理一下行裝。快到門口時，他看到波那瑟先生在門口站著。這時，他再一次記起了謹慎的普朗歇昨天對他說的關於房東為人陰險那番話，因此，他更加仔細地看了看這位房東。

果然，他看出房東那種偶爾可見的帶有病態的、青黃色的臉色，這種臉色證明他的膽汁可能滲入了他的血液，另外，達太安還注意到了隱藏在他臉上的那些奸詐虛偽的東西。

一個無賴和一個老實人笑容截然不同，一個偽君子和一個忠厚人哭的樣子也絕不一樣。**虛假總是一副面具，無論它製作得有多麼好，只要你稍許仔細觀察，總能辨別得出它和真面目的區別**。

達太安在波那瑟的臉上就看到了這樣一副面具，而且是一副最令人厭惡的假面具。因此，他強忍著內心的厭惡，打算不理睬他就走過去。可是，像昨天一樣，波那瑟先生叫住了他。

「喂！年輕人，」波那瑟說，「這一夜過得不錯，對嗎？現在是早上七點鐘，真是見鬼！您似乎稍稍改變了以往的習慣，在別人出門的時候回了家。」

「沒有人這樣指責您的，波那瑟老闆。」年輕人說，「您是所有正人君子的楷模，不會錯的。如果一個人家裡有一個年輕漂亮的妻子，他是用不著到處奔波去追求幸福的，因為幸福他已經找到，波那瑟先生，難道不是嗎？」

波那瑟的臉色刷的一下變得像死人一樣慘白，但他還是勉強露出了一絲微笑。

「噢，噢！」他說，「您真是一個風趣的夥伴。不過，昨天夜裡您跑到哪裡去了，我的少爺？看來，路上不太乾淨嘛！」

達太安低下頭來，看看自己那雙沾滿泥漿的靴子。不過，他發現服飾用品商的鞋襪上面同樣沾滿泥漿。看上去好像他們倆是在同一個地方待過，因為他們靴子上沾的污泥完全一樣。

達太安腦子裡突然閃過一個想法，那個矮矮胖胖、花白頭髮、穿著深色衣服像個跟班的，被組成押送隊的那些佩劍軍人看不上的那個傢伙，就是波那瑟本人！一個丈夫，竟然領著別人去綁架自己的妻子！

想到這裡，達太安真想撲過去將他掐死。可達太安是一個十分謹慎的小夥子，他克制住了自己。然而，他的臉色變化是那樣明顯，嚇得波那瑟想往後退，但是他的身後是一扇關著的門，這個障礙迫使他不得不仍然站在原來的位置上。

「噢，是這樣！您真會開玩笑！」達太安說，「我看得出，我的馬靴該擦一擦了，而您的鞋子也同樣如此。波那瑟老闆，不會您也是到外面去尋花問柳了吧？您做這種事真是不可原諒，您都這把年紀了，何況還有一位年輕漂亮的妻子呢！」

「啊！主啊，沒有的事。」波那瑟說，「昨天我去了聖曼德，去打聽我的一個女傭人的消息。那條路很糟糕，結果沾了這麼些泥巴回來，還沒來得及擦掉呢。」

聖曼德和聖克魯鎮正好位於兩個相反的方向上，這證明達太安的懷疑是正確的。這給達太安帶來了一線希望。如果波那瑟知道他妻子的下落，那就可以想些辦法迫使他開口，講出他所知道的秘密，問題是要證實他知道他妻子的下落。

「請原諒，親愛的波那瑟先生，」達太安說，「因為我現在渴得要命，請允許我去您家裡討杯水喝。您知道，鄰居之間這是不能拒絕的。」

達太安並不等房東允許，就快步走進了房東的屋子。床鋪得整整齊齊，波那瑟夜裡沒有睡過，並且達太安判定波那瑟從外面回來也不過一兩個小時。看來他把他的妻子送到了某個關押地。

「謝謝了，波那瑟老闆！」達太安喝完了一杯水後說，「現在我回家了，要叫普朗歇去擦我的靴子。擦完我的，如果您願意的話，我就吩咐他到您這兒來替您擦。」

說完他就離開了。

服飾用品商心裡不住地罵自己，真是搬起石頭砸了自己的腳。

達太安走到樓上，發現普朗歇驚慌失措地站在那裡。

「啊，先生，您可回來了！」普朗歇一看到他的主人便說，「又有了一件怪事！我左等右等總不見您回來。」

「出了什麼事？」達太安問。

「啊！您不在家的時候，有人來拜訪過！」

「這是什麼時候的事？」

「半小時前，您在特雷維爾先生那兒的時候。」

「到底誰來過了？喂，你說呀！」

「德．卡弗瓦先生。」

「德．卡弗瓦先生？」

「是他本人。」

「紅衣主教閣下的衛隊隊長？」

「正是。」

「他來逮捕我？」

「我懷疑是這樣，先生，儘管他假裝客氣。」

「你說他假裝客氣？」

「是，就是甜言蜜語，先生。」

「是這樣嗎？」

「他說是紅衣主教閣下派他來的，說什麼紅衣主教閣下對您很有好感，請您跟他到王宮[76]走一趟。」

「你怎麼回答了他？」

「我說，這是不可能的，因為您不在。」

「那麼，他又講了什麼？」

「他說，要您今天務必到他那兒去一趟，也許這次會見會關係到您的前程，紅衣主教非常器重您。」

「對紅衣主教來說，這個圈套可不大高明。」年輕人微笑著說。

「我也看出了這是個圈套，於是，我回答他說，您回來以後，一定會感到十分遺憾的。」

「德・卡弗瓦先生聽了就問我：『他去了哪裡？』」

「我回答說：『他去了香檳省的特魯瓦。』

76. 這座宮殿當時為紅衣主教官邸，後來黎塞留將之獻給路易十三，才改稱王宮。

「『何時走的？』」

「『昨天晚上。』」

「普朗歇，我的朋友，」達太安打斷跟班的話說，「你真是個人才啊！」

「先生，我心裡是這樣想的：如果您想去見德•卡夫瓦先生，您可以說您根本沒有走。這樣的話說謊話的是我，而我不是貴族，說說謊話無所謂的。」

「放心吧，普朗歇，你的誠實名聲是保得住的，一刻鐘以後我們就要動身了。」

「這正是我要勸您做的。我們去哪兒？是不是我過分好奇了？」

「聽著，和你所說的我要去的地方方向正好相反。現在，我急於要知道阿托斯、波托斯和阿拉米斯他們怎麼樣了。再說，你不是也急於想知道格里默、穆斯克東和巴贊的情況嗎？」

「是啊，先生，」普朗歇說，「我隨時跟您動身。我相信，眼下外省空氣一定比巴黎好得多，因此……」

「快快整理行裝吧。我先走，以免人家懷疑。整理完了你到衛隊隊部和我會合。另外我告訴你，普朗歇，我相信，你對我們房東的看法完全正確。」

「啊，先生，我會看相。我講什麼事情，請您相信我好了，都是對的。」

達太安自己先下了樓。隨後，為了周到起見，他再一次到他三個朋友家裡轉了一圈，仍然沒有他們的任何消息。只是阿拉米斯家裡被送來了一封芳香撲鼻、筆跡纖秀的信，達太安裝起了這封信。十分鐘以後，普朗歇在衛隊隊部的馬棚裡與達太安會合。

達太安對他說：「好，現在，你替我把另外三匹馬也備上鞍子。」

「您以為，我們每個人騎上兩匹馬就會走得快些？」普朗歇譏諷地問。

「當然不是，普朗歇先生，這個玩笑你開得不能算是高明。」達太安回答，「我們有了四匹馬，我找到那三個朋友就能把他們帶回來，如果他們還活著的話。」

「那樣的話可真是萬幸。」普朗歇說，「但是，我們不應該失去希望。」

「阿們！」達太安說著翻身上馬。

出了國王衛隊的隊部，他們兩個人分開向街的兩頭背道而馳，出城之後重新會合。這一戰略措施取得了圓滿的成功，達太安和普朗歇一起到了皮埃費特鎮。

應該說，普朗歇在白天要比在黑夜勇敢些。

上次旅行時遇到的那些意外普朗歇還記憶猶新，因此他把一路上遇到的人都當成他的敵人，以致於他不斷地把帽子取下來捏在手裡。達太安嚴厲斥責了他的這一行為，因為達太安擔心這種過分的禮貌會讓別人不把他看成貴族的一個跟班。

一路無事，兩個旅行者最終平安地抵達尚蒂利。他們走進了上次旅行時歇腳的那家大聖馬丹客店。

客店老闆恭恭敬敬地在門口迎接了他們。達太安和普朗歇已走了十一里路，不管波托斯在不在這家客店裡，他們也該歇一口氣了。達太安想到，見人就打聽火槍手的事也許是不謹慎的，便什麼話也沒有講，下了馬他把牲口都交給普朗歇，自己走進了一間專供客人單獨住的小房間，要了一瓶店裡最好的葡萄酒和一頓盡可能豐盛的午餐。所有這些，越發地加深了老闆對他的好感。

達太安的午餐奇蹟般馬上就上來了，快得簡直讓人吃驚。

儘管達太安穿著普通衛士的制服，但他帶著一個跟班，還有四匹駿馬，也不能不叫人另眼看待。老闆過來親自侍候他，達太安叫人再加了一副碗筷，他們之間的話匣子就這樣拉開了。

「說真的，親愛的老闆，」達太安把兩隻酒杯斟滿，道，「我向您要的是您店中最好的酒，如果您欺騙了我，那您就要自食其果受到懲罰了。請端起酒杯，我們一起喝。只是，我們得找個乾杯的理由，那就為您客店生意興隆而乾杯吧。」

「先生賞光啦，這真是令我感到榮幸之至。」客店老闆說，「小的這裡真誠地感謝閣下的良好祝願。」

「不過，請不要誤會，」達太安還說，「我的意思是，只有在生意興隆的客店裡，旅客們才能受到良好的款待；而在那些生意蕭條的客店裡，一切一團糟，老闆捉襟見肘，旅客也跟著倒了楣。我經常出來旅行，尤其在這條路上，所以我希望客店老闆個個都能財運亨通。」

「這一說我記起來了！」老闆說，「我想我不是第一次見到您了。」

「啊，是啊，我至少在您的店裡住過三四次。記得吧，最近的一次是大概在十一二天以前。那次我帶著我的幾個火槍手朋友，一起在這裡住下的。他們之中的一個還與一個陌生人爭執起來，那人沒事自找麻煩。」

「啊，是的，是的！」客店老闆說，「先生，我記得清清楚楚，您談起的不就是波托斯先生嗎？」

「主啊！一點不錯，我親愛的老闆，請告訴我，他現在怎麼樣？」

「嗯，先生應該注意到，他沒能繼續趕路。」

「確實如此，他曾經答應要追上我們。可是，我們一直沒能等到他。」

「他給敝店賞光，一直留在這兒了。」

「什麼?他留在這兒了？」

「是的，先生，他留在了這兒，我們甚至還感到很是擔心呢！」

「擔心什麼？」

「擔心他拖欠的一些費用。」

「這樣?他拖欠的費用他會付清的。」

「啊，先生！我們已經墊進去許多了。今天早上外科醫生還警告我們，說如果波托斯先生不付帳，他就向我收錢了，因為最早是我把他請來的。」

「這麼說，波托斯受傷了？」

「這您可不能問我，先生。」

「為什麼？為什麼不問您？」

「處在我們的地位，就不能知道什麼便說什麼了，先生，特別是有人預先警告過我們。」

「好！是這樣，我能見見波托斯嗎？」

「當然可以，先生。請上樓去，到二樓一號房間去找他吧。不過，您要預先通報是您。」

「什麼，我要預先通知他是我看他？」

「是的，否則，您也許會碰到什麼意外。」

「會遇到什麼意外？」

「波托斯先生可能會把您隨便當成客店裡的什麼人，會讓您送了命。」

「你們對他怎麼啦？」

「我們曾經向他討過帳。」

「見鬼！明白了。可據我所知，他應該有錢的。」

「我們也是這麼想的，先生！他住了一個星期，我們把帳單送交給了他。可是，看來我們送的不是時候，因為我們一開口他就把我們轟了出來。上一天他賭過錢，這倒是真的。」

「什麼，他賭過錢，跟誰？」

「跟一位路過的老爺。」

「噢！是這樣，這個倒楣蛋肯定會輸個精光的。」

「是的，連他的馬也輸掉了，先生。當時我們就向那位老爺提出不要再賭了，而他回答我們說，我們是多管閒事，並說那匹馬歸他了。我們立刻把所發生的事情通知波托斯先生。可是他罵我們是無恥小人，說一個貴族的話是毋庸懷疑的。」

「我瞭解，他就是這種人。」達太安自言自語道。

「於是，」老闆接著說，「他一直沒有付帳。我想請他到金鷹客店去，去照顧照顧我的那位同行。可是波托斯先生回答說，這裡是最好的，除了這裡他哪裡也不去，他打算只在此住下來。我沒法非要讓他搬走。於是請求他把他現在住的本店最漂亮的那間房子退掉，換個房間。而波托斯回答說，他隨時等待他的情婦到來，而她是宮裡最顯赫的貴婦人之一。據在下理解，他住的那個房間，對他來說就已經是過於寒酸了。我堅持我的決定，而他根本就不屑再和我商量，便將一把手槍放在床頭上，宣稱有誰冒冒失失多管閒事再對他提起搬家之事，無論要他搬出本店也好，還是要他在店內換一個房間也好，只要開口，他就開槍打碎那人的腦袋。所以，從那個時候起，除了他的跟班，就沒有人敢走進他的房間了。」

「那個穆斯克東？」

「是的，先生，他走後五天又回到了這裡，情緒很壞。對我們來說，遺憾的是他比他的主人機靈，為了侍候他的主人，他在我們這裡想拿什麼就拿什麼，連問都不問一聲，把這裡搞得一塌糊塗。」

「的確會如此！」達太安說，「我早就看出，穆斯克東忠心耿耿，聰明過人。」

「是的，先生。可請先生設想一下，每年，我只要遇到四個這樣既忠心又聰明的角色，那我就破產了！」

「不會的，波托斯會付帳的。」

「哼！」客店老闆並不相信。

「他受寵於一位地位顯貴的貴婦人，因此，她不可能讓他為了欠您這麼一點小錢而陷入困境的。」

「關於這一點，如果我敢於說出我所相信的……」

「您什麼意思？」

「我還可以進一步說，我所知道的……」

「您所知道的？」

「我肯定的是，我認識那位貴婦人。」

「您？」

「是的，我。」

「您怎麼認識她的？」

「啊，先生！請您保證，您不會隨便把事情說出去。」

「那就講吧，請相信一位貴族的信用！您絕不會因為相信我而後悔的。」

「好，先生，我講。您知道，我很擔心，所以做了一些事。」

「那您做了什麼呢？」

「噢！不過，沒有一件不是屬於一個債主許可權範圍之內的事。」

「到底做了什麼事？」

「波托斯先生給那位公爵夫人寫了一封信。當時他的跟班還沒有回來，他自己又不能離開房間，因此他有事只好叫我們去辦。」

「後來怎樣了？」

「正趕上我們店裡一個夥計要到巴黎去，我就把信交給他，吩咐他把信交給公爵夫人本人。我這樣做是為了滿足波托斯的心願，因為他把信交給我時曾非常鄭重地左叮嚀右囑咐，要保證信的安全。我們就這樣做了。不是嗎？」

「差不多吧。」

「您知道這位貴婦人是怎麼樣的？」

「不知道。我只聽波托斯講起過，僅此而已。」

「您知不知道這位所謂的公爵夫人是怎麼樣的？」

「我再一次回答您，我不認識她。」

「她是一位訴訟代理人的妻子，名叫科克納爾夫人，年紀至少有五十歲了，看樣子很愛吃醋。而使我感到意外的是，這樣一位貴婦人卻住在了熊瞎子街。」

「您是怎麼知道她愛吃醋的？」

「收到信後她大發雷霆，大罵波托斯先生是個朝三暮四的人，挨一劍是為了其他女人。」

「他挨了一劍？」

「啊，主啊！我講出了什麼啦？」

「您說波托斯挨了一劍。」

「是這樣。不過他嚴禁我說出去！」

「為什麼會這樣？」

「啊，先生！那天您走了，他聲言要把那個人一劍刺穿，可吹牛歸吹牛，事實恰恰相反，自己卻被那個陌生人刺得倒在地上了。波托斯先生死要面子，不願向任何人承認他挨了一劍。」

「那麼，使他臥床不起的原因就是因為這一劍？」

「這一劍很厲害呀，先生，您朋友身體強壯才沒有死。」

「您當時在場嗎？」

「我看了，我出於好奇躲在他們後面，不過決鬥者並沒有看到我。」

「整個過程是怎麼樣的？」

「啊！時間不長，他們都擺出了防守的架勢。隨後，那個陌生人做了一個假動作，接著向前衝去，說時遲那時快，劍刺進波托斯的胸脯足足有三寸深。他向後倒了下去，那個陌生人立即用劍尖頂住他的喉嚨，波托斯先生只好認輸。當那人聽到他叫波托斯而不是叫達太安時，便伸出胳膊扶他回到客店。隨後揚長而去。」

「這麼說，那陌生人要找的是達太安？」

「好像是這樣。」

「您知道那位先生的下落嗎？」

「不知道。在那之前，我從來沒有見過他，之後也沒再見過他。」

「很好。我想我一切都清楚了。現在您說，波托斯的房間是二樓一號？」

「是的，先生，本店最講究的一個房間。我已經失去了十次租它出去的機會。」

「好啦！放心吧，」達太安笑著說，「錢會付給您的。」

「啊，先生！不管她是不是公爵夫人這都無所謂，只要她肯解囊。然而，她可有話在先，對於波托斯先生的一再要求和不忠她已經感到厭煩，她不會付錢了。」

「她的這個回答，您是否告訴了您的房客？」

「我沒告訴他，否則，他會看出我們替他送信的方式。」

「所以，他一直在等她寄錢過來，對嗎？」

「啊，主啊，是這麼回事！昨天他又寫了一封信，不過這次是跟班送到驛站的。」

「您說那位訴訟代理人夫人又老又醜？」

「至少五十歲，先生，據說一點也不漂亮。」

「那就請放寬心吧！她的心會軟下來的。再說，波托斯欠您的錢不太多。」

「什麼，不太多？已是二十來個比斯托爾了，醫生的診療費還沒有包括在內呢。」

「好吧，如果情婦扔下他，他還有朋友呢，這一點我可以向您擔保。所以，我親愛的老闆，您把心放進肚子裡。他需要什麼您儘管繼續提供給他。」

「先生，您已經答應過我不向他提到訴訟代理人夫人和他受傷的事。」

「這件事我們已經談妥啦，我說話算數。」

「啊，不然的話，他會殺了我的！」

「不必害怕，他這個人其實並不像看上去那麼凶惡。」

老闆對他十分注重的兩件東西——債權和生命，都感到稍許放心了。

走上樓梯，達太安敲了一下門。裡面的人叫他走開，他卻推門走了進去。

波托斯躺在床上，正和穆斯克東玩朗斯格內消磨時光。爐子上轉動著的一根鐵叉上串著一隻竹雞，大壁爐兩邊的兩個角落裡各有一個小火盆，上面都放著一隻小鍋兒，小鍋兒在沸騰，從裡面飄出白葡萄酒燴兔肉和魚湯的味道，令人垂涎欲滴。

波托斯一看是自己的朋友，高興地大叫起來。穆斯克東也恭恭敬敬地站了起來，把位子讓給達太安。

「見鬼，怎麼是您？我太高興了，您知道我發生什麼事了嗎？」

「不清楚。」

「客店老闆什麼都沒有對您講？」

「沒有。我要求見你，就直接上來了。」

波托斯的呼吸似乎順暢了些。

「您到底發生了什麼事，我親愛的波托斯？」達太安接著說。

「是這樣的：對手已經中了我三劍，我正衝過去想第四劍把他刺死，不料，我踩在一塊石子兒上，一滑，膝蓋給扭傷了。」

「是這樣？」

「當然！算那個混蛋運氣，不然我就讓他當場送了命，我向你保證。」

「後來他怎麼樣了？」

「半句話也沒有講便溜之大吉了。可您，我親愛的達太安，您發生什麼意外了嗎？」

「就因為扭傷了膝蓋，」達太安接著問，「您就臥床不起了？」

「啊，主啊！是的，情況就是這樣。再過幾天我就可以下床了。」

「那您為什麼不叫人把您送回巴黎去？待在這樣一個鬼地方一定悶得要死的。」

「本來我是打算這麼辦的，可是有件事不得不向您承認。」

「什麼事情？」

「是這樣，由於我煩悶得要死，就像您說的那樣，為了解悶我把一位路過這兒的貴族請了上來，提議要跟他玩骰子，他接受了。實話實說吧，我的錢全輸了。不過，您怎麼樣，我親愛的達太安？」

「真沒辦法，親愛的波托斯，一個人總不能樣樣得天獨厚嘛。」達太安說，「您知道，有這句諺語說：**賭場失意，情場得意**。由於您情場上總是左右逢源，所以，賭場上您的手氣就會差些了。不過，錢是身外之物，你的公爵夫人肯定會來拉您一把的，不是嗎？」

「可不是嗎！我親愛的達太安，」波托斯用天下最瀟灑的神情說道，「所以我給她寫了信。」

「後來呢？」

「後來！她想必去了她的領地，連封信也沒有寫過來。」

「是這樣？」

「是這樣，所以昨天我又寫了第二封信。正好現在您來了，我親愛的朋友，老實講，我開始有點為您擔憂了。」

「看來，客店老闆對您不錯。」達太安一邊說，一邊指著兩隻裝得滿滿的鍋子。

「馬馬虎虎。」波托斯回答說，「就是三四天以前，那個不懂禮貌的傢伙居然跟我要賬，我把他轟了出去。您看到了，我就像戰勝者和征服者住在這裡，所以整日佩劍不離身了。」

「可我看出……」達太安笑著說，他指指那些空酒瓶和爐子上的兩口鍋子。

「真遺憾，所有這些都不是我幹的！」波托斯說，「這個可惡的扭傷將我困在了床上。不過，穆斯克東可以出去，他可以帶很多東西。」波托斯接著說，「您看，我們的增援部隊到了，必須補充食物才行。」

「穆斯克東，」達太安說，「你一定得幫我一個忙。」

「幫什麼忙，先生？」

「就是把你的烹調技術教給普朗歇。我也可能受到圍困，要是他像你一樣，用你伺候主人的方式來使我得到享受，我才感到滿意哩。」

「天啊！」穆斯克東謙虛地說，「這再容易不過啦，只需要手腳靈活，沒有別的。我的父親閑著沒事時就經常去偷獵。」

「那麼其餘時間他幹些什麼呢？」

「先生，他幹著一種我始終認為相當不錯的行當。」

「什麼行當？」

「在天主教派和胡格諾教派作戰的那些年代裡，他為自己創立了一種混合的信仰，這就是說，有時候他是天主教徒，有時候他是胡格諾教徒。他經常肩扛一支喇叭火槍，在路旁的籬笆後面蹓躂。有時，當他看到一個單身的天主教徒走過來，他就托起他的火槍，說他是胡格諾教徒，然後向那人瞄準，結果來人差不多總是扔下他的錢袋，然後逃之夭夭。當然，反過來也是一樣。當他看到一個胡格諾派教徒走過來時，他心裡又充滿了強烈的天主教激情。因此，連他自己也不明白在一刻鐘之前，他怎麼能對我們神聖的宗教的優越性產生懷疑？」

「你的這位可敬的父親最後結局如何？」達太安問道。

「唉！他的結局非常悲慘。有一天，他在一條低凹的道路上與他以前曾打過交道的一個胡格諾教徒和一個天主教徒同時狹路相逢。於是，他們聯合起來對付他。最終他被吊死在了一棵樹上。隨後，他們到附近一個村子的小酒店裡吹噓他們的魯莽行動。碰巧，我的哥哥還有我也在那個小酒店裡喝著酒。」

「那你們採取了什麼行動了呢？」達太安問。

「我們沒聲張，讓他們講下去。」穆斯克東接著說，「後來，他們出了小酒店，各自走向一條相反的道路。於是，我的哥哥跑過去，埋伏在了那個天主教徒所走的道路旁，我向另外的方向跑過去，埋伏在了那個胡格諾教徒所走的道路旁。兩個小時後，我們分別懲罰了他們，同時讚歎我的父親有先見之明。看來他早已有了提防，讓我們哥兒倆各自信了不同的宗教。」

「他還是個偷獵者？」

「對的，先生，他教會了我打獵的技巧。因此，當我看到我們那位壞蛋客店老闆給我們吃的全是一些肥肉時，就重操了一點舊業。我在親王先生的樹林裡散步時，在一些兔子出沒的地方放下活扣；在親王殿下的湖邊休息時，在水裡放入釣魚絲。正如先生親眼所見，我們不缺少竹雞、野兔、鯉魚和鰻魚，以及各式各樣易於病人消化、營養豐富的食品。」

「可是葡萄酒呢，」達太安問，「葡萄酒由什麼人來供應？客店老闆嗎？」

「是，也可以說不是。」

「這話怎麼講？」

「說是，酒確實是他的；說不是，是由於他不知道他有這份榮幸。」

「請你說清楚些，穆斯克東，你的話真叫人長見識。」

「是這樣的，先生。我在各地遊歷時遇見過一個西班牙人。他到過很多國家，其中包括新大陸。」

「新大陸，寫字台和櫃子上的酒瓶，它們之間有什麼關係呢？」

「請稍安勿躁，先生，耐心些，一件件事情總要講個先後次序。」

「是的，穆斯克東，我相信你，你說吧我聽著。」

「那個西班牙人有一個跟班，陪他一起去過墨西哥。這個跟班是我的一個同鄉，因此我們很快就結下了情誼。我們都最喜歡打獵，他經常給我講述潘帕斯里的那些土著人捕獵的方法。他們只是在繩子的末端打一個活結，然後只要將那活結扔向那些可怕的野獸，就可以套住牠們的脖子，將這些凶猛的野獸捕獲了。

「當初，我根本就不相信人的技術會靈巧到如此高的程度，可是，朋友用事實向我證明了他講的是真話。我的朋友把一個酒瓶放在三十步以外，他扔出去的活結每次都能套住那個瓶頸。從那以後，我也開始用心做這種練習。所以現在，我扔起套索來不會比世上任何人差。

「怎麼樣，您明白了吧？我們的客店老闆有一個地窯，裡面的藏酒十分豐富，可鑰匙他從不離身。不過，那個地窯有個通風口，它成了我往窖裡扔套索的好地方。喏，先生，這就是新大陸與寫字台以及櫃子上的酒瓶的關係。現在，您是否願意嘗嘗我們的葡萄酒？」

「多謝了，可惜我剛吃完飯。」

「好吧！」波托斯說，「擺桌子！穆斯克東。在我們吃午飯的時候，就讓達太安把他離開我們十天以來的情況告訴我們。」

「非常願意。」達太安說。

波托斯和穆斯克東一塊用餐，他們的胃口非常好。達太安把去往英國路上的詳細情況說了一遍。

不過，達太安的心腹話就說了這麼多。他只是說，他從英國回來時帶回了四匹駿馬，他們四個人每人一匹。最後，他告訴波托斯，給他的那匹馬已經拴在了旅店的馬棚裡。

這時，普朗歇走進來稟報主人，馬已得到充分休息，可以趕到克萊蒙去過夜了。

達太安急於要知道另外兩個朋友的消息。他告訴波托斯，他要接著去尋找另外的兩位朋友，並打算回來以後仍從這裡經過，返回巴黎。七八天後，如果波托斯仍舊在這個大聖馬丹店住著，那麼，他會順便在回來時接他。

波托斯告訴達太安，從各方面的情形看，他這段時間不會離開這裡，再說他還得在這裡等待公爵夫人的回信。

達太安祝他很快得到佳音，再次叮囑穆斯克東要好生照顧波托斯。隨後，他跟客店老板結清了賬，重新上路了。

chapter 26 阿拉米斯的論文

我們的這個貝亞恩小夥子，雖然年輕但非常聰明。對於他自命不凡的火槍手朋友所講的，他裝作統統信以為真。因為他清楚地知道，揭穿朋友的秘密肯定無助於保持友誼；其次，**如果人們掌握著朋友的某些秘密，對他們來說在精神上總有某種優越感**。

達太安在考慮未來勾心鬥角的計畫時，決心把他的三個夥伴視為自己出奇制勝的工具，所以有三個這樣可以幫助他的朋友，他是不會感到不高興的。

一路上，他一直在想念年輕漂亮的波那瑟夫人。他想到，對於他的忠誠，她是應該作出回報的。但是年輕人心中的悲痛情緒大部分是由於擔心這個可憐的女人吃苦頭造成的，對於幸福的懊喪只占一小部分而已。

毫無疑問，她成了紅衣主教復仇的一個犧牲品。至於他本人是怎麼得到了首相的「器重」，實在令他莫名奇妙。當然，德·卡弗瓦先生本來是會替他解開這個謎的。

一個人走路時整個身心沉浸在某種思考之中，肯定會覺得時間過得快，路程也顯得短。在這樣的時刻，一個人外表上像是在沉睡，而他的思想則插上了翅膀，至於中間所經之處，在他的記憶之中只是一片空白。此時此刻達太安的狀態就是這樣。

他聽任坐騎馱著，信馬由韁，走完了從尚蒂利到科雷沃科爾之間的七八里路程。當他在科雷沃科爾這個鎮口停下時，沿途見過什麼東西他一點兒也不記得了。

他晃了一下腦袋，看到了那家當初把阿拉米斯留下的小酒店。他策馬奔跑過去，在那個小酒店門前停了下來。

這回出店接待他的不是老闆而變成了老闆娘。達太安很會看面相，只打量她那高興的臉蛋兒，就知道他無須對她隱瞞什麼，也根本用不著害怕。

「好心的太太，」達太安問她，「十一、二天前，我們的一個朋友被迫留在了這裡。您能不能告訴我他現在怎麼樣了？」

「那個二十三、四歲的強壯、溫柔、和藹的年輕人，對嗎？」

「不錯。」

「肩上還受了傷，對嗎？」

「一點都不錯！」

「您找對啦，先生，他一直在這兒。」

「老天！」達太安下了馬，把韁繩扔在普朗歇的胳膊上，「親愛的太太，您真是救了我的命。這個親愛的阿拉米斯，他在哪兒？」

「對不起，我想他這會兒恐怕不能見您。」

「為什麼？他和一個女人在一塊嗎？」

「主啊！您在講些什麼！不是的！先生，沒有什麼女人和他在一起。」

「那他跟什麼人在一塊？」

「蒙迪迪耶[77]的本堂神父，亞眠的耶穌會[78]修道院院長正在他那裡。」

「主啊！」達太安大聲說，「可憐的朋友！他的傷勢惡化了嗎？」

「不是，先生，正好相反。不過在傷癒之後，他決定做神父了。」

「對呀，」達太安說，「我忘記了，他做火槍手只不過是暫時的。」

「先生還堅持要見他嗎？」

「當然，比剛才更想見了。」

「那好吧，他住三樓五號房間。先生請從院子左邊的樓梯上樓。」

達太安朝老闆娘指示的方向奔了過去。但是他想進門可不大容易，因為通往阿拉米斯房間的通道被人嚴加守護著。巴贊在走廊裡攔住了達太安。這個巴贊，在經受了多年的艱苦磨練之後，終於看到自己日夜盼望的那種結果就要得到了。因此，他堅守

77. 法國北部索姆省的一個城市。

78. 天主教修會之一。十六世紀時，是天主教會反對歐洲宗教改革運動的主要集團。

崗位絕不讓步。

事實上，可憐的巴贊夢想著他能夠為一個教士效勞。現在，他的等待更加著急了。按照巴贊的說法，眼下他服侍一個火槍手總是終日提心吊膽，失魂落魄。他之所以還繼續留在主人身邊，只是因為年輕的主人每天都許諾自己離做神父的日子不遠了。

巴贊心花怒放。這一次，他的主人是不會反悔的了。無論是肉體上還是精神上，阿拉米斯同時都有了創痛。最近遇到的雙重意外——情婦的突然失蹤，肩膀上受的傷，看上去是上天的警告，讓他放棄世俗生活，重歸修道院。於是，他把目光又投向了宗教。

因此不難理解，看見達太安，巴贊很不高興。長久以來，自己的主人一直在世俗的漩渦之中被捲來捲去，好不容易才想回到修道院，可是現在達太安一來，極有可能重新把他的主人扔進漩渦之中。所以，他決心勇敢地把守住房門。但他沒法堅持說阿拉米斯不在這裡，只得試著對這位不速之客說明，他的主人從早上起就開始了虔誠的討論，這場討論據他看到傍晚也結束不了。因此，希望達太安不要在這個時候去打擾他的主人。

可是達太安根本不去理睬他，再說，他也無意與他朋友的跟班進行一場理論。他一隻手將巴贊推開，另一隻手推開了五號房間的房門。

達太安走進了房間。

阿拉米斯身穿寬大的黑罩衫，頭上戴著一頂很像教士帽的平頂圓帽。他坐在一張桌子前，桌子上滿是一卷卷的紙，一本本對開的大書。阿拉米斯左右兩邊各有一個客人。屋內氣氛非常適合於虔誠的遐想。在一個年輕人的房間，特別是一個年輕火槍手的房間，所有引人注目的世俗的那些東西全部消失了。毫無疑問，這是因為巴贊害怕主人看到這些東西會重新產生回歸世俗的念頭，於是統統把它們藏了起來，而用一條像苦鞭[79]那樣的東西代替它們。

聽見有開門的聲音，阿拉米斯抬起頭來，他認出了自己的朋友。可令達太安大感意外的是，阿拉米斯的反應並不強烈。

「您好，親愛的達太安，」阿拉米斯說話了，「請相信看到您我真高興。」

「我也是這樣，」達太安說，「儘管我還難以肯定，您是不是阿拉米斯。」

「是我，我的朋友，不會錯的，正是我本人。」

「我以為我走錯了房間。剛開始，我以為自己走進了一位什麼教士的屋子；看到您由這樣兩位先生陪著，我差一點誤會了，會不會您病情危急了？」

那兩個穿黑袍的人，向他投去威脅的目光，但達太安根本沒放在心上。

「我可能打擾了您，親愛的阿拉米斯，」達太安接著說，「照我所看到的情形，您

79. 基督教徒用來自行鞭笞用以贖罪的一種鞭子。

在向這兩位先生懺悔嗎？」

阿拉米斯微微漲紅了臉。

「您打擾了我？啊！沒那回事，我向您發誓，見到你安然無恙，我高興還來不及呢。」

「啊，總算清醒了！」達太安想，「事情還不算太糟。」

「這是我的朋友，剛剛脫險。」阿拉米斯指著達太安熱情地向兩位神職人員說。

「請頌揚天主吧，先生。」這兩位教士一齊向達太安躬身道。

「我沒有忘記這樣一點，二位神父。」年輕人答道，同時回了禮。

「您來得正是時候，親愛的達太安，」阿拉米斯說，「來參加我們的討論吧。這位是亞眠的修道院院長先生，這位是蒙迪迪耶的本堂神父先生，我們正在討論我們一直在關注的神學問題。如果能夠聽到您的意見，我會感到非常高興。」

「一介武夫的意見何足掛齒。」達太安說，「請相信我，這兩位先生滿腹經綸，就足以值得信任了。」

兩位穿黑袍的人再次施禮。

「恰恰相反，」阿拉米斯又說，「對我們來說，您的意見是極為珍貴的。現在的問題是：院長先生提出我的論文主要應該闡釋教理，進行說教。」

「您在寫論文嗎？」

「是呀，」那個耶穌會的院長說，「對於授任聖職前的審查，一篇論文是必不可少的。」

「授任聖職！」達太安叫了起來，他以驚愕的目光反覆打量面前的那三個人。

阿拉米斯坐在扶手椅裡，姿態十分優雅，還舉著他的那隻像女人一樣白皙而豐滿的手，滿意地端詳著，繼續講完他的話：

「噢，您已經聽到了，達太安。院長先生向我提出了一個題目，而這個題目是從來沒有人研究過的。這個題目是：**Utraque manus in benedicendo clericis inferioribus necesseriaest.**[80]」

達太安拉丁文的學問我們是領教過的。而這一次，他的反應也並不比上一次大。

「這句話的意思是，」阿拉米斯為了便於達太安理解，補充道，「祝福時，下級教士一定要用兩隻手。」

「一個非常好的題目！」耶穌會院長高聲說。

「出色而又符合教義！」本堂神父接著說。這位教士的拉丁文水準並不比達太安高多少。他時時刻刻盯著耶穌會院長的一舉一動，隨時準備亦步亦趨，像回聲似地重複他的話。

80.拉丁文，意思是：祝福時，下級教士一定要用兩隻手。

達太安對這兩位教父所表現的熱情無動於衷。

「不錯，值得讚賞！**Prorsusadmirabile!**」[81]阿拉米斯在繼續，「而這需要對基督教有極深的造詣。我已經向這兩位學識淵博的教士承認，由於成天值班、守夜，為國王效勞，對研究工作有所忽視。因此我本想自己選題目，會覺得更加得心應手 **facilius natans**。[82]當然，院長出的這個題目屬於神學方面的難題。」

這樣的講話令達太安感到異常地厭煩，本堂神父也是一樣。

「瞧，這是怎樣的一個開場白呀！」耶穌會院長喝彩道。

這時，本堂神父用拉丁文沒話找話地重複了一遍耶穌會院長的話：「Exordium.」

「**Quemadmodum inter coelorum immensitatem.**」[83]

阿拉米斯向旁邊的達太安瞥了一眼，只見他的朋友呵欠打得下巴都要掉了。

「我們講法語吧，神父。」他向耶穌會院長提出建議，「那樣的話，達太安先生聽起我們的話來更有味。」

「是這樣。」達太安說，「這些拉丁文我都難以理解。」

「那好吧，」耶穌會院長表現得甚是不快，可本堂神父卻甚為高興，最後，那個

---

81. 拉丁文，意思是：真正值得讚賞！
82. 拉丁文，意思是：揮灑自如。
83. 拉丁文，意思是：像在遼闊的天空。

院長補充了一句：「那麼，您來看一看這篇論文怎樣發揮吧。

「摩西[84]，天主的僕人，摩西行祝聖禮就是用一雙手。當希伯來人打敗敵人時，他就是讓人扶著他的兩條胳膊（摩西派約書亞去與亞瑪力人交戰，自己站在山頂，拿著神杖，只要他舉著雙手，以色列人便會獲勝。舉累時，就讓別人在兩旁扶著他的兩條手臂。），因此，他是用雙手行祝聖禮的。而且，《福音書》中說得好：是Imponitemanus……而不是manum……它的意思是：把您的雙手放在……而不是把您的一手放在……」

「把雙手放在……」本堂神父做了一個手勢，又重複了一遍。

「可是對作為歷代教皇繼承人的聖彼得來說，作法就不同了。」耶穌會院長繼續說，「Porrige digitos，意思是『伸出你的指頭』。現在您明白了嗎？」

「當然。不過，事情挺玄妙。」阿拉米斯高興地說。

「手指頭！」耶穌會院長接著說，「聖彼得用手指頭祝福，教皇也是用手指祝福。不過，聖彼得是用三個手指頭代表聖父、聖子和聖靈。」

這時，所有在場的人都在胸口劃了一個十字，達太安覺得也應該效法他們。

「宗教體系中的下級教士，地位最低的神職人員，比如說副祭和聖器室管理人

84. 摩西：《聖經》故事中人物，相傳他是古代猶太人的領袖，率領被奴役的希伯來人脫離埃及去迦南未成，最後卒於納波山。

則用聖水刷祈禱，那刷子代表著數量不確定的祈禱的指頭。如此一來，題目變得簡單了。**Argumentum omni denudatum ornacmento**[85]，這樣一個題目，」耶穌會院長說，「我將寫出這樣兩本厚厚的書。」

說到這兒，耶穌會院長興奮起來，他拍了拍那本對開本的、重得要把桌子壓扁的《聖克里索斯托[86]集》。

「當然，」阿拉米斯說，「題目很精彩。可是，同時我也不得不承認自己力不從心。我已經選好了一個題目，它是這樣的：《**Non inutile est desiderium in oblatione**》，用法語說是：《對世俗稍有留戀無礙於事奉天主》。親愛的達太安，這個題目怎麼樣？」

還沒等到達太安回答，耶穌會院長就叫了起來。

「住口！這樣的題目接近異端了！留心吧，我年輕的朋友，您偏離正道了，接近了異端邪說，這會斷送您的！」

「這會斷送您的！」本堂神父則痛苦地搖著頭重複道。

「您涉及了自由意志這個臭名昭著的論點，」院長又道，「這可是一種致命的危

85. 拉丁文，意思是：沒有任何修飾的論證。
86. 古基督教希臘教父，人稱金嘴約翰。其著作大多是宣傳教義的講稿和《聖經》注釋。

險。您快與貝拉基[87]派和半貝拉基派邪說同流合污了。」

「可是，我尊敬的神父……」阿拉米斯聽到他們的話後，有點兒不知所措了。

「您如何能夠證明，」耶穌會院長搶著說，「人在事奉天主的同時應該對世俗有所留戀？一邊是天主，一邊是魔鬼，留戀世俗就是留戀魔鬼。這就是我的結論。」

「這也是我的結論。」本堂神父說。

「發發慈悲吧……」阿拉米斯叫了起來。

「Desideras diabolum[88]，不幸的人啊！」耶穌會院長重複著。

「您留戀魔鬼！啊，我年輕的朋友。」本堂神父唉聲歎氣地附和道。

這種場面讓達太安完全摸不著頭腦，他覺得像是進入了一座瘋人院，自己也要變得瘋癲了。他只是儘量克制自己不說話，因為他對面前這幾個人說的話一點也聽不明白。

「不過請聽我說，」阿拉米斯有點兒不耐煩了，但仍然彬彬有禮，「我沒有說我留戀。我永遠不會說這種離經叛道的話。」

耶穌會院長朝天舉起了他的雙臂，本堂神父也同樣做了這樣一個動作。

87. 古代基督教神學家。他認為人生來本是無罪的，行善、作惡都是個人自由意志的產物。其教義與奧古斯丁學說針鋒相對，因此屢遭正統教會的貶責。

88. 拉丁文，意思是：你留戀魔鬼。

「不，不過，至少你們得承認，把自己完全厭棄的東西都獻給天主，那就太不應該了。達太安，您說我講得對不對？」

「對極了，真他媽的對極了！」達太安說。

本堂神父和耶穌會院長聽到達太安的叫罵聲，都從椅子上跳了起來。

阿拉米斯道：「下面是我的觀點，一種三段論法：世俗自有其吸引人的地方，而我離開了世俗，因此我作出了奉獻。《聖經》上就講過：向天主作出奉獻。」

「倒有這樣的一句話。」兩個對手齊聲說道。

「此外，」阿拉米斯一邊說，一邊捏著耳朵，捏得耳朵發紅，「此外，我還為此作過一首迴旋詩[89]。去年，我曾經把它給瓦蒂爾[90]先生看過，那個大人物對它倍加讚賞。」

「一首迴旋詩！」耶穌會院長不屑提到它。

「一首迴旋詩！」本堂神父不加思索地重複了一遍。

「讀讀看，讀讀看，」達太安叫了起來，「這肯定能給我們換換空氣。」

「那倒不會。因為那是一首宗教小詩，」阿拉米斯回答，「詩體的神學。」

「見鬼！」達太安說了一句。

「請聽，」阿拉米斯顯得非常謙虛，但也難免有點做作地說。

89. 十六世紀流行於法國的一種詩體，每小節五行，第一句頭一個詞或頭幾個詞與最後一句重複。
90. 十七世紀法國詩人，法蘭西學院院士。

哭泣吧，你，你在哀悼永遠美好的過去，
不幸之中，你一心等待，等待時光的逝去，
假如只把你的淚水奉獻給天主，
你的全部不幸就將消失，
哭泣吧，你……

達太安和本堂神父感到滿意，但耶穌會院長卻固執己見。

「一篇神學作品，」院長說，「不能有世俗趣味。真的，聖奧古斯丁是怎麼說的？**Severus sit clericorum Seorm.**[91]」

「是這樣，說教應該清楚明白。」本堂神父說。

「然而，」耶穌會院長見其追隨者理解錯了，便打斷了他的話，「然而，您的論文只會討得貴婦人們的歡心，僅此而已。」

「但願如此！」阿拉米斯興奮地說。

「瞧，」耶穌會院長叫了起來，「世俗的聲音還在您心中大喊大叫，**altissima voce**[92]

---

91. 拉丁文，意思是：神職人員的說教必須莊嚴。
92. 拉丁文，意思是：用儘量大的聲音。

你現在還是被世俗吸引。我擔心這樣一來，聖寵在您那就完全失效了。」

「請放心好啦，我尊敬的神父，我會自己擔保的。」

「世俗的自以為是！」

「我瞭解自己，神父，我不打算變更我的決心。」

「那麼，您頑固堅持寫這樣的一篇論文？」

「我感到自己只能寫這個題目，不能寫別的題目。但我會按照你們的見解進行修改，希望你們明天看到了我修改後的文章會滿意。」

「那就慢慢改吧。」本堂神父說，「我們會讓您心情愉快地進行這項工作的。」

「是啊，土地播上了種，」耶穌會院長說，「我們不必擔心種子一部分落在石頭上，一部分掉在了大道上，其餘的被天上的鳥兒吃了去。**Aves coeli comederunt illam.**」

「那您和您的拉丁文一塊見鬼去吧！」達太安實在聽不下去了，說道。

「再見，孩子，」本堂神父說，「明天見。」

「明天見，年輕人，」耶穌會院長說，「您有希望成為本教會出類拔萃的教士，願上天保佑不使這希望成為毀滅性的火焰。」

兩個穿黑袍的人站起來，向阿拉米斯和達太安施禮後向門口走去。巴贊以虔誠的興趣偷聽了整個辯論。見神父他們走出來了，他便趕忙走上前去接過本堂神父手裡的日課經，又接過耶穌會院長的祈禱經書，畢恭畢敬地送他們下樓去。

阿拉米斯把他們送到樓梯處，立刻返回來見達太安。

只剩下了他們兩個人之後，起初，兩個朋友都有點尷尬，誰也不說話。然而，沉默總得被打破，達太安決心把這種榮幸留給自己的朋友，阿拉米斯只好開口了。

「瞧，您看到啦，我已經回到了我的基本思想之上。」

「不錯的，就像剛才那位先生所說的，靈驗的天恩打動了您。」

「啊！我跟您談過當教士的計畫！」

「我聽過，不過，講老實話，當時我以為您是開玩笑。」

「這事不能當兒戲，達太安！」

「怎麼不能？連死都可以拿來開玩笑呢！」

「那本來就不對，達太安，因為死是通向永罰或永生之門。」

「就算是這樣吧。不過，對不起，我們不要再談這個了。再談下去，我看您也該煩了。我呢，拉丁文本來沒學會幾天，一點也不懂。再說，我對您說實話，我還沒吃過一口東西，肚子早已餓得哇哇亂叫啦。」

「我們可以共進晚餐，親愛的朋友。不過，您想必記得，今天是星期五，肉對於我來說是既不能看更不能吃的。如果您願意將就和我一塊吃只有煮蔬菜和水果的晚飯。」

「煮蔬菜是煮些什麼東西？」達太安不放心地問。

「菠菜。」阿拉米斯說道，「不過，我可以為您專門加幾個雞蛋，而這已嚴重地違反了教規。雞蛋能夠孵出小雞來，所以雞蛋也是肉。」

「這筵席實在沒啥可吃的，但為了能夠和您待在一起，我甘願忍受。」

「感謝您為我做出了這樣的犧牲！」阿拉米斯說道，「不過，這樣的飯菜對您的靈魂卻大有益處，請相信吧。」

「看來，您是不會回頭了。阿拉米斯，他們一定會把您看成一個逃兵的，我事先提醒您。」

「不是皈依教門，而是重返教門。過去我逃離了教會，追隨世俗。您知道，我是被強迫披上火槍手隊服的。」

「我一點也不清楚。」

「您不清楚我是怎麼離開修道院的？」

「完全不知道。」

「那就讓我給您講講我的故事吧。那麼，現在我就向您懺悔，達太安。」

「那我事先就寬恕您。您看到了，我可是個好心人。」

「不要拿這事開玩笑，朋友。」

「那麼，請講吧，我洗耳恭聽。」

「在我九歲的時候就進了修道院，本來在我二十歲那天就會成為一個教士，一切均已安排妥當。可就在這個關鍵時刻，一天晚上，我像往常一樣走進一戶人家，給女主人念《聖徒傳》。一位軍官看見我經常給女主人念《聖徒傳》，便產生了嫉妒。當天晚上，沒有通報他就闖了進來。恰好那天晚上，我譯了《猶滴傳》[93]中的一節，正在把譯詩朗誦給女主人聽。她俯在我的肩上，與我一同重讀那篇譯詩，姿勢未免有點放任。這種場景刺傷了那位軍官的心。而等到我出來時，他緊隨在我的身後，趕上我說道：

「『教士先生，您喜歡挨手杖嗎？』

「『不好說，先生，』我回答說，『還沒有人敢拿手杖打我。』

「『那麼，您聽好，教士先生，如果您膽敢再來，我就敢用手杖揍你。』

「我想，當時我被嚇壞了，想回答他卻找不到詞兒，結果啞口無言。軍官在等我回答，見我遲遲不講話，他笑了起來，轉身進屋去了。我回到修道院。

「親愛的達太安，您可以想像，我這次受辱是嚴重的，雖然沒有人知道，但我感覺它時時壓在我的心頭。於是我對院長說，我還沒有充分準備好接受聖職一事。這樣，在我的請求之下，院長答應把聖職授任儀式推遲一年舉行。

「然後，我找了巴黎一位最優秀的劍術教師，與他談妥條件，向他學習劍術，每

93. 該書敘述的是一位猶太俠烈女子猶滴殺死敵將、拯救同胞的故事。

天學習一課，從不間斷，學了整整一年。在我受辱周年紀念日的時候，我換了一身騎士裝，參加我的一位女朋友舉辦的舞會，因為我知道，那個軍官也會在那裡。

「不出我所料，那個軍官果然在那裡，我走到了他的身邊。他正在與別人談話，我打斷了他的談話，對他說道：『先生，現在您是不是仍然不樂意我去那戶人家？而如果我心血來潮不想服從您的命令，您是不是還要打我的手杖？』

「軍官驚愕地打量我一眼，說道：

「『您找我有什麼事，先生？我並不認識您。』

「我回答說：『我就是那個朗誦《聖徒傳》和把《猶滴傳》譯成詩歌的小教士。』

「『哦！哦！我想起來了，』軍官嘲笑地說，『您有什麼事？』

「『我希望您能有閒工夫到外面去跟我走一趟。』

「『我非常樂意奉陪，但要明天早上，可以嗎？』

「『不，對不起，不要等到明天早上，就現在。』

「『如果非現在不可……』

「『是的，我要求。』

「『那麼，咱們走。』那軍官說。然後他轉頭對周圍的人說，『女士們，請各位原地不動，只要等一會兒的時間，宰了這位先生我就立即回來。』

「我們到了貝葉納街，因為一年前，在這裡，他侮辱了我。我們都拔劍在手，交手的第一回合他就吃了我一劍。劍擊在了他的要害部位，他直挺挺倒在地上，死掉了。」

「啊！」達太安驚叫一聲。

阿拉米斯繼續說：「而後來有人在貝葉納街找到了他的屍體。大家都認為，那一劍是出自我手。事情鬧大了，因此我被迫脫下了道袍。就在那時，我結識了阿托斯，而波托斯在我的劍術課之外又教了我勇猛的幾招。他們倆勸我申請加入火槍隊，某些原因所致我的申請獲得了批准。現在您該明白，如今是我回到教會懷抱的時候了。」

「為什麼偏偏是現在，而不是昨天或明天？今天，您這裡到底發生了什麼事？」

「這個傷口，親愛的達太安，這是上天對我的一種警告。」

「傷口？可它不是快好了嗎？我敢肯定，絕不是因為這個傷口您才感到痛苦。」

「那是什麼傷口？」阿拉米斯漲紅了臉，問道。

「是你心靈上的那個傷口，阿拉米斯，一個更疼痛難忍、更血淋淋的傷口，一個由女人造成的傷口！」

阿拉米斯的眼睛不由得一亮。

「啊！」他裝出毫不在意的樣子，以此掩飾住內心的激動，「我怎麼會為愛情而苦惱？**Vani ta-svaniCtatum!**[94]為了什麼人呢？在部隊裡，難道我追求過一個粗俗的女人，

94. 拉丁文，意為：虛榮心哪去啦！

或者一個女傭人？呸！」

「對不起，阿拉米斯，我還以為您的目標會更高些。」

「更高些？我是什麼人，不敢有這個奢望。我只不過是一個可憐的火槍手，一個窮得叮噹響、默默無聞、在世界上到處奔波的火槍手而已！」

「阿拉米斯！阿拉米斯！」達太安叫了起來，用疑惑的目光打量著自己的朋友。

「我要回歸。人生充滿屈辱和痛苦。」阿拉米斯繼續說道，情緒變得挺抑鬱，「所有把人生和幸福連在一起的那些線統統被人剪斷了。親愛的達太安，」阿拉米斯語調悲傷，「相信我吧，等到您有了傷口，您一定要把它捂起來。您的痛處，千萬不要讓任何人知道。您記住，好奇的人會吸吮我們的眼淚，就像蒼蠅吸吮受傷的鹿的鮮血一樣。」

「唉！親愛的阿拉米斯，」達太安深深地歎了一口氣，「我也遇到了和您一樣的情況。」

「怎麼回事？」

「是這樣，一個我所鍾愛、讓我傾倒的女人，剛剛被人採用暴力綁架了。我不知道她現在在哪裡，不知道她現在怎麼樣。她也許成了囚犯，也許已經死了。」

「可是，她不是自願離開您的。您得不到她的任何消息，那是因為她與您之間的通信被徹底禁止。而我……」

「而您……」

「沒什麼，」阿拉米斯接著說，「沒什麼。」

「所以，您要永遠棄絕世俗，就想去當教士。您下定了決心沒有？」

「是的！今天您是我的朋友。明天，對我來講，您只不過是個影子罷了，或者更確切地說，不再存在了。世界也不過是一個墳墓。」

「見鬼！您對我說的這些話好淒涼。」

「沒辦法。我的天職吸引著我，激勵著我。」

達太安笑了一笑，不講什麼。阿拉米斯繼續說：「不過，趁我還在世間，我想跟您談談您自己，談談我們的朋友。」

「我呢，」達太安說，「本想和您談談您自己，可是，瞧您對一切漠不關心的樣子！愛情、朋友、世界，您都看透了。」

「唉！這一切，您自己會看到的。」阿拉米斯歎息著。

「不要再講啦！」達太安說，「咱們把這封信燒掉好了。它也許是向您報告那個粗俗女人和那個女傭人對您不忠的消息。」

「信？什麼信？」阿拉米斯急忙問。

「您不在家的時候送去的，有人交給我給您帶了來。」

「這封信是誰寫來的？」

「啊！一個侍女，一個輕佻女工寫的吧。要不就是德・謝弗勒斯夫人的貼身女僕，為了顯示其迷人的魅力，用灑過香水的信箋，並且用一個公爵夫人的勳徽作為封印。」

「您盡說些什麼呀，亂七八糟的。」

「壞事了，信可能讓我給丟了。」達太安一邊裝作尋找著，一邊別有用心地說道，「幸好，您什麼都不相信了。愛情呢，只不過是一種被嗤之以鼻的感情！」

「啊！達太安，達太安！」阿拉米斯叫起來，「您真要人命！」

「啊，找到啦，找到啦，總算找到啦！」

說著，達太安從口袋裡掏出了那封信。

阿拉米斯跳起來，一把抓過了那封信，接著，便貪婪地讀起來，漸漸變得容光煥發。

「看起來，寫得很是動人啊。」達太安站在一邊漫不經心地說。

「謝謝您了，達太安！」阿拉米斯幾乎是夢囈般說道，「她不得不被迫返回去，她並沒有對我不忠實，而是一直愛著我。我都要幸福得透不過氣、要憋死啦！」

隨後，兩位朋友跳起舞來。那篇論文的羊皮紙落在了地上，並任憑他們蹂躪踐踏。

這時，巴贊端著煮菠菜和炒雞蛋進來了。

「滾開，倒楣蛋！」阿拉米斯喊著，扔掉了頭上的小圓帽，「滾他媽的蛋，把這些討厭的蔬菜拿走，從哪裡端來的，就端回哪裡去！這裡需要的是一盤煎野兔肉，一盤肥閹雞，一盤大蒜煨羊腿，外加四瓶勃艮第陳年葡萄酒！」

巴贊望著主人，面對這種變化，一時不知所措。自然，他滿肚子的不快，手裡的炒雞蛋和煮菠菜一起一股腦兒地掉到了地上。

「現在，可是您把自己的一生獻給天主的時刻，」達太安說，「如果您還想對天主表示一下禮貌的話，Non inufile desideri um in oblatione.[95]」

「讓拉丁文見鬼去吧！親愛的達太安，喝酒吧，該死的！趁新鮮喝，放開量喝，您把那邊發生的事講給我聽聽。」

95. 拉丁文，用法文說是對世俗稍有留戀無碍於事奉天主，但漏了「est」一詞。

chapter 27 阿托斯的妻子

達太安把他們離開以來京城發生的情況向阿拉米斯講了一遍。豐盛的晚餐使他們把什麼都忘了。達太安見阿拉米斯很是快活，便對他說：

「現在，就差阿托斯的情況不清楚了。」

「您認為他會遇到什麼不幸嗎？」阿拉米斯說，「阿托斯那麼沉著、勇敢，而且劍術無比的嫺熟。」

「是的，阿托斯的勇敢和機靈我比誰都清楚。可是，我擔心阿托斯挨了僕人的打，僕人們打起人來，既狠又不肯輕易罷手。所以，老實講吧，我想儘快動身。」

「我儘量陪您去，」阿拉米斯說，「雖然我還不大能夠騎馬。昨天，我用那根苦鞭抽打了自己。可是這種虔誠之舉實在太疼，難以堅持。」

「親愛的朋友，您的狀況是：身體不好，而身體不好腦子也就不夠清醒。」

「那麼，什麼時候走呢？」

「明天天亮就動身。晚上您要好好休息，明天要是可以，我們就一起走。」

「那麼，明兒見。您就是鐵打的，也需要休息了。」阿拉米斯說。

第二天早晨，達太安到阿拉米斯房裡看他時，見他正佇立於窗口向外看著什麼。

「您在看什麼呢？」達太安問。

「啊，三匹駿馬！如果能夠騎上如此漂亮的馬，那真是享受王公般的快樂！」

「那好，親愛的阿拉米斯！那三匹馬之中，就有一匹是屬於您的。」

「啊！真的？哪一匹？」

「任您挑，任您選。我騎哪一匹都一樣。」

「您莫不是在開玩笑，達太安？」

「我沒開玩笑。」

「釘著銀釘的鞍子，天鵝絨馬衣，兩邊描金的槍套，統統歸我？」

「統統歸您，就像踢蹬著前蹄的那匹馬歸我，轉著圈子的那匹馬歸阿托斯一樣。」

「噢！三匹世間少有的良馬。」

「您如此地喜歡牠們，我很是高興。」

「這是國王賞賜給您的？」

「肯定不是紅衣主教賞賜的就是了。您就不要操心牠們是從哪裡來的了，您只要拿定主意選哪一匹就成了。」

「我，要那匹黃色的。」

「好極了！」

「天主萬歲！」阿拉米斯喊了起來，「這下，我的傷口一點也不疼啦。就是身中三十彈，我也要騎馬了！巴贊，過來，馬上過來！」

巴贊無精打采地出現在門口。阿拉米斯吩咐道：「準備好東西！」

巴贊歎了一口氣。

「行啦，巴贊先生，心放寬一些。人不論幹哪一行，都可以進天國的。」達太安說道。

「先生可是已經成為了功底很深的神學家！」巴贊說著幾乎要落淚了，「他會成為主教，也許紅衣主教呢。」

「行啦！可憐的巴贊，看你，好好思量吧。當教士有什麼好？又不會因此就不去打仗。」

「唉！」巴贊歎息道，「這些我清楚，先生。如今這世道一切全都亂了套。」

他們下了樓。

「幫我抓住馬鐙，巴贊。」阿拉米斯說。

阿拉米斯上了馬。

只是，那匹桀驁不馴的坐騎連續蹦達、騰躍了幾回，弄得阿拉米斯疼痛難忍，頓時臉色煞白，身子搖晃不定。

達太安見他那個樣子，連忙跑過去，張開雙臂接住他，把他送回了房間。

「行了，親愛的阿拉米斯，好好休養吧。」達太安說，「我一個人去尋找阿托斯。」

「您真是一個鐵打的漢子！」阿拉米斯對他說。

「不，只是我比較幸運而已。可是，在等我這段時間內，您如何打發時光呢？」

阿拉米斯莞爾一笑，說：「我可以寫詩。」

「好得很，寫帶香味的詩，也給巴贊講講做詩的法則，使他得到一些安慰。至於那匹馬嘛，每天騎上一小會兒，運動運動慢慢就會習慣。」

「啊！這方面您放心好了。」阿拉米斯說，「等您回來時，我會完好如初。」

他們互相道別。十分鐘後，達太安向亞眠方向奔去。

阿托斯被他留在了險惡之中，很可能已經死了。

一想到這裡，達太安頓時臉色陰沉。

他的三個朋友之中，阿托斯年齡最大。他在情趣和好惡方面，表面上跟達太安差別也最大。

然而達太安明顯地偏愛這位貴族。他高貴不凡的外貌，他那永不改變、使得他最容易被接近的平易近人態度，他那不是出自盲目就是出自罕見的冷靜沉著的勇敢無畏氣概，他那略帶強顏歡笑味道的歡樂和有點辛辣的性格，總之，他的種種優點，在達太安心中所引起了不僅是尊重和友情，而是欽佩。

實際上，在心情愉快之時，阿托斯足可與瀟灑、高貴的廷臣特雷維爾先生相媲美，甚至還略勝一籌。

他中等個兒，但體格異常結實，異常勻稱。五大三粗的波托斯，論體力，在火槍隊裡有口皆碑，但是面對阿托斯，他不得不甘拜下風。

阿托斯目光炯炯，鼻樑筆直，下巴酷似布魯圖[96]，他的雙手從來不加修飾，這使得阿拉米斯感慨不已，他的嗓門洪亮而悅耳。

除去這一切，阿托斯還有一個難以描述的特點：他雖然總是使自己默默無聞，謙虛隨和，不引人注意，但是，對於上流社會以及最顯赫的社會階層的習俗都瞭解得細緻入微，舉手投足，都會不自覺地流露出大家風範。

就是安排一次宴會，阿托斯安排得也比任何人都周到。他會讓每一位客人都坐在與他們地位相當的座位上。如果談話涉及到紋章學，人們會發現，阿托斯瞭解全國所

96. 古羅馬政治家，曾領導了刺殺獨裁者凱撒的活動。

有的名門望族，瞭解他們的世系、姻親、家徽的來龍去脈，所有內容他都可以講得明明白白。

他通曉各種禮儀，連細枝末節他都知道得一清二楚。他還精通獵犬和獵鷹的種種技術，他的技術甚至令狩獵的行家國王路易十三都驚訝不已。

像那個時代的所有大貴族一樣，他騎術嫻熟，善於使用各種兵器。而且他受的教育非常全面，就連經院學方面，他的知識也是十分豐富的。

平時，阿拉米斯愛講上兩句拉丁文，每當這時，波托斯假裝聽懂了，而阿托斯臉上卻露出了微笑，有兩三次甚至糾正了阿拉米斯不自覺所犯的基本文法錯誤，使得他的兩個朋友驚愕不已。

除此以外，在品行方面他也無懈可擊，儘管在那樣的時代，作為軍人非常容易違背宗教和良心，作為情夫非常容易拋棄現代人那種細膩的感情。從這些情況看，阿托斯確實是一個非凡之人。

然而，人們卻看到，他不知不覺地變得沉迷於物質生活了，無論是肉體上還是精神上，都變得愚頑、遲鈍了。在沒有錢吃吃喝喝的日子裡，他身上那一部分照人的光彩徹底熄滅了，彷彿消失在深沉的黑夜裡。

於是，那個半神半人不見了，只剩下了一個普通的人，耷拉著頭，雙眼無神，話語遲鈍，經常守在酒瓶和酒杯前，或者盯住格里默。

這位跟班已經習慣從主人毫無表情的目光中，看出主人最為細小的心願，並立即給以滿足。

四個朋友有時聚在一起，阿托斯極少開口，只是喝起酒來，他卻是一個頂仨。這個時候人們可以明顯地看到他臉上深深的憂愁。

我們知道，達太安是個喜歡尋根究底、思維敏捷的人。但是，阿托斯憂傷的原因他一點也琢磨不透，也沒有發現造成這種狀況的遭遇發生。阿托斯從來沒有收到過什麼人的來信，他辦任何事從來不瞞他的三個朋友。

看來只能說，酒是造成阿托斯憂傷的原因；或者反過來講，飲酒只是為了消愁。這種極度的憂傷不能歸咎於賭博，他對賭博的輸贏從來無動於衷。

有一天晚上在火槍手俱樂部，他先是贏了三千比斯托爾，隨後，不僅輸光了錢，連節日繫的繡金腰帶也輸了。

可是，接著呢，他不僅把這一切重新贏了回來，還多贏了一百個金路易。而在這整個過程之中，他那漂亮的黑眉毛動都沒有動一下。

阿托斯不像我們的鄰居英國人，臉色會隨著天氣的變化而變化。一年之中，越是天氣好的日子，他就越發憂傷。六月和七月兩個月，對阿托斯來講是可怕的月份。

他的憂傷並不是為了現在，也不是為了未來。因此可以推斷，他的隱私存在於過去。正如達太安隱隱約約像是聽說過的一些。

在阿托斯喝得爛醉之時，不管怎麼巧妙地盤問，你都休想套出任何你所需要知道的東西。圍繞著他整個人的這種神秘感，使他更加引起人們的興趣。

「唉！」達太安自言自語道，「可憐的阿托斯可能已經死了，由於我的過錯而送命了。是我讓他參加進來幹這件事的，而他對整個事情的原因一無所知，從中得不到任何好處。」

「先生，豈止如此呢！」普朗歇插話了，「我們的性命多虧了他才得以保全的呢！是他喊我們快走的。他把兩支手槍的子彈打光之後，傳來的劍聲多麼可怕呀！很可能當時有二十個人甚或二十個瘋狂的魔鬼圍攻他！」

幾句話說得達太安更加心急如焚，他用馬刺催馬快跑。

十一點半鐘，他們到了那家該死的客店的門口。

達太安一直想要教訓那個老闆，但又覺得不應當衝動。因此，他進入客店，把帽子拉低。

「您認得我嗎？」他對過來招呼他的店老闆問。

「我還不曾有這種榮幸，大人。」店老闆回答。

「噢！您不認識我？」

「不認識，大人。」

「好吧，兩句話就能使您恢復記憶力。還記得那位製造偽幣的貴族嗎？」

店老闆的臉一下子變白了。達太安採取的是咄咄逼人的態度，普朗歇也模仿著主人的樣子。

「啊！大人，」店老闆哭喪著臉道，「唉！大人，我為那個誤會付出的代價實在太慘重了！唉！」

「那位貴族呢，我問您，那位貴族怎麼樣了？」

「請聽我講，大人！請您開開恩，坐下來。」

達太安又生氣又著急，一言不發坐了下來，威嚴得像一位審判官。普朗歇則靠著達太安的椅背，神氣地站在那裡。

「大人，」店老闆哆嗦著回答，「現在，我認出您來了。您原來就是在我與您提到的那位貴族不幸發生糾紛之時離開了的那位。」

「不錯，是我。所以您明白，如果您不講出全部實情，我可饒不了您。」

「那就請聽我說好了，您就會知道全部實情。」

「我聽著！」

「那次，我得到地方當局的通知，說一個有名的偽幣製造者和他的幾個同夥，都喬裝成了國王衛隊的衛士或火槍手的模樣來我們這兒，通知上都有描述你們的樣子。」

「後來呢？後來呢？」達太安催問。他立刻明白這麼準確的通知是從哪裡發來的。

「當局還派了六個人前來增援。我按照當局的命令採取了某些緊急措施。」

「現在您還在這樣說！」達太安一聽偽幣製造者幾個字，就覺得刺耳。

「大人，請寬恕我。我可是害怕當局的，一個開客店的，如何敢於得罪當局？」

「那我再問一遍：那位貴族現在怎麼樣了？」

「請您耐心些，大人，咱們就要談到啦。而當時，您匆忙走掉了，」店老闆話講得很乖巧，這一點達太安看在眼裡，「這似乎有利於事情的了結。那位貴族拚命自衛著。而他的那個跟班，也是活該倒楣，不知道怎麼跟當局派來的人吵了起來，那幾個人扮作了馬夫……」

「啊！混蛋！」達太安叫了起來，「你們是事先商量好的，我當時就該把你們殺了！」

「唉！沒有呀，大人，我們沒有事先商量，聽我往下講。您那位朋友，兩槍撂倒了兩個之後，就拔出劍，且戰且退，刺傷了我手下的一個人，又用劍背將我擊昏。」

「您有完沒完？」達太安大嚷著，「我要知道的是阿托斯，他究竟怎麼樣了？」

「大人，他且戰且退，便退到了地窖的梯子前。地窖的門是開著的，他就把門上的鑰匙拔下來揣在身上，他從裡邊堵上了門。我們想，他反正跑不掉了，就讓他待在那裡好了。」

「原來如此，」達太安說，「就是說，並不是一定要殺掉他，而是要把他關起來。」

「公正的主！不，是他自己把自己關了起來，我向您發誓。他幹得也算夠狠的，一個人當場被他打死，另外兩個被他刺成了重傷，此後我再也沒有聽到過他們的消息。我自己恢復知覺後，就去找省長，向他稟告了事情的經過，請示如何處置那個被關在地窖裡的人。可是，省長似乎大吃一驚，說不知道這件事也沒發命令，並且警告我，如果我對任何人講他與這次行動有關，他就把我吊死。看來我搞錯了，抓了不該抓的人，而讓該抓的人逃走了。」

「可是阿托斯呢？」達太安又嚷了起來，「阿托斯到底怎麼樣了？」

「我急於想彌補自己的過錯，」店老闆接著說，「就進了地窖，想把裡面的那人放出來。唉！大人，他簡直不再是人，而是一個惡魔。聽說要放他，他說這是一個陷阱，要我們必須接受他的條件他才肯出來。我只好對他低聲下氣，表示將接受他提出的條件。他要求把他的跟班交還給他，這個條件我們連忙接受了。您知道，先生，我們準備滿足您的朋友的一切要求。格里默先生——他雖然不肯多說話但還是講了他自己的名字。他遍體鱗傷，被送進了地窖裡。他的主人接住他，又把門堵了起來，並且命令我們待在店裡。」

「可是，他現在到底在哪裡？」達太安吼著，「阿托斯他現在在哪裡？」

「在地窖裡，大人。」

「該死的！就是說，您從那時以來一直把他扣押在了地窖裡？」

「仁慈的主！不，大人。您並不知道，在地窖裡，他幹了些什麼！啊！先生，如果您能夠把他請出來，今生今世，我將對您感恩不盡，會像對主保聖人一樣對您頂禮膜拜。」

「那麼他還在裡面，我能在那裡找到他嗎？」

「那當然，大人。每天，我們從通風孔裡用叉子給他遞麵包、遞肉。可是，唉！他用得最多的，卻並不是肉和麵包。有一次，我想和兩個夥計下地窖去，他立刻大發雷霆。我還聽到了他給手槍上膛，他的跟班給火槍裝藥的響聲。我們問他們想幹什麼；那位主人回答我們說，如果我們之中有什麼人膽敢下地窖去，他們就開槍，直到打完最後一顆子彈。於是，大人，我便跑去找省長。省長則回答我，說這一切都是我自找的，誰叫我侮辱住到我店裡的尊貴的爵爺們呢，這是對我的教訓，是咎由自取。」

「這就是說，從那時以來……」達太安說著，忍不住笑了起來。

「就是說，從那時以來，」店老闆接著說，「我們的生活真是慘得不能再慘了。因為，大人，您該知道，我們的所有食品和飲料全貯存在地窖裡。那裡有我們的酒，整瓶、整桶的葡萄酒和啤酒，有香腸、調味品，有鹹肉、食油。我們不能下去取，就沒有辦法給客人提供吃喝，所以店裡天天虧本。您的朋友再在我的地窖裡待上一個禮拜，我就徹底破產了。」

「那是您罪有應得，可笑的傢伙！您難道看不出來我們是貴族，而不是什麼偽幣製造者？」

「看得出，大人，您說得對。」店老闆說道，「聽！請聽！他在裡面又發火啦。」

這時，地窖裡傳來了陣陣聲響。

「大概又有人去打擾了他。」達太安說。

「可是，非得打擾不可呀，」店老闆大聲說，「店裡剛到了兩位英國貴族。」

「到了兩個英國貴族又如何？」

「英國人喜歡上等的葡萄酒，這您知道，大人。這兩位貴族要求喝最好的葡萄酒。大概是我太太去請求阿托斯先生，讓我們拿點東西，而像往常一樣，阿托斯先生大概拒絕了。啊，天主！發發慈悲吧！聽，吵得更凶了。」

達太安果然聽見了地窖那邊傳來大吵大嚷的聲音。

他站起來，由店家在前面引路，跟在老闆後面，走近了吵鬧的地點。

兩位英國貴族此時大為生氣，大概因為等的時間太長了。

「橫行霸道，無法無天！」他們叫了起來，「簡直是個瘋子！要是他仍舊瞎鬧，那就宰了他！」

「且慢，先生們！」達太安從腰間拔出手槍，說道，「對不起，你們休想宰任何人。」

「好，好，」門背後傳來了阿托斯平靜的聲音，「讓他們進來，進來讓我瞧瞧。」

兩個英國貴族看上去很勇敢，聽到達太安和阿托斯這樣說，這時卻你看我我看你，都畏縮不前，大概是認為地窖裡有一個餓極了的吃人魔怪。

一陣沉默之後，兩個英國人始終擔心後退有失顏面，便下了地窖，到了門口，狠狠向那扇門踢去，震得牆都要塌了。

「普朗歇，」達太安一邊扳開兩支手槍的機頭，一邊說，「我對付上面這個，你去對付下面那個。喂！先生們，你們是想幹架，是嗎？那好，來吧！我們就幹掉你們！」

「天哪！」地窖裡傳出了阿托斯的嗡嗡聲，「好像是達太安！」

「不錯，」達太安提高嗓門兒，「正是我呀，朋友！」

「啊！好！」阿托斯說，「那麼，我們來幹掉這兩個傢伙。」

兩個英國貴族處在火力的夾擊之下，先是猶豫了一下，最終，還是傲氣占了上風，覺得不能丟了面子，第二腳下去，門板從上到下出現了裂縫。

「閃開，達太安，」阿托斯喊道，「閃開，我要開槍了。」

「先等一下，阿托斯，」達太安一貫是深思熟慮的，「兩位先生，你們考慮考慮再決定如何是好吧！你們現在很危險。這邊，有我和我的跟班，我們會放三槍，那邊，也會放三槍，放完之後還有我們的劍。我向你們保證，我的朋友和我劍術都相當不錯。讓我來做一下安排吧，等不了一會兒，你們肯定喝得上酒的。」

「如果還剩下沒被喝光的酒的話。」阿托斯嘲笑地嘟囔了一句。

聽了這話，店老闆覺得整個脊樑冷汗涔涔。

「怎麼叫如果還剩下沒被喝光的酒的話？」他喃喃道。

「見鬼！肯定還有的，」達太安說，「他們兩個人不可能把酒都喝光的，放心吧。先生們，請把你們的劍插回劍鞘。」

「好吧，那你們把手槍別回腰帶上。」

「很好。」達太安做了表率，隨後轉身叫普朗歇收起手槍。

兩個英國人信服了。達太安把阿托斯怎樣被關進地窖裡的經過向他們講了一遍。他們畢竟是正直的貴族，都批評店家不對。

「先生們，現在請回到你們房間去，」達太安說，「我向你們保證，十分鐘後，你們會得到你們想要的。」

兩個英國人行禮後退走了。

「現在，親愛的阿托斯，」達太安說，「請給我開門吧。」

「就開，就開。」阿托斯答道。

於是，響起一陣木頭相互撞擊和房樑震動的響聲。

不一會兒，門開了，裡面出現了阿托斯那蒼白的臉，他敏捷地向四周掃了一眼。

達太安跑過去摟住了他的脖子，親切地擁抱了他。隨後，他想領阿托斯儘快離開這個潮濕的地方，卻發現阿托斯的身子在左搖右晃。

「您受傷啦？」達太安問。

「我？根本沒有！只不過是醉得要死啦！天主萬歲！我的老闆！光我一個人就足足喝了一百五十瓶！」

「天哪！」店老闆叫了起來，「如果跟班也喝了主人的一半，我就肯定破產了。」

「格里默出身於體面人家，他不會放肆和我用同樣的飲食。他只喝桶裡的。我想他是忘了塞塞子了。聽見了嗎？酒還在流呢。」

達太安哈哈大笑，使得打冷顫的老闆發起高燒來了。

這時，格里默出現在主人身後，他肩上扛著火槍，腦袋一晃一晃。他身前身後都滴著一種黏稠的液體，店老闆一眼就看出，那是他在窖裡儲存的最好的橄欖油。

他們住進了店裡最好的客房。那是達太安強行要來的。

店老闆和老闆娘端著燈走進他們好久以來不敢進入的地窖，看到的是一幅慘不忍睹的景象。

首先進入他們眼簾的是一道防禦工事，阿托斯為了出來將那工事拆開了一個缺口。老闆和老闆娘從那個口子跨進防禦工事進入地窖之後，看到地上滿是油脂和酒液，其中還漂浮著吃剩的火腿殘骸；在左邊的角落裡，是一大堆砸碎了的酒瓶；一個酒桶龍頭沒有關上，正在流盡最後的酒液；原來樑上掛有五十串香腸，現在只剩下還不到十串了。

看到這一切，店老闆夫婦嚎啕大哭。

過了一會，店老闆抄起一根烤肉鐵扡，衝進了兩位朋友的房間。

「拿酒來！」阿托斯見店老闆進來，對他大聲喊道。

「拿酒來！」店老闆怒目圓睜地重複道，「拿酒來！你們已經喝掉了我一百多比斯托爾，現在，我可是要破產了！完蛋了！被葬送了！」

「唔！」阿托斯說，「我們一直口渴得不行，有什麼辦法呢？」

「你們光喝酒也就得了，可是你們連瓶子也砸碎了！」

「是你們把我推倒在一堆瓶子上，那些瓶子才被砸碎了。這怪你們自己。」

「我的食油也全都糟蹋了？」

「油是醫治創傷的良藥。格里默被你們打得遍體鱗傷。總不能不給他醫治吧？」

「你們吃光了我所有的香腸！」

「您的地窖裡耗子是很多的。」

「您要賠償！賠償我這一切！」店老闆憤怒地嚷道。

「天大的笑話！」阿托斯說著霍的站了起來，但是，他連忙又坐下了，因為他站起來時用力太猛。達太安揚著鞭子前來解救自己的朋友。

店老闆後退了一步，頓時淚如雨下。

「這是一個教訓。」達太安說，「您應該懂得怎麼對待天主派來的客人。」

「天主？您還不如說是惡魔！」

「親愛的朋友，」達太安接著說，「不要再囉嗦了！您再這樣吵得我們耳朵發聾，咱們四個就到您的地窖去，看看損失是不是像您說的那麼大。」

「行，行，先生們，」店老闆說，「是我錯了，我承認。可是，對待任何過錯都應該慈悲為懷吧？你們都是貴族老爺，你們應該可憐我才對。」

「唔！您要是這麼說，」阿托斯說，「事情早就好辦了。我們並不像您想的那樣凶殘。那麼過來吧，過來聊聊。」

店老闆怯生生地走過去。

「是我叫您過來的，不要怕，」阿托斯說，「那天我要付錢的時候，把錢袋子放在了一張桌子上。」

「是的，大人。」

「那個錢袋子裝著六十個比斯托爾，哪兒去了？」

「在法院書記室保存著，大人。他們說那是假幣。」

「那麼，您去索回那個錢袋子，裡面的六十比斯托爾，就歸您了。」

「可是，大人，您應該明白，東西一到了法院書記手裡，他是不會再撒手的。如果那是假幣，倒還有些希望，不幸的是，那都是些真幣。」

「您去和他通融吧。這不關我的事了，尤其是，我的身上一個利弗爾都沒有了。」

「喂，」達太安道，「阿托斯，原有一匹馬呀，那匹馬去哪兒了？」

「在馬廄裡。」

「牠值多少？」達太安問。

「五十比斯托爾，撐破天了。」老闆說。

「牠值八十個比斯托爾。」達太安說，「那匹馬歸您了。這樣咱們兩清了。」

「怎麼！賣掉我的馬，」阿托斯叫起來，「那我怎麼去打仗？騎在格里默背上？」

「我給您牽來了另一匹。」達太安說。

「另一匹？」

「還異常的漂亮呢！」店老闆逐漸平靜下來，補充了一句。

「好吧，既然這樣，那匹老的您就留下好了。拿酒來！」

「要哪一種？」店老闆完全平靜下來了。

「最裡邊靠近板條的那一種，您去拿六瓶過來。」

「一個酒桶！」老闆自言自語道，「如果他在這裡再待上半個月，又付得起酒錢，我的生意就又興隆起來啦。」

「別忘了，給那兩位英國貴族送去四瓶同樣的。」

「現在，」阿托斯說，「在等送酒來這段時間，快給我講講其他幾個人的情況。」

達太安便向阿托斯講了他找到波托斯和阿拉米斯的經過。他剛剛講完，店老闆提著酒回來了，同時帶來一塊幸好沒藏在地窖裡的火腿。

「不錯！」阿托斯給自己和達太安斟滿酒，「為波托斯和阿拉米斯乾杯。您自己怎麼樣？發生了什麼事？我覺得您悶悶不樂。」

「唉！」達太安說，「在我們幾個之中，我是最為不幸的一個！」

「您最不幸，達太安？」阿托斯說，「您怎麼會不幸？快講。」

「以後再講吧。」達太安答道。

「以後？您以為我醉了？請您記住：只有喝了酒，我的頭腦才最清楚。您講吧，我兩隻耳朵聽著哩。」

達太安介紹了他與波那瑟夫人的愛情遭遇。

「這一切都不值一提，」阿托斯說，「不值一提。」這句話是阿托斯的口頭禪。

「您總這樣說，親愛的阿托斯！」達太安說，「因為，您從來沒有愛過。」

一聽這話，阿托斯暗淡無神的眼睛突然發光了。不過，那只像是電光一閃，接著重新變得暗淡、茫然。

「這倒是真的，」阿托斯平靜地說，「我從來沒有愛過。」

「所以，您應該明白，」達太安說，「您這鐵石心腸的人，對我們柔弱心腸的人這麼冷酷無情是不對的。」

「柔弱的心腸，破碎的心腸。」阿托斯說。

「您在說什麼呀？」

「我說，愛情是一種賭博，賭贏的人贏得的是什麼？是死亡！您賭輸了，挺好，相信我吧，親愛的達太安。如果讓我忠告您，我就忠告您一輸到底。」

「可她看上去是那樣地愛我！」

「她看上去愛您？」

「啊！她真的愛我。」

「真是個孩子！世界上的男人都相信他的情婦愛他，世界上也沒有一個男人不受情婦欺騙。」

「您除外，阿托斯，因為您從沒有過情婦。」

「是這樣，」沉默了片刻，阿托斯說，「我從沒有過情婦。喝酒吧。」

「您是個豁達、冷靜的人。」達太安說，「請您開導開導我好了，拉我一把吧。我需要知道應該怎麼辦，需要得到安慰。」

「安慰什麼？」

「減輕我的不幸。」

「您的不幸令人好笑，」阿托斯聳聳肩膀說，「我給您講個愛情故事吧。」

「可是發生在您身上的？」

「或許，是關於我一個朋友的，那有什麼關係！」

「講吧，阿托斯。」

「先喝酒，喝了酒，會講得越發精彩。」

「邊喝邊講。」

「也可以，」阿托斯端起酒杯，一飲而盡，然後又重新斟滿，「兩件事同時進行這樣真是好極了。」

「我洗耳恭聽。」達太安說。

阿托斯陷入了沉思。一般酒徒喝到這種程度就得倒下去大睡特睡了。可阿托斯高聲講著夢話，卻並沒有睡著。這醉中的夢囈實在有點兒嚇人。

「您一定要聽？」他問道。

「請講吧。」達太安說。

「我的一個朋友，一個朋友，請聽清楚！不是我，」阿托斯停頓了一下，露出陰鬱的微笑，「在我那個省，即貝里省，一位伯爵，一位高貴家族的伯爵，在他二十五歲那年愛上了一位像愛神一樣美麗的十六歲的少女。她正當天真爛漫的妙齡，卻透露出熱烈的思想。她並不刻意取悅於人，可是卻令人著迷。她住在一個小鎮上，生活在他哥哥身邊。她的哥哥是鎮上的本堂神父。他們不是本地人，姑娘美貌，哥哥虔誠，但誰也不知道他們是從什麼地方來的。我的朋友是本地的領主，當地的主宰，對於這個姑娘，他完全可以引誘她，隨心所欲地強行佔有她，沒有人會幫助兩個陌生人。可惜，他是個正人君子，他正式娶了她，這個笨蛋，這個白癡，真是愚蠢！」

「為什麼這樣說他？他不是愛她嗎？」達太安問道。

「等一會兒您就會明白了。」阿托斯說，「他把她帶回莊園，使她成了全省的第一號貴夫人。應該說句公道話，她與她的地位非常相稱。」

「後來怎麼樣？」達太安問道。

「有一天，她與丈夫一起去打獵。」阿托斯把聲音放低，又說得很快，「結果，她從馬背上摔下來，昏了過去。伯爵趕過來救她，見她身上的衣裳緊得讓她窒息，便用匕首劃開了衣服，讓她露出肩膀。您猜猜看，他在她肩膀上看到了什麼，達太安？」

「我可以知道嗎？」達太安問道。

「一朵百合花。」阿托斯道，「她身上打了刑印！」

阿托斯將手中的一杯酒一口喝光。

「真可怕！」達太安大聲說，「您在瞎扯！」

「是真的，親愛的，天使原來是魔鬼。可憐的姑娘曾經偷盜過。」

「伯爵怎麼處理的？」

「伯爵掌有審判權。他剝光了伯爵夫人的衣服，把她吊在了一棵樹上。」

「天哪！阿托斯！這豈不鬧出了人命案子！」達太安嚷起來。

「不錯，不過一樁人命案子而已，沒有別的。」阿托斯臉色蒼白得像一個死人，

「噢，看來，這酒不夠我喝了。」

他一口氣喝光了酒瓶裡的酒。

面對阿托斯如此光景，達太安感到恐怖。

「所以我不再追求女人。」阿托斯抬起頭來說道，但並不想繼續講伯爵的故事了，「現在，天主也給了您一個絕了這種念頭的機會。喝酒！」

「那麼她死了？」達太安含糊不清地問。

「那還用說！」阿托斯道，「您把酒杯伸過來。吃火腿！」阿托斯嚷著，「酒我們不能再喝了。」

「那麼，她的哥哥呢？」達太安膽怯地問道。

「她的哥哥？」

「是呀，那個神父呢？」

「噢！我去打聽，想把他也吊起來。可是他搶先一步跑了。」

「那這個傢伙是什麼人？」

「大概是那個漂亮娘兒們的第一個情人和同謀。他裝扮成本堂神父，就是為了把他的情婦嫁出去，使她最終有個歸宿。」

「啊！天哪！天！」這駭人聽聞的故事令達太安聽了目瞪口呆。

「吃火腿，達太安，味道好極了。」阿托斯切了一片火腿放進了夥伴的盤子裡。

這樣的談話使達太安就要發瘋了。他再也聽不下去，趴在桌子上假裝睡去了。

「現在的年輕人都變得不會喝酒啦，」阿托斯憐憫地望著達太安說，「然而這一位是年輕人中最優秀的。」

chapter 28

歸途

達太安聽了這個故事無比驚愕。但是，那番吐露還是半遮半掩的，還有好多東西模糊不清。更何況，講故事的人和聽故事的人都喝得半醉了！幾瓶勃艮第葡萄酒已經入肚，達太安覺得腦子裡已是霧濛濛的，但是次日醒來，阿托斯的每句話，他都還記得清清楚楚。一切疑問使他產生了一定要把事情瞭解個明明白白的強烈願望，所以，他跑到朋友的房間，決心繼續昨晚的談話。但他發現阿托斯已經完全冷靜了下來。

這位火槍手與達太安握過手之後，預先表明了自己的思想。

「我昨天醉得很厲害，親愛的達太安，」他說道，「現在還感到很不舒服，舌頭也不好打彎。昨天我一定講了不少的荒唐話。」

他這樣講著，盯著自己的朋友，使達太安感到侷促不安。

「沒講什麼，」達太安說，「我如果記得清楚的話，您說的都是些極平常的話。」

「唔！這就怪了！我還以為我對您講了一個最傷心的故事呢。」他注視著眼前的年輕人。

「說真的，」達太安道，「我好像比您醉得還厲害，因為您講的我全忘了。」

阿托斯沒有相信，又道：「親愛的朋友，您不會沒注意到吧，我醉了就憂愁。小的時候，我的那位傻奶娘往我頭腦裡灌輸了許許多多悲慘的故事，所以長大成人之後，一喝醉酒就愛講述那些東西。這是我的主要缺點。」

這些話講得極為自然，達太安抱定的想法有些動搖了。

「哦，的確是這樣，」年輕人依然不放棄弄明真相的打算，便這樣說道，「的確是這樣。我記起來了，是什麼吊死人的事。」

「啊！你看吧，」阿托斯的臉刷地一下變白了，但強作笑顏說道，「可以肯定，我在惡夢中常看見吊死人。」

「對，對，」達太安又說，「我記起來啦，對，那是……等等……關於一個女人。」

「是這樣？」阿托斯變得面色如土，「啊，是關於那個女郎的故事。每次我講起這個故事，那就說明我醉得要死了。」

「對，對，」達太安說，「是個金髮女郎的故事。她高高的個兒，一雙藍眼睛，美麗無比。」

「對，她被人吊死了。」

「是被她丈夫吊死的，他的丈夫是您所認識的一位領主。」達太安這樣說著，目不轉睛地盯著阿托斯。

「唉，您看，一個人不自覺地胡說八道起來，會怎樣影響別人的名譽。」阿托斯可憐兮兮地聳聳肩膀，「我可不能再喝醉了，達太安，這是一種惡習。」

達太安沉默不語。

接下來，阿托斯突然改變了話題：「對了，謝謝您給我帶來那匹馬。」

「您喜歡嗎？」達太安問。

「喜歡，不過，看起來不怎麼耐勞。」

「您錯了，我騎著牠不到一個半鐘頭跑了十里，可看上去牠那樣輕鬆。」

「我把牠給輸掉了。」

「輸掉了？」

「事情是這樣的，今天早晨六點鐘我就醒了。我無所事事，又因為昨天晚上喝得太多，想出去透透風。我在樓下大堂裡看見昨天那兩個英國人之中的一個正在與一位馬販子討價還價，想買下一匹馬，他說他的馬昨天中風死掉了。我走過去對他說：『真巧，先生，我也有一匹馬要賣。』

『而且是一匹很出色的馬，對嗎？』他說。

「『您看牠值一百比斯托爾嗎？』

「『值！您願意賣給我？』

「『不賣。不過我想拿牠與您賭一盤。』

「『您拿牠和我賭一盤？』

「『對。』

「『怎樣賭法？』

「『擲骰子。』

「這樣我們說賭就賭了，而我，輸掉了那匹馬。唉！不過，」阿托斯繼續說，「我把馬鞍贏了回來。您不高興了？」阿托斯問道。

「是的，坦白講我不高興了。」達太安說，「那是有朝一日讓人在戰場上能夠認出我們的一匹馬。牠是一個物證，一個紀念。阿托斯，您錯了。」

「哎！親愛的朋友，」火槍手說，「講句老實話，我無聊得要死。再說，我不喜歡英國馬。如果僅僅是要讓某某人認出我們，有那套鞍子就夠了，那鞍子可真是相當出色。至於那匹馬，沒了就沒了，我們總可以找出理由做解釋的。見鬼！一匹馬，總要死的，就當成得病死掉了吧。」

「這可真叫人不痛快！」阿托斯接著說，「看來您很是看重那兩匹馬，而我幹的事還沒講完呢！」

「您還幹了什麼？」

「我輸掉了那匹馬，九比十，看看這比分！於是，我又想拿您那匹來賭。」

「是麼，我希望您克制了這個想法，對嗎？」

「沒有，我立刻將它付諸實施了。」

「啊，糟透了！」達太安不安的叫了起來。

「我下了賭注，結果又輸了。」

「輸掉了我的馬？」

「輸掉了您的馬。七點對八點，差一點兒——這句俗話您是知道的。」

「阿托斯，您好糊塗，我向您發誓。」

「親愛的朋友，您這話應該在昨天我對您講那些愚蠢的故事的時候講出來，而不是現在。我已經把馬、全套鞍具統統都輸掉了。」

「真氣人！」

「且慢，您根本不知道，只要不固執，我肯定會是一個出色的賭徒的。可我偏偏固執，就像喝酒一樣，我……」

「固執！您什麼也不剩了，還拿什麼去賭？」

「有呀，有呀，朋友，我們還剩下您手指上那枚閃閃發光的鑽石戒指，我昨天就注意到了。」

「這枚鑽石戒指！」達太安叫起來，趕緊用手捂住那枚戒指。

「這方面我是內行。我估計您的這枚值一千比斯托爾。」

達太安嚇了個半死，嚴肅道：「但願您絕對不要指望我的這枚鑽石戒指。」

「恰恰相反，親愛的朋友。您知道，這枚戒指成了我們唯一的財源：用它我可以把鞍具、兩匹馬統統再贏回來，而且路費也用不著發愁了。」

「阿托斯，您氣得我都發抖了！」達太安嚷道。

「因此，我向對手提起了您的這枚鑽石戒指，其實他也注意到了，親愛的朋友。」

「你就講講結局吧，親愛的，結局如何？」達太安說，「說實在的，您這種若無其事不緊不慢的樣子真要我的命！」

「我們就把您這枚戒指分成十份，每份一百個比斯托爾。」

「啊！您想開玩笑，想考驗我，對吧？」達太安說，憤怒之神正抓他的頭皮。

「不，這不是玩笑。真見鬼！我真希望您也像我一樣！我有半個月沒有端詳過人的臉了，整天成瓶地灌酒，灌得昏頭昏腦。」

「這可不是拿我的鑽石戒指去賭的理由！是不是？」達太安說道。

「那就說說結局吧。我擲了十三次，結果，徹底輸掉了。十三！十三這個數字對我從來就不吉利。七月十三日就是這樣……」

「畜生！」達太安從桌子旁站起，罵了起來，白天的事使他忘記了昨天晚上的事。

「別急嘛，」阿托斯說，「早上我看到他和格里默談了什麼。我問了格里默，他告訴過我，說那英國佬企圖雇他去當跟班。所以，我就決定要拿格里默去和他賭，把沉默寡言的格里默也分成十份。」

「啊！妙！妙極了！」達太安不由自主地大笑了起來。

「就拿格里默作賭注，可聽明白了！我卻用他贏回了鑽石戒指。現在，您想想，固執，它是不是一種美德吧！」

「真是太滑稽啦！」達太安鬆了一口氣，笑得直不起腰來。

「您想必明白，我覺得自己手氣好了，就立刻又拿鑽石戒指下了賭注。」

「啊！見鬼。」達太安又是滿臉烏雲密佈。

「我把所有的都贏了回來！可是，接著我又開始輸。最終，我贏回了您的鞍具和我的鞍具。結果就是如此。我覺得這結果很不錯，就退出不再賭了。」

對達太安來說，剛才整座客店似乎壓在了他的胸口，現在它終於被搬開了。深深地吐了口氣。

「那就是說，鑽石戒指最後還是我的？」他怯生生地問。

「原封未動，親愛的朋友！還有您那匹布凱拉法斯[97]的鞍具，和我那匹布凱拉法斯的鞍具。」

97. 馬其頓國王亞歷山大一匹心愛坐騎的名字。

「可是，沒有馬光有鞍具有什麼用呢？」

「這我倒有個主意。」

「阿托斯，您真叫我寒心。」

「聽著，很長時間您沒有賭了，不是嗎，達太安？」

「我根本就不想賭。」

「話不要說死。我說您很久沒有賭了，您的手氣肯定很好。」

「唔，那又怎麼樣？」

「喏，那個英國人和他的夥伴還沒有離開。我注意到了，他們還想得到鞍具。而您似乎很捨不得那匹馬。我要是您就拿自己的鞍具去贏回自己那匹馬。」

「可是，他們不會只要一副鞍具。」

「那就把兩副都拿去。這還用說！我可不像您那樣自私。」

「您覺得這使得？」達太安猶豫起來，阿托斯的信心讓達太安心動。

「決無戲言，拿兩副馬鞍去賭。」阿托斯說。

「不過，由於失掉了馬，我倒非常想保留這兩副鞍具。」達太安說。

「那就拿鑽石戒指下注。」阿托斯說。

「啊！這絕對不行。」

「見鬼！」阿托斯說，「我原本想建議您拿普朗歇去賭，可是英國人可能不肯幹了。」

「那我也不幹，親愛的阿托斯，」達太安說，「我什麼也不想拿去冒險！」

「可惜，可惜，」阿托斯冷冷道，「他們很有錢！您就去試一次吧。」

「可如果輸了呢？」

「您鐵定會贏。」

「萬一輸了呢？」

「那就把兩副鞍具給人家。」

「好，就擲一次吧。」達太安說。

阿托斯去找那個英國人，他正在打馬鞍子的主意，時機不錯。阿托斯提出了條件：兩副鞍具抵一匹馬，或者是一百個比斯托爾，怎麼賭隨他選。英國人腦子一轉就知道了孰輕孰重，他立即表示同意。

擲骰子時達太安的手一直發抖，結果得了三點。他煞白的臉色嚇了阿托斯一跳。阿托斯只得說：「這一下擲得可不怎麼樣，我的朋友。」然後對那個英國人說，「先生，這下您什麼都有了。」

英國人十分得意，心裡想已經勝利在握，抄起骰子連搖也沒有搖一下，看也沒看一眼，就把它擲在了桌上。達太安趕緊把頭轉到了一邊去，不讓人家看見他氣急敗壞的樣子。

「看，看，看！」阿托斯不動聲色地說道，「擲得不錯，一生之中我還僅僅瞧見過四回：兩個么。」

英國人一看，目瞪口呆；達太安一看，則眉開眼笑。「是的，」阿托斯又說，「一次是在克萊齊先生家；一次是在我的家，是我鄉下的古堡裡；第三次是在特雷維爾先生的家，那次我們都大吃了一驚；最後一次是在一家小酒店裡，是我擲的，為此我輸掉了一百路易外加一頓宵夜。」

「這樣，先生贏回了他的馬。」英國人說。

「那是自然。」達太安說。

「那麼，不能翻本了？」

「不能翻本。您沒有忘記嗎？」

「不錯，是那樣。馬將還給您的跟班，先生。」

「等一等，」阿托斯說，「先生，請允許我去跟我的朋友說句話。」

「請。」

阿托斯把達太安拉到了一旁。

「喂，」達太安對他說，「您還要我幹什麼？您這個引誘人的傢伙，您要我再賭，是嗎？」

「不，我要您考慮考慮。」

「考慮什麼？」

「您打算要回那匹馬，對嗎？」

「當然。」

「您錯了。我寧願要一百比斯托爾。您知道，您是拿兩副馬鞍子賭那匹馬或者一百比斯托爾，任您挑選？」

「不錯。」

「要是我，就選那一百比斯托爾。」

「可是，我愛那匹馬。」

「我們兩個人不能騎一匹馬，而您呢，總不能騎在那樣一匹漂亮的駿馬上而讓我跟著走在後面丟臉吧。要是我就立馬去拿那一百個比斯托爾。我們回巴黎也要錢哪。」

「不，我要那匹馬，阿托斯。」

「您錯了，朋友，馬隨時會有意外，會失前蹄，會碰傷關節，牠吃草料的馬槽可能有患鼻疽病的馬用過……如此這般，與其說得到了一匹馬，不如說白白地丟掉了一百個比斯托爾。再說馬要人去餵，而一百比斯托爾卻能使主人有吃有喝。」

「可是，我們怎麼回去？」

「騎跟班們的馬呀，那還用說！我們的儀表，足可以讓人看出我們的身分地位了。」

「咱們倆騎的馬又矮又小，而阿拉米斯和波托斯騎著的卻是高頭大馬，四個人跑在一起，那才好看哩！」

「阿拉米斯！波托斯！」阿托斯嚷著笑了起來。

「怎麼啦？笑什麼？」達太安對朋友這樣笑感到莫名其妙。

「好，好吧，繼續講下去。」阿托斯說。

「那麼，你的見解是……」

「拿那一百比斯托爾，達太安。有了這些錢我們能吃香的喝辣的過到月底。我們都累得夠嗆啦，看到沒有，也該歇一歇了。」

「我還要著手尋找那個可憐的女人。」

「那好啊，可是，要幹這件事，您以為您那匹馬和響噹噹的金路易一樣有用嗎？去吧，去拿那一百比斯托爾，我的朋友，去拿那一百比斯托爾。」

達太安突然覺得阿托斯講的理由充分，另外，繼續這樣堅持下去，他擔心阿托斯會說他自私。他接受了阿托斯的意見，選擇了一百比斯托爾，英國人當場數給了他。

最後他們與店家達成協議：除了阿托斯那匹老馬，另外再給他六個比斯托爾。達太安和阿托斯分別騎上普朗歇和格里默的馬，兩個跟班在前面步行。

不一會他們就到達了科雷沃科爾。很遠很遠，他們就望見阿拉米斯正憂鬱地倚在窗口，像「安娜妹妹」[98]那樣眺望著地平線。

「喂！阿拉米斯！」兩個朋友一起喊，「您站在那裡搞什麼鬼名堂？」

「啊！是您，達太安！是您，阿托斯！」阿拉米斯說，「好東西真經不起時間啊。我那匹英國馬走啦，剛剛，牠剛才消失在塵土飛揚之中。這使我深感人世無常，而人生還是那三個字：Erat，est，fuit.[99]」

「您說的究竟是什麼意思？」達太安問，心裡頭又起了疑團。

「我的意思是說，我把那匹馬賣了，一匹馬才賣了六十金路易。」

達太安和阿托斯聽罷哈哈大笑了起來。

「親愛的達太安，」阿拉米斯說，「請您不要生我的氣。實屬迫不得已。再說頭一個受到懲罰的就是我，我至少損失了五十金路易。啊！你們倆真是精明絕倫！你們騎著跟班的馬，而讓他們牽著你們的兩匹駿馬慢吞吞走在後頭。」

正說著，在亞眠大路的盡頭隱隱出現一輛帶篷貨車，那車駛近後停了下來，從車

---

98. 為法國童話作家貝洛作品《藍鬍子》中的人物。藍鬍子先後將六個妻子殺掉，然後把她們的屍體放置在一個房間裡。後來，他又娶了第七個妻子，就是「安娜妹妹」。有一次藍鬍子外出，故意把那個房間的鑰匙交給了「安娜妹妹」，但叮囑她不要打開那個房間的門。藍鬍子走後，「安娜妹妹」受好奇心驅使，打開了那扇門。她自然被嚇得魂飛天外。藍鬍子宣佈要處死她，給她留了半刻鐘的時間祈求天主保佑。「安娜妹妹」找到了她的姐姐。她姐姐說她已經告訴了她們的兩個兄弟，讓他們來救她，所以讓她上閣樓去，看看那兩個兄弟來了沒有。「安娜妹妹」到閣樓上，倚在窗口，眺望著地平線，急切盼望兩個兄弟身影的出現。最後兩個兄弟趕到，殺死了藍鬍子，救出了「安娜妹妹」。

99. 拉丁文，「是」的三種時態，意為：過去是，現在是，將來是。

上下來了格里默和普朗歇，他們頭上各自頂著一套馬鞍。那是一輛放空返回巴黎的車子，他們跟車主商量好了，搭車可以，沿途請他喝點飲料作為酬謝。

「這是怎麼一回事？」阿拉米斯問，「怎麼只有兩副鞍子？」

「現在你明白了吧。」阿托斯說道。

「朋友們，咱們想到了一塊兒，我也留下了鞍子。喂！巴贊，把我的新馬鞍搬來。」

「那兩位教士如何了，你同他們怎樣了結的？」達太安問。

「親愛的朋友，第二天我就請他們吃了一餐晚飯，」阿拉米斯說，「我想方設法把他們灌醉了。結果，他們要求我繼續做火槍手。」

「論文也用不著寫啦！我要求取消論文！」達太安喊道。

「用不著寫啦！那是我要求的！」

「自那之後，」阿拉米斯接著說，「我生活愉快，每天進行詩歌創作，這是相當有難度的。不過，每件事情的價值正是寓於困難之中的。詩的內容是愛情方面的，什麼時候我把第一節朗誦給您聽吧，不過有點長，得需要一些時間。」

「說真的，親愛的阿拉米斯，」達太安幾乎像討厭拉丁文一樣討厭詩歌，他說道，「除了困難方面的價值，再加上簡潔的價值吧。至少您應該肯定您的詩存有兩個方面的優點。」

「不止如此，」阿拉米斯又說，「您會看到，詩中充滿真摯的熱情。啊，對了，你們這是回巴黎嗎？好極了，我已經準備好了。我們就要見到好心腸的波托斯了，真是再好也沒有啦。我很想念那個傻瓜。另外，我也相信他是不會賣掉自己的馬的。我是多麼想看到他騎在那匹馬上、坐在那副鞍子上的樣子呀。」

眾人歇息了一個鐘頭，讓馬喘口氣，然後上路去找波托斯。

他們見到波托斯時，他的劍傷已經好多了。他正坐在一張餐桌前準備用晚餐。儘管只有他一個人，桌子上卻擺著供四個人用的食品，應有盡有。

「呀！好極了！」他站起來迎接他們，「你們到得真是時候，我剛剛開始喝湯。來，你們來和我一塊用晚餐吧。」

「哈哈！」達太安說，「如此的好酒，瞧，這些好東西，不是穆斯克東用套索套回來的吧？」

「我正努力恢復體力，」波托斯說，「我正努力恢復體力。沒想到扭傷對體質的損害比什麼都厲害。您什麼地方扭傷過嗎，阿托斯？」

「從來沒有。只記得，我曾經挨了一劍，半個月或十八天之後，我也有與您現在完全一樣的這種感覺。」

「這頓晚餐不是為您一個人準備的吧，親愛的波托斯？」阿拉米斯問。

「不是，」波托斯答道，「本來，我是在等附近幾位鄉紳來共進晚餐的，但他們通知我不來了。現在你們代替他們吧，喂！穆斯克東，搬幾張椅子過來，叫人加倍上酒！」

「你們知道我們現在吃的是什麼嗎？」十分鐘過後，阿托斯道。

「還用問！」達太安說，「我吃的是菜心兒加菜汁煨小牛肉。」

「我吃的是羔羊裡脊。」波托斯說。

「我吃的是雞胸脯。」阿拉米斯說。

「你們全搞錯了，先生們。」阿托斯說，「你們吃的全是馬肉。」

「您盡瞎扯！」達太安說。

「馬肉！」阿拉米斯做了一個厭惡的怪相說道。

只有波托斯一聲不吭。

「波托斯，我們吃的是不是馬肉，可能連馬鞍一塊兒在大吃特吃呢？」

「不，先生們，馬鞍我留下了。」波托斯說。

「說實話，我們幾個彼此彼此，」阿拉米斯說，「簡直就像事先約好的。」

「叫我怎麼辦呢？」波托斯說，「這匹馬讓我的客人顯得寒酸，我不想使他們覺得難堪。」

「再說，您那位公爵夫人一直待在溫泉沒回來，對不對？」達太安說。

「是一直待在那裡，」波托斯說，「而且，說實話吧，本省省長，即我今天等待來吃晚飯的一位紳士，看來很想得到那匹馬，這樣，我便給了他。」

「給了他！」達太安叫了起來。

「是的，給了他。」波托斯說道，「因為那匹馬肯定可以值一百五十個金路易，可是那吝嗇鬼他只給了八十個金路易。」

「不帶鞍子？」阿拉米斯問道。

「是的，不帶鞍子。」

「你們看到了吧，先生們，」阿托斯說，「我們幾個當中，還是波托斯最會做生意。」

於是，大家又叫又笑，弄得可憐的波托斯摸不著頭腦。待大家向他說明緣由之後，他也和大家大叫大笑起來。這正是他的習慣。

「這樣一來，我們都有錢了，是不是？」達太安說。

「我可沒有，」阿托斯說，「我覺得阿拉米斯那家店的西班牙酒好喝，就買下六十瓶，這花掉了我不少錢。」

「我呢，」阿拉米斯說，「想像一下吧，我把錢全部給了蒙迪迪耶教堂和亞眠耶穌會了，連一個子兒也沒有剩下。而且我許了願，要做幾場彌撒，要知道那既是為我自己，也是為你們，先生們。我也絲毫不會懷疑這對我們會是大有益處的。」

「而我呢，」波托斯說道，「我和穆斯克東都受傷了。為了給穆斯克東醫傷，我不得不每天請外科醫生來兩趟，而醫生就要我付雙倍的診費，藉口是穆斯克東這個笨蛋槍子挨的不是地方，這樣的傷處本來是該由藥劑師看的。」

「好啦，好啦，」阿托斯與達太安和阿拉米斯交換一個眼色說道，「您對得起那個可憐的小夥子，不愧是個好主人。」

「總之，」波托斯說，「不過，我還剩下三十個埃居。」

「我還剩十個比斯托爾。」阿拉米斯說。

「行啦，行啦，」阿托斯說，「達太安，您那一百比斯托爾還剩多少？」

「我的一百比斯托爾？首先我把一半給了您。」

「哦！是的，我記起來了。」

「爾後，我付了店費，六個比斯托爾。」

「您給得太多了。您幹嗎給他六比斯托爾？」阿托斯說。

「是您叫我給他那麼多的。」

「說真的，我這個人心腸實在是太好了。簡單講那還剩多少？」

「二十五比斯托爾。」達太安答道。

「我嗎，」阿托斯說，「我……」

「您，什麼也沒剩。」

「真的，可憐，可憐，不值得拿出來湊數啦。」

「現在讓我們來算一算，我們總共還有多少吧，波托斯？」

「三十埃居。」

「阿拉米斯？」

「十個比斯托爾。」

「達太安？」

「二十五個比斯托爾。」

「總共加起來該是多少？」阿托斯問。

「四百七十五利弗爾！」達太安算得像阿基米德[100]一樣快。

「回到巴黎之後，我們足足剩下四百利弗爾，」波托斯說，「外加四個馬鞍子。」

「可我們這一隊人不騎馬了？」阿拉米斯問。

「是啊。」阿托斯說，「我們可以用跟班的兩匹馬。誰騎那兩匹馬由抽籤決定。那四百利弗爾分作兩半，兩個不騎馬的一人一半。然後我們把口袋裡剩下的零錢集中起來交給達太安，讓他賭一賭，他手氣好。這是我考慮好的計畫。」

「吃飯，吃飯，」波托斯說，「要不都涼了。」

四個朋友不再為未來擔憂，便開始大吃大喝。跟班們吃光了剩下的。

100. 古希臘數學家。

回到巴黎之後，達太安發現一封特雷維爾先生寄給他的信。信上說國王根據他的請求，剛剛降恩批准他進入火槍隊了。達太安最大的抱負就是加入火槍隊。他興高采烈地跑去找三個朋友。他在阿托斯家找到了他們，卻發現他們個個愁眉苦臉，憂心忡忡。他們正聚在阿托斯家裡商量，這說明情況相當嚴重。

原來，特雷維爾先生剛才通知他們，五月一日開戰，開戰之前，他們幾個必須馬上準備好自己的作戰裝備。

事關軍紀大事，特雷維爾先生決不會開玩笑的。

「你們估計這些裝備需要多少錢？」達太安問道。

「唉！沒啥好說的，」阿拉米斯道，「精打細算每個人少說也得一千五百利弗爾。」

「就是說，一共六千利弗。」阿托斯說。

「我覺得每個人有一千就足夠了。」達太安說，「老實講，我並不是用斯巴達人而是用訴訟代理人那樣的思維方式思考問題的。[101]」

訴訟代理人這個詞提醒了波托斯。

「瞧，我有主意啦！」波托斯說。

---

101. 斯巴達人以吃苦耐勞著稱，此處是借用。法語裡procureur一詞既意為「訴訟代理人」，又意為「管理錢財的教士」，達太安所說顯然是第二個意義，但下文波托斯接話則是想到他的情婦是訴訟代理人的妻子，故此處譯為「訴訟代理人」。

「這麼快就想出了主意？我連一點影子都還沒有呢。」阿托斯冷冷地說道，「至於達太安，先生們，他成了我們的人，就高興得瘋啦。一千利弗爾！老實講，我一個人就得兩千。」

「二四得八，」阿拉米斯說，「這就是說，我們幾個的裝備需要八千利弗爾，除了馬鞍。」

達太安帶上身後的門，去向特雷維爾先生道謝去了。

「還有，」達太安一走，阿托斯就說，「我們的朋友手上有一枚戒指。放心好了！達太安是一位好夥伴，他指頭上戴著一枚價值連城的戒指，他不會讓我們為難的。」

請續看《巴黎三劍客》下冊

經典新版世界名著：14

巴黎三劍客（上）【全新譯校】

作者：〔法〕大仲馬
譯者：郭志敏
發行人：陳曉林
出版所：風雲時代出版股份有限公司
地址：10576台北市民生東路五段178號7樓之3
電話：(02) 2756-0949
傳真：(02) 2765-3799
執行主編：劉宇青
美術設計：吳宗潔
行銷企劃：林安莉
業務總監：張瑋鳳

初版日期：2020年10月
版權授權：鄭紅峰
ISBN：978-986-352-876-0

風雲書網：http://www.eastbooks.com.tw
官方部落格：http://eastbooks.pixnet.net/blog
Facebook：http://www.facebook.com/h7560949
E-mail：h7560949@ms15.hinet.net
劃撥帳號：12043291
戶名：風雲時代出版股份有限公司

風雲發行所：33373桃園市龜山區公西村2鄰復興街304巷96號
電話：(03) 318-1378
傳真：(03) 318-1378
法律顧問：永然法律事務所 李永然律師
北辰著作權事務所 蕭雄淋律師

行政院新聞局局版台業字第3595號 營利事業統一編號22759935

定價：440元

國家圖書館出版品預行編目資料

巴黎三劍客 / 大仲馬著；郭志敏譯. -- 臺北市：風雲時代, 2020.09　冊；　公分

譯自：The three musketeers.
ISBN 978-986-352-876-0 (上冊：平裝). --

876.57　　109011313